Das Buch

Zwei neue Fregatten stehen in der Werft der Royal Navy direkt vor der Fertigstellung, als Fergus Kilburnie, dessen Schiff an der felsigen Küste der Donegal Bay in einem schweren Sturm gescheitert war und den man fast schon zu den Toten hatte zählen müssen, endlich seiner Genesung entgegensehen kann. Da Lord Nelson großen Wert darauf legt, ihn als Kommandanten seinem zukünftigen Geschwader zuteilen zu lassen, und da die beiden Schwesterschiffe die schnellsten sein werden, welche die Königliche Werft je abgeliefert hat, soll der begabte junge Kommodore die Kernzelle einer Aufklärungseinheit bilden. »Wir werden zusammen Wunder bewirken. Ich erwarte von Ihnen, daß Sie den gefährlichsten Kurs in der Schlacht steuern, so wie ich es tun würde«, sagt Nelson zu dem klugen Draufgänger und ahnt nicht, wie schnell sich seine Worte bewahrheiten werden.

Der dritte und letzte Band aus der marinehistorischen Romanserie um Fergus Kilburnie, der es in der Royal Navy bis zum Kommodore bringt – obwohl er Schotte ist.

Der Autor

William P. Mack wurde 1915 in Hillsboro, Illinois, als Sohn des in den Ruhestand versetzten Commander A. R. Mack und Josephine Paden Mack geboren. Er absolvierte eine traditionelle Ausbildung in der US Marine Akademie und diente bei Ausbruch des Zweiten Weltkriegs als Gunnery Officer auf dem Zerstörer USS *John D. Ford*. 1969 wurde er zum Vizeadmiral und 1972 zum Leiter der US Marine Akademie in Annapolis, Maryland, befördert. William P. Mack ist in den USA ein äußerst erfolgreicher Schriftsteller. Er verfaßte die marinehistorischen Romane um Fergus Kilburnie, mehrere moderne Seekriegsromane und einige Fachbücher.

In unserem Hause sind von William P. Mack bereits erschienen:

Kapitän Kilburnie – Ein Leben für König und See
Fergus Kilburnie – Bewährungsprobe vor Abukir

William P. Mack

Kommodore Kilburnie

Im Kielwasser Lord Nelsons

Roman

Aus dem Englischen
von Uwe D. Minge

Ullstein

Besuchen Sie uns im Internet:
www.ullstein-taschenbuch.de

Umwelthinweis:
Dieses Buch wurde auf
chlor- und säurefreiem Papier gedruckt.

Deutsche Erstausgabe im Ullstein Taschenbuch
1. Auflage Juni 2006

Titel der amerikanischen Originalausgabe:
Commodore Kilburnie (Naval Institute Press, Annapolis)
Umschlaggestaltung: Buch und Werbung, Berlin
Titelabbildung: Elliot William Captain,
Sir John Jervis and his Squadron leaving
Spithead bound for the West Indies, 1794
Satz: Pinkuin Satz und Datentechnik, Berlin
Gesetzt aus der Galliard
Druck und Bindearbeiten: Ebner & Spiegel, Ulm
Printed in Germany
ISBN-13: 978-3-548-26470-7
ISBN-10: 3-548-26470-0

Inhalt

Danksagung

Zunächst möchte ich dem United States Naval Institute an dieser Stelle meinen besonderen Dank aussprechen, das kontinuierlich Bücher aus dem Bereich der erzählenden Literatur, aus den Gebieten Abenteuer und Humor herausbringt. Außerdem danke ich meiner Lektorin Therese Boyd, die sich um die notwendigen Verbesserungen gekümmert hat, ohne dabei einen einzigen Tropfen Salzwasser zu verschütten – und Elise Mack für ihre hilfreiche Unterstützung und ihre beharrliche Fehlersuche.

1
Ein neuer Anfang

Kapitän Fergus Kilburnie, Royal Navy, schob seinen Stuhl nach hinten und streckte sich behutsam, denn er hatte auf der vorderen Veranda seines Hauses ein kleines Nickerchen gemacht und den prallen Sonnenschein des kühlen schottischen Herbstes genossen. Sofort bemerkte er, daß der Fischkorb mit den Lachsen, die er am Morgen gefangen hatte, fort war. Die Köchin mußte ihn an sich genommen haben, um den Lunch zuzubereiten.

Fergus war ein gut gewachsener, schottischer Seeoffizier und eigentlich an mehr Aktivität gewöhnt, als er zur Zeit entfalten konnte. Doch vor einigen Monaten hatte er sich als Kommandant der *Imperious* schwere Verletzungen zugezogen, als sein Schiff an der felsigen Küste der Donegal Bay, Irland, in einem schweren Sturm gescheitert war, und man hatte Fergus damals schon fast zu den Toten gezählt. Obwohl er jetzt beinahe wieder völlig genesen war, befolgte er immer noch die Anweisungen seines Arztes und erledigte regelmäßig seine Turnübungen, außerdem leerte er jeden Abend einen Becher Rum, weil es gegen die zurückgebliebene Steifheit in den Beinen helfen sollte.

Schließlich war Fergus wieder munter und reckte und streckte nochmals seinen volle sechs Fuß großen Körper. Dann vernahm er Schritte und sah Shannon auf die Steinterrasse zugehen. Sie war immer noch die schöne junge Frau, die er vor so vielen Jahren in Irland kennengelernt hatte, die er dann verloren, wiedergefunden und geheiratet hatte. Ihr langes, rotes Haar leuchtete im Sonnenlicht, und ihre wohlgerundete Figur zeichnete sich deutlich unter ihrem teuren Londoner Kleid ab.

Nachdem sie festgestellt hatte, daß er wach war, lächelte sie ihn voller Herzenswärme an, und ihre schönen Augen funkelten. »Nun denn, mein Seemann, wie ich sehe, bist du bereit zum Lunch. Während du geschlafen hast, hat sich die Köchin deinen Lachs stibitzt. Ich bin gekommen, um dich und die Mädchen zu holen.«

»Wo sind sie?«

»Unten am Fluß. Wie du weißt, war die Enttäuschung groß, als du sie heute morgen nicht zum Angeln mitgenommen hast. Mary meint, daß sie beide zu alt seien, um mit krummen Nägeln und Bindfäden zu fischen. Und wie du weißt, plappert Margaret alles nach, was Mary sagt.«

»Ja, ich habe in ihrem Alter bereits wie ein Großer geangelt. Und bald werden sie in die Schule müssen, und wir werden keine Zeit mehr für das Vergnügen haben.«

»Und du wirst wieder ein neues Kommando bekommen. Hast du etwas von der Admiralität gehört, seitdem du ihnen mitgeteilt hast, daß du körperlich wieder hergestellt bist und so bald wie möglich den Dienst aufnehmen möchtest?«

Fergus schüttelte sich lässig und streckte sich nochmals. »Bis jetzt noch nicht, aber ich freue mich auf ein Gewässer, das tiefer als der Lachsfluß ist.«

»Du wirst früh genug Bescheid bekommen. Laß uns die Mädchen holen und dann unseren Lunch genießen, Liebster.«

Das Mittagsmahl wurde durch einen Schrei aus der Küche unterbrochen. Die Köchin, die immer ein Auge auf die Zufahrtsstraße hatte, rief: »Ma'am! Drei Männer, die ich noch nie gesehen habe, kommen hierher. Sie sind beritten und haben zusätzlich Pferde dabei.«

Shannon sprang auf. »Das muß Liam Shaughnessy mit meinen Pferden aus Irland sein!«

Der Nachtisch war vergessen, als Shannon aus der Tür schoß. Fergus und die Mädchen folgten ihr.

Noch bevor die Reiter die kleine Gruppe erreichten, rief Shannon laut: »Liam!«

Der hübsche irische Bursche grinste, und seine dunklen Augen blitzten. Gewandt sprang er von seinem Pferd, riß sich die Mütze vom Kopf und nickte Shannon grüßend zu. »Wie gefallen Ihnen die Pferde, Ma'am?«

»Sie sehen ganz prächtig aus, Liam. Sie haben die Reise gut überstanden. Und wie ist es Ihnen ergangen?«

»Danke, Ma'am. Die Pferde waren seefester als wir, aber mittlerweile haben wir uns alle wieder erholt.«

Shannon warf einen Blick hinter Liam, wo zwei weitere Reiter dabei waren, die Pferde zusammenzutreiben und sie mit den Zügeln an die Bäume zu binden, die in der Nähe wuchsen.

»Wer sind Ihre Helfer?«

Liam lachte auf. »Ich habe mir schon gedacht, daß Sie die beiden nicht erkennen werden, dabei sind sie Ihnen sehr gut bekannt.«

Liams Begleiter nahmen ihre Mützen ab, als sie sich Shannon näherten, und sie bemerkte, daß es sich nicht um ausgewachsene Männer handelte, wie die Köchin verkündet hatte, sondern um einen sehr jungen Mann und eine Frau im gleichen Alter.

Shannon schnappte nach Luft. »Ist das etwa Ellen? Hat sie nicht eine Ausbildung als Hausmädchen begonnen? Sie ist so hübsch wie früher, obwohl sie, als ich sie zum letzten Mal sah, noch dürr wie eine Bohnenstange war.«

»Aye, das war sie«, bestätigte Liam, »und sie war erst zwölf, als Sie von hier fortgefahren sind. Sie kam, wann immer sie es einrichten konnte, hinaus zur Scheune, und Ihr Vater hat sie immer wieder zurück ins Haus gescheucht. Jetzt, da er nicht mehr unter uns weilt, Gott sei seiner armen Seele gnädig, ist sie ständig mit mir draußen. Zuerst sagte sie, sie sei vernarrt in die schönen Pferde …« Er lächelte zaghaft und senkte den Kopf.

»Werden Sie sie zurückschicken?«

Schnell erwiderte Liam: »O nein, wir möchten beide hierbleiben. Wir wollen heiraten und für Sie arbeiten, wenn Sie Verwendung für uns haben.«

Shannon lachte. »Mir kommt das sehr gelegen, denn wir werden bald nach London abreisen, und dann können Sie in dem großen Haus bleiben. Ich werde mir ohnehin Hilfe in der Stadt anheuern müssen, um einen Stall und eine Koppel für die neuen Pferde zu bauen. Da geht es in einem Aufwasch, wenn auch gleich noch ein kleines Häuschen dazu kommt.« Sie blickte in Richtung der jungen

Reiter. »Aber jetzt verraten Sie mir noch, wer der Junge ist.«

»Das ist Patrick Egan. Er war sogar noch jünger als ich, als Sie fortgegangen sind, und nur so ein weiterer unbedeutender Knirps auf dem Gut. Jetzt ist er ein guter Kutscher und wäre sehr glücklich, wenn auch er für Sie arbeiten könnte. Wie Sie sehen, hat er nur die Größe eines Jockeys, aber er ist kräftig genug, um vier starke Pferde vor einer Kutsche zu beherrschen – und er wächst schnell.«

Fergus schaute Patrick an und mochte ihn sofort. »Wie wäre es denn mit London?« fragte er lächelnd den Jungen.

Patrick grinste ihn an. »Aye, Sir, das würde mir schon zusagen.«

Shannon lachte. »Nun, damit sind wir alle zufriedengestellt. Kümmert euch jetzt gut um die Pferde, damit sie bald ihre Mäuler in das gute schottische Gras stecken können. Sobald ihr damit fertig seid, geht ihr ins Haus und bittet die Köchin um ein ordentliches Stück gekochten Lachs. Anschließend wird sie euch für heute nacht einen Platz oben unter dem Dach zum Schlafen zuweisen.«

Liam riß seine Augen weit auf. »Sie wollen doch nicht etwa sagen, daß hier sogar das Gesinde gekochten Lachs zu essen bekommt?«

»Doch. Den gibt es hier fast jeden Tag.«

Patrick strahlte freudig über das ganze Gesicht. »Vielleicht sollte ich mir die Sache mit London noch mal überlegen und lieber hierbleiben.«

»Mach dir keine Gedanken. Ich werde dafür sorgen, daß du auch in London etwas Gutes zu essen bekommst«, beruhigte ihn Shannon.

Beim gemeinsamen Essen an diesem Abend bat Shannon Liam, ihr einen Bericht über den Stand der Geschäfte ihrer Familie in Irland zu geben. Sie verfügte dort über ererbten Grundbesitz von ihrem Vater, Lord Inver, und ihrem ersten Ehemann, Lord Malin, aber sie war schon längere Zeit nicht mehr in Irland gewesen.

Liam zuckte mit den Schultern. »Seit Ihr Vater tot ist, verwaltet ein irischer Bauer das Gut, der zwar sein Bestes tut, aber bei weitem zu alt ist, um unter den jungen Arbeitern für Zucht und Ordnung zu sorgen. Er braucht dringend Hilfe.«

Fergus überlegte einen Augenblick, dann wandte er sich an Shannon. »Wie du weißt, habe ich gestern im Dorf einen jungen Schotten getroffen. Er hat erst kürzlich an der Universität von Edinburgh sein Studium als Agrarökonom beendet und hat mir erzählt, daß er sechs ältere Brüder hat und daß es für ihn deshalb keinen Platz auf dem elterlichen Hof gibt. Ich werde versuchen, ihn morgen mitzubringen. Vielleicht können wir ihn nach Irland schicken, damit er dort die Verwaltung deines Besitzes übernimmt.«

Liam, der immer noch mit einem großen Stück Lachs beschäftigt war, nickte eifrig, ohne seinen eifrig kauenden Mund zu öffnen. Als er wieder etwas sagen konnte, meinte er: »Das hört sich gut an. Es gibt nämlich drüben in Irland in unserer unmittelbaren Nachbarschaft keine geeigneten Gutsinspektoren. Können Sie mir erklären, warum so viele Schotten ihre Heimat verlassen, um in Irland die Verwaltung von Gütern zu übernehmen?«

Bei dieser Frage seufzte Fergus laut und vernehmlich auf. »Die Schotten leiden unter dem Mangel an barem

Geld, verfügen aber über viele gut ausgebildete Männer. Sie gehen nach Irland, um Geld zu verdienen, damit sie die Steuern und andere Ausgaben bezahlen können und nicht ihre Höfe verkaufen müssen.«

Shannon nickte zustimmend. »Jetzt erzähl mir, wie es auf dem Gut der Malins läuft, Liam!«

»Nun, Ihr verblichener Gatte hat es in einem ausgezeichneten Zustand hinterlassen. Das Gut erwirtschaftet immer noch den Unterhalt für die vielen Rennpferde, die er zusammengekauft hat. Aber in naher Zukunft werden Sie auch dort einen Aufseher benötigen, der sich um die Verwaltung kümmert.«

»Danke, Liam, ich werde darüber nachdenken«, bedankte sich Shannon und schob ihm die Platte mit dem Lachs zu.

Ellen, die gerade langsam und genüßlich eine zweite Portion verdrückt hatte, sagte: »Ma'am, es ist mir peinlich, Sie einfach mit Shannon anzureden. Sollte ich Sie nicht besser Lady Shannon nennen? Ihr verstorbener Gatte war immerhin Lord Malin, und Ihr Herr Vater war Lord Inver.«

Shannon nickte. »Da hast du recht. Sie waren beide Engländer und legten großen Wert auf ihre Titel. Aber meine Mutter war Irin und wurde niemals Lady Justine genannt. Titel sind für die Iren und auch für Schotten nicht von so großer Bedeutung.«

Ellen kaute gedankenverloren auf ihrer Unterlippe herum. »Aber was ist, wenn Sie nach London kommen?«

Shannon lachte. »Da gilt das erst recht! Englische Frauen, die das Recht haben, sich mit Lady anreden zu lassen, weil ihre Männer diesen Status haben, nennen sich gegenseitig Lady So-und-so, aber sobald ich anwesend bin, vermeiden sie es peinlich, mich mit Lady Shannon anzusprechen, obwohl ich strenggenommen ebenso Engländerin bin wie sie. Doch meine Mutter war eben Irin, und das scheint die englischen Ladies zu verstören.«

Ellen legte nachdenklich die Stirn in Falten. »Nun, ich finde das nicht in Ordnung.« Sie legte ihre Gabel zur Seite und schob den Teller weg. »Aber ich mag die Schotten.« Ein fröhliches Grinsen breitete sich auf ihrem Gesicht aus. »Ich hoffe, daß ich für den Rest meines Lebens hierbleiben kann.«

Liam lachte. »Nachdem du mich geheiratet hast, wirst du bleiben müssen, weil ich nämlich hier niemals weggehen werde.«

Ellen blickte wieder Shannon an. »Ich kann nicht verstehen, daß Sie hier weg wollen, besonders nicht in dieses gräßliche London.«

Shannon tätschelte ihre Hand. »Mach dir darüber keine Gedanken, meine Liebe. Ich mag London ganz gerne. Ich habe gelernt, mit den Engländern klarzukommen.«

»Haben Sie dort nicht auch ein Haus?«

»Ja. Lord Malin hatte sowohl in Belfast als auch in London geschäftliche Verbindungen. Er hat das Gebäude, das man jetzt Malin House nennt, von einem englischen Edelmann gekauft, der bankrott gegangen ist.« Sie seufzte tief. »Aber es ist zu groß. Sechs Hausmädchen haben alle Hände voll zu tun, um es in Schuß zu halten. Ich habe eine große Wohnung gemietet und werde Malin House verkaufen, sobald ich kann.«

Ellen erschauderte. »Ich bin nicht wild auf die ganze Hausarbeit und möchte lieber hier bei den Pferden bleiben.« Sie blickte Liam an.

Shannon lachte. »Keine Angst. Du mußt nicht mit uns fahren. Ich weiß, du wirst dich hier bei den Pferden viel wohler fühlen.«

Liam nickte energisch. »O ja, das stimmt. Wir lieben Schottland, und wir wollen hier alt und grau werden.«

2

Umzug nach London

Eine Woche später saß Fergus auf der Terrasse, trank Kaffee und sah den Arbeitern zu, die eine Koppel einzäunten und die Fundamente für den großen Pferdestall legten. Liam saß neben ihm und studierte die Konstruktionspläne für den neuen Stall.

»Dieser Stall wird erheblich größer, als es bei den vorhandenen Pferden notwendig ist«, stellte Liam fest.

Fergus lächelte. »Mach dir darüber keine Gedanken. Ich bin ganz sicher, daß Shannon ihn schnell voll bekommen wird.«

Shannon trat hinter ihnen aus dem Haus und blickte über die Felder. »Warum macht ihr Jungs keinen Ausritt mit mir?«

Fergus stellte seine Tasse ab und schaute sie an. »Ich will mit Liam später ausreiten und ihm den ganzen Besitz zeigen.«

Liam warf ein: »Ich habe gehört, daß er immerhin halb so groß wie das Gut der Invers sein soll!«

»Das stimmt«, bestätigte Shannon. »Aber ich muß jetzt den Hengst eine halbe Stunde lang bewegen.« Sie beugte sich über Fergus' Schulter und nahm eine Handvoll Zukkerstücke aus dem Gefäß neben der Kaffeekanne.

Ein halbes Dutzend Pferde tummelte sich auf der behelfsmäßigen Koppel, die durch Seile abgetrennt war, die man um eine Ansammlung von kleinen Büschen und Bäumen gespannt hatte. Liam und Fergus blickten Shannon nach, die anmutig den kleinen Abhang hinuntereilte und sorgfältig darauf achtete, nicht in die kleinen tückischen Kuhlen im Gras zu treten.

Liam pfiff anerkennend. »Was für eine anmutige Frau, sogar von hinten. Dieses Reitkostüm verbirgt nicht gerade viel.«

Fergus Augenbrauen zogen sich zusammen. Er wollte schon zu einer scharfen Zurechtweisung ansetzen, änderte dann aber seine Meinung und brummte nur: »Liam, in Schottland mußt du vorsichtig sein mit dem Pfeifen!«

»Aber in Irland ...«

»Hier ist nicht Irland, Liam, und schottische Männer reagieren anders. Wenn du der falschen Frau nachpfeifst, könnte es sein, daß ein Schotte dir das Gesicht verbiegt.«

Liam wurde rot. »Vielen Dank für die Warnung. Die meisten Männer hier sind leider stärker als ich.«

Fergus grinste breit: »So wie du in den Lachs reinhaust, wirst du bald genauso aussehen wie sie.«

Shannon öffnete das Tor zur Koppel und rief den Hengst. Das schöne Pferd kam bereitwillig herübergetrabt, als es den Zuckerbrocken in ihrer offenen Handfläche erspähte, und während es den Hals vorstreckte, zog Shannon ihm geschwind das Halfter ab und streifte ihm seine Trense mit den Zügeln über. Der Hengst warf den Kopf zurück, aber er saß schon in der Falle, und Shannon band ihn schnell an der Einfassung fest.

Ein weiterer Zuckerbrocken machte ihn gefügig, während sie ihm ihren Sattel auflegte und den Sattelgurt anzog. Dann führte sie das Pferd aus der Koppel und warf ihm die Zügel über den Hals, ordnete mit den Bewegungen, die eine erfahrene Reiterin verrieten, die Zügel und stellte einen Fuß in den Steigbügel vor ihr. Sie zog sich mit einer fließenden, eleganten Bewegung in den Sattel und schob das andere Bein über den Rücken des Tieres, während ihr Reitrock in alle Richtungen flatterte. Als sie dann dem Hengst leicht die Hacken gab, stob er mit ihr in einer Wolke aus wirbelnden Hufen und herumfliegenden Grassoden über den Hügel hinter dem Haus davon.

Fergus seufzte bei diesem Anblick. Er konnte sich gut daran erinnern, wie er Shannon Inver zum ersten Mal gesehen hatte. Sie war ein dürres, starrköpfiges Gör von dreizehn Jahren gewesen, und Fergus war angeheuert worden, um sich um die Pferde ihres Vaters zu kümmern und ihr das Reiten beizubringen. Zwei Jahre später hatte sie sich zu einer frühreifen, schönen Fünfzehnjährigen gemausert und flirtete bei jeder sich bietenden Gelegenheit mit ihm, was ihn zum Wahnsinn trieb. Obwohl Fergus in sie verliebt war, wußte er genau, welchen Ärger eine Beziehung mit der Tochter seines Arbeitgebers mit sich bringen konnte; folglich versuchte er, seine Gefühle für sie zu verbergen, aber er konnte Shannon nicht ständig aus dem Weg gehen. Als ihr Vater sie beide eines Tages auf einem alten Friedhof aufstöberte, wo sie buchstäblich gemeinsam unter einer Decke steckten, bedeutete dies das Ende. Fergus wurde gefeuert und zurück nach Schottland geschickt. Er dachte damals, daß er sie nie wiedersehen würde. Bei diesen Erinnerungen seufzte Fergus wieder. So viele Jahre war das her, aber er wußte, daß er sie noch immer heiß und innig liebte.

Liam holte Fergus zurück in die Gegenwart, als er beim Anblick von Shannons flatternden roten Haaren wieder zu pfeifen begann, aber dann besann er sich schnell eines Besseren und murmelte nur: »Das ist wirklich eine tolle Frau, und sie kann großartig mit Pferden umgehen.«

Fergus pochte auf den Plan und wechselte das Thema. »Laß uns hiermit weitermachen. Wenn du dich nicht entscheidest, wohin du den Eingang zum Strohlager haben willst, können die Bauarbeiter mit dem Stellen der Rahmenbalken nicht weitermachen.«

Eine halbe Stunde lang besprachen sie die Änderungen. Plötzlich war die Luft von Lärm erfüllt, Hufe polterten und lautes Juchzen erklang, als Shannon über den Hügel galoppiert kam und auf das behelfsmäßige Gatter zuhielt. Nach und nach zügelte sie den Hengst, er wurde langsamer, blieb schließlich vor der Koppel stehen und schien kaum außer Atem zu sein. Sie warf ihm die Zügel über den Kopf, schwang ihr rechtes Bein über seinen Rumpf und sprang leichtfüßig auf die Erde. Sie kam sicher zum Stehen, ihr Reitrock flatterte wieder in alle Richtungen, und ihre Brüste hüpften, als sie auf dem Boden aufkam.

Liam konnte ein Stöhnen nicht unterdrücken.

Fergus seufzte ungeduldig: »Liam, warum hilfst du Shannon nicht mit dem Pferd? Dabei könntest du etwas von deiner nervösen Energie verbrennen.«

Liam grinste: »Wollen Sie mich verkohlen? Sie haben ihr das Reiten beigebracht. Da sollten Sie doch am besten wissen, daß sie genau weiß, daß man von ihr erwartet, daß sie sich allein um ihr Pferd kümmert. Sollte ich ihr jetzt anbieten, das zu übernehmen, würde sie mir mit ihrer Peitsche eins überziehen. Sie würde dasselbe übrigens auch mit Ihnen machen, falls Sie es versuchen sollten.«

Fergus brummte beschämt. »O ja. Ich erinnere mich dunkel.«

Shannon nahm die Trense ab und zog dem Hengst das Halfter über den Kopf, dann band sie ihn an das Seil der Koppel. Sie nahm ihm den Sattel ab, griff nach einem alten Handtuch, rieb den Hengst ab und entließ ihn auf die Koppel, nachdem sie ihm die letzten Zuckerstücke aus ihrer Tasche ins Maul gesteckt hatte.

Liam nickte weise, während er sie beobachtete. »Sie macht alles genauso, wie Sie es ihr beigebracht haben – und im übrigen auch mir.«

Shannon kam zur Terrasse hinaufgeschlendert und setzte sich zu den beiden Männern. »Das ist ein Spitzenpferd. Wir sollten Rennpferde züchten mit ihm als Stammvater.«

Liam hob zweifelnd die Schultern. »Wir haben hier kein Gras mit irischer Qualität. Die Experten sagen, daß es das ist, was den Pferden die Schnelligkeit vermittelt.«

Fergus überlegte: »Am schottischen Gras gibt es eigentlich nichts auszusetzen. Falls doch, dann könnte ich ein paar Schiffsladungen von irischem Heu herüberkommen lassen und auch alles andere veranlassen, was notwendig ist.«

Shannon lachte hell auf, erhob sich und wandte sich dem Haus zu. Dann blickte sie über ihre Schulter zurück und kicherte: »Na, dann ist das ja geklärt. Jetzt macht euch zu eurem Ritt auf, damit ihr rechtzeitig zum Lunch zurück seid, sonst gebe ich den gekochten Lachs jemand anderem.«

Liam sprang auf. »Los denn! Ich werde die Pferde satteln. Gekochter Lachs kommt gleich nach himmlischem Nektar.«

Fergus verschwand, um seine Reitkleidung anzuziehen, und Liam ging zur Koppel hinunter, um die Pferde zu satteln. Er beugte sich zur Erde, riß ein Büschel Gras heraus und kaute darauf herum. Er schüttelte den Kopf und dachte: Hier bin ich nun, ich armer, kleiner, irischer Bursche. Aber war Fergus damals, als er in meinem Alter war, nicht auch arm? Jetzt ist er verdammt reich geworden. Liam zog seine schwarzen Augenbrauen zusammen. »Verdammt!« murmelte er halblaut. »Eines Tages werde ich es auch geschafft haben.«

Shannon trat wieder aus dem Haus. Sie hatte sich umgezogen, Fergus folgte in ihrem Kielwasser, und sie näherten sich gemächlich der Koppel. Als sie den bekümmerten Ausdruck auf Liams Gesicht sah, erkundigte sie sich: »Stimmt etwas nicht?«

Liam senkte den Kopf und bohrte mit der Spitze seines Schuhs im Boden. »Ich habe gerade über Ihre Idee nachgedacht. Ich sehe keine Chance, daß wir hier gute Rennpferde züchten können. Wir brauchen das irische Gras, und zwar frisches, und eine Vielzahl anderer Dinge.«

Shannon antwortete: »Du denkst einfach nicht in großem Maßstab. Wir könnten es doch zwischen hier und Irland aufteilen. Denk dran, mein Vater hat gute Rennpferde auf dem Gut der Invers gezüchtet.«

»Ja. Echte Gewinner. Ich habe die meisten trainiert und viele von ihnen in Rennen auch selbst geritten – und mit ihnen gewonnen!«

Shannon fuhr fort: »Der Malin-Besitz gehört rechtlich

meinen Töchtern, also kann ich den nicht dafür nutzen. Aber …«

Liam sah einen Lichtstrahl am Horizont. »Aber den anderen«, unterbrach er sie. »Das andere Gut hat ihrem Vater gehört, und dort können Sie alles machen, was Ihnen in den Sinn kommt.«

Shannon brachte ihn zum Schweigen. »Genau. Aber denk noch weiter. Ich werde Fergus' Vater bitten, auf dem unteren Teil dieses Besitzes mit der Pferdezucht zu beginnen. Er ist ein ausgezeichneter Gutsverwalter. Und wir haben hier jede Menge Platz. Wir können Zuchtstallungen errichten und eine Rennbahn mit einer Länge von einer Meile, auf der wir üben und trainieren können.« Sie wandte sich wieder zu Fergus um. »Angus würde das sicher gefallen, oder was denkst du?«

Fergus hob die Schultern. »Bestimmt, aber wir dürfen die Bäume und den Fluß nicht in Mitleidenschaft ziehen. Die Abwässer aus den Ställen würden die Lachse töten oder sie zumindest davon abhalten, flußaufwärts zu wandern.«

»Du weißt, daß wir die Abwässer kontrollieren können«, widersprach Shannon. »Wir können Gruben und Rückhaltebecken bauen.«

Liam schüttelte den Kopf. »So einfach ist das nicht – falls Sie sich Sorgen wegen der Lachse machen.« Dann begann er zu grinsen. »Ich bin ein echter Liebhaber der *little blister* geworden, wie die Engländer sagen würden.«

»Nun, das überlassen wir Angus«, beendete Shannon das Thema. »Wie aber sieht es mit dem Training der Pferde aus?«

Liam wurde sehr ernst. »Das ist meine Aufgabe.«

Shannon nickte bestätigend, als er grinste. »In Ordnung. Ich werde dich zu meinem Partner in meinem Zuchtgestüt für Rennpferde machen.«

Fergus hörte kaum zu, seine Gedanken eilten schon in die Zukunft, und er sagte gedehnt: »So weit so gut. Wie ich schon sagte, werde ich das notwendige Heu von Irland herüberbringen lassen, aber ich denke, daß wir die Sache noch besser anpacken könnten. Warum züchten wir die Pferde nicht hier, und lassen sie während des ersten Jahres bei uns das gute, kräftige schottische Gras fressen? Dann verschiffen wir sie nach Irland, wo wir ihnen auf dem Gut der Invers den letzten Schliff geben, damit sie stärker und schneller werden.«

»Würde dein Bruder Ennis damit einverstanden sein und mit den Tieren nach Irland gehen, um dort die Verantwortung zu übernehmen?«

»Ich sehe keinen Grund, warum er das nicht tun sollte. Aber erstmal kann mein junger schottischer Bursche hier bleiben.«

»Falls das alles so funktioniert, wie es soll, werden Sie dann die Pferde zu den Rennen nach London schicken?« erkundigte sich Liam.

Shannon lachte. »Spinnen wir ruhig im großen Maßstab weiter. Warum nur nach London? Nachdem wir sie ausgebildet haben, schicken wir sie auf alle Rennbahnen rund um den Globus!«

Liam klopfte sich auf den Schenkel und rollte sich enthusiastisch im Gras herum. »Heilige Mutter Maria, ich kann es gar nicht erwarten!« rief er.

Shannon lachte über seinen jugendlichen Überschwang und sagte mit gespielter Ernsthaftigkeit: »Steh auf. Du ruinierst nur deine Reitstiefel, und deine Kleidung wird mit

Dreck verschmiert sein. Da du jetzt ein Geschäftsmann bist, mußt du immer adrett ausschauen.«

Liam wischte sich die Augen und stand auf. »Ich kann mein Glück gar nicht richtig fassen. Ich möchte Ihnen beiden danken, daß Sie mir eine Chance geben.«

Fergus erwiderte: »Nun, wenn wir von unserem Ausritt zurück sind, kannst du Ellen alles erzählen. Du hast sie vernachlässigt.«

Später an diesem Abend saß Fergus mit Liam, Ennis und Angus am großen Eßzimmertisch, wo sie die Details besprachen.

»Ich bin froh, daß du an Ennis gedacht hast«, stellte Angus fest, »er braucht mal eine echte Herausforderung, an der er sich messen kann.«

Ennis grinste etwas schief. »Ich bin jahrelang zwölf Stunden jeden Tag langsam über die Felder dahintrottenden Tieren gefolgt, da könnte ich wirklich mal eine Abwechslung vertragen.«

Angus kratzte sich am Kinn. »Ich müßte dann aber zwei oder drei Jungs einstellen, die deine Arbeit übernehmen.«

»Du wirst mindestens drei brauchen, damit sie mein Arbeitssoll erfüllen«, stimmte ihm Ennis zu.

»Vater, mach alles, was du für notwendig erachtest«, stärkte ihm Fergus den Rücken. »Da wir bald abreisen, werde ich für dich eine beträchtliche Summe Geldes auf der Bank hinterlegen.«

»Das ist gut«, brummte Angus, »denn ich werde umgehend eine Menge Dinge in Bewegung setzen müssen. Die wichtigste Jahreszeit für die Pferdezucht steht bald vor der Tür. Bis dahin hätte ich gerne ein festes Dach über den Köpfen der Stuten, um sie ins Geschäft zu bringen.«

»Falls du mehr Geld benötigen solltest, kann es dir Shannon mit dem täglichen Postschiff schicken.« Fergus machte eine Pause. »Und da ist noch eine wichtige Sache zu klären.«

»Ja?«

»Stell bitte sicher, daß die Abwässer der Ställe und Koppeln nicht in den Lachsfluß eingeleitet werden.«

Angus lachte. »Für einen seebefahrenen Mann scheinst du wenig von fließenden Gewässern zu verstehen. Unsere Anlagen werden unterhalb des Streckenabschnitts liegen, in dem der Lachs steht.«

»Nun ja, Vater, das mag zwar richtig sein, aber der Lachs muß auf seinen Wanderungen flußaufwärts und flußabwärts da hindurchschwimmen.«

»Recht hast du, Junge! Ich werde das berücksichtigen. Rückhaltebecken werden die Abwässer während der Lachssaison aufnehmen. Wenn dann der Lachszug vorbei ist, lasse ich diese Becken ab.«

Fergus lächelte zufrieden. »Ich wußte, daß du dafür Verständnis haben würdest.

Beim Frühstück am nächsten Morgen auf der Terrasse hörte Fergus, daß sich ein Pferd auf der Straße von Kilburnie näherte. Der Postbote machte seine tägliche Zustellungstour, und Fergus ging hinaus, um ihn zu begrüßen.

»Guten Morgen, Sir«, grüßte der Mann, als er seinen Gaul vor Fergus parierte. »Das muß ein sehr wichtiges Schreiben sein – mit all den dicken Siegeln drauf!«

Fergus griff nach dem dicken braunen Umschlag und

zeichnete den Empfang ab, dann rannte er ins Haus, um nach Shannon zu suchen. »Er ist da!« brüllte er. »Er ist endlich da!«

Shannon kam die Treppe hinuntergestürmt. »Mach ihn auf«, ermutigte sie ihn.

Fergus schlitzte den Umschlag sorgfältig auf und zog ein paar Seiten Briefpapier heraus, die mit einer peniblen Handschrift bedeckt waren.

»Er ist von Onkel Jeris«, erklärte er ihr. »Er hat über seinem offiziellen Titel unterschrieben: *Sekretär des Ersten Lords für Personalangelegenheiten.*«

»Nun mach schon, lies vor«, bedrängte sie ihn.

Lieber Fergus,
ich halte Deinen letzten Brief in der Hand, in dem Du Deine körperliche Wiederherstellung meldest und um ein neues Kommando auf See bittest.

Es ist wirklich ein sehr glückliches Zusammentreffen, daß auch Lord Nelson mit mir in brieflichem Kontakt steht. Er ist auf dem Landweg durch Europa zurück nach England und geht davon aus, daß er im November wieder in London sein wird. Weiter wünscht er persönlich Einfluß darauf zu nehmen, welche Kommandanten seinem zukünftigen Geschwader zugeteilt werden.

Zwei neue Fregatten stehen im November in der Königlichen Werft direkt vor der Fertigstellung. Es werden zwei der schnellsten Schiffe sein, welche die Königliche Werft je abgeliefert hat. Ihre Geschwindigkeit und ihre Manövrierfähigkeit werden jedes französische Schiff übertreffen, behaupten die Konstrukteure. Nur ein paar der berühmt-berüchtigten amerikanischen Schoner mit

Schrattakelung werden schneller sein, aber auf die wirst Du wohl kaum stoßen.

Admiral Nelson freut sich auf sein neues Kommando und beabsichtigt, diese neuen Schiffe als Aufklärer einzusetzen. Er hat Deinen Namen und den von Kapitän Essex ganz oben auf die Liste als mögliche Kandidaten für die Kommandantenposten gesetzt. Ich nehme nicht an, daß die Admiralität es wagen wird, ihm einen jener kleingeistigen, kriecherischen, aristokratischen Kandidaten unterzujubeln, die täglich durch mein Büro ziehen. Aber es ist unbedingt erforderlich, daß Du am ersten November in London bist.

Ich vertraue darauf, daß Du noch ein paar Lachse im Fluß für mich übrigläßt und hoffe, daß ich einen Ausflug nach Norden machen kann, sobald Deine Angelegenheit hier zufriedenstellend geregelt ist und der Admiral sicher wieder auf See ist.

Herzlichen Glückwunsch zu Deiner kürzlich erfolgten Hochzeit. Shannon ist eine wunderbare Frau. Ich werde ihr Stadthaus für Dich und Deine neue Familie vorbereiten lassen. Die Tatsache, daß Du und Shannon jetzt verheiratet seid, wird einiges Gewicht für wichtige Kreise in der Admiralität haben, wird aber andererseits für Lord Nelson ohne jede Bedeutung sein.

Ich freue mich darauf, Dich bald wiederzusehen.

Mit den besten Wünschen
Jeris

Fergus begann auf und ab zu gehen, nachdem er die letzten Zeilen gelesen hatte, und schlug sich klatschend auf den Schenkel, als er die Unterschrift vorgelesen hatte. »Na also! Jetzt ist die Katze aus dem Sack! Wir müssen nach London und können ohne Probleme innerhalb einer Woche hier aufbrechen. Die Reiseverbindungen habe ich mir schon angeschaut.«

Shannon seufzte. »Ich freue mich sehr für dich, aber da gibt es noch etwas, das du wissen solltest. Ich wollte es dir nicht sagen, bevor ich nicht ganz sicher bin, aber ich glaube, daß ich schwanger bin.«

»Habe ich richtig gehört? Davon hast du mir noch nicht einen Ton gesagt.«

»Ich war mir noch nicht sicher. Allerdings ist meine Regel seit zwei Monaten ausgeblieben.«

Fergus stiegen Tränen in die Augen, während er an ihren gemeinsamen Erstgeborenen dachte. Es war nach dem Schiffbruch der *Imperious* gewesen, als ihm Shannon, die ihn damals gesund gepflegt hatte, erzählte, daß sie einen Sohn von ihm bekommen hatte, während sie noch mit Lord Malin verheiratet gewesen war. Aber der kleine Fergus war an Typhus gestorben. Jetzt, da sie endlich miteinander verheiratet waren, würde das ihr erstes gemeinsames Kind sein. Es brach aus ihm hervor: »Du solltest dann keinesfalls auf Reisen gehen.«

»Erzähl keinen Unsinn. Ich kann während der Schwangerschaft alles machen. Nur sollten wir vielleicht nicht den gesamten Weg nach London mit der Postkutsche oder in einer Kalesche zurücklegen.«

»Gut, aber dann bleiben uns nur wenige Alternativen. Wir könnten mit der Kutsche nach Edinburgh fahren und den Seeweg nach London nehmen. Oder wir können nach Glasgow fahren und dann über See bis Southampton segeln, was aber eine zweite, allerdings kürzere Kutschfahrt nach London mit sich bringen würde. Die Irische See wird sehr viel angenehmer sein als die Nordsee und der Englische Kanal.«

Shannon nickte. »Ich bin für die Irische See. Wir nehmen die Mädchen mit. Sie werden dann etwas später in die Schule kommen, aber ich denke, das werden sie schon wieder gutmachen.«

»Gut. Dann sollten wir jetzt zur neuen Koppel hinuntergehen, Liam über die Veränderungen unterrichten und dafür sorgen, daß er und Vater die Sache ins Laufen bringen.«

Hand in Hand schlenderten sie davon. Fergus achtete sorgfältig auf Unebenheiten und Löcher im saftigen Rasen, Shannon kicherte und schlug ihm scherzhaft auf den Arm. »Laß das. Ich bin so beweglich wie eh und je, und das wird auch noch für ein paar Monate so bleiben.«

An der neuen Koppel wiesen Liam und Patrick gerade die Arbeiter ein. Fergus unterbrach sie: »Liam, ich habe gerade einen Brief erhalten, der mich anweist, in der nächsten Woche nach London abzureisen. Ich plane, mit meiner Kutsche und eigenen Pferden bis Glasgow zu fahren und sie dort auf ein Schiff zu verladen. Mein Vater wird uns seine Karosse mit dem Kutscher leihen, um das Gepäck nach Glasgow zu schaffen, und in Southampton werden wir uns eine zweite Kutsche mieten. Ich brauche jemanden, der diese zweite Kutsche nach London fährt. Patrick, würdest du gerne als mein Kutscher agieren? So hat meine Frau auch in London ihre eigene Kalesche mit Kutscher.«

Patrick grinste. »Gewiß, Sir, allerdings werde ich den Lachs vermissen.«

»Dann ist das entschieden«, stellte Fergus zufrieden fest. »Du und Ellen werdet hier bleiben, Liam.«

»In Ordnung. Wir wollen nächste Woche heiraten. Ich glaube, daß sich Ihre Eltern dann viel besser fühlen werden, wenn sie an unsere Schlafgewohnheiten denken.«

Fergus lachte. »Wir schottischen Presbyterianer sind nicht so verbissen, aber es ist trotzdem eine gute Idee.«

Mehrere Tage lang eilte Shannon aufgescheucht durchs Haus, um alle notwendigen Sachen für die Reise einzupakken. Als sie fertig war, staunte Fergus: »Der Gepäckberg ist viel kleiner, als ich erwartet habe.«

»Keine Sorge«, lächelte Shannon verschmitzt. »Ich habe vor, alle Londoner Hutmacher aufzusuchen, sobald wir angekommen sind. Wie ich sehe, wirst du nach Marinemanier reisen: ein Seesack und eine Reserveuniform. Sogar ohne Degen.«

Fergus lachte. »Alle meine Uniformen sind mit der *Imperious* zu den Fischen gegangen, das gilt auch für den Degen meines Großvaters. Ich muß mir in London eine vollständig neue Ausrüstung zulegen. Für die Zwischenzeit werde ich mir hoffentlich den Degen von Jeris leihen können.«

Eine Woche später versammelte sich der Kilburnie-Clan, um Fergus und Shannon zu verabschieden. Ennis überwachte das Verstauen des Gepäcks in der zweiten Kutsche, und es wurden Kilometer von Leinen verbraucht, um all die Kisten und Säcke zu sichern. Ennis Ehefrau Eileen widmete sich den beiden Mädchen von Shannon, drückte sie abwechselnd und versicherte ihnen ein ums andere Mal, wie sehr sie sie vermissen würde.

Erst als die Verzurrungen Gnade unter Angus' Augen

gefunden hatten, kletterte die kleine Familie auf die Sitze der größeren Kutsche, die der Großvater von Fergus, Strath Kilburnie, vor vielen Jahren selbst gebaut hatte. Liam sprang leichtfüßig auf den Bock und blickte sich erwartungsvoll nach Fergus um.

Fergus grinste: »Hiev Anker, Liam, alle Segel setzen!«

Liam lachte hell auf und ließ die Pferde antraben. Patrick folgte ihnen, und langsam fuhren die Kutschen die Straße in Richtung auf das Dorf Kilburnie zu, die dann weiter nach Glasgow führte.

Während in vielen Augen so manche Träne schimmerte, waren die Augen von Fergus fest auf die Straße nach Glasgow und London fixiert. Er wartete sehnsüchtig darauf, seine Karriere fortzusetzen, und erinnerte sich daran, wie er als junger Mann auf ebendieser Straße gefahren war, um in die Marine einzutreten. Seine Karriere war sehr steil gewesen. Er konzentrierte sich auf die Unebenheiten der Straße und hielt ein scharfes Auge auf Shannon, die keine Probleme zu haben schien.

Sie bekam aber seinen forschenden Blick mit und protestierte scharf. »Fergus, hör auf, dir Sorgen um mich zu machen. Das sind nur unerhebliche Erschütterungen, denn dein Großvater hat die Kutsche solide gebaut. So wie sie sich wiegt und sanft schwingt, hat man fast das Gefühl, auf See zu sein.«

Shannon war hin und her gerissen zwischen ihrem Verlangen, auf dem Gut zu bleiben, und dem Wunsch, die Vorzüge Londons zu genießen. Ihre beiden Mädchen waren dort in einem großen Hospital unter der Aufsicht eines berühmten Geburtshelfers geboren worden, und mit dem kleinen Kilburnie hätte sie sich auf den Landarzt verlassen müssen. Sie winkte noch ein paar Mal zurück, dann wandte sie sich wie Fergus in Gedanken schon Glasgow zu. »Fergus«, erkundigte sie sich, »bist du sicher, daß du alle Reisevorbereitungen getroffen hast?«

Fergus nickte beruhigend. »Unser Schiff ist das größte seines Typs und verkehrt regelmäßig zwischen Glasgow und Southampton.« Er grinste Mary und Margaret an. »Ihr werdet es auch bestimmt ganz wunderbar finden, Mädchen.«

Das Schiff entsprach tatsächlich völlig ihren Wünschen, und die Reise nach Süden verlief in der Irischen See sehr angenehm. Es wurde erst etwas rauh, als sie David's Head rundeten und den Englischen Kanal ansteuerten. Die Geschäftigkeit beim Löschen und Beladen des Schiffes in Southampton faszinierte die Mädchen, während Fergus in Begleitung von Patrick losging, um eine zweite Kutsche samt Fuhrmann anzumieten, die das Gepäck transportieren sollte.

Die riesigen Krane quietschten und stöhnten, wenn schwere Hieven am Ende des schlangengleichen Seils angeschlagen waren. Sobald sie sich zur anderen Seite drehten, warnten laut tönende Glocken jedermann, nicht im Weg der großen Wagen zu stehen, und sobald eine Hieve dann über der offenen, gefräßigen Luke schwebte, stand ein Mann an einer der Ecken, der bis auf den Boden der Luke blicken konnte und mit erhobenem Arm und verschiedenen Handbewegungen dem Kranführer Anweisungen gab, was er mit dem Kollo machen sollte. Bald war alles in dem großen Maul verschwunden, das in den dunklen Bauch des Schiffes führte, während der Mann seinen Weg aufmerksam verfolgte. Nach wenigen Minuten erschien der leere Haken wieder, um sich einer weiteren Hieve zu bemächtigen. Die kleinen Mädchen waren von diesem faszinierendem Schauspiel gefesselt, und sie warteten darauf, daß der Lukenviez irgendwann einen Fehler machen und dann das Kollo herunterkrachen würde. Zu ihrer nicht geringen Enttäuschung geschah aber nichts dergleichen.

Nach ungefähr einer Stunde kehrte Fergus mit einer Kutsche nebst Kutscher zurück, so daß das Gepäck aufgeladen werden konnte, und die siebzig Meilen lange Reise durch das ländliche Hampton wurde ein reines Vergnügen. Keiner von ihnen hatte vorher Häuser in dem hier typischen Baustil gesehen, das ganze Land schien beinahe ein einziger Garten zu sein.

»Es ist nicht Schottland, aber auch sehr hübsch«, stellte Fergus fest.

Nach der Hälfte des Weges hielten sie an einem ruhigen Gasthof.

»Es ist wirklich schön hier«, bemerkte Shannon und unternahm mit den Mädchen eine Besichtungstour, während Fergus die Betten für ein kurzes Nickerchen testete. Als sie zurückkehrte, weckte sie Fergus. »Du hast einen schönen Nachmittag mit deinen Töchtern verpaßt.«

Fergus streckte sich. »Ich bedauere es aufrichtig, aber ich werde es wieder gutmachen. Ich gehe mit ihnen einkaufen, während du dich ausruhst.«

Shannon gähnte. »Das ist ein fairer Handel. Danke.«

Die Reise endete, als die Kutsche am nächsten Tag vor Shannons Wohnung hielt.

Onkel Jeris und Tante Martha eilten schon die Treppen

herunter, um sie zu begrüßen, und auf den ersten Blick sah Jeris mit seinem leeren Ärmel und der Augenklappe wieder einmal wie ein Pirat aus. Aber damit endete diese Ähnlichkeit auch schon. Er wirkte nämlich ansonsten wie der freundliche ältere Gentleman, der er tatsächlich war.

Martha wog ungefähr fünfzig Pfund mehr, als sie eigentlich wollte, aber sie liebte die Ergebnisse ihrer eigenen Kochkünste einfach zu sehr. Sie hätte gern selbst Kinder gehabt, doch sah sie nun in Fergus den Sohn, der ihr versagt geblieben war. Ihr graues Haar war streng aus ihrem weichen, freundlichen Gesicht nach hinten gekämmt. Zuerst umarmte sie Fergus fest, danach auch Shannon, anschließend sagte sie: »Wir haben gegen die Kühle des Herbstes ein Feuer im Kamin angezündet. Das Essen wird in Kürze fertig sein.«

Die Mädchen fragten: »Können wir helfen?«

»Natürlich. Ihr könnt den Tisch decken. Ich vermute, daß eure Eltern sich mit Onkel Jeris eine kleine Stärkung im Salon gönnen werden.«

Das Essen war ausgezeichnet, denn das von Martha zubereitete Mahl schmeckte so gut, wie es gerochen hatte, aber Fergus spürte, daß Jeris es kaum noch aushalten konnte, seine Neuigkeiten in einem Gespräch unter vier Augen loszuwerden. So erhob Jeris sich auch gleich nach dem Dessert und forderte Fergus auf: »Wir sollten unseren Port in meinem Arbeitszimmer nehmen. Ich bin sicher, daß uns die Ladies für einen kurzen Augenblick entschuldigen werden.« Im Arbeitszimmer reichte Jeris Fergus die Karaffe mit dem Portwein und setzte sich. »Ich kann nicht mehr richtig eingießen. Meine rechte Hand schmerzt von der anstrengenden täglichen Schreiberei. Deine Aussichten sind blendend. Ich habe in der nächsten Woche in meinem Büro in der Admiralität ein Treffen für dich und den jungen Essex mit Admiral Nelson arrangiert. Ich bin sicher, daß ich das Ergebnis der Unterredung schon kenne.«

Fergus nickte. »Ich bin bereit.«

»Vorher gibt es noch etwas anderes zu erledigen. Du mußt morgen mit Lord Satterfield speisen. Du bist ja schon einmal im White's Club gewesen.«

»Ja. Aber ich muß erst neue Uniformen in Auftrag geben. Meine alten sind alle bei dem Schiffbruch verlorengegangen.«

»Du wirst sie morgen abend nicht brauchen. Dieses Mal sollte ein ziviler Anzug ausreichen. Aber du kannst zu Gieves gehen und eine vollständige Ausrüstung ordern, bevor du zu dem Treffen mit Admiral Nelson kommst. Das Schneidern wird sicherlich mehr als zwei Wochen in Anspruch nehmen, aber sie können dir vorher bestimmt schnell eine provisorische Uniform zusammenstricken.«

»Danke, Onkel Jeris. Ich kann dir gar nicht genug danken.«

Jeris lächelte. »Doch, das kannst du. Halte nur mein Häuschen auf deinem Gut in Schuß und informiere deinen Verwalter von unseren Plänen. Ich würde gerne zum Angeln fahren, wie ich dir schon geschrieben habe, möglichst bevor der Winter hereinbricht, aber erst nachdem Admiral Nelson die Stadt verlassen hat.«

»Dein Haus wird zusammen mit meinem von einem jungen Ehepaar gepflegt, das erst kürzlich von Irland herübergekommen ist, um sich um Shannons Pferde zu kümmern. Sie haben alles für dich vorbereitet – nur den Fisch nicht. Darum mußt du dich schon noch selber kümmern.

Und an einem deiner Urlaubstage wirst du eine Überraschung erleben.«

»Ja?«

»Wir züchten jetzt außer dem Lachs auch schottisch-irische Rennpferde.«

»Wofür?«

»Wir hoffen, daß wir sie überall auf der ganzen Welt gegen die besten Wettbewerber in Rennen einsetzen können.«

»Was hast du eben mit schottisch-irisch gemeint?«

»Wir züchten natürlich nur mit den besten Hengsten und Mutterstuten, die wir zusätzlich zu denen ankaufen werden, die wir bereits besitzen. Wir werden die Zucht in den Ställen und Koppeln aufbauen, die wir bereits auf meinem Grund und Boden haben. Ein Jahr lang werden die Tiere auf kräftigem schottischem Gras heranwachsen, aber danach werden wir sie nach Irland verschiffen, wo sie dann auf Shannons Gütern leben und ein weiteres Jahr geformt und trainiert werden.«

»Das klingt, als ob das Lord Satterfield sehr interessieren könnte. Er liebt Pferderennen über alles. Darf ich ihm davon erzählen?«

»Natürlich, aber wahrscheinlich werde ich doch wohl der erste sein, der ihn darüber informiert.«

3
Ein Abendessen im White's

Am nächsten Morgen verließ Fergus in Shannons Kutsche, die von ihrem Kutscher Shepherd gelenkt wurde, zeitig das Stadthaus. Patrick saß neben ihm.

»Für die notwendige Einweisung und die Probefahrten«, hatte Fergus Patrick erklärt, »brauchst du ein paar Tage zusammen mit Shepherd, um dich an den dichten Straßenverkehr in London zu gewöhnen. Danach kannst du es auch mal selbst versuchen. Er wird dir deine Aufgabe sehr erleichtern, weil er ein sehr erfahrener Mann ist.«

Patrick hatte nur mit den Schultern gezuckt. »Ich habe schon auf dem Weg hierher eine Menge davon mitbekommen. Es ist hier nicht wie in Donegal, und auch Glasgow kann sich damit nicht vergleichen. Die Kutscher hier sind wie Haie. Shepherd ist ein echter Gentleman, und ich kann mir gar nicht vorstellen, wie er mit den Schurken hier zurechtkommen will.«

In diesem Moment hielt die Kutsche vor der Front von

Gieves Naval Tailors an, Fergus stieg aus und blieb einen Moment stehen, bevor er den Laden betrat. Ein schneller Blick auf die Uniformen, die in den Schaufenstern ausgestellt waren, zeigte ihm, daß sich die Marineuniformen in der vergangenen Zeit nicht verändert hatten und immer noch aussahen wie vor einigen Jahrzehnten.

Als er die Tür öffnete, quietschte sie lautstark. Ein grauhaariger älterer Mann, um dessen Hals ein Maßband hing, erschien aus dem Nichts.

»Kann ich Ihnen behilflich sein, Sir?« erkundigte er sich.

Fergus sah ihn sich genau an, dann antwortete er: »Ich bin Kapitän Kilburnie. Ich brauche tatsächlich Ihre Hilfe.«

»Eine Uniform?«

Fergus lächelte, dann schüttelte er den Kopf. »Nein, nein, eine vollständige Ausrüstung, einschließlich eines Degens.«

»Ah, Ihr Schiff ist gesunken?«

»Ja, aber darüber möchte ich nicht sprechen.«

Der Angestellte kicherte. »Das will keiner der Männer, die so etwas hinter sich haben, aber ich werde meine Arbeit völlig diskret erledigen.« Dann rief er plötzlich aus: »Einen Augenblick mal! Sie sind doch der berühmte Kapitän Kilburnie. Ich habe von Ihnen gehört. Sie können sehr stolz auf Ihre Heldentaten sein.«

Fergus verbrachte einen interessanten Morgen, an dem er rundum vermessen wurde, während er Seemannsgarn spann, denn sobald sich herumgesprochen hatte, wer er war, umschwärmten ihn alle Schneider des Ladens. Gegen Mittag entkam er ihnen endlich. Er war um einige hundert Pfund ärmer, hatte aber die verbindliche Zusage erhalten, daß seine Uniformen von bester Qualität sein würden – »nicht wie die in den Schaufenstern«.

Während Fergus so beschäftigt war, hatte Shepherd mit Patrick eine Rundfahrt durch London unternommen. Von der äußeren Erscheinung her hätten die beiden Männer auf dem Kutschbock nicht unterschiedlicher sein können, denn Shepherd war ein Engländer in den besten Mannesjahren mit einem gepflegten Schnurrbart und einem angedeuteten Backenbart, und seine etwas pummelige Figur stand im starken Kontrast zu Patricks schlanker Gestalt und seinem keltischen Aussehen: Stupsnase, etwas schiefe Zähne, ein heller Teint und ein voller roter Haarschopf. Kurz gesagt: Shepherd und Patrick waren in vieler Hinsicht sehr unterschiedlich, aber sie wurden trotzdem sehr schnell gute Freunde.

Shepherd kutschierte durch das Stadtgebiet von London, dabei erklärte er Patrick die Namen der Straßen und Bezirke. Patrick verlor zwar bald die Übersicht, behielt jedoch eine ungefähre Vorstellung von seinem ungefähren Standort, obwohl er keinen Plan von den Londoner Straßen zur Verfügung hatte. In dem dichten Verkehr mußte die Kutsche immer wieder anhalten. Bei einer dieser Gelegenheiten traten zwei junge Frauen, die auf dem Gehsteig gestanden hatten, auf die Fahrbahn. Eine blickte in das Innere der Kutsche.

»Ah«, stellte die eine fest, »wie ich sehe, habt ihr keinen Fahrgast da drinnen.« Sie stemmte eine Hand in die Hüfte, während sie mit der anderen ihre Brüste beinahe oben aus dem Kleid herauspreßte, dabei grinste sie verschlagen und sagte: »Sir, würden Sie mit uns eine Tour durch die Stadt machen? Wir lassen Ihnen unsererseits auch einen Ritt zukommen. Ich für mein Teil würde den jungen Mann vorziehen. Cleo, du kannst dir den Daddy vornehmen.«

Shepherd grinste, zwirbelte seinen Schnurrbart, dann fragte er: »Was meinst du dazu, Patrick?«

Patrick blickte Shepherd an, klappte seinen weit offenen Mund zu und schimpfte: »Niemals! Sie würden die Polster verpesten! Die würde ich nicht mal in meinen Stall lassen.«

Shepherd lachte so herzlich, daß ihm Tränen in die Augen traten. »Junge, du hast die erste Prüfung bestanden. Wir lassen niemals Fremde in das Innere der Kutsche.«

Der Verkehr wurde wieder dünner, und Shepherd gab den Pferden die Zügel frei. Als sie sich in Bewegung setzten, sah er zu den beiden Frauen zurück, tippte grüßend an seinen Hut und rief: »Vielleicht ein anderes Mal, meine Damen.«

Die beiden kehrten wieder auf den Bürgersteig zurück und versuchten ihre Schuhe vom Straßendreck zu befreien, während die eine murrte: »Verdammt, das war ein Schuß in den Ofen, obwohl ich den Jungen ganz niedlich fand. Von Zeit zu Zeit brauche ich mal etwas Frischfleisch.«

Die andere zuckte mit den Schultern. »Ich hätte den alten Knacker vorgezogen. Bei dem hätte ich es einfacher gehabt, und außerdem glaube ich, daß er mehr Erfahrung gehabt hätte.«

»Vergiß es, meine Liebe, das ist Schnee von gestern.«

Gegen Mittag kehrten Shepherd und Patrick zurück, um Fergus wieder abzuholen. Patrick war noch immer von dem Verkehr etwas eingeschüchtert, aber trotzdem zuversichtlich. »Wenn ich vom Kutschbock herunterkomme, um mit diesen Kerlen zu streiten, dann werde ich schon zurechtkommen. Sie sind gar nicht so hart. Wenn man ihnen die Peitsche wegnimmt, dann nehme ich es mit jedem von ihnen auf.«

Shepherd lachte. »Versuch es nicht. Sobald du absteigst oder deine eigene Peitsche aus der Hand legst, überfahren sie dich. Lerne laut zu brüllen und obszöne Gesten zu machen. Ich werde dir schon alles beibringen. Du mußt vor allem lernen, das Londoner Englisch zu sprechen anstatt mit gälischem oder irischem Akzent – sonst sind deine Versuche, sie niederzuschreien, verlorene Liebesmüh!« Er mußte wieder lachen. »Du hast ja schon gelernt, dir erfolgreich die Straßenmädchen vom Leibe zu halten.«

Fergus, der zugehört hatte, kicherte. »Das ist hier ja schlimmer, als im Hafen von Neapel herumzuschippern. Die italienischen Schiffer sind Meister der Gebärdensprache und können in allen Sprachen fluchen. Shepherd, Sie müssen mich heute abend zum White's Club bringen. Ich sollte ein paar Minuten vor sieben Uhr vor der Eingangstür ankommen.«

»Jawohl, Sir, ich weiß genau, wo White's liegt. Richten Sie sich bitte darauf ein, daß wir kurz nach sechs Uhr von zu Hause abfahren müssen.«

Shannon und ihre Zofe hatten Fergus' Abendanzug vorbereitet, und die beiden Frauen und die beiden Kutscher sorgten dafür, daß er pünktlich vor dem Klub ankam.

Es war lange her, daß Fergus als frisch gebackener Leutnant im White's gewesen war. Er hatte es damals geschafft, Lord Satterfield mit seiner Vorliebe für gutes Essen, seinem

Pferdeverstand, der Vorliebe für Satterfields bevorzugten Rotwein und seinem mangelnden Interesse an der Politik zu beeindrucken, und dieses Essen hatte Fergus' Karriere nachhaltig beeinflußt. Aber das jetzt bevorstehende Treffen war sicherlich noch wichtiger. Fergus hoffte inständig, daß sein Gönner über seine Leistungen als Seeoffizier informiert war, aber auf jeden Fall würde er wahrscheinlich bald Gelegenheit bekommen, ihm etwas von den Plänen seiner Frau zu erzählen, Rennpferde zu züchten.

Pünktlich um sieben Uhr stieg Fergus die Stufen zum White's Club hinauf. Die Fassade war nicht sonderlich beeindruckend, obwohl es sich immerhin um einen der exklusivsten Londoner Clubs handelte, denn seine Mitglieder bestanden nur aus Großgrundbesitzern, hohen politischen Funktionsträgern oder Angehörigen des Adels. Er war überrascht, daß ihn der Portier sofort erkannte.

»Ah, Kapitän Kilburnie, seit wir uns das letzte Mal gesehen haben, wurden Sie befördert, außerdem sind Sie ziemlich berühmt geworden.« Er verbeugte sich leicht.

Fergus nickte dankend. »Ich bin wieder auf Lord Satterfields Einladung hier.«

»Natürlich.« Der Portier trat zur Seite. »Der Diener in der Halle wird Sie zu ihm führen.«

Als Fergus eintrat, schien der Diener fast wie von Zauberhand vor ihm aus dem Boden zu wachsen und begrüßte ihn: »Guten Abend, Kapitän. Erlauben Sie mir, Ihnen Ihren Hut abzunehmen. Aah, ja, Sie sind pünktlich – wie gewöhnlich.« Der Diener wandte sich an einen zweiten. »Bitte bringen Sie Kapitän Kilburnie zu Lord Satterfield. Er wird erwartet.«

Sie gingen an den üblichen kleinen Gruppen von Männern vorbei, die sich gedämpft unterhielten, Zeitungen lasen oder Karten spielten. Dann blieb der Diener stehen, räusperte sich und schnarrte: »M'Lord. Kapitän Kilburnie.«

Satterfield ließ seine Zeitung sinken und sagte zu dem Lakaien: »Ah, guter Mann, ich danke Ihnen.«

Lord Sinclair Satterfield war jeder Zoll ein englischer Aristokrat. Das Alter hatte ihn leicht gebeugt, aber seine große, schlanke Gestalt wurde immer noch von einer dichten grauen Haarmähne gekrönt. Obwohl sein Gehör und sein Augenlicht nachgelassen hatten, weigerte er sich, eine Brille zu tragen, doch seine Stimme, die früher ziemlich lärmend gewesen war, war auch jetzt noch immer kräftig, und sobald Lord Satterfield beim Essen eine Geschichte zum besten gab, waren alle Tische in der näheren Umgebung dazu verdammt, sie mit anzuhören. Alles, was er sagte, war stets witzig, wichtig oder zumindest vertraulich, je nach Thema. An diesem Abend hatte er sich dazu entschlossen, einen moderaten Gesprächston anzuschlagen, und Fergus hoffte, daß er diesen beibehalten würde.

Lord Satterfield erhob sich langsam, wandte sich Fergus zu und reichte ihm die Hand. »Ich bin froh, Sie wiederzusehen, mein Junge. Lassen Sie uns zu meinem Tisch gehen. Wir werden langsam schlendern müssen, da ich nicht mehr so agil bin, wie ich es noch war, als wir uns das letzte Mal hier trafen. Die Gicht hält mich in ihren Krallen, müssen Sie wissen. Mögen Sie von ihr noch viele Jahre verschont bleiben.«

Fergus bot Lord Satterfield, der trotz seines stützenden Stocks leicht schwankte, den Arm. Sie bewegten sich zwischen den Polstersesseln vorwärts, in denen ältere Herren saßen, die in dicke Nebelschwaden gehüllt waren, die sie ihren dicken kubanischen Zigarren entlockten.

Unterwegs zog Lord Satterfield die Nase kraus. »Verdammtes, stinkendes Kraut!« murmelte er. Dann blieb er stehen und deutete auf einen Lakaien, der einen Korb voller Kerzen trug und unter einem Wandleuchter stand. »Schauen Sie ihm zu«, befahl Satterfield.

Der Mann reckte sich zu dem Leuchter empor und entfernte eine blakende, halb abgebrannte Kerze. Er warf sie in den Korb und ersetzte sie durch eine neue.

Satterfield grinste wohlgefällig. »Bei White's läßt man eine Kerze nie weiter als bis zur Hälfte herunterbrennen, auch wird jede sofort ausgewechselt, sobald sie blakt oder spritzt. Dieser Mann verbringt seinen gesamten Arbeitstag damit, die vielen hundert Kerzen in den Wand- und Tischleuchtern zu kontrollieren.«

Fergus zog verwundert die Schultern in die Höhe. »Das scheint mir eine ziemliche Verschwendung von teuren Kerzen zu sein.«

»Nein, die älteren Herren brauchen sehr helles Licht, um ihre Zeitungen und die Speisekarte lesen zu können.« Satterfield ging weiter, blieb dann aber nochmals abrupt stehen und stampfte mit der Spitze seines Stocks auf den Teppich. »Sehen Sie diesen Teppich? Er liegt auf einem drei Zoll dicken Eichenparkett. Es darf nämlich nicht knarren, um die alten Herren nicht aufzuwecken. Sehen Sie die vielen Flecken, die von Zigarrenasche und Essensresten herrühren? Obwohl der Teppich sehr dick und äußerst teuer ist, wird er alle sechs Monate ausgetauscht.«

Fergus pfiff leise. »Ich bin froh, daß ich keinen Mitgliedsbeitrag in diesem Club bezahlen muß.«

Satterfield lachte. »Eines Tages werden Sie den Wunsch haben, Mitglied zu werden. Ich werde dann für Sie bürgen.« Er ging wieder langsam weiter und musterte dabei scharf die Herren in den Sesseln an ihrem Weg.

Als sie zu einem Sessel gelangten, in dem ein Mann alle viere von sich gestreckt hatte, tief schlief und seine Füße weit in den Durchgang reckte, hielt Satterfield an, schüttelte den Kopf und stieß ihn mit seinem Stock an. Der Alte kam schnell zu sich, schlug die Augen auf und starrte Satterfield drohend an.

»Oh, du bist es Sinclair. Warum achtest du nicht darauf, wohin du trittst? Du bist auf mein gichtiges Bein getrampelt.«

»Nimm doch einfach deine verdammten Stelzen aus dem Gang, Clarence. Fast wäre ich über sie gestolpert.«

»Das wäre dir ganz recht geschehen. Versuch doch beim nächsten Mal einfach über sie hinwegzuhüpfen.«

»Hüpfen! Das kann ich schon seit zwanzig Jahren nicht mehr. Du könntest statt dessen versuchen, den Genuß von Rum und Whisky etwas einzuschränken. Mein Arzt hat mir erklärt, daß meine Gicht Rotwein tolerieren würde. Versuch es doch auch mal.«

»Hau endlich ab, Satterfield! Laß mich weiterschlafen.«

Fergus führte seinen Gastgeber an dem Gentleman vorbei, der sich wieder ausstreckte, dann steuerten sie ihren Tisch an. Lord Satterfield wies ihm den Weg in den Speisesaal, gelegentlich blickte er zu seinem Freund zurück, der bereits wieder eingeduselt war.

Der Ober wies ihnen einen ruhigen Tisch in der Ecke an. Satterfield nickte zustimmend. Er ließ sich vorsichtig auf seinem Sessel nieder. »Meinen üblichen Rotwein«, wies er den herumschwänzelnden Ober an.

Der Kellner brachte eine Flasche und hielt es nicht für nötig, sie Satterfield zu präsentieren.

Lord Satterfield gluckste. »Ich habe schon vor Jahren Anweisung gegeben, mir niemals eine andere Sorte zu servieren und die Flaschen bereits im Weinkeller zu probieren. Ich muß keine Zeit damit verlieren, ihn prüfend zu beschnüffeln. Sie machen niemals einen Fehler. Ich hoffe, daß Sie ihn mögen werden.«

Fergus erinnerte sich. »Ein 77er Whitechapel glaube ich, und das ist der beste Rotwein, den ich je getrunken habe.«

Satterfield lachte. »Sie lernen schnell und Sie vergessen nichts. Übrigens habe ich festgestellt, daß ich eine gute Wahl getroffen habe, als ich damals, äh ..., Ihre Beförderung zum Kommandanten unterstützt habe. Sie haben bemerkenswerte Leistungen vollbracht.«

Fergus zögerte. »Nun ja, Sir, danke, aber ich habe mein Schiff verloren.«

Lord Satterfield schüttelte den Kopf. »Nein, nein! Sie sind große Risiken eingegangen und haben Ihre Befehle ausgeführt, dadurch haben Sie einen großen wertvollen Konvoi gerettet, der ein Vielfaches Ihres Schiffes wert war. Wie ich hörte, haben Sie Ihre Pflicht gegen jede Wahrscheinlichkeit auf Erfolg getan. Die Admiralität weiß so etwas zu schätzen und sagt das auch. Man mag dort Kommandanten, die sich gegen den Widerstand starker Feindkräfte und schwere Stürme durchsetzen. In der Navy gibt es von Ihrer Sorte leider nicht allzu viele.«

»Danke, Sir. Ich hoffe, daß ich immer noch zu dieser Kategorie gehöre.«

»Aber ganz gewiß. Was noch wichtiger ist: Auch Admiral Nelson denkt so. Ich habe während seiner Heimreise in ständigem brieflichem Kontakt mit ihm gestanden. Wie Sie wissen werden, können wir jetzt täglich mit seinem Eintreffen rechnen. Er wird Sie bald nach seiner Ankunft sehen wollen. Natürlich wird er aber zuerst seine häuslichen Angelegenheiten richten müssen. Wie Sie wissen, hat er Schwierigkeiten, seine Ehefrau und seine Mätresse voneinander fernzuhalten.«

Fergus errötete, er mußte an seine wundervolle Beziehung mit Shannon denken, daher wechselte er schnell das Thema. »Und wie geht es meinem guten Freund Kapitän Essex?«

Lord Satterfield strahlte freudig bei der Erwähnung seines Sohnes und goß Wein nach, ohne auf den Kellner zu warten. »Lassen Sie uns auf den jungen Burschen anstoßen. Ich würde sagen, daß Sie beide ein hervorragendes Pärchen von Vollblütern abgeben würden, das jede Last ziehen und gegen jeden Feind gewinnen könnte.« Er leerte sein Glas und sah sich über seine Schulter nach dem Kellner um. »Wir werden jetzt speisen, wenn es Ihnen recht ist. Sie wissen ja, was ich bestellt habe.« Dann wandte er sich wieder Fergus zu. »Ich hoffe, daß Sie das Menü mögen werden. Zwar variiert es nicht sehr, aber es ist das beste in der ganzen Stadt.«

Der Oberkellner erschien mit einem Serviertisch auf Rollen, auf dem ein riesiger Braten aus dampfendem Rindfleisch lag. Er schnitt für jeden der beiden Genießer zwei üppige Scheiben ab und füllte den verbliebenen Platz auf den Tellern mit großen Portionen Yorkshire Pudding. Nachdem er jeweils einen Teller vor den Gentlemen plaziert hatte, stellte er ein paar große Schüsseln mit Gemüse und Körbe mit warmen Brötchen auf den Tisch.

Satterfield betrachtete alles sorgfältig prüfend, dann begann er sich die Hände zu reiben. »Sehr gut!« beschied er dem strahlenden Oberkellner. »Sie haben wie üblich hervorragende Arbeit geleistet. Jetzt werden wir uns darüber hermachen.«

Fergus war überwältigt. »Ein wahres Festessen, Sir.«

Satterfield kicherte. »Dann wollen wir mal zum Angriff blasen!«

Sie aßen schweigend, nur gelegentlich rief Satterfield nach neuem Rotwein.

Schließlich, als beide Teller leer waren, bemerkte Fergus: »Sie wollten mir etwas von Kapitän Essex erzählen.«

Satterfield begann über das ganze Gesicht zu strahlen. »Natürlich hat sich Jason ausgezeichnet geschlagen. Er ist – vielleicht – etwas forscher als Sie, aber Sie ergänzen sich beide ideal. Einer von euch beiden ergreift die Initiative, und der andere bremst ein wenig: Ihr werdet ein großartiges Team abgeben. Und Admiral Nelson ist auch dieser Meinung.«

»Und wo ist Essex augenblicklich eingesetzt?«

»Er war, wie Sie wahrscheinlich wissen werden, für einige Zeit Kommandant eines Kutters, dessen Aufgabe es war, Einheiten für Handstreichunternehmen und Agenten an der französischen Küste abzusetzen. Das war wirklich verdammt gefährlich, aber er hat alles still und ordentlich abgewickelt. Jetzt wird er dafür belohnt, so wie Sie auch. Er wird sein jetziges Kommando in der nächsten Woche abgeben und nach London kommen, um sich mit Ihnen und Admiral Nelson zu treffen.«

Fergus zog tief die Luft ein. Vielleicht versuchte Lord Satterfield ihm etwas zu sagen. »Soll das heißen, daß wir zwei Schiffe kommandieren werden, die zusammen operieren sollen? Davon hat Jeris nichts erwähnt.«

Satterfield lachte. »Er hat bestimmte Auflagen, die es ihm verboten haben, Ihnen davon etwas mitzuteilen, auch wenn es sich um so erfreuliche Informationen handelt. Für mich gelten solche Einschränkungen nicht. Ich kann tun und lassen, was ich will, solange ich meinem Land damit nicht schade. Diese Information muß aber unter uns bleiben. Reden Sie auch mit Ihrem Onkel nicht darüber. Er weiß es ohnehin und wird Ihnen alles offiziell mitteilen, nachdem Admiral Nelson die gute Nachricht bestätigt hat.« Satterfield wandte sich an den Ober und forderte ihn mit einer Handbewegung auf, den Tisch abzuräumen. »Jasper, meinen Chiltonkäse und den Portwein, bitte.«

Nachdem der Käse, der Port und Schüsseln voller Nüsse an ihrem Platz standen, fuhr Lord Satterfield fort: »Erzählen Sie mir jetzt etwas über Ihr dramatisches Zusammentreffen mit den beiden französischen Fregatten, und wie es Ihnen gelungen ist, den Konvoi zu retten. Ich habe zwar alle die wunderbaren Berichte gelesen, aber ich möchte auch Ihre Version hören.« Er lauschte eine halbe Stunde lang Fergus' Darstellung, dann hob er eine Hand. »Ich könnte Ihnen die ganze Nacht lang zuhören, aber in meinem Alter habe ich nicht mehr genug Zeit dafür. Sagen Sie mir jetzt noch, wie es Ihrer Familie und Ihrer bezaubernden Gattin geht.«

Fergus begann bei dem Gedanken an Shannon zu lächeln. »Sie ist immer noch genauso schön. Wir haben geheiratet, nachdem Lord Malin bei einem Reitunfall ums

Leben gekommen war. Wie Sie wissen, hat sie zwei kleine Töchter. Natürlich habe ich die vergangenen Monate damit zugebracht, mich von den Folgen der Strandung zu erholen.« Nach einer Pause fuhr er fort, denn er wollte vermeiden, daß Lord Satterfield den Eindruck bekam, daß er zu lange auf der faulen Haut gelegen hätte: »Wir haben neue Pläne. Wir werden Rennpferde züchten, trainieren und in Rennen laufen lassen.«

Das Gesicht von Lord Satterfield leuchtete auf.

Fergus berichtete weiter: »Mein Vater läßt gerade Ställe und Koppeln auf meinem Gut bauen. Er wird die Pferde züchten und sie ein Jahr lang füttern und trainieren. Wenn sie soweit sind, werden sie auf Shannons Besitzungen in der Grafschaft Donegal gebracht, wo sie mit irischem Gras gefüttert und weiter ausgebildet werden. Wir hoffen, daß wir sie in London und überall auf der Welt bei Rennen laufen lassen werden können.«

»Mein Gott! Ihr seid wahrlich nicht faul gewesen. Ich werde ein paar Wetten plazieren, sobald ihr die Pferde laufen laßt. Halten Sie mich bitte darüber auf dem laufenden, und«, Lord Satterfield lächelte warmherzig, »richten Sie Shannon aus, sie möchte mich doch regelmäßig besuchen. Es könnte sein, daß ich ihr behilflich sein kann. Schließlich bin ich mit dem Pferderennsport schon ein ganzes Leben lang vertraut.«

Nachdem eine weitere Stunde verstrichen war, bemerkte Fergus, daß Lord Satterfield langsam schläfrig wurde. Er dankte ihm überschwenglich für den Abend und bat ihn um Erlaubnis, sich zurückziehen zu dürfen.

Lord Satterfield nickte. »Vergeben Sie mir, daß ich

nicht aufstehe und Sie nicht zum Ausgang geleite. Auch für mich war es ein herausragender Abend. Ich hoffe, daß wir ihn wiederholen können, nachdem Sie und mein Sohn mit Admiral Nelson gesprochen haben.«

Shepherd und Patrick warteten mit der Kutsche vor der Tür, als Fergus heraustrat. Patrick kletterte vom Bock, öffnete den Schlag und klappte die Stufen herunter. Dann trat er zurück und erkundigte sich: »Was muß ich als nächstes machen, Fergus? Ihnen hineinhelfen?«

»Erstens: Sprich mich in der Öffentlichkeit nicht mit meinem Vornamen an. Das ist ausschließlich für den Hausgebrauch bestimmt. Und hilf mir niemals in die oder aus der Kutsche. Reiche den älteren Damen eine Hand, aber nicht den jungen. Sie könnten dich mit ihrer Handtasche verdreschen, wenn du sie anrührst.«

»Oh, ich verstehe. *Verdreschen* sagt man auch in Irland. Also werde ich besser einen Schritt zurücktreten und versuchen, einen scharfen Blick auf ihre Knöchel zu werfen.«

Vor Shannons Stadthaus stieg Fergus aus, dankte den beiden Kutschern und polterte die Stufen zum Haus hinauf.

Shannon erwartete ihn bereits und teilte ihm nach einem herzlichen Kuß mit: »Dein Onkel Jeris erwartet dich im Salon. Er scheint sehr besorgt zu sein. Ich lasse euch beide allein.«

Fergus fand Jeris vor dem Kaminfeuer stehend vor, in der Hand hatte er ein Glas Portwein. »Ah, Onkel, wie ich sehe, wartest du auf mich.«

Jeris seufzte. »Natürlich, mein lieber Junge. Ich möchte wissen, wie dein Treffen mit Lord Satterfield verlaufen ist.«

Fergus schüttelte den Kopf. »Die ganze Sache ist höchst merkwürdig. Du weißt, was geschehen ist, und ich weiß, was passieren wird, aber wir dürfen nicht darüber sprechen.«

Jeris seufzte. »Ja, mein Junge. Ich bin sicher, daß du Verständnis für meine offiziellen Verpflichtungen hast. Alles in allem bin ich sehr glücklich, und ich werde der erste sein, der dir gratulieren wird, nachdem du mit Admiral Nelson gesprochen hast. Übrigens kannst du mir einen Punkt gutschreiben. Heute kam ein Mann von Gieves Naval Tailors zu mir und wollte wissen, warum du eine spezielle Version des regulären Entermessers anstelle eines dieser offiziellen Zierdegen bestellt hast.«

Fergus antwortete: »Wie du weißt, habe ich den vorschriftsmäßigen Degen, den ich von meinem Großvater geerbt hatte, verloren, als mein Schiff untergegangen ist. Wirst du mir deinen Degen leihen, damit ich ihn für feierliche Anlässe mit auf See nehmen kann?«

»Natürlich. Er gehört dir. Aber was hat es mit dem Entermesser auf sich?«

»Ein offizieller Degen ist schön und gut für Zeremonien, aber er taugt nicht viel zum Kämpfen. Das habe ich von Jason Essex gelernt. Er hat den Waffenmeister an Bord angewiesen, die normale, breite Klinge des Entermessers abzuschleifen, bis sie über die ganze Länge scharf und dünn war. Auf diese Weise konnte er mit der ganzen Klingenlänge Schläge zur Seite austeilen und außerdem mit der Spitze wie mit einem Florett zustoßen. Er hat damit eine Menge Schaden angerichtet. Ich habe vor, das Ding im Kampf zu tragen und fühle mich damit viel sicherer, als wenn ich mich mit so einem komischen Zierdegen verteidigen müßte.«

»Wie du willst. Für dich liegt eine komplette Uniform bereit, die du am Freitag bei deinem Treffen mit Admiral Nelson anziehen kannst. Schicke Shepherd zum Schneider, damit er sie abholt. Du mußt sie nicht extra anprobieren. Die Schneider von Gieves machen niemals Fehler. Wenn du in Übersee bist, dann schreibe ihnen, und sie schicken dir alles, was du benötigen solltest. Natürlich mußt du deine Mitte, äh, Taille, im selben Umfang halten.«

»Und wann findet dieses Treffen statt?«

»Es wird um zehn Uhr vormittags in meinem Büro abgehalten werden. Wenn du mich jetzt entschuldigen würdest, dann verabschiede ich mich und wünsche dir eine gute Nacht und viel Glück.«

4
Daring und *Dashing*

Die folgende Woche verging schnell. Shannon war damit beschäftigt, die Mädchen in der Schule anzumelden und ihren Arzt und zukünftigen Geburtshelfer aufzusuchen. Er stellte fest, daß sie völlig gesund war, und sie fühlte sich glücklich, nur störte sie der Umstand, daß ihr ihre Kleider in Kürze nicht mehr passen würden.

Fergus bereitete sich darauf vor, bald wieder auf See zu gehen. Er erwartete, daß seine Befehle von der Admiralität bald nach dem Gespräch mit Admiral Nelson bei ihm eintreffen würden. Am Freitag war er schon eine ganze Weile vor der vereinbarten Zeit in der Admiralität und stieß auf einen nervösen Onkel Jeris, der aufgeregt in seinem Büro auf und ab marschierte.

Ein paar Minuten vor zehn Uhr platzte Jason Essex in das Büro, und die beiden Kapitäne und alten Schiffskameraden umarmten sich. Fergus trat einen Schritt zurück und betrachtete Essex' stattliche, athletische Figur. Sie waren fast gleich groß, glichen einander ansonsten aber nicht. So wie Fergus eindeutig gälischen Ursprungs war – vielleicht mit einem kleinen skandinavischen Einschlag, der von eingedrungenen Invasoren der Frühzeit herstammte –, war Essex ein absoluter Sproß der Normannen, wahrscheinlich französischer Abstammung. Allerdings gab es die Familie der Satterfields schon seit Jahrhunderten in England. Essex hatte dichtes, dunkelbraunes Haar, das er kurz hielt, und seine Augen waren ebenfalls braun. Er schien von einer nervösen Energie beherrscht, die unter der Oberfläche lauerte, und war in seinen Reaktionen viel schneller als Fergus. Doch er beging manchmal Fehler, die der vorsichtigere Fergus vermied.

Fergus meinte: »Du bist noch immer in einer guten Form. Hältst du dich fit, indem du jeden Morgen in den Vortopp aufenterst?«

Essex lachte. »Gütiger Gott, nein! Der Großmast meines Kutters ist für niemanden eine Herausforderung.«

Jeris war verwirrt. »Wovon redet ihr beide eigentlich?«

Fergus erklärte: »Als wir noch Schiffskameraden waren, war es die nervige Angewohnheit dieses Kerls, jeden Tag in der Zeit der Morgenwache in den Großtopp zu klettern.«

»Na gut«, meinte Essex seufzend, »erzähl ihm die ganze Geschichte.«

Fergus schlug sich auf die Knie. »Oh, ja. Das erste Mal war es eine echte Überraschung. Du bist an Deck gekommen, als ich die Morgenwache hatte, und bist an die Wanten des Großmasts getreten. Dort hast du nach oben geschaut und den Kopf geschüttelt. Der älteste Toppgast der Wache ist hinübergegangen und fragte: ›Was ist los, Leutnant Essex? Ich kann nichts sehen.‹ Und du hast geantwortet: ›Ich glaube, ich kann da oben einen irischen Wimpel erkennen.‹

Shaugnessy, der Toppvormann, sah wieder nach oben und beharrte: ›Für mich sieht alles ganz normal aus!‹«

»Ich erinnere mich«, lachte Essex, »ich habe meine Jacke ausgezogen, meinen Hut abgesetzt und habe sie dir zum Halten gegeben. Dann sagte ich zu Shaugnessy: ›Wollen wir mal genau nachgucken?‹ Und er hat geantwortet: ›O ja, gerne!‹«

»Genauso war es«, bestätigte Fergus. »Dann hast du die Webeleinen gepackt und befohlen: ›Geben Sie das Startkommando!‹ Ich rief: ›Los!‹ und ihr seid beide losgesaust. An der Großmars wart ihr auf gleicher Höhe und habt euch Hand über Hand an der Außenseite über die Wanten hochgehangelt. Ich habe befürchtet, daß einer von euch beiden abstürzen könnte.«

»Kein Gedanke!«

Fergus fuhr fort: »Im Masttopp warst du einen Faden vorne, und als du wieder auf das Deck sprangst, lagst du zwei Faden vor ihm. Du bist leichtfüßig auf das Deck gesprungen, aber Shaugnessy war schwer am Pusten. Die wachhabende Mannschaft hatte lautstark Shaugnessy unterstützt, aber nachdem du auf dem Deck als erster angekommen warst, haben sie auch dir Beifall gezollt.«

»Shaugnessy war ein toller junger Mann, aber ich war besser in Form«, prahlte Essex.

»Dann kam der Kommandant aus der Tür seiner Kajüte geschossen und bemühte sich, die Hemdzipfel oben in seinen offenen Hosenbund zu stopfen. ›Was, zum Teufel, geht hier vor? Sie haben mich aufgeweckt!‹ Ich habe dann versucht, ihn zu beruhigen, denn er war ein sehr beliebter und fähiger Kommandant. ›Sir, Leutnant Essex und Shaugnessy waren im oben im Mast und haben versucht, im Rigg ein, äh …, Problem zu beheben.‹ ›Pah!‹ knurrte der Kapitän, ›das kaufe ich Ihnen nicht ab. Wenn Sie das nächste Mal so eine Sache ausfechten, dann benachrichtigen Sie mich bitte rechtzeitig, ich möchte eine Wette plazieren.‹ Damit stopfte er den Rest seines Hemds in die Hose, drehte sich um und verschwand wieder in seiner Kabine, wobei er versuchte, ein Grinsen zu unterdrücken.«

Essex wurde ernst. »Ja, das war ein toller Morgen. Ich erinnere mich immer gerne daran. Aber jetzt wollen wir zum geschäftlichen Teil kommen, bevor der Admiral eintrifft. Ich bin sicher, daß du weißt, warum du hier bist.«

Fergus lachte immer noch. »Nun mach mal langsam, Essex, beruhige dich. Ich weiß offiziell nichts. Außer daß wir hier antreten sollen, und wie immer bist du fast zu spät gekommen.«

»Pah, Mumpitz! Ich habe es geschafft.« Er blickte auf die Messinguhr auf Jeris' Schreibtisch, die gerade sechs Glasen – also zehn Uhr – schlug. »Der Admiral verspätet sich. Vielleicht hat ihn seine Mätresse ein wenig im Bett aufgehalten?«

Jeris lief rot an und verkrampfte nervös die Hände ineinander. »Ich bitte Sie, Herr Kapitän! Seien Sie vorsichtig mit derartigen Äußerungen. Er könnte plötzlich eintreten und Sie hören.«

Fast wäre es so gekommen. Ein Adjutant klopfte an die Tür, riß sie weit auf und trat zur Seite, dann meldete er förmlich: »Sirs, Admiral Horatio Nelson.«

Ein recht unansehnliches, kleines Männchen in der Uniform eines Vizeadmirals mit einer schlanken Figur trat ein, blieb stehen und schaute sich um. Von seiner Erscheinung ging nichts Aufregendes oder Beeindruckendes aus. Er hatte kurze braune Haare, seine Augen schienen ziemlich klein und von einer chronischen Entzündung in Mitleidenschaft gezogen zu sein. Davon abgesehen, waren seine Gesichtszüge regelmäßig geschnitten, und über seine Stirn zog sich eine lange, noch im Heilungsprozeß befindliche Narbe. Zuerst hielt er seinen rechten Arm mit dem fehlenden Unterarm hinter dem Rücken versteckt, aber als er vortrat, schob er ihn nach vorne, um sein Gleichgewicht zu halten – und niemand schien davon Notiz zu nehmen.

Fergus hatte den Eindruck, daß sich Nelson veränderte, als er vortrat und zu sprechen begann, und bald war er von seiner überragenden Persönlichkeit gefesselt. Alle körperlichen Unzulänglichkeiten Nelsons spielten überhaupt keine Rolle mehr.

Nelson winkte seinen Adjutanten zur Seite. »Vergessen Sie das Zeremoniell, Leutnant Sinclair. Ich kenne diese Gentlemen gut. Gehen Sie jetzt bitte nach draußen und kümmern Sie sich um meine Barkasse, äh, Kutsche, damit sie bereitsteht, wenn ich in einer Stunde abfahren möchte.«

Der Adjutant schwirrte ab, er machte einen etwas muffigen Eindruck.

Essex gluckste unterdrückt und sagte hinter vorgehaltener Hand zu Fergus: »Ich hatte nie das Verlangen, Adjutant werden zu wollen. Ich wäre schon gefeuert worden, noch ehe der erste Tag ganz vergangen gewesen wäre. Dieser hier wird es wohl auch nicht mehr lange machen.«

Nelson marschierte mit festen Schritten in die Mitte des Raumes und schüttelte Jeris die Hand. »Bitte entschuldigen Sie seine Großspurigkeit, Fairlie, er ist gerade erst zu meinem Flaggleutnant ernannt worden, und ich muß ihn erst noch einbrechen. Ich mag diesen ganzen offiziellen Schiet nicht, ganz besonders nicht an Land.«

Essex flüsterte wieder hinter der Hand: »Nun, wenn das so ist, dann hätte ich doch vielleicht zugesagt, als sein Adjutant zu dienen.«

Fergus zischte: »Um Himmels willen halt die Klappe. Du wirst es noch schaffen, daß wir beide gefeuert werden.«

Jeris nickte höflich. »Das kann ich gut verstehen, Sir. Ich bin sicher, daß Sie die Kapitäne Kilburnie und Essex kennen.«

»Wie Brüder, Sir.« Nelson schlenderte zu ihnen hinüber und schüttelte ihnen herzlich die Hände. Dann wandte er sich wieder an Jeris. »Könnten wir uns setzen und mit einem Glas Ihres exzellenten Port dieses Ereignis feiern? Mir geht dieser dichte Staub auf den Londoner Straßen schrecklich auf die Nerven. Ich würde zu gerne bald wieder in der frischen Luft der freien See sein.«

Jeris klingelte nach den Getränken, und die vier Männer setzten sich an den Konferenztisch. Als sie sich niedergelassen hatten, stellte Fergus fest, daß das verwundete Auge besser aussah, als er es in Erinnerung gehabt hatte. Die lange Narbe auf der Stirn, die Fergus nach der Schlacht vor Abukir Sorgen gemacht hatte, war noch immer deutlich sichtbar. An Nelsons kleine Gestalt und das Fehlen des rechten Unterarms war er gewöhnt, aber er stellte fest, daß Essex davon irritiert war.

Essex lehnte sich zu Fergus hinüber und flüsterte ihm zu: »Ich habe ihn vor etlichen Jahren nur einmal gesehen, als wir zusammen an einem Tisch saßen und zu Abend aßen. Ich hatte ihn größer in Erinnerung.«

Nelson schaute zu den beiden jungen Offizieren hinüber und lachte. »Keine Heimlichkeiten, Gentlemen. Das einzige Geheimnis hier ist, wer von Ihnen welches der beiden Schiffe kommandieren wird.«

»Jawohl, Sir«, stimmte ihm Jeris zu. »Aber bis jetzt wissen die beiden noch nicht mal, daß sie eins kommandieren sollen.«

»Nun, Fairlie, dann haben Sie die Geheimhaltung gut gewahrt. Sie können ihnen jetzt etwas über die Art der Schiffe erzählen, die sie kommandieren sollen und wann.«

Jeris schien erleichtert, daß er nicht mehr dem Druck der Geheimhaltung unterlag. Er räusperte sich. »Wie ich es sehe, Sir, hat Kilburnie ein um zwei Monate höheres Dienstalter, daher steht ihm das größere Schiff zu.«

»Fairlie, Sie scherzen. Es handelt sich um exakte Schwesterschiffe. Das eine wirkt einen Fuß länger, weil seine Galionsfigur einen Fuß weiter nach vorne ragt.«

Jeris räusperte sich wieder. »Nun, Sir, mir erschien es richtig, so zu verfahren. Allerdings muß ich gestehen, daß ich das eine von dem anderen nicht unterscheiden könnte, selbst wenn ich unmittelbar davor stünde.«

Nelson schaute ihn an, in seinen Augenwinkeln nistete der Schalk. »Jetzt können Sie es, Sir.«

Jeris wurde rot und hustete. Fergus rollte konsterniert die Augen.

Nelson rettete die Situation: »Ts, ts, Fairlie, ich hätte Ihnen den Unterschied erklären sollen. Die eine Galionsfigur ist männlich, die andere ist weiblich. Ansonsten haben die Schiffe die gleiche Verdrängung, den gleichen Riß und die gleichen Abmessungen und werden die gleiche Anzahl Kanonen und Besatzungsmitglieder bekommen. Die

Geschwindigkeit muß noch erprobt werden, aber man hat mich dahingehend informiert, daß es sich um die zur Zeit schnellsten Rahsegler handelt. Ich beabsichtige, sie gegen die Schiffe unserer gegenwärtigen Feinde einzusetzen und kämpfen zu lassen. Dabei werde ich sie zusammen oder einzeln auf gefährliche und wichtige Missionen schicken. Sie werden die Kernzelle einer Aufklärungseinheit bilden. Wenn sie so erfolgreich sein werden, wie ich das erwarte, werde ich eines Tages weitere schnelle Fregatten detachieren, und sofort kommen als Nachrichtenübermittler zwei oder drei kleine Slups dazu. Ich werde noch eine weitere schnelle Fregatte abstellen, sobald sie abgeliefert worden ist. Zusammen wird diese Flottille den Feind aufspüren, mir mitteilen, wo er sich befindet, und mich zu ihm führen.«

Jeris strahlte. »Ein neues Konzept, Sir?«

»Nicht ganz. Kilburnie hat schon auf einem Schiff innerhalb einer Aufklärungsflottille aus schnellen Fregatten gedient, die die Augen – oder muß ich besser sagen, die Ohren – von Admiral Jervis vor der Schlacht bei Kap St. Vincent waren.«

»Ohren, Sir?«

»Ja. Ihr Schiff ortete die spanische Flotte durch die Schüsse der Signalkanonen im Nebel. Wie man mir sagte, war es Leutnant Kilburnie, der als erster die Bedeutung der einzelnen Schüsse erkannte, die nach spanischem Brauch im Nebel abgefeuert wurden. Diese Information wurde über die Nachrichtenkette nach oben weitergegeben.«

Jeris blickte Fergus verwundert an. »Fergus, davon hast du mir nie etwas erzählt.«

Fergus zuckte abwehrend die Schultern und wollte etwas sagen, aber Admiral Nelson kam ihm zuvor.

»Fairlie, setzen Sie ihn in einen gemütlichen Sessel vor ein warmes Kaminfeuer und drücken Sie ihm ein gutes Glas Port in die Hand, dann wird er Ihnen sicherlich ein paar seiner Heldentaten erzählen. So wie es Kapitän Essex könnte. Falls Sie auch Lord Satterfield zu diesem Abend einladen, dann werden Ihnen die Ohren brennen. Essex hat Operationen an der französischen und spanischen Küste durchgeführt, von denen bis jetzt noch nicht einmal die Admiralität etwas weiß. Nur Lord Satterfield und ich sind eingeweiht.«

»Aber, Sir«, keuchte Jeris atemlos. »Dürfen wir denn über so etwas überhaupt sprechen?«

»Aber ja. Ihr Sinn für die Wichtigkeit von geheimdienstlichen Nachrichten ist weitaus ausgeprägter als bei dem, was eine aufgeblasene Clique in der Admiralität als Intelligence Service bezeichnet. Irgendwann müssen wir beide einmal ein persönliches Gespräch unter vier Augen über dieses Thema führen. Aber jetzt, Fairlie, mein Bester, muß ich wieder gehen. Ich muß mich noch um eine persönliche und, äh, familiäre Angelegenheit kümmern. Ich stelle fest, daß unsere Sache in warmen Tüchern ist. Die beiden jungen Hüpfer können sich jetzt ihre neuen Kommandos anschauen und sich mit ihnen vertraut machen.«

»Jawohl, Herr Admiral, mit Ihrer Zustimmung ist die Entscheidung gefallen. Ich werde die Lords der Admiralität entsprechend informieren.«

»Und den König?«

»Er wird es fast sofort wissen, genau wie die Horden der speichelleckerischen, selbsternannten Kommandanten, die sich in meinem Vorzimmer gegenseitig auf den Füßen herumtreten.«

Nelson lachte. »Sagen Sie Ihnen, daß sie in den Wind schießen sollen. Meine Entscheidung steht so fest wie der Felsen von Gibraltar.«

»Ah, danke, Herr Admiral. Das wird mir meine Arbeit wesentlich erleichtern.«

Nelson erhob sich langsam und klopfte den zwei Kapitänen auf den Rücken. Dann sagte er ernst: »Sie beide sind jetzt in Nelsons Navy. Wir werden zusammen Wunder bewirken. Ich erwarte von Ihnen, daß Sie den gefährlichsten Kurs in der Schlacht steuern, so wie ich es tun würde. Ich werde Ihnen den Rücken um jeden Preis freihalten, ganz gleich, welches Ergebnis Ihre Aktionen haben werden.«

Essex warf schnell ein: »Natürlich, Sir, Sie können sich voll und ganz auf uns verlassen.«

Fergus sagte etwas überlegter, wie es seine Art war: »Sir, wir widmen Ihnen unser Leben.«

Nelson grinste. »Dem König, unserem Vaterland und unserer Navy.«

Beiden Kapitänen wurden bei diesen Worten die Augen feucht, und Fairlie unterdrückte ein trockenes Schluchzen. »Natürlich, Sir«, erwiderten sie fast unisono.

Nelson grinste immer noch, legte grüßend die Hand an seinen Hut und wandte sich ab, dann ging er hinaus. Draußen vor der Tür konnten sie seine Stimme schneidend fragen hören: »Leutnant Sinclair, wo zum Teufel ist meine Barkasse, äh, meine Kutsche?«

»Genau vor dem Tor, Sir.«

Fergus grinste. »Leutnant Sinclair lernt schnell, aber er muß sich noch schneller bewegen, wenn er klar vom Bug seines neuen Chefs bleiben will.«

Essex lachte. »Ich denke, er wird es schaffen.«

Nachdem die Erregung über den Besuch Nelsons abgeflaut war, stellte Jeris trocken fest: »Ich vermute, daß ihr frisch vermählten Hochzeiter eure neuen Bräute kennenlernen wollt.«

Essex kicherte. »Ich bin Junggeselle, daher wird dies Schiff meine geliebte rechtmäßige Ehefrau werden. Aber Fergus ist bereits verheiratet, daher wird er wohl gerne seine neue Mätresse kennenlernen wollen.«

Fergus war ungeduldig. »Keine weiteren Worte mehr, ich will mein neues Schiff sehen. Übrigens, wie heißen die beiden Schönheiten?«

»Dein Schiff heißt *Daring*, und Essex wird die *Dashing* kommandieren. Das sind beides passende Namen, meint ihr nicht auch?«

»Wann werden sie bereit zum Auslaufen sein? Ich brenne darauf, wieder in See zu gehen.«

»Es wird nicht länger als vierzehn Tage dauern, um sie vorzubereiten, und etwa dieselbe Zeit, um alles klar zu machen.«

»Ich verstehe«, nickte Fergus.

Essex runzelte die Stirn. »Ich wünschte, es würde schneller gehen.«

»Die Admiralität hat viel Geld in diese beiden Schiffe gesteckt und möchte, daß sich die Investition schnell auszahlt. Ihr solltet Mitte Februar voll einsatz- und kampfbereit sein. Admiral Nelson erwartet, daß man ihn in zwei Monaten nach Norden in See schicken wird.« Jeris wandte sich an Fergus. »Denk dran, es ist in der Royal Navy üblich, daß du nach der Indienststellung deines Schiffes in England nicht mehr an Land kommen darfst, es sei denn, daß die Admiralität einen entsprechenden Befehl schickt.«

»Aber ich erinnere mich auch, daß meine Frau mit mir an Bord wohnen kann, während ich im Hafen liege. Ich glaube, daß Shannon dazu bereit ist.«

»Das ist immer noch so.« Jeris blinzelte Essex zu. »Und auch Sie, mein Junge, können sich ein Dutzend sogenannte Ehefrauen an Bord holen, aber immer nur eine zur Zeit. Seien Sie bitte diskret.«

Essex antwortete: »Keine Sorge. Ihnen wird nie etwas darüber zu Ohren kommen. Außerdem werde ich allmählich zu alt für alle absonderlichen Tätigkeiten, die es wert wären, ihnen zugetragen zu werden.«

Bald hielt Jeris' Kutsche vor dem Tor der Königlichen Werft. Jeris lehnte sich aus dem Fenster und sagte zu der Schildwache: »Ich habe die neu eingesetzten Kommandanten für die Schiffe Seiner Majestät *Dashing* und *Daring* bei mir. Dürfte ich sie an Bord begleiten?«

»Natürlich. Melden Sie sich im Büro des Werftdirektors, der für die Neubauten zuständig ist. Da die beiden Schiffe fast identisch sind, ersparen Sie sich viel Herumkrauchen in Staub und Dreck, wenn Sie nur bei einem Schiff an Bord gehen.«

Essex bemerkte: »Ich bin damit einverstanden. Wir sollten uns die *Daring* angucken. Ich möchte meins sowieso erst sehen, wenn es den vollen Brautschmuck angelegt hat.«

Jeris nickte. »Dann machen wir das so. Wenn wir sie heute in der Aufklarungsphase wieder verlassen, werdet ihr nicht mehr an Bord dürfen, bevor sie in Dienst gestellt werden.«

Fergus wurde ungeduldig: »Ja, Onkel, ich habe das verstanden. Laß uns weitermachen.«

Die Kutsche fuhr an der Seite der *Daring* vor. Auf der Pier und dem Deck herrschte ein kolossales Tohuwabohu aus den Ausrüstungsgegenständen des Schiffes, Bauteilen und herumeilenden Arbeitern. Die Umrisse des Schiffes waren erkennbar, und die Geschütze lugten aus ihren Pforten, da die Werftgrandies gerade die schweren Klappen nach oben hievten und einsetzten. Nachdem die Kapitäne über die behelfsmäßige Gangway an Bord geklettert und auf dem Deck angelangt waren, blieb Fergus stehen und blickte an den Masten empor, die bereits eingesetzt worden waren. Ameisengleich wuselte dort oben eine Armee von Arbeitern im Rigg, um das stehende Gut anzubringen, das die riesigen Masten halten und unterstützen sollte. Andere Männer versahen die Masten mit Rahen, die mit einem Netz aus Tampen versehen waren, um die schlanken Rundhölzer an ihren richtigen Platz zu bringen. Später einmal würden an diesen Spieren die Segel angeschlagen werden. Jedes Mal, wenn ein Tampen an seinem richtigen Platz befestigt worden war, verwandelte er sich aus einem Stück »Seil« in »Tauwerk«, in ein »Fall«, mit dem die Segel gesetzt wurden, oder in eine »Schot«, die zur Kontrolle des Anstellwinkels der Rah in Relation zum Kiel gebraucht wurde. Auch andere Leinen wurden nach ihrem Zweck benannt, so zum Beispiel die Loggleine.

Unter Deck hämmerten und sägten Zimmerleute mit großer Unbekümmertheit. Was für einen Außenstehenden wie ein einziges Durcheinander aussah, verriet den erfahrenen Augen der beiden Seemänner, die jede Einzelheit kritisch musterten und in sich aufnahmen, daß das Schiff in all seinen Teilen in weniger als einem Monat fertig sein würde. Auch ein kurzer Rundgang durch den Bereich, in dem sich später die Unterkünfte befinden würden, verlief zufriedenstellend. Fergus war sicher, daß Shannon bei ihren kurzen Besuchen an Bord in seiner Kabine recht gemütlich untergebracht sein würde.

Schließlich stellte Fergus fest: »Ich habe genug gesehen. Wir sollten uns jetzt die Linien des Schiffes von der Pier aus anschauen.«

Essex nickte. »Das wird uns ein Urteil erlauben, ob die Schiffe schnell sein werden oder nicht.«

Auf der Pier begannen die drei am Heck und wanderten langsam nach vorne. Am Bug angekommen, wieherte Essex fröhlich: »Eine verdammt aufregende Galionsfigur hast du da an deinem Schiff. Du solltest ihr ein paar Kleidungsstücke um ihre Aufbauten legen. Jetzt weiß ich, was dein Schiff einen Fuß länger als das meine macht.«

Fergus seufzte. »Ich fürchte, das ist wohl wahr. Dein griechischer Krieger ist zwar sehr muskulös, aber verglichen mit meiner Galionsfigur flachbrüstig. Meine Janmaaten werden das ganz in Ordnung finden. Es ist ihnen schnurzpiepegal, wie weit die Dinger nach vorne herausragen. Sie haben nur ein Auge für ihre Schönheit.«

Essex hob die Schultern. »Ich bezweifle das zwar, aber so soll es sein. Es läßt dein Schiff jedenfalls nicht besser kämpfen.«

Die beiden Kapitäne blieben stehen und blickten sich an. Essex war wie immer der erste, der wieder etwas sagte. Er stieß einen anerkennenden Pfiff aus. »Es werden Schnellsegler sein.«

Fergus nickte nüchtern. »Die Konstrukteure haben die Linie bei den Franzosen abgekupfert.«

Jeris bestätigte das: »Natürlich. Das machen wir schon seit langer Zeit. Französische Schiffe sind schon seit vielen Jahren auf Grund ihres Linienrisses die schnellsten Segler auf dem Wasser. Aber jetzt sind wir der Ansicht, daß unsere Schiffe den Froschfressern ebenbürtig sind, und Veränderungen in der Beballastung und bei der Maststellung könnten noch den einen oder anderen zusätzlichen Knoten in der Geschwindigkeit bringen.«

Fergus zuckte mit den Schultern. »Mehr können wir nicht verlangen.«

»Nein, das ist es nicht. Wann immer wir ein französisches Schiff erobern, erproben wir sorgfältig, wie schnell es ist. Wenn es überzeugt, kopieren wir seine Linien und arbeiten sie in unsere nächsten Neubauten ein.«

Fergus schüttelte verwundert den Kopf. »Warum schaffen das unsere Konstrukteure nicht selbst? Es handelt sich doch um nichts Geheimnisvolles oder Magisches.«

Jeris nickte zustimmend. »Das habe ich mich auch schon gefragt. Ich habe sogar schon die Konstrukteure der Königlichen Werft gefragt, warum unsere Schiffe immer so langsam sind. Sie haben mit den Schultern gezuckt und dann weise genickt. Schließlich haben sie geantwortet: ›So war das schon immer, und so haben wir das schon immer gemacht. Unsere Schiffe sollen breit, stark und schwer gebaut sein. Die Franzosen legen Wert darauf, daß sie schnell segeln.«

Essex, der aufmerksam zugehört hatte, mischte sich ein: »Wenn ich Glück habe, werde ich eines Tages in der Admiralität landen. Ich hoffe, daß ich dann ein paar Dinge verändern kann, falls ich dann noch am Leben bin.«

Fergus stieß ihn in die Rippen. »Darauf würde ich mich nicht verlassen. Du lebst zu dicht neben der Gefahr, um weiter auf der Rangliste nach oben zu klettern. Du hast Glück gehabt, daß du überhaupt so alt geworden bist.«

Essex stimmte zu: »Wahrscheinlich hast du recht, aber in der Zwischenzeit müssen wir das beste aus dem machen, was wir haben. Mein Vater hat mir versprochen, dafür zu sorgen, daß wir ein paar schnelle Slups bekommen, die wir als Späher und Nachrichtenübermittler einsetzen können. Der Einsatz von amerikanischen Schonern mit ihrer Takelung aus Schratsegeln wird dafür sorgen, daß sie alle Rahsegler im freien Wasser in der Geschwindigkeit um mindestens fünf Knoten übertreffen.«

»Irgendwie hat die Loslösung von dem lähmenden Konservatismus unseres Landes und seiner Schiffbauer befreiend auf die Köpfe der Amerikaner gewirkt«, stellte Fergus fest. »Sie sind schon mit einigen Neuerungen aufgefallen und sind bereit, einige auszuprobieren, die wir abgelehnt haben. Sie benutzen Schiffe mit einem Schonerrigg, die deutlich schneller als Rahsegler sind. Deshalb muß man damit rechnen, daß sie auch neue Methoden im Schiffbau ausprobieren werden. Ich glaube zwar nicht, daß sie jemals in der Lage sein werden, ein wirklich großes Schiff mit Schonertakelung zu bauen, denn seine schmale Form verhindert, daß es viele schwere Geschütze führen kann. Aber merkt euch meine Worte: Sie werden einen Rumpf konstruieren, der so fest wie Eisen sein wird, zumindest werden sie eine Menge Eisen da drinnen haben.«

»Wie das?«

»Sie werden lange Eichenplanken für den Rumpf benutzen, die mit Eisenbolzen verbunden werden. Sie verfügen über Tausende großer Eichenbäume, während unsere fast verbraucht sind.«

»Und was noch?«

»Vielleicht Kreuzverbände, die dem Rumpf eine größere Festigkeit verleihen? Die Aussicht darauf ist beängstigend.«

Essex nickte. »Und du und ich werden eines Tages gegen diese Monster kämpfen müssen. Sie könnten dann die Meere kontrollieren.«

Fergus seufzte: »Das liegt noch in weiter Ferne. Jetzt wollen wir erstmal diese wunderschönen Schiffe nutzen. Nun, wir haben hier alles gesehen, was wir sehen wollten, Essex, und wir müssen uns bald zusammensetzen, um uns zu überlegen, wie wir die Pläne Admiral Nelsons ausführen wollen. Wie wäre es mit dem nächsten Mittwoch?«

»Gut, aber mein Vater würde gerne dabei sein. Wir schulden ihm so viel. Er wird uns zu White's einladen, wenn wir ihn bitten, uns Gesellschaft zu leisten.«

»Du hast recht. Ich werde Lord Satterfield fragen und dir dann eine Nachricht schicken. Jetzt wollen wir nach Hause gehen.«

In Shannons Stadthaus stürmte Fergus durch die Eingangstür, rief nach Shannon, und sie kam so schnell wie möglich nach unten. Zärtlich nahm er sie in die Arme und grinste breit. »Ich sehe mit Befriedigung, daß du mit meinem Sohn sehr vorsichtig umgehst.«

»Warum glaubst du, daß es ein Sohn wird?«

»Reines Wunschdenken. Eigentlich bin ich in jedem Fall glücklich.«

»Du siehst in der Tat sehr glücklich aus.«

»Admiral Nelson ist noch immer so anfeuernd, wie ich ihn in Erinnerung gehabt habe. Unser Treffen war sehr angenehm.«

»Hör auf zu schwafeln und erzähl mir ...«

»O ja, natürlich.« Fergus' Gesicht zeigte den Anflug eines Lächelns. »Er hat bestätigt, daß Essex und ich die beiden schnellen Fregatten kommandieren werden, die auf der Königlichen Werft in Bau sind. Meins wird die *Daring* sein und die von Essex heißt *Dashing*.« Nun grinste er breit. »Meine ist ein Fuß länger.«

»Ich dachte, es handelt sich um Schwesterschiffe.«

»Das ist richtig. Aber meins hat eine weibliche Galionsfigur mit einem sehr großen Busen. Er hat nur einen flachbrüstigen männlichen Krieger.«

»Und diese Frau ragt einen Fuß weiter nach vorne als sein Mann.«

»O ja, ganz deutlich. Und sie ist so nackt wie an dem Tag, an dem sie geboren, äh, geschnitzt wurde.«

Shannon seufzte. »Ich wußte, daß du in etwas Derartiges hineingeraten würdest.«

»Ich habe damit nichts zu tun, und wenn du damit Schwierigkeiten hast, dann stell dir Onkel Jeris als einen alten wollüstigen Bock vor, der die Entscheidung getroffen hat.«

»Hör auf! Er ist ein netter alter Gentleman. Jetzt beschreib mir die Kabine des Schiffes.«

»Im Augenblick ist sie noch voller Bauholz und Holzsplitter. Du müßtest auf dem nackten Deck schlafen, vielleicht könnte ich es mit ein paar Händen voller Holzwolle polstern.«

»Hör auf mit der Neckerei!« befahl Shannon. »Es ist schon schlimm genug, daß ich dich an dieses nackte Weibsstück verliere, wenn du monatelang auf See bist. Übrigens, wie heißt die Galionsfigur?«

»Ich weiß es nicht. Ich denke, daß ich sie nach dir, also Shannon benennen werde«, neckte er sie.

Shannon stöhnte: »Das reicht – oder du bekommst kein Essen. Jetzt setz dich in den Salon und warte auf mich. Ich werde gleich bei dir sein, nachdem ich mit der Köchin geredet habe. Und ich würde vorschlagen, daß du dir einen anderen Namen ausdenkst, wenn du keine Holzwolle zum Abendessen haben willst.«

Als sie sich zum Gehen wandte, rief er ihr nach: »Ach, ich erinnere mich jetzt wieder. Auf der Werft haben sie mir erzählt, daß die Galionsfigur bereits den Namen Eurydike bekommen hat. Du bist also auf der sicheren Seite.«

»Das gilt auch für dich. Setz dich.«

Am nächsten Morgen, als er mit seiner Kutsche nach Hause fuhr, begann Fergus über das Pferdetraining nachzudenken, das er und Shannon einführen wollten. Die Briefe von seinem Vater und Liam legten Zeugnis darüber ab, daß alles seinen Gang ging. Aber um den letzten Teil, den Plan, der festlegte, wie die Pferde auf die Rennplätze Londons eingeführt und wie die Verschiffung vonstatten gehen sollte, hatte sich noch niemand ernsthaft gekümmert. Als er sich aus der Kutsche hievte, nachdem er zu Hause angekommen war, blickte Fergus zu Shepherd hoch, der auf dem Kutschbock thronte.

»Shepherd, kommen Sie doch bitte in den Salon, nachdem Sie sich um die Kutsche und die Pferde gekümmert haben und trinken Sie mit uns eine Tasse Tee.«

Zehn Minuten später trat Shepherd ein. Er hatte den Hut in der Hand und sah etwas unsicher aus.

Wie sie es immer so vorzüglich verstand, beruhigte ihn Shannon: »Shepherd, legen Sie Ihren Hut da drüben hin und setzen Sie sich zu uns. Wie nehmen Sie üblicherweise Ihren Tee?«

»Ohne alles, Ma'am.«

Shannon goß ihm den Tee ein und begann: »Sie müssen schon gehört haben, daß Fergus und ich damit begonnen haben, in Schottland Rennpferde zu züchten und bereits einige auf meine Besitzungen in Irland verschifft haben, um ihnen dort den letzten Schliff zu geben.«

»Ja. Madam. Ich habe von Patrick davon gehört, aber ich kenne keine Einzelheiten. Ich habe schon immer Pferde geliebt. Ich habe viele Jahre damit verbracht, die meines Vaters zu trainieren und zu reiten, als ich noch klein genug war, um als Jockey fungieren zu können.«

Fergus spitzte die Ohren. »Ihr Vater war ein Pferdetrainer?«

»O ja! Er hatte mehrere Rennpferde, aber er ist vor ein paar Jahren gestorben.« Shepherd senkte den Kopf. »Danach haben meine Mutter und ich versucht, den Bauernhof und den Rennbetrieb aufrechtzuerhalten, aber wir konnten das finanziell nicht durchstehen. Ich mußte mir eine Arbeit suchen, um die Farm zu retten.«

Fergus schaute Shannon an und spitzte die Lippen. »Wir wollten Sie eigentlich bitten, mit Shannon ein paar Fahrten in die Umgebung von London zu unternehmen, um einen Hof ausfindig zu machen, der für das letzte Training und die Unterbringung ihrer Pferde geeignet ist. Bringen Sie morgen als erstes Shannon zu Ihrem Hof.«

Shepherd erhob sich lächelnd. »Ich werde die Kutsche gleich nach dem Frühstück bereithalten.«

»Gut. Sie begleiten Shannon ins Umland, Patrick kann mich zur Werft fahren. Wir sprechen uns morgen abend wieder.«

Shannon nickte und sagte zuversichtlich: »Ich glaube, wir werden morgen einen großen Schritt nach vorne machen.«

Nach dem Essen am nächsten Abend saßen Fergus und Shannon bei einem späten Kaffee. Fergus begann: »Erstens, das ganze Projekt muß dir gehören und über deinen Namen laufen. Als Marineoffizier kann ich in der Öffentlichkeit nichts machen, außer vielleicht deine Pferde anzufeuern. Ich wäre gerne voll dabei, aber ich muß akzeptieren, daß die Gäule deine Sache sind.«

»Das verstehe ich.«

Fergus lehnte sich zurück und goß sich Kaffee nach. »Jetzt berichte mir: Wie ist es heute gelaufen?«

»Nun, mir war gar nicht klar, was für eine Perle wir in Shepherd haben. Sein Vater hat Pferde trainiert und Rennen beschickt. Shepherd hat als Jockey fungiert und auch jahrelang mit seinem Vater zusammen Pferde trainiert, so wie er es uns gestern abend erzählt hat. Ich habe in den alten Rennberichten nachgeschlagen.«

»Ich nehme an, daß sie nicht sonderlich erfolgreich waren.«

»Nein, aber das lag nicht an ihnen. Es mangelte ihnen an Kapital, um wirklich gute Pferde zu kaufen und um alle Erfordernisse zu erfüllen, die bei so einem Unternehmen notwendig sind.«

»Und die sogenannte Farm?«

»Dabei handelt es sich um einen wirklich alten Besitz.

Das Haus ist ein altes Herrenhaus aus Stein und bis auf das Dach in einem guten Zustand. Es hat zehn Schlafzimmer, eine riesige Küche und auch einen geräumigen Speisesaal. Sogar die Scheune ist aus Stein, aber auch sie benötigt ein neues Dach. Zehn Stellplätze.«

Fergus resümierte: »Wir brauchen Platz für dreißig Jokkeys, Pferdejungen und Trainer.«

»Ja. Und wir müssen auf der Rückseite des Haupthauses ein kleines Schlafhaus bauen. Dazu einen Stall für zwanzig weitere Boxen und eine große Lagerfläche.«

»Ich nehme an, du bist entschlossen?«

»Ja. Ich würde Shepherd gerne einen Pachtvertrag über zehn Jahre anbieten mit einer Vereinbarung, daß ich die notwendigen Reparaturen und den Ausbau übernehme. Der Pachtvertrag kann enthalten, daß wir die Bauten stehen lassen, falls wir uns entschließen sollten, die Pacht nicht zu verlängern.«

»Wird er das akzeptieren?«

»Er war begeistert, als ich es vorgeschlagen habe. Er hat von sich aus vorgeschlagen, den Posten eines Geschäftsführers zu übernehmen, und seine Mutter erklärte sich für die Haushaltsführung und die Küchenarbeiten bereit. Zwei seiner Brüder werden ihm helfen.«

Fergus lehnte sich zurück und lächelte. »Nun gut, dann ist alles geregelt. Patrick kann dein Kutscher werden, und Shepherd soll einen Ersatz ausfindig machen, der mich fährt.«

Shannon fuhr fort: »Ich habe vor, ihm einen Vertrag über ein Jahr mit einem angemessen Gehalt als Verantwortlichem anzubieten. Wenn er Erfolg hat, kann das auch gesteigert werden.«

»Ich bin froh, daß das alles geregelt ist, bevor ich auslaufen muß. Schließlich wollen wir im nächsten Jahr schon Rennen laufen. Ich kann es gar nicht erwarten, Lord Satterfield die Einzelheiten zu erzählen. Er hat sich angeboten, dir zu helfen, wenn ich weg bin. Er ist seit vielen Jahren mit dem Renngeschäft vertraut.«

»Ich glaube, wir schaffen das alleine«, beharrte Shannon starrköpfig.

»Versuch das nicht. Lord Satterfield hat uns bereits geholfen, und er ist in der Politik und im Renngeschäft eine sehr einflußreiche Persönlichkeit.«

»Ich werde es mir merken.«

»Du weißt, daß der König die meisten Rennbahnen und alle Pferde in England kontrolliert.«

»Ja, das weiß ich, und ihn zu umgehen, dürfte sehr schwierig sein.«

Fergus nickte. »Lord Satterfield ist ein Günstling des Königs. Das darfst du nie vergessen.«

Jetzt grinste auch Shannon. »Und er scheint mich zu mögen.«

5
Unterwegs

Als Fergus Lord Satterfield vom Ausgang des Treffens mit Admiral Nelson informierte, lud Satterfield augenblicklich Jeris und die beiden Kapitäne zu einem Dinner bei White's ein.

Satterfield war wie immer ein großartiger Gastgeber und schwieg, als die Zungen der beiden jungen Kapitäne durch den Rotwein gelöst wurden. Sie beschrieben die Eigenschaften und Qualitäten ihrer beiden Schiffe und unterhielten sich darüber, wie wohl die maximale Geschwindigkeit herausgekitzelt werden könnte und wie man am effektivsten gegen ein, zwei oder drei feindliche Schiffe operieren sollte.

»Geschwindigkeit, immer zuerst die Geschwindigkeit«, rief Essex erregt aus. »Das ist es, was Admiral Nelson will.«

»Und Manövrierfähigkeit«, fiel Fergus ein.

Jeris bemerkte: »Eure Geschwindigkeit wird es euch aber immer erlauben, euch aus einem Gefecht herauszuhalten.«

Beide runzelten die Stirn und sagten fast unisono: »Wir sind ein Teil von Nelsons Navy, und wir ziehen uns nie zurück. Niemals! Das macht der Feind!«

Lord Satterfield hieb sich auf den Schenkel und brüllte: »Da sind Sie aber ins Fettnäpfchen getreten, Jeris! Sie müssen bei der nächsten Runde Burgunder aussetzen.«

Jeris lief rot an. »Verzeihung, Sir, sicherlich haben Sie recht. Es war nur eine theoretische Überlegung.«

Satterfields Lachen verebbte, sehr zur Erleichterung einiger in der Nähe schlummernder Gentlemen, die es sich in den dick gepolsterten Sesseln bequem gemacht hatten. »In Ordnung, alter Freund, ich wußte es, ich wußte es, aber bei der nächsten Runde werden Sie trotzdem aussetzen müssen, ha, ha, ha!«

Fergus beugte sich zu Satterfield hinüber. »Sir, ich wollte Sie darüber informieren, daß Shannon im nächsten Jahr bestimmt einige sichere Gewinner laufen lassen wird. Ich werde Sie mit ein paar Tips versorgen, sobald die Termine feststehen.«

Satterfield strahlte. »Ich wußte, daß das Rennfieber in Shannons Blut liegt. Ich werde ihr Chefrepräsentant beim König sein.«

Das Treffen endete um Mitternacht, die Kapitäne wanderten Arm in Arm nach draußen, noch immer tief in Gespräche versunken. Satterfield, der ihnen mit Jeris folgte und ihm dabei half, die ausgestreckten Beine im Klub zu umschiffen, stieß ihn freundschaftlich in die Rippen.

»Sehen Sie sich diese beiden jungen Hüpfer an. Es wird bald ein paar sehr verzweifelte Franzosen mehr geben. Sie sollten sich besser schnell zu Ihrer Kutsche begeben. Es könnte sein, daß sie total vergessen haben, daß Sie ihnen folgen, und dann fahren die einfach ohne Sie ab.«

Jeris lachte. »Sie haben recht. Ich danke Ihnen für diesen herrlichen Abend.«

Satterfield sagte: »Ich bin derjenige, der allen Beteiligten danken sollte. Sie haben einem alten Mann das Gefühl gegeben, daß er wieder voller Tatkraft und von Nutzen ist.«

In den nächsten beiden Wochen war Fergus sehr beschäftigt. Er versuchte so viel Zeit wie möglich mit Shannon zu verbringen, und am Wochenende besuchte er ihre Töchter in der Schule. Er hatte seine Uniformen anprobiert und einige Änderungen vornehmen lassen, der Schliff des Entermessers war geprüft und moniert worden, bis die Angestellten von Gieves seufzten und ihm offen ins Gesicht sagten, daß sie nichts sehnlicher wünschten, als daß er endlich auf See ginge, damit sie wieder zu ihrem gewohnten Tagewerk zurückkehren könnten.

Fergus wurde immer unruhiger und brannte darauf, auf sein Schiff zu kommen. Er hatte sein Gesicht gegen die zunehmende beißende Herbstkälte eingehüllt, als er in Jeris Kutsche über das Gelände der Königlichen Werft fuhr. Fergus konnte einen schnellen Blick auf die *Daring* werfen, und zufrieden mit den Fortschritten fuhr er wieder nach Hause, wo er Shannon Bericht erstattete.

»Hat man schon eine Federmatratze für mich in deine Kabine gebracht?«

»Nein. Alles, was sie bis jetzt in dieser Richtung geschafft haben, ist, daß sie einen großen Teil des Bauholzes, das in meiner Kammer lagerte, in Sägespäne umgewandelt haben. Das scheinen sie bei weitem am besten zu können.«

Eines Abends brach Shannon beinahe in Tränen aus, als er wieder die alte Leier mit den Sägespänen anstimmte, so daß er schnell den Rückzug antrat. »Keine Sorge. Zumindest können wir zusammen in einer großen Koje schlafen.«

»Wir können in *einer* Koje schlafen?«

Fergus blickte auf ihren wachsenden Bauch und lachte: »Ich glaube, das sollten wir besser doch nicht probieren, zumindest nicht in der nächsten Zeit. Ich werde dafür sorgen, daß man eine zweite Koje an Bord schickt.«

Der Tag der Indienststellung war ein wunderschöner kalter Montag. Die Besatzung war schon zu drei Vierteln rekrutiert. In London und auf den Schiffen der Royal Navy hatte sich die Nachricht verbreitet, daß »Lucky Kilburnie« wieder in See gehen würde und daß man damit rechnen konnte, daß er wie immer das übliche runde Sümmchen an Prisengeld mit nach Hause bringen würde.

Fergus versuchte, diesem Gerücht entgegenzutreten, als Essex davon Wind bekam, aber Essex lachte nur. »Du hast Glück. Verscheuch es nicht. Ich hoffe nur, daß dein Glück anhält.«

Shannons Kutsche hielt pünktlich um zehn Uhr am Fuß der Gangway. Fergus hatte schon vor dem am Wege liegenden Büro der Werft angehalten, um sich einen Kommandowimpel zu besorgen, den Shannon jetzt fest umklammerte. Sie stiegen vorsichtig über die Stufen aus der Kutsche, und Shannon ging langsam den langen Weg über die Gangway auf das darüberliegende Deck. Da das Schiff noch nicht in Dienst gestellt war, waren noch keine Flaggen gesetzt worden, auf dem Achterdeck waren jedoch die

Vorbereitungen getroffen worden. Am Ende der Gangway wurde Fergus von seinen Leutnants begrüßt, die stramm salutierten, er erwiderte ihren Gruß. Fergus hatte großes Glück, daß er eine solch auserlesene Truppe um sich hatte versammeln können. Sein Erster Leutnant, Poston, war mit ihm zusammen auf der *Athena* gefahren und später Leutnant geworden. Leutnant Puller war auf der *Aberdeen* Midshipman gewesen und hatte es unter Fergus Anleitung erfolgreich zum Leutnant gebracht. In der Gruppe der Offiziere befand sich auch Doktor Pollitt, der als Schiffsarzt gedient hatte, als Fergus auf der *Athena* gewesen war. Auch in den Reihen der einfachen Seeleute erkannte er viele vertraute Gesichter von seinen ehemaligen Schiffen.

Leutnant Poston deutete auf die Männer vor ihnen. »Es wird keine großen Schwierigkeiten bereiten, die Lücken aufzufüllen, Sir. Wir werden mit einer vollen Besatzung und kampfstark in See gehen.«

»Danke, Poston. Fahren Sie jetzt mit der Zeremonie fort.« Er nahm Shannon den Kommandowimpel aus den Händen und reichte ihn Poston.

Der Werftdirektor trat vor. »Herr Kapitän, es ist mir eine Ehre, Ihnen dieses gute Schiff zu übergeben. Die hinter Ihnen liegende *Dashing* wird zeitgleich in Dienst gestellt, wird in allen Einzelheiten Ihrem Zeremoniell folgen und entsprechend die Flaggen und Wimpel setzen. Wenn Sie bereit sind, werde ich Ihnen jetzt das Schiff übergeben. Machen Sie bitte mit der Zeremonie weiter.«

Inzwischen hatte Poston seine Steuermannsmaaten an den entsprechenden Punkten stationiert, um den Kommandowimpel, die Kriegsflagge und die Königliche Standarte vorheißen zu lassen.

»Wir sind bereit, Sir!« meldete er.

Fergus warf einen Blick zur *Dashing* hinüber und sah ein zustimmendes Winken von Kapitän Essex. Er winkte zurück und wandte sich dann an Poston: »Sir, stellen Sie das Schiff in Dienst!«

Die Flaggen und Wimpel lösten sich aus den dünnen Bändern, die sie an den vorgesehenen Flaggleinen zu kleinen Bündeln zusammengeschnürt hatten, und das farbenprächtige Fahnentuch entfaltete sich, wurde vom Wind erfaßt und wehte steif in der kühlen Brise aus. Die Besatzungen der beiden Schiffe brachen in Hurrarufe aus.

Shannon wischte sich die Augen. »Sehr beeindrukkend!«

Fergus nahm seinen Hut ab und hob ihn in die Höhe. »Drei Hurras für die *Daring*!« rief er laut.

Das donnernde Gebrüll der beiden Mannschaften konnte überall auf der Werft vernommen werden, und die Arbeit ruhte für ein paar Minuten.

»Wieder zwei Schiffe für den König«, stellte ein Mann fest.

Ein anderer nickte. »Und die Spanier und Franzosen werden noch mehr Probleme bekommen.«

Fergus blickte nach achtern zur *Dashing*, auf der jetzt auch die bunten Flaggen knatterten. Shannon, die neben ihm stand, wischte sich noch ein paar kleine Tränen aus den Augen. Nachdem er Essex zugewinkt hatte, meinte er leise: »Er und ich werden unser Bestes für den König leisten.«

Shannon sah das wesentlich praktischer: »Und für Admiral Nelson.«

Fergus, der jetzt seine Gefühle wieder unter Kontrolle hatte, lachte. »O ja, das natürlich auch. Er nennt uns eine Gemeinschaft von Brüdern.«

Die allgemeine Geschäftigkeit auf der Werft kam nicht lange zum Erliegen. Eine Stunde nach dem Einlesen und der feierlichen Zeremonie begann die Arbeit der Verproviantierung und Munitionierung der Schiffe. Riesige Rollwagen kamen längsseits, und die Dockkrane begannen, die Fässer und Kisten an Bord zu hieven. Die schweren Fässer wurden über das Deck gerollt und in die zugewiesenen Laderäume gefiert.

Nachdem die Übernahme des Proviants beendet war, begann die Ausrüstung mit dem Schießbedarf. Die Kommandanten befanden sich während dieser »heißen« Phase die ganze Zeit an Deck. Dann wurden die schweren Kugeln in Netzbrooken und die Lagergestelle gerollt.

Als dies alles beendet war, meldete Poston: »Sir, die Magazine sind aufgefüllt und gesichert. Alle Sicherheitsmaßnahmen sind in Kraft gesetzt.«

Am zweiten Tag gestattete Fergus Shannon, mit leichtem Gepäck an Bord zu kommen. Auch andere Frauen fanden ihren Weg auf das Schiff, und Fergus blickte weg, während die »Hafenehegesponse« unter Deck verschwanden.

»Sorgen Sie dafür, daß sie alle zwei Tage vor dem Auslaufen von Bord verschwunden sind«, wies er Poston an.

Poston grinste. »Aye, aye, Sir.«

Shannon gewöhnte sich schnell an das Bordleben. Fergus hatte einen hübschen jungen Waliser mit dem Namen Evan Radcliffe als Steward eingestellt und ihn mit dem

Auftrag an Land geschickt, seine Speisekammer für die bevorstehende Reise zu füllen. Radcliffe kehrte mit einer ansehnlichen Auswahl an konservierten Lebensmitteln und einer großen Menge von frischem Gemüse und Obst zurück, die sich eine längere Zeit halten würde, ohne zu verderben. Ein Hühnerstall wurde vorne zusammengezimmert, der auch deshalb Stall genannt wurde, weil dort die wachsende Anzahl von Tieren untergebracht wurde, die nach und nach auf See geschlachtet werden würden. Die meisten Kommandanten verzehrten die Schlachttiere an ihrem eigenen Tisch, aber Fergus hatte es abgelehnt, Tiere für sich zu bestellen, was den jungen Radcliffe enttäuscht hatte.

»Das werden Sie später bereuen, Sir«, hielt er ihm in seinem walisischen Dialekt vor, aber der Kapitän war fest geblieben.

»Ich überlasse der Mannschaft dort vorne so viel Platz wie irgend möglich. Ich komme auch ohne Frischfleisch ganz gut zurecht.«

Der Monat, der für die Ausrüstung vorgesehen war, verging rasch. Und dann verließ Shannon das Schiff, in ihren Augen standen ganz deutlich die Tränen, aber sie wischte sie schnell mit einem Taschentuch fort.

»Ich werde schon zwei Wochen nach unserer Jungfernfahrt wieder hier sein, und ich werde dich und die Mädchen die ganze Zeit vermissen.«

»O ja, natürlich, und bald werden es vier sein, die du vermissen wirst.«

Am letzten Tag der Ausrüstungsperiode öffneten Fergus und Essex ihre versiegelten Befehle, die ihnen in aufwendig versiegelten Umschlägen zugestellt worden waren, und lasen sich gegenseitig den Text vor.

»Das ist einfach«, stellte Fergus fest. »Wir sollen so schnell wie möglich auslaufen und im Englischen Kanal unsere Besatzungen drillen und auf den höchstmöglichen Ausbildungsstand bringen. Dann sollen wir an diese Pier zurückkommen und uns auf den Einsatz im aktiven Dienst vorbereiten.«

Essex nickte. »Ich schlage vor, daß wir die Signalbücher extensiv nutzen, damit wir unsere Manöver optimal aufeinander abstimmen können.«

»Ja, ich werde heute das taktische Kommando haben, und du wirst an jedem geraden Tag des Kalenders kommandieren.«

»Ist mir recht«, meinte Essex. »So, jetzt aber genug des Faulenzens, wir sollten sehen, daß wir in die Gänge kommen. Der Wind und die Tide sind günstig.«

Fergus schüttelte den Kopf und lachte. »Du bist wirklich schneidig, so wie es der Name deines Schiffes verspricht. Ich sehe dich hier in vierzehn Tagen wieder.«

Essex salutierte formvollendet, meldete sich bei dem Wachoffizier ab und trottete achteraus zu seinem Schiff.

Fergus grinste und wandte sich an Poston: »Alle Mann an Deck und klar zum Auslaufen!«

Poston sah verwirrt aus. »Sofort, meinen Sie, Sir?«

Fergus nickte. »Da haben Sie verdammt recht. Wir können doch nicht zulassen, daß die *Dashing* uns schlägt, oder?«

Die Männer eilten auf ihre Stationen in der Takelage, gefolgt von der röhrenden Stimme des Segelmeisters Lombardi, der abwechselnd auf Englisch und Italienisch fluchte. Arbeiter, die man die Pier entlang latschen sah, blieben stehen und lauschten Lombardis Tiraden, als er sich mit den Männern im Vortopp zu verständigen suchte.

Fergus äußerte grinsend zu Poston: »Er ist nicht gerade ein sehr geduldiger Mensch.«

»Das kann man ihm nachempfinden«, meinte Poston achselzuckend, »aber ein großer Teil unserer Besatzung ist grün wie Gras. Er wird sie da oben einen Jig tanzen lassen, wenn wir wieder in den Hafen einlaufen.«

»Wie in den guten alten Zeiten«, grinste Fergus.

»Ja, Sir, aber ich kann mich nicht daran erinnern, daß damals alles mit so einer Hektik ablaufen mußte.«

»Nun, wir werden davon alle mehr hören, wenn wir auf See sind. Wir sind ein Teil von Nelsons Navy oder werden es doch bald sein, und der Admiral liebt die Geschwindigkeit.«

»Und wir nicht?«

Fergus lachte. »Wir haben sie immer gemocht, aber wir hatten niemals ein Schiff unter den Füßen, das uns diese Geschwindigkeit auch liefern konnte.«

Nach einigen Minuten rief Poston ein paar Werftarbeitern zu, die an der Pier faulenzten, sich um die Festmachertrossen zu kümmern. Der Wind wehte leicht ablandig und drückte sie von der Pier weg. Lombardi ließ die großen Arbeitssegel setzen. Nachdem Steuer im Schiff war, bewegte es sich langsam vorwärts, und der Segelmeister setzte den Kurs in das Hauptfahrwasser ab.

Fergus blickte auf und stellte fest, daß ihnen die *Dashing* mit einer Kabellänge Abstand folgte. »Gut gemacht, Segelmeister, wir sind zuerst draußen, so wie wir es immer sein sollten.«

Wie vereinbart, segelten die beiden Schiffe stets in Sichtweite voneinander, führten ihren internen Drill durch und feuerten schließlich mit ihren neuen Kanonen. Das noch fehlende Viertel der Mannschaften, zwei Leutnants und drei Midshipmen, waren im Laufe der letzten Woche an Bord beider Schiffe gekommen. Alle Segelbedienungsabteilungen und Geschützbedienungen waren durch den hart schuftenden Bootsmann, den Stückmeister und die beiden neuen Leutnants eingewiesen worden. Poston beschrieb die Neuankömmlinge als »überraschend gutes Material, alle wollten freiwillig an Bord dieses Schiffes gehen«.

»Erzählen Sie mir etwas über die Neuen«, befahl Fergus. »Über Sie und Puller weiß ich ja bekanntlich – fast – alles.«

»Nun ja, der ältere Leutnant, Ballinger, hat schon zehn Jahre Erfahrung auf See und ist zweimal verwundet worden. Er kommt gerade aus dem Lazarett und humpelt noch leicht, aber der Chirurg meint, daß er bald vollkommen wiederhergestellt sein wird.«

»Er ist ein sehr ehrenhaft aussehender Offizier. Und was ist mit Leutnant Meadows?«

»Er ist jung und unerfahren, aber gewitzt und eifrig.«

»Kann er navigieren?«

»Ich glaube, Sir. Zumindest behauptet er das, aber ich muß ihn erst noch auf die Probe stellen. Er fährt seit fünf Jahren zur See und hat sich seine Beförderung in einem Seegefecht verdient. Er hofft, daß er bald seine letzte Prüfung zum Leutnant ablegen kann.«

»Gut. Für diese Sorte habe ich etwas übrig. Was ist mit den Midshipmen?«

»Zwei der Jungen wurden von ihren reichen Vätern an

Bord eingekauft, und einer ist der Günstling eines Admirals. Wir müssen ein scharfes Auge auf sie haben.«

»Poston, anscheinend wissen Sie wenig über unseren Segelmeister.«

Poston lachte. »Ich habe vorhin gehört, daß er eine sehr kräftige Stimme hat. Er rüttelt damit die Männer in den Toppen auf, wenn sie herumtrödeln.«

»Ja, ich habe läuten hören, daß er auch Opernarien singen kann.«

»Das hat er tatsächlich auch schon gemacht«, bestätigte Poston, »aber er hat mir erzählt, daß er es haßte, in diesen blöden Kostümen herumzustolzieren. Auch stinkt es in den italienischen Theatern wie im Schweinstall, nach Knoblauch, nach ungewaschenen Körpern und nach was-weiß-ich. Er sagt, daß er die frische Luft hier draußen auf jeden Fall vorzieht.«

»Nun ja, nach einem Monat auf See wird es im Logis unserer Männer auch nicht nach Rosen duften.« Fergus zog bei dieser Vorstellung die Nase kraus.

»Ich glaube nicht, daß der Bootsmann zulassen wird, daß dieser Fall eintritt. Er ist ein Sauberkeitsfanatiker. Die Männer werden regelmäßig alles schrubben, was nicht rechtzeitig in der Bilge verschwinden kann. Er ist der erste Londoner, den ich kennengelernt habe, der nicht nur persönlich völlig sauber ist, sondern besonderen Wert darauf legt, daß es auch sein Schiff ist. Auf dem Schiff gibt es nicht eine einzige Ratte, und sogar die Bilgen duften frisch.«

Fergus lachte laut auf. »Er scheint auch körperlich sehr stark zu sein. Schlägt er seine Männer mit dem Tauende, das er bei sich trägt?«

»Ich habe noch nie gesehen, daß er es benutzt. Zum

einen leuchten seine Befehle den Männern immer ein, und selbst bei denen, die sie eventuell anzweifeln könnten, genügt ein Blick auf seine dicken Muskelpakete. Mich fürchten sie übrigens auch.«

»Ich vermute, daß sein Unterarm mindestens ebenso dick wie sein Starter ist«, sinnierte Fergus.

»Dieser Norweger mit den großen Händen, der Stückmeister Jansen, nimmt sich auch seinen Anteil an der Zeit der Besatzung. Ich bin eigentlich überrascht, daß es zwischen den beiden noch nicht zu einer Schlägerei gekommen ist«, überlegte Poston laut.

»Ehrlich gesagt, ich würde auf den Bootsmann setzen, allerdings ist der Stückmeister schneller auf den Füßen. Sie würden einschreiten müssen. Ich bin der Meinung, daß die beiden Deckoffiziere eine gute Arbeit abliefern.«

»Ich möchte nur nicht zwischen ihnen eingeklemmt werden.«

»Ich möchte, daß wir morgen ein schwimmendes Ziel aus den Fässern konstruieren, die wir geleert haben. Oben drauf sollte es einen kurzen Mast haben«, wies ihn Fergus an. »Wie ich sehe, hat die *Daring* da hinten am Horizont schon mit Zielübungen begonnen. Sie ist seit gestern – wie wir auch – mit den Testschüssen fertig.«

Am nächsten Morgen wies Fergus die Offiziere in den Ablauf der Übung ein, dann zog er seine Taschenuhr und befahl: »Alle Mann auf Gefechtsstation!«

Als ihm Poston das Schiff gefechtsbereit meldete, blickte Fergus auf seine Uhr und runzelte die Stirn. »Das war nicht gut genug. Fünf Minuten! Die Spanier und sogar die Franzosen hätten uns schon in Klump geschossen.«

Leutnant Puller, der Offizier mit der größten Erfahrung, erhielt die Aufgabe, mit seiner Batterie das schwimmende Ziel, das vom Segelmeister querab gebracht wurde, mit einer rollenden Salve zu versenken. Die Bedienung der Geschütze war ganz deutlich langsam, da alle Sicherheitsvorschriften beim Laden und Feuern eingehalten wurden, trotzdem lagen einige der Kugeleinschläge in der Nähe des Ziels, was die beteiligten Geschützbedienungen zum Jubeln brachte.

Leutnant Ballinger, der die andere Batterie befehligte, produzierte annähernd ebensoviele Beinahetreffer. Nach drei weiteren Anläufen erhielten die Fässer mehrere Treffer und begannen auseinanderzufallen.

»Feuer einstellen!« befahl Fergus. »Wir müssen das noch mehrfach wiederholen. Also hebt die leeren Fässer auf.«

Am Ende der Woche entschieden die beiden Kommandanten in gegenseitiger Abstimmung, daß ihre beiden Schiffe im internen Drill ausreichend fit gemacht worden waren, so daß man sich nun entschloß, dicht im Verband zu segeln und in der nächsten Woche tagsüber nach Flaggensignalen zu manövrieren. In der Nacht wollte man abgeblendete Laternen benutzen.

Fergus und Essex waren ungewöhnlich erfahren in der Handhabung von Fregatten, und das galt sowohl für die Manöver des einzelnen Schiffes als auch für die in enger Formation. Der Rest der Offiziere lernte schnell vom Beispiel ihrer Kommandanten oder aus den eigenen Fehlern.

Am letzten Tag liefen die beiden Schiffe auf Nordkurs im Englischen Kanal in Richtung der heimatlichen Werft. Essex war an der Reihe, den kleinen Verband anzuführen.

Fergus lief gemächlich auf dem Achterdeck auf und ab und sah den über dem Heckwasser kreisenden Seemöwen zu.

Plötzlich rief der Ausguck laut: »Die *Dashing* signalisiert: *Mann über Bord!*«

Dann schrie jemand: »Ich kann einen Mann im Wasser sehen!«

Fergus griff sich das lange Fernrohr, stellte es scharf ein und rief: »Ich übernehme! Ich habe den Mann in Sicht. Alles klar zur Übernahme, nachdem ich die Segel back gebraßt habe!«

Der Bootsmannsmaat der Wache rannte über das Deck und pfiff mit seiner Flöte in jedes Luk, anschließend röhrte er: »Alle Mann an Deck! Mann über Bord!«

Die Besatzung kam aus den Niedergängen gequollen, und die Männer richteten ihre Kleidung, während sie auf ihre Stationen liefen. Nach ein paar Minuten war der Mann fast voraus und etwas an der Steuerbordseite.

Fergus befahl: »Ruder Steuerbord!«

Das Schiff schwang schnell nach Steuerbord herum, die Segel killten, und das Schiff lief langsam aus und kam zum Stehen.

Als das Schiff langsam an dem Mann vorbeitrieb, wurden ihm Leinen zugeworfen, und er wurde von mehreren Männern an Bord gezogen, die sich an einer Jakobsleiter festklammerten, dann wurde er auf das Achterdeck gelegt. Pollitt untersuchte ihn kurz und diagnostizierte, daß er wohl etwas unterkühlt und im Augenblick wohl außer Atem war, sich aber sonst in einem guten Zustand befand.

»Für mich sieht er ganz in Ordnung aus, aber das Wasser des Kanals ist zu dieser Jahreszeit verdammt kalt.«

Fergus, der sich über ihn beugte, entdeckte, daß er

einen Zimmermannsbohrer bei sich hatte, der mit einer dünnen Sorgleine an seiner Hüfte gesichert war. »Was zum Teufel ist das?« fragte er den sich erholenden Seemann.

Der Matrose setzte sich langsam auf und grinste breit. »Das ist ein Bohrer. Ich habe ihn mir vom Zimmermann ausgeliehen.«

Fergus strich sich über das Kinn. »Und was zur Hölle wolltest du damit machen?«

»Ich wollte vorne ein Loch in die verdammte Galionsfigur bohren.«

»Und dann?«

»Die Jungs wollten mir ein zwei Fuß langes Stück eines Besenstiels herunterreichen, das ich in das Loch stecken sollte.«

Fergus war einen Augenblick konsterniert, dann schlug er sich auf die Schenkel. »Dieser hinterhältige, verschlagene Nichtsnutz! Er wollte für sich in Anspruch nehmen können, daß sein Schiff ein Fuß länger ist als meins.«

Poston sah verwirrt aus. »Das habe ich nicht verstanden.«

»Verstehen Sie denn nicht, was die versucht haben? Der zwei Fuß lange Penis der Galionsfigur wäre um einen Fuß länger als die Titten unserer Galionsfigur!«

Die Männer, die um den liegenden Mann herumstanden, brüllten vor Lachen.

Fergus verkniff sich das Lachen. »Nun, wenn ihr das alles so lustig findet, werde ich euch dazu abteilen, den Mann und sein Werkzeug zu seinem Schiff zurückzupullen.« Er drehte sich zum Wachoffizier um. »Lassen Sie das Signal für die *Dashing* anstecken: *Ich schicke den Missetäter einschließlich Werkzeug, aber ex Besenstiel mit dem Boot zurück!*«

Der Matrose rührte sich und stand auf. »Aber ääh, Sir, ich fürchte, daß mich Kapitän Essex bestrafen wird. Er hat nichts davon gewußt.«

Fergus schmunzelte. »Mach dir darüber keine Gedanken. Ich werde mit ihm reden. Er wird dich wahrscheinlich zum Unteroffizier befördern, wenn er von deiner schneidigen Initiative erfährt. Grüß ihn von mir und richte ihm aus, er soll dir eine extra Ration Rum ausschenken lassen.«

Der Schiffsarzt brummte: »Aber ich habe ihm schon gerade einen extra Schluck gegeben, um die Kälte zu vertreiben.«

Fergus grinste. »Der nächste wird eine Belohnung sein, und die verdient er.« Er wandte sich zum Quartermaster um. »Ändern Sie das Flaggensignal! Wechseln Sie das Wort *Missetäter* gegen das Wort *Held* aus.«

6

Die erste Schlacht vor Kopenhagen

Am nächsten Tag segelten die beiden Schiffe die Themse hinauf und machten an der Pier der Königlichen Werft fest. Jeris war über ihre Ankunft informiert worden, daher saß er schon in seiner Kutsche bereit und wartete ungeduldig auf die Gelegenheit, an Bord der *Daring* gehen zu können, sobald sie angekommen war.

Sofort nachdem die Gangway ausgebracht war, verließ Jeris die Kutsche und stiefelte an Bord. Da er nicht in Uniform war, grüßte er die Flagge nicht, sondern streckte Fergus die Hand hin. »Schön, dich wiederzusehen, mein Junge. Ich habe geheime Befehle und Informationen für dich und Kapitän Essex. Bitte schicke ihm eine Nachricht, damit er sofort an Bord kommt, nachdem er festgemacht hat.«

»In Ordnung. In der Zwischenzeit habe ich einen ausgezeichneten Schluck Port und ein paar gute Geschichten für dich parat. Laß uns in meinen Salon gehen.«

Sie nahmen Platz, Fergus angelte nach der Portweinflasche, die Radcliffe besorgt hatte, und goß sich und dem Onkel ein.

»Nun mal los, ich brauche dringend etwas zum Lachen, denn die Admiralität ist ein etwas düsterer Ort, wenn man dort ständig ist.«

Fergus erzählte ihm die Geschichte von dem über Bord gegangenen »Zimmermann« von der *Dashing* und dem Versuch des jungen Matrosen, sein Schiff zwei Fuß zu verlängern.

Jeris schlug sich auf die Schenkel und hätte fast seinen Drink verschüttet, als er versuchte, die Bewegung mit einer Hand zu erledigen. Als er sich beruhigt hatte, gluckste er: »Diese Geschichte wird innerhalb einer Woche die Runde durch alle Offiziersmessen der Royal Navy machen und in der Admiralität natürlich schon morgen. Ich gehe jede Wette ein, daß der König sie in einigen Tagen im Palast beim Portwein nach den Staatsempfängen zum besten geben wird. Ich fürchte, daß der junge Seemann von der *Dashing* euch mit seiner Unternehmung berühmt macht.«

Fergus seufzte mißbilligend. »Ich wünschte, das wäre vorbei. Ich habe schon darüber nachgedacht, ob man die, äh, Protuberanzen meiner Galionsfigur nicht etwas verkürzen kann, um diesen Wettbewerb zu beenden.«

»Nein, das kannst du nicht wirklich wollen. Seeleute lieben nun mal Wettbewerbe jeglicher Art.«

In diesem Augenblick stürmte Kapitän Essex durch die Kabinentür. Seine Ankunft auf dem Achterdeck war so plötzlich erfolgt, daß Fergus ihn nicht draußen hatte empfangen können.

Essex begrüßte sie: »Guten Tag, Mister Fairlie. Ich vermute, daß Fergus Ihnen schon von meinem Freizeitzimmermann erzählt hat.«

»Ich hoffe, daß Sie ihn belohnt haben!« Jeris begann wieder zu lachen.

Essex grinste. »Ja, aber zuerst habe ich darüber nachgedacht, ob ich ihn nicht besser kielholen lassen sollte. Haben Sie Befehle für uns?«

Jeris nickte. »Aber drängeln Sie doch nicht so. Trinken Sie zuerst ein Glas von diesem ausgezeichneten Portwein.«

»Nun gut.« Essex setzte sich auf die Kante eines Stuhles und sah zu, wie Jeris die Umschläge aus seiner Jackentasche zog, ohne seinen Port zu verschütten.

Jeris überreichte den beiden Kapitänen zwei identisch aussehende Umschläge. »Es steht in beiden das gleiche drin. Fergus, lies bitte vor.«

Fergus riß den Umschlag auf und las laut die Befehle von Admiral Nelson:

Ich werde der Stellvertreter von Admiral Sir Hyde Parker in dessen Flotte werden. Wir versammeln uns, um eine Unternehmung gegen die Dänen in Kopenhagen durchzuführen. Die Gründe für dieses Unternehmen sind bei weitem zu kompliziert, um hier erörtert zu werden. Aber wir werden gegen den 12. März auslaufen und planen, am 1. April vor Kopenhagen zu stehen.

Die Daring *und die* Dashing *sowie zwei schnelle Slups verbleiben unter meinem und Ihrem Kommando, Kapitän Kilburnie, obwohl sie letztlich natürlich ein Teil von Admiral Parkers Flotte sind. Sie werden England am 10. März verlassen, nach Norden segeln und tunlichst jeden*

Kontakt mit anderen Schiffen vermeiden. Sie werden das Skagerrak passieren, das Kattegat durchqueren und zwanzig Meilen südlich von Kopenhagen Position beziehen. Es wird notwendig sein, Kopenhagen bei Nacht zu passieren, und wenn möglich ist eine Identifizierung als potentieller Feind vor dem 1. April zu vermeiden. Nachdem Sie Ihre Station erreicht haben, patrouillieren Sie in diesem Seeraum und suchen nach Schiffen unserer potentiellen Feinde. Ich muß Ihnen diese nicht ausdrücklich benennen, aber dazu gehören die Dänen, Russen, Preußen, Schweden und Franzosen. Beobachten Sie sie und lassen Sie mich durch Ihre schnellen Slups benachrichtigen. Sobald Sie hören, daß vor Kopenhagen eine Schlacht stattgefunden hat, verlassen Sie Ihr Patrouillengebiet und melden sich bei mir, um neue Befehle entgegenzunehmen.

Ihr ergebener
Nelson of Brontë

Essex schüttelte verwundert den Kopf. »Was zum Teufel bedeutet ›Nelson of Brontë‹?«

Jeris räusperte sich. »Das ist die Unterschrift des frisch gebackenen Aristokraten, des Herzogs von Brontë.«

»Ich möchte lieber Vizeadmiral sein«, murrte Essex.

»Sicher werden Sie das eine oder das andere eines Tages sein. Aber jetzt müssen Sie mich beide entschuldigen. Es ist eine lange Fahrt zurück in die Admiralität.«

Die beiden Kapitäne begleiteten ihn auf das Achterdeck und sahen zu, wie er abfuhr. Dann wandte sich Essex an Fergus. »Dann werden wir also sehr bald auslaufen.«

»Wir bleiben gerade lange genug, um unsere Lebensmittelvorräte zu ergänzen.«

»Und Shannon?«

»Sie wird auf einen kurzen Besuch an Bord kommen.«

Essex feixte spitzbübisch: »Genau wie meine gegenwärtige Frau.«

»Das arme Mädchen wird es kaum schaffen, das Bett richtig anzuwärmen«, flachste Fergus.

Shannons Kutsche hielt an diesem Abend an der Gangway der *Daring*, und der Kutscher trug nur einen einzigen Reisesack. Er geleitete Shannon die Gangway hinauf, und Fergus nahm sie in die Arme, sobald sie auf dem Deck stand.

Nach ein paar Sekunden wehrte ihn Shannon ab. »Das heben wir uns besser auf, bis wir in deiner Kabine sind. Deine Matrosen beginnen zu feixen.«

Fergus lachte. »Nein, sie sind mit ihren Gedanken ganz woanders. Sobald du in meiner Kabine verschwunden bist, werden nämlich die Hafengattinnen an Bord flitzen und unter Deck verschwinden.«

»Sind denn wenigstens ein paar deiner Seeleute wirklich verheiratet?«

»Nur einer der älteren Unteroffiziere. Die anderen Frauen sind, wenn schon keine rechtmäßigen so aber doch sogenannte regelmäßige Frauen. Es kommen also immer die gleichen an Bord, sobald das Schiff im Hafen liegt.«

Shannon spitzte die Ohren und lauschte gespannt. »Da! Ich höre lautes Gackern!«

»Du wirst mehr als das zu hören bekommen. Sie schleichen sich an Bord und haben unter ihren Röcken jede Menge Rum versteckt. Ich kümmere mich nicht darum, solange das nicht überhand nimmt und sie meinen Schlaf nicht stören.«

»Wie ich höre, ist hier genug los, um dich die ganze Nacht über wach zu halten«, lächelte Shannon. Sie hob ihren Rock in die Höhe, um eine Flasche aus dem Bund zu ziehen. »Ich lerne schnell. Hier ist der Einstand für unsere private Party.«

»Du lernst wirklich schnell«, bestätigte Fergus.

Shannon bückte sich und löste blaue Bänder, die unten um die Beine ihrer Unterziehhosen befestigt waren.

Fergus wunderte sich: »Das ist sehr hübsch, aber wofür sind die gedacht?«

Shannon zog listig ihre Augenbrauen in die Höhe. »Falls mir die Flasche aus dem Rockbund in die Hose gerutscht wäre, hätten die Bänder sie aufgehalten, bevor sie als Scherbenhaufen und in einem See aus duftendem irischem Whiskey an Deck geendet hätte.«

Fergus lachte dröhnend. Als er sich wieder beruhigt hatte, stellte er fest: »Das war eine wirklich brillante Idee. Ich möchte mir nicht vorstellen, was die Mannschaft gesagt hätte, wenn die Flasche in Tausende, nach irischem Whiskey riechende Scherben zersplittert wäre.«

Shannon lächelte: »Da wir gerade von irischem Whiskey reden, der ist für mich. Du kannst das alte Zeug trinken, das ich gesehen habe. Evan hat in deiner Kammer allerhand Vorräte verstaut: Rum, Brandy, Scotch, Wein, die ganze Palette harter Sachen. Allerdings muß ich zugeben, daß einige der Weine ganz passabel zu sein scheinen. Ich habe ihn zu seiner Auswahl beglückwünscht.«

Fergus nahm zwei schwere Tumbler aus dem Schränkchen und goß irischen Whiskey in den einen, in den anderen Scotch. Den mit dem irischen Whiskey reichte er Shannon. »Auf unsere Party.«

Shannon hob ihr Glas. »Du meine Güte, die Gesellschaft da vorne scheint recht turbulent zu werden.« Sie hielt inne, lauschte und schlug dann vor: »Vielleicht sollten wir uns dazugesellen?«

Fergus lachte laut, schüttelte dann aber den Kopf. »Nein, die Offiziere trinken nur Weihnachten ein Glas mit den Mannschaften. Wenn der Lärm zu laut wird, wird der Bootsmann einschreiten und die Angelegenheit regeln. Er liebt seinen ungestörten Schlaf.« Er starrte auf Shannons Taille, als sie ihren Rock glatt zog, und stieß dann nach einem überraschten Pfiff aus: »So wie dein Bäuchlein zugenommen hat, ist unsere Party schon in vollem Gange.«

Gegen Mitternacht geriet der Krach vorne und unter Deck außer Kontrolle. Schließlich protestierte Shannon. »Liebling, wie sollen wir dabei Schlaf finden, vorausgesetzt daß wir überhaupt in diese Kojen hineinkommen?«

»Mach dir darüber keine Gedanken, der Bootsmann wird es schon richten, sobald er müde wird.«

Kurz nach einem Ausbruch von brüllendem Gelächter klopfte es energisch an der Tür. Fergus erkannte daran sofort den Bootsmann, und tatsächlich stand Terwilliger neben dem Posten der Seesoldaten vor der Tür.

Fergus zog erstaunt die Augenbrauen in die Höhe. »Was ist los, Bootsmann? Das klingt ja, als ob das Schiff in Gefahr wäre.«

Terwilliger trat unruhig von einem Fuß auf den anderen und zuckte die breiten Schultern. »Nun ja, Sir, ich bitte um Entschuldigung. Ich werde wieder für Ruhe sorgen. Für das Schiff besteht keine Gefahr.«

»Also, was ist los?«

Terwilliger rollte mit den Augen. »Nun, Sir, Sie erinnern sich sicher daran, daß Sie beim Bau des Schiffes entschieden haben, daß die Messe der Midshipmen in einem Vorratsraum eingerichtet werden soll.«

»Ja, ich erinnere mich daran. Am ursprünglich vorgesehenen Platz war es zu dunkel und eng, daher ließ ich eine Ecke durch Schotte mit Schlitzen für den Lichteinfall abteilen, die man wegstauen kann, wenn das Schiff klar zum Gefecht gemacht wird.«

»Nun, die drei Midshipmen waren sehr glücklich über Ihre Entscheidung.« Wieder rollte Terwilliger mit den Augen. »Ich würde sogar sagen, daß sie sich wie im siebenten Himmel fühlten.«

»Und …?«

»Nun ja, Sir, wie Sie wissen, haben sie zur Zeit ihre Frauen an Bord.«

»Ja.«

»Nun, die Midshipmen entschlossen sich, in ihrer Unterkunft ›Pferderennen‹ zu veranstalten.«

»Pferde? Ich höre wohl nicht richtig?«

Terwilliger holte tief Luft und stieß dann leise hervor: »Die jungen Gentlemen haben sich alle einen Namen eines Hengstes aus dem Gestüt von Lady Shannon ausgesucht und diesen angenommen.«

Shannon kicherte.

Fergus drehte sich zu ihr um und sagte mißbilligend: »Bitte, das hier ist eine ernste Sache.«

Terwilliger befand sich jetzt mit seiner Erklärung in voller Fahrt und fuhr fort: »Die Mädchen setzen sich auf die Schultern der drei Midshipmen, die als Gäule fungieren – sozusagen –, und rennen dann um den Tisch.« Stotternd unterbrach er seine Erläuterungen und verstummte.

Fergus spürte, daß Shannon hinter seinem Rücken etwas ausheckte, und bewegte sich zur Seite, um dem Bootsmann den Blick zu verstellen. »Nun, so weit so gut. Worin bestand der Einsatz?«

»Der Jockey, der verloren hatte, mußte ein Stück seiner Bekleidung ausziehen.«

»Und?«

»Eine der Reiterinnen hatte schließlich nur noch die Strümpfe und das Unterkleid an.« Er legte wieder eine Pause ein. »Also hat das führende Pferd angehalten, um einen besseren Blick auf den verlierenden Jockey zu erhaschen, und die anderen stolperten und stürzten über ihn. Die gesamte Gruppe krachte gegen das Schott.«

»Die Schotte sind sehr dünn und ziemlich zerbrechlich. Ich kann mir das Durcheinander lebhaft vorstellen.«

»Ich bin mir nicht ganz sicher, Sir, ob Sie dazu wirklich in der Lage sind. Das Schott stürzte nämlich in die Messe der Deckoffiziere.«

»Was für ein Schlamassel!«

»Schlimmer als Sie ahnen.«

»Was denn noch?«

Der Bootsmann wand sich wie ein Aal, offensichtlich bereitete ihm die präzise Schilderung Unbehagen. Dann fuhr er fort: »Alles brach über den drei Deckoffizieren zusammen, die während der ganzen Zeit ihre Augen gegen die Ritzen im Schott gepreßt hatten und Wetten auf den Sieger abschlossen.«

»Wurde jemand verletzt?«

»Oh, nein, Sir. Sie haben sich alle wieder aufgerappelt

und haben jetzt neue Hindernisrennen begonnen, wobei die Möbel der Messe als Hindernisse dienen.«

»Nun denn, Bootsmann, ich denke, das war es dann! Ich möchte, daß die Offiziere und auch die Midshipmen noch ein wenig ihren wohlverdienten Schlaf genießen können. Vielleicht könnten Sie die Festivitäten nach dem nächsten Rennen beenden.«

Terwilliger seufzte erleichtert auf. »Aye! Jawohl, Sir, dank ihrer klugen Segelanweisung werde ich wohl die Sache in den Griff bekommen.«

Fergus sah ihm nach, als er sich wieder auf den Weg machte, schloß die Tür und drehte sich zu Shannon um. »Was hast du bloß angestellt, was den Bootsmann so überaus heftig irritiert hat?«

Shannon zog die Decke bis zum Kinn hoch, schlug die Augen nieder und murmelte: »Ich wollte gerade ins Bett gehen. Vielleicht ist mein Schlafrock etwas verrutscht. Ich befürchtete schon, daß ihr beide die ganze Nacht herumdiskutiert.«

Fergus ging zu ihr hinüber, beugte sich vor und zog den oberen Teil der Decke herunter. Eine Wolke aus rosafarbener Spitze quoll hervor. Fergus lachte. »Kein Wunder! Das muß den armen alten Mann völlig von der Rolle gebracht haben.«

Shannon lächelte verführerisch. »Hör auf mit dem Quatsch. Komm ins Bett!«

»Bald«, entgegnete Fergus. »Laß uns erst noch ein Glas Champagner trinken, bis der Lärm abgeebbt ist.«

Vier Tage später brachte Fergus Shannon an Land, was nicht ohne ein paar Tränen abging. Anschließend rief er nach Essex, und eine Stunde später kam dieser an Bord. Er gähnte und zog und zupfte noch an seiner Uniform herum.

»Fergus, beim nächsten Mal laß mir bitte ein wenig mehr Zeit. Meine ›Ehefrau‹ war ein wenig muffelig, als ich sie an Land geschickt habe. Ich nehme an, daß du bereits fertige Pläne zum Auslaufen hast.«

»Ja, das ist richtig.« Fergus breitete eine große Karte aus, die das Gebiet der Nordsee und einen Teil der Ostsee zeigte. Er deutete auf die Mündung der Themse. »Wir werden morgen mit dem Morgengrauen auslaufen, dann fünfzig Meilen nach Osten laufen, um gut klar von den Schiffahrtsrouten zu bleiben, die zur Ostsee führen, danach werden wir unseren Kurs auf das Skagerrak absetzen. Wir werden allen anderen Schiffen aus dem Weg gehen, soweit uns das möglich ist, falls nicht, werden wir uns für einige Zeit trennen. Bei Schiffen, die sich von uns nicht freihalten wollen oder können, müssen wir annehmen, daß sie eine neutrale Flagge setzen werden. Die Passage durch das Skagerrak und das Kattegat wird schwierig, aber der dickste Brocken wird die Durchfahrt vom Kattegat in die westliche Ostsee.«

Essex betrachtete nachdenklich die Seekarte, dann maß er mit den Fingern die Breite der Passagen ab. »Nicht gesehen zu werden, ist schwierig, aber nicht unmöglich.« Dann grinste er. »Ich gehe zurück auf mein Schiff, um etwas Schlaf nachzuholen. Dieses Leben ist mir zu anstrengend, also werde ich wohl heiraten müssen.«

Beim Verlassen des Hafens waren die beiden Schiffe bereits gut eingefahren, und das Auslaufen aus dem Hafen verlief tadellos – trotz des kleinen Schönheitsfehlers, daß der Bootsmann erst in letzter Sekunde noch eine der »Ehefrauen« ausfindig gemacht hatte. Sie wurde eiligst an Land eskortiert, als schon die Leinen losgeworfen wurden.

Ungestört segelten die vier Schiffe dann aus der Themsemündung und liefen wie geplant nach Osten. In einem dichten Gewimmel von Handelsschiffen drehten sie nach Nordosten ab, und nachdem die *Daring* kursbeständig lief, befahl Lombardi die Segel für den langen Schlag über die Nordsee einzustellen. Poston kam hoch zu Fergus, der neben dem Rudergänger stand und die Schiffe hinter dem Flaggschiff betrachtete, auf das Achterdeck.

»Herr Kapitän, was zum Teufel liegt vor uns, daß man uns hier nicht sehen soll? Sie spitzen die Leute im Ausguck und die Offiziere ständig scharf an, und die möchten wissen warum.«

»Der Punkt geht an Sie«, gestand ihm Fergus zu. »Ja, Sie sollten in der Tat Bescheid wissen, besonders für den Fall, daß mir etwas zustößt. Ich habe in meiner Tasche Befehle von Admiral Nelson. Kapitän Essex hat identische Kopien davon. Falls mir etwas passiert, werden Sie das Kommando hier übernehmen, und Kapitän Essex wird den Verband führen.«

»Aber damit weiß ich immer noch nicht, was ich tun soll«, protestierte Poston. »Ich kann im Ernstfall wirklich nicht anfangen, in ihrem Hemd herumzufummeln, um die blutverschmierten Befehle zu suchen und dann diese zu entziffern, während das ganze Rigg um uns herum von oben kommt und uns irgendein Schurke mit 32-Pfündern einheizt.«

»Aye, Poston, Sie haben natürlich völlig recht. Aber alles, was ich Ihnen mitteilen darf, ist: Wir sollen das Skagerrak und das Kattegat durchqueren und während der Nacht an Kopenhagen vorbeilaufen, um in die westliche Ostsee zu gelangen. Wir werden dort in der Dunkelheit ankommen und dann einen Patrouillendienst aufziehen. Natürlich soll das alles vonstatten gehen, ohne daß wir gesehen oder identifiziert werden können.«

»Wie das? Beginnen wir zur Tarnung mit den Fischern eine Unterhaltung darüber, was sie so fangen?«

Fergus grinste schief. »Sie bringen es immer genau auf den Punkt. Ich vermute, daß Sie von den Zusammenstößen zwischen britischen Schiffen und dänischen und holländischen Schiffen während der letzten Monate gehört haben. Das hat zu internationalen Verwicklungen geführt. Die Russen haben sich auch noch in den Streit eingemischt und haben ein Abkommen zwischen ihrem Land und Dänemark, Schweden und Preußen geschlossen, das sie als ›bewaffnete Neutralität‹ bezeichnen. Dänemark hat dabei die Führungsrolle übernommen und seine Häfen für britische Schiffe geschlossen und außerdem Lübeck besetzt. Die britische Regierung hält diese Aktionen für den Beginn eines größeren Ärgers, der schließlich in einen Krieg münden könnte. Daher hat man sich dazu entschlossen, Schritte gegen Dänemark einzuleiten, bevor die Situation aus dem Ruder läuft.«

Poston nickte zustimmend. »Da kann ich nur zustimmen, denn diese Koalition scheint mir ziemlich dumm zu sein. Aber man scheint in der Regierung zu vergessen, daß sich in den Wirtshäusern, in denen ich verkehre, niemand viel um diesen politischen Kram kümmert, bis es nicht tatsächlich zum Kampf kommt.«

»Es könnten bald scharfe Schüsse fallen. Admiral Nelson ist der Auffassung, daß er die dänische Marine mit einem Handstreich ausschalten kann, was der dänischen Regierung die Lust verleiden wird, sich weiter an dieser ›bewaffneten Neutralität‹ zu beteiligen. Falls das klappen sollte, hofft er darauf, daß anschließend die gesamte Vereinigung auseinanderfallen wird und die Gefahr für uns vorbei ist.«

»Wie kann er das erreichen, ohne die anderen Mitglieder in einen Krieg hineinzuziehen?«

»Das ist die Frage aller Fragen. Er ist aber immer ein ebensoguter Diplomat wie Kämpfer gewesen. Wir werden sehen!«

»Aber er hat nicht das Oberkommando.«

»Admiral Parker führt die Flotte zum Angriff auf die dänischen Streitkräfte bei Kopenhagen. Wie Sie sich denken können, wird Admiral Nelson den eigentlichen Angriff durchführen.«

»Und was werden wir tun?«

»Wir werden in der westlichen Ostsee patrouillieren, um die Aktivitäten der anderen Marinen der Ostseeanrainer zu beobachten. Wenn die Schlacht vor Kopenhagen vorbei ist, werden wir zu Admiral Nelson stoßen, um neue Befehle in Empfang zu nehmen.«

»Jetzt fühle ich mich besser«, stellte Poston zufrieden fest. »Ich glaube, jetzt könnte ich das Kommando übernehmen, ohne Ihr Hemd aufreißen zu müssen.«

Scharfes Ausguckgehen und schnelle Manöver durch die Wachoffiziere brachten sie ungestört vor das Skagerrak. Die einhundert Seemeilen, die sie bei der Durchquerung des Skagerraks zurücklegen mußten, verliefen schwieriger, und zwei Mal mußten sie eine falsche Flagge zeigen. Die einhundertfünfzig Meilen im Kattegat waren einfacher. Fergus klebte an der schwedischen Küste, um sowohl den Handelsschiffen aus dem Weg zu gehen als auch die weiter draußen patrouillierenden schwedischen Kriegsschiffe zu meiden.

Ein günstiger Wind schob sie in wenigen Nachtstunden durch die Enge vor Kopenhagen. Ohne weiteren Zwischenfall und ohne identifiziert worden zu sein, verließen sie den engen Sund, obwohl ein Kriegsschiff vergeblich versucht hatte, sie abzufangen.

Fergus begann mit den Patrouillen am 29. März, aber außer den üblichen Fischern und ein paar kleinen Handelsschiffen ging ihm nichts ins Netz. Fergus tat sein Bestes, um seine Männer im Ausguck und seine Offiziere zur ständigen Wachsamkeit anzuhalten. Die politische Situation war bei weitem zu kompliziert, um den Männern einfach unterstellen zu können, daß sie wußten, was sie taten. Weder der durchschnittliche Offizier geschweige denn der einfache Seemann war sich der möglichen Gegner oder der Tatsache, daß diese von einem Tag zum anderen das Lager wechseln konnten, auch nur annähernd bewußt. Selbst Fergus konnte in dieser Hinsicht nur Vermutungen hegen. Lediglich Poston marschierte selbstzufrieden auf dem Achterdeck umher, in der festen Überzeugung, daß er wußte, was sich in den fernen Hauptstädten und dem näher gelegenen Kopenhagen ereignete.

Die Stunden verrannen zäh wie Sirup, aber dann meldete ein Ausguck überraschend: »Segel in Sicht! Ein Kriegsschiff im Norden.«

Fergus war zuerst verwirrt, da er eher erwartet hatte, daß Kriegsschiffe im Süden auftauchen würden. Das Schiff näherte sich, drehte dann aber plötzlich nach Backbord ab. Ganz offensichtlich wollte es die Kette der patrouillierenden Schiffe durchbrechen. Sämtliche Schiffe von Fergus' kleiner Flottille waren gefechtsbereit und manövrierten entsprechend, um jedes Manöver des Fremden konterkarieren zu können. Das Schiff führte die dänische Flagge, und Fergus klassifizierte es als schwere Fregatte mit ungefähr achtundvierzig Kanonen oder mehr.

Er befahl stirnrunzelnd: »Setzen Sie ihm einen Schuß vor den Bug!«

Die Kugel schlug weit vor dem Schiff ein, doch dem dänischen Schiff stand der Sinn offensichtlich nicht nach Kampf, denn es drehte sofort in den Wind. Fergus brachte die *Daring* hinter das Heck des Dänen und schoß dann ebenfalls in den Wind. Während die *Daring* langsamer wurde und dicht an dem anderen Schiff vorbeiglitt, packte Fergus die Flüstertüte und rief auf Englisch hinüber: »Herr Kapitän, kommen Sie bitte an Bord!«

Drüben auf dem Achterdeck fand offensichtlich eine verärgerte Diskussion statt, doch der Anblick der *Dashing*, die ihn mit ausgerannten Geschützen umkreiste, half dem Kommandanten bei seiner Entscheidung. Umgehend wurde auf dem Dänen ein Boot zu Wasser gelassen. Der Kommandant zappelte achtern nervös auf seiner Ducht herum, während er zur *Daring* herübergepullt wurde.

Poston hatte die Ehrenwache an der Relingspforte antreten lassen, und die üblichen Höflichkeiten wurden ausgetauscht. Der Kommandant durchschritt die Pforte, betrat das Deck, salutierte vor der britischen Flagge und begrüßte dann Fergus.

Als der Däne sich umschaute und sich vorstellte, stellte

Fergus fest, daß der Mann gutes Englisch sprach: »Kapitän zur See Johanneson vom Königlich Dänischen Schiff *Komsø*. Darf ich fragen, warum Sie mich in internationalen Gewässern anhalten?«

Fergus schob energisch das Kinn vor. »Ich bin Kapitän Kilburnie von der HMS *Daring*. Ich stehe unter dem Befehl von Admiral Nelson von der Royal Navy und habe den Befehl, alle Schiffe in diesem Gebiet aufzuhalten. Bitte folgen Sie mir in meinen Salon, dort können wir die Angelegenheit weiter besprechen.«

Als Fergus den Namen Nelson erwähnte, schien der Besucher in sich zusammenzusacken und jeden weiteren Widerstand aufzugeben.

Nachdem sie sich unter Deck niedergesetzt hatten, sagte Fergus: »Ich unterstelle, daß die Schlacht um Kopenhagen vorbei ist, und nach dem Zustand Ihres Riggs zu schließen, waren Sie im Gefecht. Wie haben Sie die Gefangennahme vermieden?«

Der dänische Kommandant schien ebenfalls der Meinung zu sein, daß für ihn der Krieg vorbei war, daher antwortete er freimütig, während er zusah, wie Radcliffe zwei Glas Wein für sie einschenkte: »Ich habe zusammen mit zwei anderen Fregatten vor der Hafeneinfahrt geankert.«

»Und der Rest der dänischen Flotte?«

Der dänische Kapitän nahm einen Schluck aus dem Glas, das ihm gereicht wurde. »Die Schiffe waren in einer Linie vor den Befestigungen am Rand des westlichen Fahrwassers verankert.«

»Ich habe Kopenhagen während der Nacht passiert, daher weiß ich nicht, wie Ihre Verteidigungsstellungen aussahen. Können Sie sie mir beschreiben?«

»Ich vermute, daß ich das jetzt ohne Bedenken tun kann. Schließlich ist der Krieg vorbei.«

»Danke, wenn Sie so freundlich wären. Ich kenne die geographische Lage Kopenhagens aus dem Studium der Karte, daher weiß ich, daß sich die Stadt von Nord nach Süd am Sund entlangzieht. Die Küste wird von großen Festungen geschützt, und die Kette von Forts wird im Norden vor der Hafeneinfahrt von der Wasserfestung Trekroner vervollständigt. Vor der Küste gibt es zwei Fahrwasser von Norden nach Süden, die von einer flachen Untiefe getrennt werden, das äußere Fahrwasser ist das tiefere.«

Kapitän Johanneson nickte. »So ist es. Die Küste wurde darüber hinaus von einer Kette miteinander verbundener Artilleriehulken und von aktiven Kriegsschiffen verteidigt. Die Blockschiffe waren mit Infanterie und Artilleristen der Armee besetzt. Ehrlich gesagt, hat man diese Verteidigungsanlage für perfekt, ja, sogar für unüberwindlich gehalten.«

»Ich vermute, daß Nelson bewiesen hat, daß diese Annahme falsch war?«

»Das hat er, und ich kann es noch immer nicht glauben.«

»Erzählen Sie mir jetzt, was geschehen ist.«

Kapitän Johanneson stand auf und schritt ein paar Minuten in Gedanken versunken auf und ab, dabei hatte er die Stirn in tiefe Falten gelegt. Schließlich seufzte er und ließ sich wieder nieder. »Am 1. April erschien Admiral Parkers Flotte im Norden und lief durch das östliche Fahrwasser nach Süden.«

»Sie wurde nicht beschossen?«

»Es konnte kein Feuer eröffnet werden, weil sie sich auf der schwedischen Seite außerhalb der Reichweite der

Kanonen befand. Die Schiffe ankerten dicht gedrängt an der Südspitze des Mittelgrunds.«

»Das ist ungewöhnlich. Admiral Nelson vergeudet selten Zeit.«

»Ich vermute, daß die Kommandeure erst Pläne erstellen mußten, nachdem sie sehr schnell festgestellt hatten, daß wir alle Navigationshilfen für die Fahrwasser beseitigt hatten.«

»Das hat ihn möglicherweise etwas bremsen können. Admiral Nelson ist bei Abukir fast in ein Desaster gelaufen, weil er zu überhastet angegriffen hat.«

»Oh, es wurde nicht viel Zeit verschwendet. Kleine Boote waren im Fahrwasser unterwegs, sie loteten die Tiefe des schiffbaren Kanals aus und markierten die gefährlichen Ekken mit langen Stangen, außerdem wurden behelfsmäßige Tonnen aus Fässern gesetzt. Mit anderen Booten wurde die Verbindung zwischen den Schlachtschiffen gehalten und die Planung abgestimmt.«

»Vor Einbruch der Dunkelheit wurde nichts unternommen?«

»Nein, nichts, soweit ich das erkennen konnte, aber ich wette, daß auf den Flaggschiffen sehr intensiv konferiert wurde.«

»Natürlich.«

»Im ersten Licht der Morgendämmerung kletterte ich auf die Saling des Großmasts. Wir haben zusammen mit zwei anderen Fregatten genau vor der Einfahrt zum Hafen geankert. Von dort hatte ich einen guten Ausblick auf die englische Flotte. Wir waren die einzigen Schiffe, die Anker auf gehen und ihren Platz verlassen konnten. Ich fühlte mich sehr verwundbar.«

»Daraus kann ich Ihnen keinen Vorwurf machen. Mir hätte diese Position auch nicht gefallen. Aber was geschah dann?«

»Als das Licht besser wurde, sah ich durch mein Teleskop, äh, bei ihnen nennt man es wohl Fernglas ...«

»Ja, so bezeichnen wir es. Bitte fahren Sie fort.«

»Nun, wir beobachteten die englische Flotte sehr sorgfältig. Zuerst verkehrten weiter die kleinen Boote zwischen den Schiffen. Ich glaube, daß sie die Befehle überbrachten, welche die Admirale während der Nacht ausgearbeitet hatten.«

»Das wird so gehandhabt. Erzählen Sie weiter.«

»Gegen sieben Uhr hievten die englischen Schiffe die Anker und bildeten zwei Angriffslinien. Die eine bestand offensichtlich aus größeren Schiffen und wurde vom Flaggschiff Admiral Parkers angeführt, sie segelte durch das äußere Fahrwasser und ankerte außerhalb der Schußweite gegenüber der Hafeneinfahrt.«

»Hmm!« brummte Fergus. »Das war nicht gerade der verwegenste Schachzug, den ich mir vorstellen kann.«

»Zwölf der kleineren Schiffe bildeten eine Linie hinter der *Elephant*, Nelsons Flaggschiff. Fünf Fregatten agierten unabhängig vor seiner Schlachtlinie und griffen die Hafeneinfahrt mit der Festung Trekroner an.«

»Mein Gott, das sieht aber Nelson nicht ähnlich, er hat sie in die Höhle des Löwen geschickt.«

»So war es, und wir haben sie schwer zusammengeschossen, sie mußten sich zurückziehen.«

»Ich bin sicher, daß Nelson den Königskanal ansteuerte und sich sofort in das Gefecht stürzte.«

»Das tat er, aber zuerst hatte er noch ein paar Schwierigkeiten zu überwinden. Seine beiden ersten Schiffe und das größte Schlachtschiff liefen trotz der behelfsmäßigen Navigationshilfen auf Grund. Schließlich lief die *Elephant* an ihnen vorbei in das innere Fahrwasser mit Nordkurs ein. Das Feuer wurde eröffnet, und die anderen Schiffe folgten und beschossen die dänischen Schiffe, während sie langsam nach Norden segelten.«

»Das klingt bis jetzt nicht nach einem sehr harten Gefecht.«

»Vielleicht nicht auf den ersten Blick, aber gegen Mittag waren alle englischen Schiffe in ein fürchterliches Feuergefecht verwickelt. Die festgekommenen Schiffe lagen immer noch auf der Untiefe, aber Nelson kümmerte sich nicht um sie. Das Feuer wurde so heftig, daß der Pulverqualm meine Sicht beeinträchtigte. Ich konnte erkennen, daß die dänischen Kanoniere Schwierigkeiten hatten, ihre Ziele zu treffen. Die Geschütze auf den Blockschiffen waren mit schlecht ausgebildeten Infanteristen der Armee besetzt, und den Besatzungen der dänischen Kriegsschiffe mangelte es an praktischer Erfahrung. Die Kugeln schlugen wie Hagelkörner rings um die englischen Schiffe in die See und ließen die Beobachter auf Parkers Flaggschiff zu der Überzeugung kommen, daß die Briten vernichtend geschlagen würden. Dazu kam, daß die englischen Kugeln entweder in die Bordwände der Schiffe einschlugen, oder sie flogen weiter bis in die Küstenstellungen, wo ihr Einschlag von den Beobachtern nicht registriert werden konnte.«

»Und die britischen Beobachter, wie reagierten sie?«

»Es war schwierig für sie, sich ein sicheres Urteil zu bilden. Ich glaube, daß Admiral Parker ein sehr konservativ denkender Mann ist. Er hat ein Boot mit mehreren Offizieren losgeschickt, die anscheinend herausfinden sollten, wie die Situation tatsächlich ist, aber allem Anschein nach sind sie nie auf Nelsons Flaggschiff angekommen.«

»Wie verlief die Schlacht dann weiter? Wer hat gewonnen?«

Johanneson hob zweifelnd die Schultern. »Es stand ungefähr unentschieden, aber die Engländer waren verbissen und finster entschlossen. Auf der anderen Seite waren die Dänen nicht sonderlich gut organisiert. Auf ein paar Schiffen wurden die Flaggen nach und nach gestrichen, dann haben sich die Dänen im Laufe der Zeit ergeben. Bei den Engländern hat kein Schiff kapituliert. Sie haben wie gewöhnlich sehr tapfer und zäh gekämpft und das trotz der schweren Schäden, die ich bei einigen ihrer Schiffe feststellen konnte.«

»Was geschah dann?«

»Auf dem englischen Flaggschiff außerhalb der Kampfzone wurde ein Flaggensignal vorgeheißt, alle Schiffe haben es wiederholt, aber auf Nelsons Flaggschiff schien man seine Bedeutung nicht zu kennen.«

»Wie endete die Schlacht schließlich?«

»Sie verebbte, wie ihr Briten wohl sagen würdet, und die Engländer behaupteten, gewonnen zu haben. Ich habe das auch so gesehen, habe in der Abenddämmerung die Ankerkabel gekappt und habe mich aus der Hafeneinfahrt davongemacht. Ich bin mitten durch die englische Flotte im Sund gelaufen. Die Männer waren so überrascht, daß sie zu feuern vergaßen, nehme ich an. Vielleicht dachten sie auch, daß ich mich zusammen mit den anderen Schiffen ergeben hätte. Als sie ihren Irrtum bemerkten, eröffneten sie dann doch noch das Feuer, aber da ich genau zwischen ihnen hindurchsegelte, mußten sie höllisch aufpassen, kein eigenes Schiff zu treffen. Nachdem ich frei von ihnen war, wandte ich mich nach Süden, und nun bin ich hier.«

»Danke. Dieser hervorragende Bericht beantwortet ein paar der Fragen, die ich mir gestellt habe. Den Rest werde ich herausfinden, sobald ich Admiral Nelson treffe.«

Johanneson bemerkte: »Ich bin sicher, daß Sie alles Wissenswertes erfahren haben.«

»Bis zu diesem Zusammentreffen hatte ich keine Ahnung, ob wir uns im Kriegszustand befinden oder nicht«, klärte ihn Fergus auf. »Sie haben mir das bestätigt, daher nehme ich Ihre Kapitulation an. Sie müssen mit mir zurücksegeln, ich werde Sie dann Admiral Nelson übergeben. Ich bin sicher, daß man sie gut behandeln wird. Er bewundert immer schneidiges Verhalten, außerdem besteht er darauf, daß man mit Gefangenen korrekt umgeht.«

Johanneson seufzte. »Ich verstehe Ihre Auffassung und fürchte, daß mir nichts anderes übrig bleibt, als mich zu ergeben.«

Der britische Verband segelte, gefolgt von der dänischen Fregatte, nach Norden. Schließlich ankerten die drei großen Schiffe in der Nähe von Nelsons Flaggschiff. Admiral Nelson war an Land, aber Fergus und Essex gingen an Bord, um dort auf seine Rückkehr zu warten.

Auf dem Deck wurden sie von Nelsons Adjutant Sinclair begrüßt: »Guten Abend, Herr Kommodore und Herr Kapitän. Bitte kommen Sie doch an Bord. Der Admiral ist zwar noch an Land, aber er wird in Kürze zurückerwartet, und er möchte sofort mit Ihnen sprechen, sobald er wieder an Bord ist. Bitte folgen Sie mir in seine Kabine auf ein Glas Portwein. Ich weiß, das würde er so wollen.«

»So sei es«, erwiderte Fergus.

In der Staatskabine nahmen sie Platz, und Sinclair bestellte Portwein.

Fergus erkundigte sich: »Nun, wie ist es Ihnen so als sein Adjutant ergangen?«

»Ganz gut, glaube ich.« Sinclair zuckte lässig mit den Schultern. »Ich mag ihn, und er hat mich bis jetzt nicht rausgeschmissen. Ich lerne, seine Wünsche im voraus zu erahnen und versuche ihm immer einen Schritt voraus zu sein.«

»Das ist der richtige Weg. Aber Sie scheinen nicht glücklich zu sein.«

Sinclair rutschte unruhig auf seinem Stuhl herum. »Da stimme ich Ihnen zu. Doch noch gestern war ich glücklich.«

»Und heute? Was ist passiert?«

»Nun, ich habe in diesen Flaggensäcken herumgewühlt, mich durch dicke Signalbücher geblättert und habe durch mein Fernglas all diese verdammten Flaggensignale abgelesen.«

»Was stört Sie daran?«

»Ich hörte um mich herum das Geballer und Getöse, das Feuern der Kanonen, und mir wurde plötzlich klar, daß ich nicht dazu gehörte. Ich bin eigentlich zum Artillerieoffizier geboren, doch hier habe ich den Signalmaxen gespielt, und die meiste Zeit war ich der Teebutler.«

Fergus feixte sich eins. »Da haben Sie ein Problem.«

»Was kann ich dagegen tun, Sir?« erkundigte sich Sinclair.

»Machen Sie einfach Ihren gegenwärtigen Job so gut, wie es nur geht, und warten Sie auf eine Gelegenheit.«

»Eine Gelegenheit?«

»Ja. Es wird der Zeitpunkt kommen, daß ein Schiff dringend einen Artillerieoffizier benötigt, weil der etatmäßige gefallen ist. Falls mein Schiff einen brauchen sollte, sind Sie der erste Leutnant, an den ich denken werde. Dann melden Sie sich freiwillig und kleben dem Admiral an den Hacken, bis er zustimmt. Er wird Sie gehen lassen.«

»Und was ist mit meinem Ersatzmann?«

»Darum machen Sie sich mal keine Gedanken. Es wird mindestens ein Dutzend Leutnants geben, die sich darum reißen werden, Adjutant bei Admiral Nelson zu werden.«

Leutnant Sinclair seufzte. »Danke, Sir. Was kann ich für Sie tun?«

»Erzählen Sie mir von der Schlacht. Der Kommandant der dänischen Fregatte, die wir eingebracht haben, hat sie mir aus seiner Perspektive geschildert. Er sagte etwas von einem seltsamen Flaggensignal, das gesetzt worden sei und lange Zeit geweht haben soll.«

Sinclair lachte schallend. »Ah, Sie meinen die Nummer 39.«

»Das vermute ich. Was war damit?«

»Nun, die Schlacht lief gar nicht gut, jedenfalls muß es Admiral Parker so beurteilt haben, allerdings glaube ich, daß er keinen guten Überblick hatte. Er hätte wesentlich dichter am Geschehen sein müssen.«

»Ja. Viele seiner Kritiker werden das in Zukunft auch so sehen.«

»Um uns herum schlugen viele dänische Kugeln ein, aber nur wenige trafen. Unsere Kugeln trafen gut, aber das konnte niemand im Norden erkennen. Ganz offensichtlich war Admiral Parker der Meinung, daß wir auf der Verliererstraße wären, und ließ das Signal Nummer 39 setzen mit der Bedeutung: *Kampf abbrechen!*«

»Was geschah dann?«

»Eine Menge Kugeln schlugen um uns herum ein, aber Admiral Nelson lachte nur, und plötzlich sagte er: ›Heute möchte ich an keinem anderen Platz der Welt sein.‹ Ich dachte, daß er ein prachtvoller Kerl wäre, und nahm mir vor, eines Tages so zu werden wie er.«

»Und dann?«

»Ich meldete dem Admiral, daß das Signal zum Rückzug gesetzt worden sei. Er lachte nur und meinte lakonisch: ›Ich kann es nicht sehen!‹ Dabei setzte er seinen Kieker an das blinde Auge. Ich habe ihn dann mit dem Signal nicht länger belästigt und habe den Verlauf der Schlacht beobachtet. Ich wollte das Bestätigungssignal nicht wegnehmen lassen, denn dann würden alle anderen Schiffe davon ausgehen, daß wir es befolgen würden. Sie hätten dann das Gefecht abgebrochen und den Rückzug angetreten.«

»So ist keiner aus der Linie ausgeschoren?«

»Nein. Alle blieben trotz des Signals auf ihrem Platz. Wir feuerten weiter und alle anderen Schiffe auch. Wir wurden besser und die Dänen schlechter. Schließlich wurde bei den Dänen das Feuer immer schwächer, und einige strichen die Flagge. Irgendwann war das bei allen der Fall, und die Schlacht war geschlagen. Da habe ich dann die Nummer 39 wegnehmen lassen.«

»Und was hat Admiral Nelson dann gemacht?«

»Er hat sich in seine Barkasse gesetzt und ist in den Hafen gefahren, um die Feindseligkeiten zu beenden. Er wird bald zurück sein, um seine Uniform zu wechseln, damit er die notwendigen förmlichen Besuche absolvieren kann, ebendiese Art Diplomatie, die er so perfekt beherrscht.«

»Was ist mit den leichten Einheiten passiert, die er nach Norden vor den Eingang des Hafens geschickt hat?«

Sinclair schüttelte traurig den Kopf. »Das war ein Fehler. Kapitän Riou, der sie führte, wurde bei dem Versuch, den Befehl Parkers zu befolgen, durch schweres Feuer getötet.«

»Ich kannte ihn eigentlich kaum.«

»Auch Admiral Nelson kannte ihn nicht. Es war das erste Mal, daß sie zusammen in einem Gefecht standen.«

Fergus erschauderte. »Wir hätten gut und gerne an der Stelle von Rious Flottille sein können.«

»Das glaube ich nicht. Sie hatten sowohl das Glück als auch die Geschwindigkeit auf Ihrer Seite.«

»Die Geschwindigkeit?«

»Ja. Admiral Nelson brauchte Ihre Schnelligkeit, damit Sie im Süden den Zugang zum Sund blockieren, damit seine Nachhut gedeckt war.«

»Gott sei Dank! Ich hoffe, daß Sie recht haben. Allerdings tut mir Kapitän Rious Frau leid.«

Sinclair schüttelte den Kopf. »Er war nicht verheiratet. Er hinterläßt nur eine behinderte Mutter.«

»Kann ich ihr irgendwie helfen?«

»Das wird nicht nötig sein. Admiral Nelson wird sich um sie kümmern.«

Ein Melder klopfte an die Tür. »Sir, die Barkasse des Admirals kehrt zurück.«

Fergus und Essex gingen auf das Achterdeck, um Admiral Nelsons Ankunft zu beobachten. Nachdem er an Bord gekommen war, sah er die beiden wartenden Offiziere dort stehen. »Ah gut, Gentlemen, das nenne ich eine glückliche Fügung. Ich brauche Sie dringend. Kommen Sie mit nach unten.«

Nachdem sie in der Kabine Platz genommen hatten, forderte Nelson sie auf: »Berichten Sie mir detailliert, was Sie erlebt haben, während ich mich setze und derweil meinen Gefechtsbericht niederschreibe.«

Während Fergus ihre Erlebnisse schilderte, brachte Admiral Nelson seinen Bericht zu Papier. Trotzdem unterbrach er Fergus mehrfach, um sich Details erläutern zu lassen.

Fergus hob sich das Beste bis zum Schluß auf: »Sir, im Verlauf der Patrouille habe ich eine dänische Fregatte aufgebracht und als Prise genommen. Ich habe sie eingebracht, sie ankert ganz in der Nähe. Was soll ich mit ihr machen?«

Jetzt war Admiral Nelson ganz Ohr. »Was Sie mit ihr machen sollen? Was Sie immer mit einer Prise machen, natürlich! Nehmen Sie sie mit nach England. Es ist Ihre Prise, sie gehört Ihnen und Ihrem Flaggoffizier, nämlich mir! Alle anderen Prisen gehören Admiral Parker.«

»Ich verstehe, Sir.«

Wieder lachte Nelson. »Ich, äääh, brauche jeden Penny Prisengeld, den ich bekommen kann, und aus dieser Schlacht wird für mich wenig genug herausgucken. Von der Ehre allein kann man nicht leben.«

Essex grinste breit. »Ich verstehe, Sir. Die Damen kommen einen sehr teuer.«

Fergus unterbrach ihn, so schnell er nur konnte, und

machte Essex ein Zeichen, den Mund zu halten, aber er war nicht schnell genug gewesen.

Nelson blickte Essex mißbilligend an. »Ich vermute, daß Sie als eingefleischter Junggeselle mit den Angelegenheiten der häuslichen Finanzen nicht vertraut sind, aber ich bin sicher, daß Kilburnie weiß, wovon ich rede. Nun zu unserer Prise. Ich werde die gesamte Besatzung und alle Offiziere an Land bringen lassen, und Sie werden eine Prisenbesatzung an Bord schicken. Übergeben Sie sie in London dem Prisengericht. Ihre vier Schiffe werden zwar nicht allzuviel Prisengeld abbekommen, aber ich schon. Immerhin mußten Sie nicht hart kämpfen, um sie zu nehmen, aber das mußte ich auch nicht. Flaggoffiziere müssen das nie.«

»Sir, was für weitere Befehle haben Sie noch für uns?«

»Mein Flaggleutnant wird Ihnen in einer halben Stunde einen Stapel Dokumente überbringen, der auch meinen Gefechtsbericht der hinter uns liegenden Schlacht enthalten wird, den ich gerade verfasse. Ich möchte, daß er so schnell wie möglich in die Hände der Admiralität gelangt, und zwar noch bevor der Bericht von Admiral Parker dort eintrifft. Der seine wird von meinem in einigen Punkten deutlich abweichen. Wenn Sie Gefahr laufen, geentert zu werden, dann verbrennen Sie ihn, schlucken Sie ihn runter oder zerstören Sie ihn auf andere Weise.«

»Ich verstehe«, nickte Fergus.

»Da wir gerade von Prisen reden: Admiral Parker hat mir eine Nachricht geschickt, daß es schwierig sein wird, die eroberten Prisen nach England zu überführen. Er befürchtet, daß sie das schlechte Wetter nicht überstehen oder zurückerobert werden könnten. Daher will er alle unsere Prisen verbrennen lassen.«

»Wie? Das ist doch Unsinn! Ich könnte sie alle mit Leichtigkeit nach Hause bringen. Ich hoffe, das trifft nicht auf unsere Fregatte zu.«

»Nein, auf die nicht. Die gehört mir. Nehmen Sie sie mit.« Dann fuhr Nelson fort: »Hier sind noch einige weitere Befehle für Sie. Ich habe Ihnen eine Order ausgefertigt, eine Prisenbesatzung auf die andere dänische Fregatte zu schicken, die hier in unmittelbarer Nähe ankert. Sie gehört in dieselbe Kategorie wie diejenige, die Sie erobert haben. Sie gehört mir. Wie ich schon sagte, nehmen Sie sie mit.«

»Aber ist das nicht ein Verstoß gegen Admiral Parkers Befehle?«

Nelson seufzte. »Machen Sie sich darüber keine Gedanken. Ich übernehme die Verantwortung. Schließlich habe ich seine Befehle bereits einen ganzen langen Nachmittag mißachtet.«

Fergus grinste. »Sir, von Ihnen kann man etwas lernen.«

»Denken Sie daran: Nachdem Sie diesen Auftrag ausgeführt haben, werde ich neue Befehle für Sie haben. Ich rechne damit, daß man mich zum Kommandeur einer Blockadeflotte vor der französischen Küste machen wird, und da werde ich Sie beide brauchen. Gehen Sie jetzt wieder an Bord Ihrer Schiffe zurück und erwarten Sie meinen Flaggleutnant. Frohes Schaffen und eine gute Reise mit günstigem Wind. Ich muß meine Uniform wechseln und dann zu den Verhandlungen an Land fahren.«

»Ich weiß, wie gut Sie dieses Metier beherrschen. Ihr Erfolg wird die Zahl der Kämpfe reduzieren, die wir zu führen haben«, versicherte ihm Fergus.

Nelson nickte. »Das ist genau das, was ich zu erreichen suche. Nochmals gute Reise und sputen Sie sich.«

Eine Stunde nachdem Fergus und Essex auf ihre Schiffe zurückgekehrt waren, schor Admiral Nelsons Barkasse an der Bordwand der *Daring* längsseits, und Sinclair kam flink an Bord geklettert.

»Hier sind die Dokumente, Sir. Es wird erwartet, daß Sie sich unverzüglich auf den Weg machen. Viel Glück.«

Als Sinclair wieder ins Boot zurückkehrte, brüllte Fergus schon über das Deck: »Klar zum Auslaufen! Steuermannsmaat, setzen Sie das entsprechende Flaggensignal für die Schiffe unserer Flottille, einschließlich der beiden Prisen!«

Der Steuermannsmaat fragte erstaunt: »Prisen, Sir? Wir haben doch nur eine.«

Fergus deutete auf die zweite dänische Fregatte in ihrer Nähe. »Wir haben zwei. Auf der vorigen Wache habe ich eine Prisenbesatzung hinübergeschickt. Sie wartet dort auf Ihr Signal.«

Das war tatsächlich der Fall, und nach der üblichen Zeit zum Ankerhieven war die Flottille einschließlich der beiden Prisen unter Segeln und setzte den Kurs nach Norden ab, dabei hielt sie sich wohlweislich gut frei von Admiral Parkers Flotte.

Während sie an der Küste entlangsegelten, meldete der Steuermannsmaat: »Sir, auf Admiral Parkers Flaggschiff ist ein Signal für Sie gesetzt. Man kann es zwar kaum erkennen, aber ich glaube, daß es besagt, daß Sie die Prisen zurückschicken sollen.«

Fergus gluckste vor sich hin und schaute zurück zu Admiral Parkers Flaggschiff. »Es scheint mir schon ziemlich dunkel zu sein, und ich kann die Flaggen wirklich nicht erkennen. Wir segeln einfach weiter.«

Der Steuermannsmaat legte die Stirn in Falten. »Aber wird Admiral Parker Ihnen das nicht sehr übelnehmen, Sir?«

Fergus verzog fröhlich den Mund. »Eines Tages, mein Sohn, wirst du die Geschichte hören, wie Admiral Nelson sein Fernglas an sein blindes Auge gesetzt hat.«

»Davon habe ich noch nie etwas gehört, Sir.«

»Nun, du wirst sie zu hören bekommen, da bin ich mir ganz sicher. Eines Tages wird sie sehr berühmt werden, und du kannst sagen, daß du dabei gewesen bist.«

»Aber was wird man bloß sagen, wenn Admiral Parker zurück in England ist, Sir?«

»Wahrscheinlich gar nichts. Wahrscheinlich wird Admiral Parker dann kein aktiver Admiral mehr sein.«

»Das verstehe ich nicht, Sir!«

»Das mußt du auch nicht.« Fergus klopfte auf die Brusttasche seines blauen Jacketts. »Den Grund dafür habe ich hier in diesem Umschlag.«

7
Geheimnisvolle Pläne

Die Reise zurück an die Themse verlief ohne besondere Störungen. Fergus wußte, daß die Seestreitkräfte der anderen potentiellen Gegner – mit Ausnahme der Franzosen – während der Zeit, in der ihre Regierungen verhandelten, in ihren Häfen lagen. Aber als sie drei Tage auf See waren, kamen ihm Bedenken, ob die Langsamkeit der Prise ihn nicht daran hinderte, die ihm anvertrauten Depeschen schnell genug zu überbringen. Er übertrug Essex das Kommando und machte sich unter Vollzeug auf den Weg.

Nachdem die *Daring* an der Pier der Königlichen Werft festgemacht hatte, kam auch schon Jeris an Bord. Kaum daß er das übliche Begrüßungsglas mit Portwein in der Hand hielt, fragte er neugierig: »Nun los, erzähl schon, was ist geschehen? Wo sind deine anderen Schiffe?«

Fergus schmunzelte: »Ich habe meine Lektion gelernt. Wenn ich wichtige Depeschen für die Admiralität und den König befördere, versuche ich sie so schnell wie möglich in die richtigen Hände zu legen. Ich habe die anderen

Schiffe zurückgelassen, die mir aber so rasch sie können nachfolgen, allerdings wird ihre Fahrt durch zwei Prisen abgebremst. Die Dänen bauen keine besonders schnellen, aber sehr standkräftige und schöne Kriegsschiffe.«

Jeris kicherte verschmitzt. »Admiral Nelson kann jeden Penny Prisengeld brauchen, den er zwischen die Finger kriegen kann. Man flüstert sich zu, daß seine Mätresse das Geld schneller ausgibt, als er es verdienen kann.«

Fergus grinste. »Ich hoffe, daß Shannon das nicht ebenso macht.«

»Nein. Sie gibt zwar eine Menge Geld für Pferderennen aus, aber es ist ihr eigenes Geld.«

Fergus zog aus seinem Waffenrock den großen braunen Umschlag, der ihm von Nelsons Flaggleutnant übergeben worden war, und bemerkte trocken: »Das also ist er! Aber trinke deinen Port erst in Ruhe aus, auch wenn die enthaltenen Neuigkeiten von großer Wichtigkeit sein dürften und du auf dem schnellsten Weg zurück zur Admiralität und zum Palast zurückkehren solltest.«

Jeris seufzte. »Mein Junge, du kannst dir wahrscheinlich gar keine Vorstellung davon machen, wie wichtig diese Post ist. Ich nehme an, daß sie schon bald über die Zukunft der Admirale Nelson und Parker entscheiden wird, wenn sie erstmal in den richtigen Händen gelandet ist.« Er kippte seinen Port, packte den Umschlag mit fester Hand und stemmte sich aus seinem Sessel in die Höhe. »Ich werde heute abend Shannon zu dir an Bord schicken, und ich werde mich in zwei Tagen wieder hier sehen lassen. Die Informationen, die ich dann mitbringen werde, könnten für deine Karriere von größter Wichtigkeit sein. Ich bin sicher, daß du bald ein gutes Stück reicher sein wirst – genau wie Admiral Nelson. Und was diesen Umschlag hier angeht, die Politiker, die hier etwas zu sagen haben, scheinen seltsamerweise immer der ersten Version einer Geschichte Glauben zu schenken, egal worum es sich dabei handelt. In diesem Fall hast du jedenfalls dafür gesorgt, daß es so sein wird.« Fergus nickte, und Jeris fuhr fort: »Ich bin sicher, daß die Fakten, wenn sie allgemein bekannt werden, alle für Admiral Nelson sprechen. Er ist ein großes Risiko eingegangen und hat wie immer Erfolg damit gehabt. Ich fürchte, daß sich Admiral Parker zu weit vom Gefechtsfeld ferngehalten und nichts Hilfreiches unternommen hat. Es spielt deshalb keine Rolle, was in seinem Bericht steht, die Fakten sprechen gegen ihn.«

»Gut. Kannst du nicht einplanen, daß du an dem bewußten Abend zum Essen bleibst?«

»Das kann ich, aber ich werde nicht lange bleiben. Ich möchte, daß du und Shannon so viel Zeit wie möglich für euch habt. Übrigens hat der Doktor gesagt, daß sie innerhalb des nächsten Monats entbinden wird.«

»Werden wir dann noch im Hafen liegen?«

»Das bezweifle ich. Was du dann zu tun hast und wo du dich dann aufhalten wirst, hängt von den Entscheidungen ab, die innerhalb der nächsten zwei Tage fallen. Und diese Entscheidungen werden weit außerhalb der Wände meines Büros getroffen.«

Shannon kam an Bord. Sie watschelte schwerfällig die Gangway hinauf und verweilte einen Augenblick lang in den Armen von Fergus. »Also diese Laufplanken sind nicht für fette Damen gedacht. Ich mag diese Trennungen nicht, bin aber froh, daß diese relativ kurz war.«

»Mir geht es genauso, aber du weißt, daß meine Pensionierung quasi schon vor der Tür steht.«

Während sie Arm in Arm zur Kabine gingen, entspannte sich Shannon. »Ach, Fergus, du bist noch so jung und du mußt noch so viel für unser Land leisten. Ich werde geduldig sein und auf dich warten.«

Zwei gemeinsam verbrachte Tage und Nächte erneuerten ihre Leidenschaft. Am Abend des zweiten Tages fuhr Jeris in seiner Kutsche vor. Fergus erwartete ihn, und für das gemeinsame Dinner war alles vorbereitet. Steward Radcliffes intensive Bemühungen hatten mit ein wenig Hilfe von Shannon dazu geführt, daß ein kleines, aber ausgezeichnetes Mahl bereitstand.

Jeris akzeptierte nach dem Essen ein Glas Portwein, bedachte Evan mit einem Lob und bat ihn dann, die Kabine zu verlassen. Shannon dagegen forderte er auf, bei ihnen zu bleiben, indem er feststellte: »Sie ist durchaus in der Lage, Geheimnisse für sich zu behalten, und sie sollte hören, wie es mit dir weitergehen wird.«

Fergus nickte, weil er sich an ihre Unterhaltung vor ein paar Tagen erinnerte, in der es um seine zukünftige Karriere gegangen war. »Ja, sie teilt Freud und Leid mit mir.«

Jeris bat um ein zweites Glas Port. »Das wird ein großer Abend werden!« verkündete er.

Fergus stand auf und füllte alle Gläser. Dabei meinte er schmunzelnd: »Ich vermute, daß Admiral Nelsons Version der Schlacht vor Kopenhagen sich von Admiral Parkers Bericht, den du gestern erhalten hast, um einiges unterschieden hat.«

Jeris nickte. »Allerdings, aber die Differenzen in ihren Auffassungen wurden durch andere Quellen bestätigt.

Ehrlich gesagt haben alle das bestätigt, was wir erwartet hatten: Admiral Parker war ein müder, konservativer Befehlshaber, Nelson dagegen mit seinem frischen, kraftvollen Führungsstil hat sozusagen den Tag gerettet.«

»Ich habe die Schlacht nicht mit eigenen Augen gesehen, aber der dänische Kommandant, den ich gefangengenommen habe, und Nelsons Adjutant haben deine Aussage voll bestätigt. Was hat denn nun die Admiralität unternommen?«

»Es ist alles in bester Ordnung. Westminster hat die Neuigkeiten in den Depeschen, die du überbracht hast, mit großer Begeisterung zur Kenntnis genommen. Der Zwischenfall mit dem Fernglas, von dem du mir berichtet hast, ist noch nicht publik geworden, aber das wird noch der Fall sein. Lord Vincent, der Leiter der Admiralität, hat Nelson einen Brief geschrieben, den lesen zu dürfen, ich den Vorzug hatte. Er führt darin aus: *›Es ist mir nicht möglich mit meinen Worten die Befriedigung auszudrücken, die Seine Majestät und Seine untertänigsten Diener über die Taten Ihrer Lordschaft empfunden haben. Das gilt auch für das gesamte britische Volk.‹* Anschließend würdigt er die Fähigkeiten Nelsons als Verhandlungsführer.«

»Meiner Ansicht nach hat er aus einer schon fast verloren geglaubten Sache noch einen Sieg gemacht, ist es nicht so?« rief Fergus erregt aus. »Das schafft er doch immer wieder!«

»Nun, der tatsächliche Ablauf der Dinge wird ihm auf der Admiralität nicht schaden. Die ganze Welt wird das akzeptieren. Die Admiralität hat ihm ihre wohlwollende Meinung dadurch ausgedrückt, daß sie ihm den Befehl geschickt hat, Admiral Parker am 5. Mai im Kommando abzulösen.«

»Und was ist mit Admiral Parker?«

»Er setzt seine Flagge auf einer der Fregatten und kehrt nach Hause zurück, sobald er abgelöst ist. Allerdings wird die Admiralität noch irgendeine Aufgabe für ihn finden, bei der er sich nützlich machen kann. Er verdient es, daß man ihn sanft in der Versenkung verschwinden läßt.«

Fergus schüttelte mißbilligend den Kopf. »Als ich Kopenhagen verließ, habe ich noch eine zweite Prise mitgenommen. Ich bin mir sicher, daß ich damit gegen die Befehle von Admiral Parker verstoßen habe, alle Prisen zu verbrennen. Außerdem hat er versucht, mich aufzuhalten.«

»Er hat dir signalisiert?«

»Ja, aber es wurde bereits dunkel, und daher konnte ich das Signal nicht mehr erkennen.«

»Du bist einfach weitergesegelt?«

»Ja, aber ich habe ein wenig ›Nelson‹ gespielt. Ich habe meinem Steuermannsmaaten gesagt, daß ich das Signal nicht sehe.« Fergus kniff verschwörerisch ein Auge zu.

Shannon kicherte glucksend. »Du ungezogener kleiner Junge!«

»Konntest du es denn ausmachen?« fragte Jeris nach.

»Vielleicht. Aber ich habe nicht allzu scharf hingeschaut. Jetzt wird es wohl keine Rolle mehr spielen, allerdings war ich schon damals der Auffassung, daß es genau so kommen würde.«

Jeris schüttelte belustigt den Kopf. »Vergiß es. Admiral Nelson hat doch sicher davon gewußt, oder?«

»Natürlich. Im Grunde bin ich nur seinem Befehl gefolgt.«

»Dann kannst du es getrost vergessen. Die Admiralität

und ganz besonders der König interessieren sich nur dafür, daß du zwei wertvolle Schiffe zurückgebracht hast.«

»Das Schlimme ist, daß Admiral Parker die Order gegeben hat, ein halbes Dutzend Prisen zu zerstören, die ich im Schutz meiner Flottille ohne jedes Problem hätte mit zurückbringen können. Das hat den Palast um einige Millionen Pfund gebracht.«

»Dann hoffe ich, daß der König davon nie etwas erfahren wird.« Jeris schüttelte traurig den Kopf.

»Und wie läuft es jetzt zwischen Admiral Nelson und Admiral Parker? Wie verstehen sie sich?«

»Wie du dir denken kannst, gibt es zwischen ihnen keine Feindschaft – jedenfalls nicht in der Öffentlichkeit. Nelson hat inzwischen das Kommando über die Flotte übernommen und auch schon einige Unternehmungen gegen die Schweden und Russen durchgeführt. Allerdings ist es dabei nicht zu Kampfhandlungen gekommen. Wie die Admiralität von Anfang an gehofft hat, hat Admiral Nelsons Wagemut den Schweden und Russen den Schneid abgekauft – und wahrscheinlich auch ihren Alliierten.«

»Genau das habe ich erwartet«, meinte Fergus triumphierend. »Aber was wird mit mir geschehen? Meine Schiffe und ich stehen schließlich noch immer unter Nelsons Kommando.«

»Du unterstehst ihm, dessen ist sich die Admiralität natürlich völlig bewußt. Ich muß euch im Vertrauen etwas mitteilen, das ihr beide, Shannon und du, Fergus, aber keinesfalls verlauten lassen dürft: Admiral Nelsons körperliche Verfassung ist nicht besonders gut, und seine, ähhh, familiären Probleme belasten ihn schwer. Die Admiralität rechnet damit, daß er im Juni seine Aufgaben im Ostseeraum erledigt haben wird und daß er kurz danach wieder in England eintreffen wird.«

Fergus schüttelte immer noch unzufrieden den Kopf. »Und was bedeutet das für mich?«

»Nelson wird das Kommando über die Blockadestreitkräfte an der atlantischen Küste Frankreichs übernehmen. Du wirst Teil dieser wichtigen Blockadeflotte sein, und was das für dich bedeutet, muß ich dir nicht extra erklären.«

Fergus runzelte mißmutig die Stirn. »Tag für Tag und Woche für Woche der immerwährende Kampf gegen das launische Wetter des Englischen Kanals. Und dann die Jagd auf schwierig zu stellende französische Blockadebrecher, ständig von einem Hafen zum anderen hetzen.«

Shannon hatte bis jetzt geschwiegen, meldete sich nun aber zu Wort. »Es hätte schlimmer kommen können. Du wirst vielleicht ganz in der Nähe der Themse stationiert sein. Ein Einsatz in Übersee wäre viel schwerer zu ertragen gewesen. Vergiß nicht, wir müssen jetzt auch an unser Baby denken.«

Fergus lächelte gerührt. »Danke für diesen schönen Hinweis.« Er wandte sich wieder an Jeris. »Onkel, nachdem wir nun die weitere Zukunft erörtert haben, was liegt jetzt für mein Schiff an?«

»Ich denke, daß die Admiralität in ein oder zwei Wochen etwas Wichtiges für dich in petto hat. Ich hoffe sehr, daß es sich noch so lange hinauszögern wird, bis Shannon entbunden hat.«

Shannon seufzte und strich sich über den stark aufgedunsenen Bauch. »Heute abend habe ich das Gefühl, daß es bald soweit sein wird, und morgen werde ich meinem Arzt einen Besuch abstatten. Vielleicht kann er etwas tun, um die Sache zu beschleunigen. Ich hätte es gerne, wenn Fergus sein Kind noch sehen könnte, bevor er ablegen muß.«

Eine Woche später ließ Shannon nach Doktor Pollitt schikken. Er untersuchte sie sorgfältig, und auf seine Anordnung hin begab sie sich sofort in die Klinik. Ihr Kutscher hatte für diesen Fall ständig mit dem Wagen in einem Stall neben der Königlichen Werft in Bereitschaft gestanden.

Am nächsten Morgen kam Jeris mit seiner Kalesche in größter Eile neben der Bordwand des Schiffes zum Stehen, die Pferde waren schaumbedeckt. Er sprang aus dem Schlag, stürmte die Gangway hinauf und prallte fast mit Fergus zusammen, der ihn mit der Wache begrüßen wollte.

»Es ist ein Junge!« jubelte er. »Sechs Pfund!«

»Und Shannon? Wie geht es ihr?«

»Gut. Sie schickt dir ihre Grüße. Ich habe eine Sondererlaubnis für dich erwirkt, sie in der Klinik besuchen zu dürfen. Steig in meine Kutsche.«

Fergus verbrachte den größten Teil dieses Tages in der Klinik, wo er seinen neugeborenen Sohn Strath in den Armen wiegte.

Schließlich eiste ihn Jeris los. »Du mußt zurück auf dein Schiff. Ich erwarte, daß dein Verband morgen den Auslaufbefehl bekommen wird.«

Kurz nach dem Frühstück am folgenden Tag erschien Jeris wieder und versuchte, seine Aufregung hinter einem geschäftsmäßigen Auftreten zu verbergen. Gleich nachdem er an Bord war, sprudelte er hervor: »Diesmal habe ich noch keine Segelorder für dich.«

»Was ist geschehen?«

»Das weiß ich nicht. Ich habe den direkten Befehl von Lord St. Vincent, dem Chef der Admiralität, bekommen, dich und Kapitän Essex in sein Büro zu bringen.«

»Und was ist mit den beiden Kommandanten der zwei schnellen Slups, die zu meiner Flottille gehören?«

»Wie es scheint, bleiben sie weiter unter deinem Kommando, so wie es Admiral Nelson beabsichtigt hat, aber die beiden kommandierenden Offiziere sind nicht eingeladen. Jetzt laß uns fahren. Wir können Kapitän Essex unterwegs einsammeln.«

Jeris' Kutscher trieb die Pferde zu einer flotten Gangart an, die nur durch die Verkehrs- und Straßenverhältnisse gebremst wurde, und so erreichten sie kurz vor der Mittagsstunde das Gebäude der Admiralität.

Jeris sprang auf die Straße und rief über die Schulter: »Folgt mir!«

Nach wenigen Minuten standen sie vor einer großen, schlichten Tür aus Mahagoni, auf der ein großes, auf Hochglanz poliertes Messingschild mit der Aufschrift prangte:

Lord St. Vincent

Eine zweite Zeile gab es nicht.

Essex hob die Augenbrauen, während er den Namen las.

Jeris lachte. »Ich weiß, was Sie denken. Aber mehr ist nicht notwendig, um jedem zu sagen, wer der Gentleman ist. Schließlich kennt jeder den Ersten Lord der Admiralität. Wie ihr beide wahrscheinlich schon gehört habt, gilt er auf See als harter, barscher Vorgesetzter, und hier an Land ist er nicht viel anders.«

Jeris klopfte an die Tür. Eine tiefe Stimme rief: »Herein!« Jeris drehte den funkelnden Messingknopf herum und drückte die ebenfalls makellos glänzende Tür auf.

Essex griente und flüsterte Fergus zu: »Sobald wir hier wieder raus sind, werde ich mein Taschentuch herausholen und diesen perfekt geputzten Messingknopf überpolieren.«

Die Tür schwang weit auf, und Jeris trat ein. Er gab den beiden Kapitänen mit einer Geste zu verstehen, ihm zu folgen, dann wandte er sich Lord St. Vincent zu. »Mylord, darf ich Ihnen Kapitän Kilburnie und Kapitän Essex von der *Daring* respektive von der *Dashing* vorstellen.«

Lord St. Vincent erhob sich, kam hinter seinem riesigen Schreibtisch aus Mahagoni hervor und schüttelte seinen Besuchern sehr herzlich die Hände. »Ah ja, die jungen Herren. Ich freue mich, Sie kennenzulernen. Sie haben sich beide in allem würdig erwiesen, was mir Admiral Nelson über Sie erzählt hat. Da er jetzt noch für ein paar Wochen mit dieser Geschichte in der Ostsee beschäftigt ist, habe ich mich entschlossen, Sie mir für eine sehr spezielle Aufgabe auszuborgen. Bitte setzen Sie sich doch.« Er ging zu einer Sitzgruppe aus großen, dick gepolsterten Mahagonistühlen hinüber, die um einen schweren Tisch aus Mahagoni gruppiert standen.

Lord St. Vincents Gesichtshaut wies immer noch die schwache Sonnenbräune auf, die man erwirbt, wenn man sich viele Jahre auf See aufhält. In den Augenwinkeln waren die tief eingegrabenen Fältchen zu erkennen, die durch das permanente Blicken auf die in der Sonne glitzernde Oberfläche des Meeres entstehen. Um die Taille sah man die Veränderung, die durch den Wechsel von der See zum Land hervorgerufen wurde, denn jetzt, da er regelmäßig eine kalorienreiche Nahrung anstelle der mageren Seerationen zu sich nahm, rundete sich sein Embonpoint. Gutes Essen war seine schwache Stelle, und auch jetzt verlangte sein Magen gebieterisch nach einem kleinen Imbiß.

Während sie zu dem Tisch hinübergingen, murmelte Essex hinter vorgehaltener Hand zu Fergus: »Der sieht mir gar nicht so barsch und hart aus.«

Fergus flüsterte zurück: »Fäll da bloß kein übereiltes Urteil. Noch sind wir nicht auf See.«

In der Tat sah Lord St. Vincent nicht gerade wie ein harter Vorgesetzter aus, aber seine Lippen waren schmal und zusammengepreßt, die Augen traten etwas aus den Höhlen. Wenn er sprach, schienen die Worte wie Projektile aus seinem Mund zu schießen, aber trotzdem umgab ihn so etwas wie eine liebenswürdige Aura, und beide Kapitäne wußten, daß sie noch früh genug herausfinden würden, woran das lag.

Jeris erläuterte: »Lord Entwistle, der Chef der Operationsabteilung, und Lord Greenway, Chef des Geheimdiensts, stehen auf Abruf bereit und können in wenigen Minuten hier eintreffen.«

»Sehr gut. Bitten Sie sie herzukommen. Während sie auf dem Weg sind, werden wir uns noch ein wenig unterhalten.«

Lord St. Vincent ließ sich auf den Stuhl am Kopfende des Tisches fallen und deutete auf die Plätze neben sich. »Bitte, setzen Sie sich doch.« Dann deutete er auf eine Reihe von Gemälden an den Wänden. »Einige werden Sie identifizieren können, da Sie an diesen Seeschlachten teilgenommen haben. Das da ist die Schlacht von Abukir, Sie werden die vorspringende Landspitze am Ende der Bucht mit dem Fort erkennen. Den nächsten beiden Bildern verdanke ich meinen Titel. Sie behandeln die Schlacht vor Kap St. Vincent. Ich bin Ihren Schiffen sehr verpflichtet, die bei beiden Gelegenheiten eine große Hilfe waren.«

Fergus nickte. »Danke, Sir, Sie sind zu freundlich. Unser Beitrag war sehr klein.«

»Keineswegs. Die Funktion einer Maschine hängt von allen ihren Teilen ab, gleichgültig, wie groß diese sind.«

Plötzlich schwang die Tür auf, und die Lords Entwistle und Greenway traten ein. »Guten Tag, Mylord«, grüßten beide unisono.

Lord Entwistle war ein geschäftig wirkender, ernster Mann um die Vierzig. Sein rötliches Gesicht zierte ein dichter Backenbart, sein Akzent verriet den Absolventen einer Privatschule, und seine Stimme war laut und schrill. Lord Greenway sah aus wie ein Kaufmann, der sich mit einer Uniform verkleidet hatte. Seine Stimme war im Gegensatz zu Entwistles leise, und außerdem schien er zum Stottern zu neigen. Auf der Nase ruhte eine dicke Brille, die nicht sehr gut zu passen schien, und wenn er sprach, mußte er regelmäßig eine Pause einlegen, um sie auf der Nase zurechtzurücken.

Fergus und Essex wollten sich erheben, aber der Erste Lord machte eine abwehrende Handbewegung. »Guten Tag, Mylords«, erwiderte er ihren Gruß. »Das hier sind die beiden Kommandanten, über die wir gesprochen haben. Kilburnie von der *Daring* und Essex von der *Dashing*. Jetzt setzen Sie sich bitte und breiten Sie Ihre Karten aus. Ich hasse die verdammten Dinger, aber wir müssen sie ins Auge fassen können, während wir die Sache besprechen.«

Die beiden Lords entrollten ihre Seekarten und griffen

nach Gewichten, um die Ecken zu beschweren, damit das Papier sich nicht wieder zusammenrollte. Ganz offensichtlich waren die beiden Offiziere einander nicht grün, denn jeder versuchte, seine Karte dichter vor Lord St. Vincent zu plazieren.

Der Erste Lord seufzte. »In Ordnung, Gentlemen, lassen Sie uns jetzt die Angelegenheit ein für allemal klären. Die Operationsabteilung hat stets den Vorrang vor dem Geheimdienst und befehligt jedes Unternehmen. Sind wir uns in diesem Punkt einig?«

Lord Entwistle strahlte über das ganze Gesicht und räusperte sich laut. Lord Greenway öffnete den Mund und runzelte die Stirn, aber er schwieg, während er heftig an seiner Brille herumfummelte. Essex blickte Fergus an, und beide nickten lächelnd.

Auch Lord St. Vincent nickte zufrieden. »So wird es auch auf See ablaufen. Kapitän Kilburnie als der Dienstältere hat das Kommando, ganz gleich um was es sich handelt. Kapitän Essex ist unser Experte für Geheimdienstoperationen. Er hat ein halbes Dutzend Agenten erfolgreich an Land gesetzt und kennt das Territorium ausgezeichnet, in dem sie operieren werden. Trotzdem werden Sie, Kapitän Kilburnie, das gesamte Unternehmen befehligen und auch die volle Verantwortung dafür tragen.«

Essex schien etwas sagen zu wollen, entschied sich dann aber dafür, den Mund zu halten.

Fergus, der immer etwas bedächtiger war und alles sorgfältiger abwog, sagte langsam: »Mylord, ich glaube, daß ich für uns beide sprechen kann. Wir haben schon zusammen gedient, als wir noch Leutnants waren, daher wird es keinerlei Spannungen zwischen uns geben, und ich kann Lord Greenway versichern, daß ich in allen Punkten, die mit der geheimdienstlichen Tätigkeit zu tun haben, auf den guten Rat von Kapitän Essex hören werde.« Er drehte sich zu Essex um. »Kapitän Essex, habe ich das richtig formuliert?«

Essex nickte bestätigend. »Vollständig.«

Lord St. Vincent, der sich offensichtlich bereits etwas langweilte, stand auf und begann auf und ab zu gehen. »In Ordnung, Lord Entwistle, erläutern Sie die Unternehmung.«

Lord Entwistle ergriff einen Kartenzirkel und deutete damit auf einen kleinen Meeresarm an der französischen Küste. »Also erst einmal: Hierhin werden Sie versegeln, etwa zehn Meilen nordöstlich von Dieppe. Die Uferregion besteht aus unbewohnten Wäldern mit Unterholz bis an den Strand, vor dem tiefes Wasser ist. Wenn kein auflandiger Sturm herrscht und die Großwetterlage nicht zu ungünstig ist, sollten Sie keine Schwierigkeiten haben, ein Boot an Land zu schicken, in dem sich ein halbes Dutzend Seesoldaten und die drei Agenten befinden. Ihre Aufgabe besteht darin, die Agenten sicher an Land zu setzen. Sollte etwas dazwischen kommen, mit dem Sie nicht fertig werden, dann ist die alternative Landungsstelle hier, etwa vierzig Meilen weiter westlich. Jetzt wird Lord Greenway mit der Einweisung fortfahren.«

Lord Greenway stand auf, fiel dabei beinahe über seinen Stuhl, packte den Zirkel und sah etwas säuerlich drein, weil er auf den zweiten Platz verwiesen worden war, obwohl es sich ganz eindeutig um eine geheimdienstliche Operation handelte. Er räusperte sich vernehmlich und begann: »Ich werde Ihnen die Namen der drei Agenten oder ihren genauen Auftrag nicht mitteilen. Kapitän Essex wird den Grund wissen. Er hat schon drei Landungsunternehmen in dieser Gegend kommandiert, aber auch er kann die Namen der drei Agenten nicht preisgeben. Jeder der Männer wird einen schweren Sack mit sich führen, der, wie Sie sich denken können, mit Gold und Papiergeld gefüllt ist. Kapitän Essex wird das alles an einem sicheren Ort aufbewahren, solange sich die Gentlemen an Bord befinden.«

Lord Greenway beendete seine Rede und ließ sich schwer auf seinen Stuhl fallen, ganz offensichtlich war er immer noch verstimmt und funkelte durch seine Brillengläser die Anwesenden wütend an.

Der Erste Lord stellte seine Wanderung ein. »Noch Fragen, meine Herren? Mein Mittagessen erwartet mich.«

Fergus fragte schnell, denn in Gedanken hatte er Verständnis für Lord St. Vincents knurrenden Magen: »Sir, noch eine Frage: Was sollen wir tun, nachdem wir die Landungsoperation abgeschlossen haben?«

Lord St. Vincent nickte energisch und klopfte auf seinen Bauch. »Patrouillieren Sie vor der Küste Frankreichs. Ich vermute, daß Lord Nelson dann bald exakte Befehle für Sie haben wird. Guten Tag, Gentlemen, und eine gesegnete Mahlzeit!«

Fergus und Essex kamen mühsam auf die Füße, schoben eine ganze Reihe von Stühlen zur Seite und bewegten sich auf die Tür zu, dabei ignorierten sie die Lords Entwistle und Greenway, die ihre Karten wieder einrollten.

»Danke, Mylord«, schnarrten die beiden Kapitäne zakkig, während der Erste Lord im Korridor verschwand, der zu seinem Eßzimmer führte.

Jeris schickte seine Schützlinge nach einem dürftigen

Mahl in seiner Kutsche auf die Werft zurück. Beim Abschied wünschte er ihnen etwas, was man bei dieser Art Unternehmen immer in reichem Maße gebrauchen konnte: »Viel Glück!«

Fergus hielt nochmal inne: »Einen Augenblick noch. Wann sollen wir auslaufen?«

Jeris sah verdutzt aus. »Was ist? Ach so, natürlich sofort, wenn Kapitän Essex meldet, daß die Agenten an Bord sind und ihr seeklar seid.«

Essex lachte. »Wie es scheint, diktiert der Geheimdienst den Ablauf dieser Operation, aber mach dir keine Sorgen. Ich lass' dich wissen, wann es soweit ist.«

8

Spionage ist ein schmutziges Geschäft

Zwei Tage später fuhr eine Kutsche am Fuß von *Dashings* Gangway vor. Drei Männer kletterten heraus, streckten ihre Beine nach der langen Fahrt von London, luden ihre offensichtlich schweren Segeltuchsäcke aus und schleppten sie über die Gangway an Bord.

Kapitän Essex empfing sie an der Relingspforte. Der Wachoffizier befahl drei Matrosen, die Säcke zu übernehmen, aber sein Kommandant hob abwehrend die Hand. »Danke, aber das ist diesmal nicht nötig. Die Männer werden sie selbst hinunter in den Verschlußraum transportieren. Ich werde die Tür eigenhändig abschließen, den Männern den Schlüssel übergeben und eine Wache der Seesoldaten vor der Tür postieren.«

Essex verschwand, gefolgt von den seltsamen Männern, unter Deck.

Der Wachoffizier blickte verwirrt hinterher, unternahm aber nichts. Er rief lediglich die drei Seeleute wieder zurück an die Arbeit. »Das ist schon verdammt seltsam«, murmelte er dann vor sich hin. »Diese drei Burschen sehen aus, als kämen sie direkt aus den miesesten Elendsvierteln von Paris.«

Der Erste Leutnant, der das alles beobachtet hatte, stimmte ihm zu: »Das ist wohl genau das, wonach sie aussehen sollen, so jedenfalls hat es mir gestern Kapitän Essex erläutert.«

Eine halbe Stunde später kam Essex wieder an Deck und teilte dem Wachoffizier mit: »Ich gehe hinüber auf die *Daring*, um Kapitän Kilburnie zu besuchen. Treffen Sie bitte alle Vorbereitungen zum Auslaufen. Ich erwarte, daß wir den Hafen gleich nach meiner Rückkehr verlassen werden.«

Essex ging an der Pier entlang und betrat die *Daring*. Auch Fergus hatte die Ankunft der Kutsche und ihrer Passagiere beobachtet und vermutet, daß es sich bei den drei Männern um die Agenten handelte.

Er begrüßte Essex an Deck: »Guten Morgen, Kilburnie. Wie ich höre, geht es deinem Söhnchen gut. Wie hast du ihn genannt?«

»Shannon hat ihn Strath nach meinem Großvater getauft. Er sieht ihm sehr ähnlich.«

»Wie willst du das wissen?« neckte ihn Essex. »Der war doch schon fünfundvierzig Jahre alt, als du ihn das erste Mal richtig wahrgenommen hast.«

»Natürlich. Aber alle Kilburnies sehen so aus.«

»Wenn du mir dein Wort darauf geben kannst, glaube ich es. Laß uns jetzt in deine Kammer gehen und einen Blick in die schlaue Karte werfen, die, wie ich sicher weiß, schon auf deinem Tisch ausgebreitet warten wird.«

Fergus verdrehte die Augen. »Natürlich. Dann komm mal mit.«

Es war, wie Essex es vermutet hatte. Die Ecken der Karte wurden von zwei Tassen und zwei Äpfeln am Platz gehalten. Essex deutete sofort auf den mit Bleistift markierten Punkt für die geplante Landung.

»Aha! Ein Bruch der Geheimhaltung«, stellte er streng fest, langte hinüber auf den Tisch und radierte schnell die Markierung aus. »Hier kann doch jederzeit dein Steward herein.«

Fergus lächelte schuldbewußt, sagte aber nichts.

»Was Lord Greenway versäumt hat, in Erwägung zu ziehen, ist, daß wir den Anführer dieser Agentengruppe bereits zweimal an ebendieser Stelle angelandet haben. Dieser Ort kann inzwischen schon ein alter Hut und ein wenig verdächtig sein, aber wir müssen weitermachen. Die Agenten könnten vorher mit den Einheimischen gesprochen haben, und diese könnten uns erwarten. Außerdem ist einer der Männer ein Ersatz für einen Agenten, der beim letzten Einsatz draufgegangen ist. Allerdings werden der Mond, die Tide und voraussichtlich auch das Wetter günstig sein, und deshalb sollten wir loslegen.«

»Hättest du dich in dieser Angelegenheit nicht mit Lord Greenway besprechen sollen?«

Essex hob gleichmütig die Schultern. »Lord Greenway ist ein berüchtigter Dickkopf. Er hätte mir gar nicht zugehört. Lord St. Vincent schmachtete nach seinem Lunch und hätte mir schon gleich gar nicht zugehört. Wir müssen die Sache verdammt vorsichtig anpacken. Ich habe deshalb vor, selbst mit ins Boot zu gehen.«

»Ich hasse es, jetzt gleich am Anfang den strengen Vorgesetzten zu spielen«, meinte Fergus nach einem kurzen Zögern, »aber ich möchte nicht, daß du dich in eine derartige Gefahr begibst. Du könntest für viele Jahre in einem von Ratten wimmelnden, zugigen französischen Knast verschwinden. Man erzählt sich, daß die Unterkunft ziemlich schrecklich wäre.«

»Und daher hast du entschieden, daß ich nicht fahren soll?«

»Ja«, beschied ihn Fergus entschlossen.

Essex grinste erleichtert. »Vielen Dank, daß du mir diesen Zahn gezogen hast. Mir gefiel die Vorstellung auch nicht, aber ich hatte das Gefühl, daß ich meinem Ruf als wagemutiger und draufgängerischer Agent gerecht werden müßte. Vielleicht werde ich langsam alt, und ich muß mich langsam an den Gedanken gewöhnen, ein ebenso alter, verheirateter Eheknüppel wie du zu werden. Als ich deinen Sohn auf dem Arm gewiegt habe, machte ich mir so meine Gedanken. Mit etwas Übung, denke ich, könnte ich mich an diese Rolle gewöhnen.«

Fergus wurde wieder dienstlich. »Ich schlage vor, daß du deinem Boot so weit, wie du es mit der Sicherheit deines Schiffes vereinbaren kannst, unter Land folgst. Wie ich sehe, ist das Wasser bis auf hundert Faden Abstand vom Strand tief genug. Ich werde eine Position gut frei von dir einnehmen, von der aus meine Geschütze den Strand bestreichen können, und mir trotzdem ausreichend Raum zum Manövrieren bleibt. Ich vermute, daß es dir möglich sein wird, dein Boot schnell zurückzurufen.«

»Natürlich. Jetzt laß uns ablegen. Meine Besatzung ist bereit, und ich möchte nicht länger warten.«

»Das gilt auch für meine Männer. Ich habe gesehen,

daß deine Toppgasten schon oben in der Takelage herumgeturnt sind, als du dein Schiff verlassen hast.«

»O ja, sie wissen immer, was ich von ihnen will.«

Vier Tage später standen sie vor dem vorgesehenen Landungsplatz. Fergus prüfte ihn lange durch sein Teleskop. Er konnte keine Anzeichen von irgendwelchen verdächtigen Bewegungen oder Hinweise auf die Anwesenheit von Menschen in dem dichten Unterholz hinter dem Strand ausmachen.

In dieser Nacht schien der Mond gerade hell genug, um dem Rudergänger einen schwachen Eindruck davon zu vermitteln, wohin er fuhr. Fergus testete seine eigene Nachtsichtigkeit – er konnte genug erkennen, um dem Rudergänger Anweisungen zu geben. Die Nacht war also ideal, es herrschte beinahe Stillwasser, und der Wind wehte nur leicht. »Alles scheint wie geschmiert zu laufen«, murmelte Fergus vor sich hin, aber irgendwie hatte er doch ein ungutes Gefühl und beobachtete nochmals genau gründlich das Dickicht. Es schien undurchdringlich.

Fergus sah zu, wie Essex sein Schiff dicht unter Land brachte und das Boot zu Wasser bringen ließ. Die Bootsbesatzung griff nach den Säcken, die drei Agenten folgten und setzten sich eng zusammengedrängt auf die Achterducht. Der Bootssteurer ließ die Riemen ausbringen, und gleich darauf bewegte sich das Boot lautlos in Richtung Strand. Es war nichts zu hören, aber an Fergus nagte ein Gefühl der Unruhe. Er seufzte. Das Unternehmen lief für seinen Geschmack einfach zu problemlos ab.

Im Boot wurde das Pullen eingestellt, mit dem restlichen Schwung würde sich der Bug im flachen Wasser auf den Grund schieben. Wieder seufzte Fergus und hoffte, daß alles gutgehen würde. Bis zur Landung waren es nur noch wenige Sekunden.

Aber kurz nachdem die Bootsbesatzung mit dem Rudern aufgehört hatte und der Vorsteven auf den Grund auflief, öffnete sich der feurige Schlund der Hölle, Feuerblitze zuckten flackernd direkt auf die Köpfe der Bootscrew zu. Die Männer im Boot begannen zu brüllen und zu fluchen, und die Marineinfanteristen erwiderten das Feuer. Vom Ufer brandete als Antwort ein lauter Schwall französischer Flüche herüber.

Fergus befürchtete, daß der größte Teil der Bootsbesatzung getroffen worden war, aber tatsächlich schienen nur wenige Männer außer Gefecht gesetzt worden zu sein. Die Bewaffneten an Land feuerten aus irgendeinem Grund in erster Linie auf die *Dashing*.

»Gütiger Gott!« schrie Fergus. »Verflucht, man hat uns verraten!«

Poston, der aufmerksam alles beobachtete, stellte kühl fest: »Da haben Sie recht! Ich zähle zehn Mündungsfeuer von Feldschlangen und von mindestens zwanzig Musketen. Gott sei Dank, ist das Boot noch nicht höher auf den Strand gezogen worden. Da drüben befindet sich eine starke Streitmacht, aber die Kerle waren etwas zu übereifrig. Außerdem scheinen sie das Boot zu ignorieren.«

Die Kanonen der *Daring* waren nun geladen, ausgerannt und auf das Landungsgebiet ausgerichtet. Fergus brüllte: »Feuer frei!«

Die Geschütze donnerten und feuerten Salve auf Salve in das Unterholz. Fergus fluchte und stampfte mit den

Füßen auf das Deck. Trotz des schweren Feuers von der *Daring* und der *Dashing* erwiderten die Feldgeschütze das Feuer, und mehrere Kugeln schlugen auf dem Achterdeck der *Dashing* ein. Der Beschuß der kleinkalibrigen Feuerwaffen konzentrierte sich jetzt auf das Boot, allerdings versuchten wohl auch einige Schützen, das Achterdeck der *Dashing* zu bestreichen, aber ihre Kugeln lagen durchweg zu kurz.

Fergus fuhr fort, ausgiebig zu fluchen, denn es gab nur wenig, was er sonst hätte tun können.

Bald nahm das Geschützfeuer an Land ab und vereinzelte sich immer mehr und mehr. Fergus warf einen schnellen Blick auf die *Dashing*. Im Licht der Mündungsfeuer konnte er mehrere dunkle, unförmige Schatten auf das Deck hingestreckt sehen. Männer liefen auf dem Achterdeck umher und ihm wurde klar, daß es schwere Verluste gegeben hatte.

Als das Feuer an Land eingestellt wurde, war fast alles vorbei. Fergus konnte immer noch Männer auf dem Achterdeck der *Dashing* herumrennen sehen, die den Verwundeten zu Hilfe eilten. Das Boot wurde mittlerweile mit aller Kraft von der Küste weggerudert, um dem nachlassenden Musketenfeuer zu entkommen, das sich jetzt auf das Boot konzentrierte, die Kugeln durchpflügten das Wasser ringsherum, aber zum Glück lief es gleich darauf in den Schutz des Hecks der *Dashing* ein. Die Seeleute an Deck warfen der Bootsbesatzung eine Schleppleine zu, und gleich darauf trimmte die *Dashing* ihre Segel und gelangte schnell aus der Gefahrenzone.

Fergus atmete tief durch. Sie waren in Sicherheit, hatten aber Verluste hinnehmen müssen. Er würde das Tageslicht abwarten müssen, um die Situation überblicken zu können.

Plötzlich herrschte Ruhe.

Poston, der die Küste beobachtete, ließ sich vernehmen: »Sie ziehen die Batterien mit Hilfe von Pferden aus den Stellungen ab, und die Infanterie schlägt sich in die Büsche.«

Fergus rief: »Lombardi, ändern Sie bitte den Kurs in Richtung auf die offene See, sobald die *Dashing* uns passiert hat.« Er wanderte auf dem Achterdeck auf und ab und wartete auf das Tageslicht, dabei murmelte er Verwünschungen vor sich hin, die alle den Geheimdienst der Royal Navy betrafen. Poston, der ihm aufmerksam zuhörte, schnappte auf, daß er die Worte »Greenway, Gervais, Verräter« benutzte und eine Serie von saftigen Flüchen dranhängte, aber er konnte keinen sinnvollen Zusammenhang erkennen und wagte nicht zu fragen.

Schließlich benutzte Fergus ein Wort, das Poston klar einordnen konnte.

»Schweinehunde!« grollte er.

In der Morgendämmerung befahl Fergus Lombardi, das Schiff unter das Heck der *Dashing* zu bringen, damit er die Schäden inspizieren konnte. Er konnte Kapitän Essex nicht auf dem Achterdeck ausmachen, daher wies er Lombardi an: »Bitten Sie den Wachoffizier der *Dashing* beizudrehen. Wenn sie anfängt, machen wir dasselbe. Lassen Sie dann ein Boot für mich zu Wasser bringen, damit ich drüben an Bord gehen kann. Ich werde unseren Schiffsarzt Pollitt mitnehmen, denn ich muß mir persönlich von der Situation da drüben ein Bild machen.«

Nach ein paar Minuten hatte die *Daring* neben der *Dashing* beigedreht und war zur Ruhe gekommen. Fergus kletterte schnell über das Fallreep in das wartende Boot, das eilig zur *Dashing* hinübergepullt wurde. Er bereitete sich darauf vor, an Deck zu klettern, und befahl dem Bootssteurer, auf ihn zu warten. Dann enterte er flink – gefolgt von Pollitt – zur Relingspforte auf. An Deck grüßte er die Flagge und den Wachoffizier, in dem er den jüngsten der Leutnants wiedererkannte, die er bei seinem letzten Besuch kennengelernt hatte.

»Haben Sie das Kommando?« fragte er ihn.

»Jawohl, Sir. Kapitän Essex ist schwer verwundet und wird in seiner Kammer versorgt. Die Leutnants Easterling und Cobb sind ebenfalls ernsthaft blessiert. Der Chirurg wird Ihnen Genaueres berichten können. Wenn Sie mir folgen wollen, ich bringe Sie zum Kapitän, Sir.«

»Bemühen Sie sich nicht. Ich kenne den Weg. Sie sollten an Deck bleiben, um alles unter Kontrolle zu haben. Pollitt, untersuchen Sie bitte die beiden verwundeten Leutnants, danach treffen wir uns in der Kammer des Kommandanten.«

Fergus, der die Stirn in finstere Falten gelegt hatte, während er die Unglücksnachricht verdaute, eilte rasch nach achtern zur Kabine des Kommandanten und trat sofort und ohne anzuklopfen ein.

Essex, dessen Kopf und linker Arm mit dicken Bandagen umwickelt waren, lag in seiner Koje. Der Schiffsarzt beugte sich über ihn, um ihn zu untersuchen.

»Mein Gott, Essex, warum hast du mir nicht gleich mitgeteilt, daß du verwundet bist?«

Essex lächelte schwach durch das Gewirr der Bandagen. »Entschuldige, mein Alter, ich habe nicht geglaubt, daß es so schlimm ist. Ich nahm an, daß ich gegen Mittag wieder voll auf dem Damm wäre. Gerade eben haben der Zimmermann und der Bootsmann eine ausführliche Begehung beendet und mir gemeldet, daß die Reparaturen ein bis zwei Tage in Anspruch nehmen werden. Diese mörderischen Hundesöhne haben uns auf dem Achterdeck und oben im Rigg schwer verdauliche Kost verabreicht. Auf dem Achterdeck haben wir mehr bittere Medizin schlukken müssen, als uns lieb war.«

»Hast du eine Idee, was da schiefgelaufen ist?«

»O ja. Ich weiß genau Bescheid!« Er machte eine Handbewegung zu einem großen, stämmigen Mann mit einem kleinen Schnurrbart hinüber, der unmittelbar neben ihm stand. »Das ist Monsieur Gervais. Er ist der Anführer des ehemals dreiköpfigen Teams. Ich bedauere feststellen zu müssen, daß es sich auf zwei Mann reduziert hat.«

»Einer wurde getötet?«

»Noch nicht. Er muß zuerst noch verurteilt werden.«

»Ich verstehe nicht ganz.«

Essex lachte schwach. »Daran zweifle ich nicht. Dieser ganze Geheimdienstkokolorus ist immer etwas verwirrend. Aber du wolltest wissen, was passiert ist. Monsieur Gervais war dem dritten Agenten gegenüber, der der Gruppe von Admiral Greenways Abteilung zugeordnet worden ist, genauso mißtrauisch wie ich. Nachdem das Feuerwerk begonnen hatte und das Boot wieder auf Tod oder Leben vom Strand weggerudert wurde, murmelte dieser dritte Agent verdächtige Dinge vor sich hin. Gervais hörte ihn flüstern: ›Mein Gott! Sie sollten doch nicht auf das Boot schießen!‹ Obwohl sie in der Tat das Boot nicht allzu heftig beschossen haben, überzeugte ihn dieser Satz, daß der Kerl ein Doppelagent ist. Auf dem Rückweg hat ihn Gervais auf den Boden des Bootes geworfen, ihn gewürgt und so die Wahrheit aus ihm herausgepreßt. Es hat den Anschein, als ob die Truppe an Land das Boot hätte eigentlich anlanden lassen, dann die Besatzung gefangennehmen und schließlich den Versuch hätte unternehmen sollen, das Schiff zu versenken. Nun, du kennst ja diese Revolutionäre. Keine Disziplin. Jeder will Kommandant sein. Irgend jemand konnte also seinen Finger nicht vom Abzug lassen und hat schon auf das Schiff geschossen, bevor seine Kameraden mit dem Ballern loslegten. Anscheinend mißfiel ihnen aber dann unser heftiges Abwehrfeuer, und so zogen sie sich bald zurück, wahrscheinlich haben sie dabei sogar einige ihrer schweren Geschütze im Dickicht zurückgelassen. Ich denke, daß wir einige zerstört und auch ein paar Franzmänner getötet haben.«

Essex' Stimme wurde schwächer, und der Arzt hob abwehrend die Hand. »Das reicht für den Augenblick, Kapitän Kilburnie. Kapitän Essex ist schwer verwundet, aber er wird sich ohne jeden Zweifel wieder erholen.«

»Kann er an Bord bleiben? Mein Chirurg wird bald hier sein, um sich mit Ihnen zu beraten.«

Der Arzt verzog das Gesicht. »Sie sollten ihn unter keinen Umständen an Bord belassen, sondern ihn so schnell wie möglich in ein ordentliches Lazarett schaffen. Ich habe die Wunden in seiner Schulter und im Arm verbunden, aber trotzdem sind noch möglichst umgehend ein paar Eingriffe vorzunehmen. Die Sehnen, Nerven und Blutgefäße im Bereich der Wunden müssen behandelt werden. Auch die Versorgung der beiden Leutnants übersteigt meine Möglichkeiten hier an Bord, denn bei ihnen gibt es vergleichbare Probleme.«

Fergus wandte sich an den wachhabenden Leutnant, der draußen vor der Tür wartete. »Leutnant, signalisieren Sie bitte der schnellen Slup *Hatchet*, daß sie längsseits kommen soll. Dann bereiten Sie alles vor, um sie in Empfang zu nehmen. Ich bleibe bei Kapitän Essex. Sobald die Slup längsseits ist, bitten Sie den Kommandanten herzukommen.«

Doktor Pollitt kam herangeeilt. »Sir, die verwundeten Leutnants sollten so schnell wie möglich in ein Lazarett geschafft werden.«

»Danke. Kommen Sie herein und beratschlagen Sie sich mit dem Schiffsarzt. Ich bin sicher, daß Sie mit ihm einer Meinung sein werden, daß wir sie alle umgehend von Bord schaffen sollten. Ich kann das arrangieren.«

Fergus trat in die Kabine zurück, komplimentierte den Schiffsarzt der *Dashing* hinaus und setzte sich neben Essex.

»Ich weiß, daß du lieber an Bord bleiben und dein Kommando behalten würdest, aber das ist unmöglich. Du brauchst sofort die medizinische Hilfe von Spezialisten. Ich werde dich mit der *Hatchet* zurück nach London schicken, sobald sie längsseits ist. Deine Leutnants werden dich begleiten. Ich schätze, daß ihr in zwei Tagen in London sein könnt. Der Kommandant der Slup wird in Kürze hier sein, und ich werde ihn anweisen, dir und den Offizieren die Überfahrt so komfortabel wie möglich zu gestalten.

Der Exagent liegt in Ketten, und auch ihn werde ich nach England bringen lassen. Ich verlasse mich darauf, daß du den Vorfall der Admiralität meldest. Allerdings werde auch ich ausführliche Berichte abfassen, die zu gegebener Zeit an die Admiralität abgehen werden.«

Essex nickte. »Ich bin sicher, daß du einen zweiten Versuch unternehmen und die Agenten am Ausweichplatz an Land setzen wirst. Der fragliche Ort scheint mir sicher zu sein, denn wir haben ihn noch nie benutzt.«

»Gewiß. Da gibt es noch eine andere Sache. Hältst du deinen jungen Leutnant Craig für befähigt, dein Schiff in der Folgezeit zu befehligen?«

»Um ehrlich zu sein, soweit ist er noch nicht. Er ist ein guter Artillerieoffizier und durchschnittlicher Wachoffizier, aber viel mehr auch nicht. Er ist noch jung, und er ist intelligent, er wird den Sprung eines Tages schaffen, aber er braucht dafür ganz offensichtlich noch Zeit.«

»Dann werde ich Leutnant Puller rüberschicken, damit er das Kommando übernimmt. Admiral Nelson kennt ihn gut, und ich vermute, daß er zustimmen würde, daß er das Schiff befehligt, bis du wiederhergestellt bist.«

»Ich bin deiner Meinung. Ich werde mein Bestes tun, um bald wieder auf den Beinen zu sein und unsere Pläne ausführen zu können.«

In diesem Augenblick klopfte es an der Tür. Fergus erhob sich und öffnete. »Ah, Kapitän Harley von der *Hatchet.* Treten Sie bitte ein.«

Harley nahm den Hut ab und legte die Stirn in Falten, als er den Zustand von Essex bemerkte. »Verdammt!« knurrte er. »Das wußte ich nicht. Gestern nacht war zwar ein Menge Rabatz an Ihrem Heck, aber ich hatte gedacht, daß die Froschfresser sich schnell davongemacht hätten.«

Fergus nickte bestätigend. »Das haben sie auch, aber der Verrat hatte Folgen. Ich muß Ihnen daher jetzt befehlen,

Kapitän Essex und seine beiden Leutnants nach London ins Lazarett zu bringen. Sie sind zwar alle schwer verwundet, befinden sich aber nicht in einem kritischen Zustand. Außerdem werde ich Ihnen den Schuldigen, der dies alles verursacht hat, in Ketten an Bord schicken.«

Kapitän Harley runzelte die Stirn. »Ich werde ihn gut verschnürt verwahren. Weiterhin werde ich mein Bestes tun, um Kapitän Essex und seinen Offizieren die Überfahrt so angenehm wie möglich zu gestalten.«

»Wie lange werden Sie brauchen?«

»Vermutlich nicht länger als zwei Tage. Der ablandige Wind ist günstig, und ich sollte durchschnittlich auf zehn Knoten kommen. Schonergetakelte Schiffe sind immer schneller und können höher am Wind segeln als Rahsegler. Ich sollte also keine Schwierigkeiten bekommen.«

»Danke, Kapitän Harley. Seien Sie meines Dankes gewiß. Bitte stoßen Sie wieder zu meiner Flottille, nachdem Sie Ihre Aufgabe erfüllt haben. Wir werden Sie und Ihr Schiff vermissen.«

Harley verbeugte sich. »Dann werde ich jetzt auf mein Schiff zurückkehren, um die nötigen Vorbereitungen zu treffen.«

Nachdem sich Harley zurückgezogen hatte, setzte sich Fergus wieder neben Essex. »Ich weiß nicht, was ich dir raten kann, wie du die Taten des Doppelagenten am besten zur Meldung bringst. Normalerweise wäre ja wohl Lord Greenway deine Anlaufstelle.«

Essex mußte lachen, auch wenn ihm diese Anstrengung Schmerzen verursachte. »Zur Hölle, nein. Ich werde direkt zu Lord St. Vincent gehen. Lord Greenway wird auf seinem Gutsbesitz weilen, der einige Stunden Wegstrecke von London entfernt liegt. Ich habe schon eine lange Zeit auf diese hochwillkommene Gelegenheit gewartet.«

»Ich kann nicht verstehen, daß Lord Greenway von diesem Hundesohn übertölpelt worden ist.«

»Ja, wie es dazu gekommen ist, weiß ich auch nicht, aber das werde ich bald genug herausfinden. Ich hatte immer das Gefühl, daß er etwas daneben lag, aber ich vermute, daß ich gegenüber der Admiralität zu loyal war, um etwas dagegen zu unternehmen.«

Fergus schmunzelte. »Nun, genug der guten Ratschläge meinerseits. In dieser Angelegenheit brauchst du sie nicht.« Er beugte sich über Essex und klopfte ihm freundschaftlich auf den gesunden Arm. »Alter Junge, es schmerzt mich, dich so leiden zu sehen. Werde schnell wieder gesund und komm wieder zu uns zurück. Es gibt hier noch viel zu tun.«

»Ich werde nicht lange fort sein.«

Fergus ging hinaus auf das Deck und rief den jungen Offizier zu sich, der Wache hatte.

»Leutnant, Ihr Kommandant ist mit mir einer Meinung, daß Sie Hilfe benötigen werden, solange er von Bord ist. Ich schicke Ihnen einen meiner erfahrensten Offiziere, Leutnant Puller, der hier das Kommando übernehmen wird. Sie werden als sein Stellvertreter an Bord bleiben, und ich hoffe, Sie fassen das nicht als Affront auf.«

Der junge Offizier sah eher erleichtert aus. »Jawohl, Sir. Ich werde das Schiff für ihn vorbereiten. Der Zimmermann und der Segelmacher sind hart an den Reparaturen, und wir werden vermutlich morgen gegen Mittag wieder voll einsatzfähig sein.«

Fergus nickte zufrieden. »Gut gemacht, junger Mann. Ich bin sicher, Sie werden Ihren Weg machen.«

Nachdem Fergus auf die *Daring* zurückgekehrt war, rief er Puller zu sich. »Puller, packen Sie schnell Ihre Klamotten zusammen und fahren Sie mit meiner Gig hinüber zur *Dashing*. Sie übernehmen dort das Kommando. Kapitän Essex und seine dienstälteren zwei Leutnants sind in der letzten Nacht durch eine Salve schwer verletzt worden. Ich schicke sie mit der *Hatchet* nach London ins Lazarett.«

Puller war verwirrt, aber gleichzeitig erfreut. »Aye, aye, Sir. Was werden wir als nächstes unternehmen?«

»Sobald die *Dashing* wieder einsatzbereit ist, werden wir nochmals versuchen, die beiden Agenten an Land zu setzen.«

»Zwei? Ich dachte, es wären drei?«

»Das war einmal. Einer ist jetzt in Ketten auf dem Weg nach London.«

»Ich werde mein Bestes tun, um bei der Ausführung des Plans zu helfen – oder was davon noch übrig ist.«

»Sie können den Job genausogut erledigen, wie ich es könnte, aber ich werde den Plan ohnehin ändern, sobald Sie das Kommando übernommen haben. Schicken Sie mir den Agenten Gervais, seinen Assistenten und die drei Säcke herüber. Bewachen Sie sie äußerst sorgfältig, bis Sie mir die Säcke in meine Hände übergeben.«

»Ich schließe daraus, Sir, daß Sie die Landung persönlich durchführen wollen.«

»Ja. Die beiden Schiffe werden die Rollen tauschen, und ich werde die Landung überwachen. Halten Sie mir gut den Rücken frei, machen Sie es besser, als ich es gestern getan habe.«

Puller lachte: »Sie können auf mich zählen, Sir.«

Später am nächsten Tag führte Fergus seine Flottille nach Südwesten. Er lief weit genug auf die hohe See hinaus, so daß niemand an Land erkennen konnte, wo ihr Bestimmungsort lag. Auf dem Weg nach Westen gab Fergus ein ausgezeichnetes Essen für den Agenten Gervais und holte dabei alle Informationen aus ihm heraus, die er nur bekommen konnte. Am Ende des Dinners war Fergus zu der Überzeugung gekommen, daß der Mann ehrlich war und sein Bestes tun würde.

Fergus brachte gegen Mitternacht sein Schiff vor dem alternativen Landeplatz dicht unter die Küste und drehte bei, um aufzustoppen. Wieder ließ er das Boot zu Wasser bringen und besetzte es mit den Agenten, ihren Säcken und fügte fünf Seesoldaten hinzu.

Das Boot legte schnell von der Bordwand ab. Die Riemen waren mit Lappen umwickelt, um die Geräusche zu dämpfen, und schnell verschwand es in der Dunkelheit in Richtung Land. Fergus betrachtete erneut sehr aufmerksam das grüne Unterholz durch sein Fernglas, die Geschützführer standen mit ihren Kanonieren auf dem Sprung, aber die Szenerie erschien fast noch friedlicher als beim letzten Mal, und das Dickicht schien noch undurchdringlicher zu sein.

Alles war absolut ruhig, nur das Boot schob sich mit einem leisen Knirschen auf den Strand. Gervais und sein Gefährte sprangen ans Ufer, luden die Säcke aus und zogen sie dann in das dichte Unterholz. Fergus seufzte erleichtert. Das Boot legte wieder ab und machte sich auf den Rückweg. Einen Augenblick lang vermeinte er Stimmen im Dickicht zu hören. Er lauschte angespannt, aber es war nichts mehr zu hören als ein paar gemurmelte englische

Worte. Fergus entspannte sich. Sie hatten es geschafft, und Essex war gerächt.

Am nächsten Morgen setzte die kleine Flottille ihre Patrouille nach Westen fort. Fergus, der gerade eine Tasse Tee trank, setzte diese ab, griff nach seinem Kieker und schaute zur *Dashing* hinüber. Durch die Wanten hindurch konnte er Leutnant Puller erkennen, der die perfekte Imitation eines Kommandanten abgab – so wie er mit hinter dem Rücken gefalteten Händen auf und ab ging.

Fergus grinste und bemerkte zu Poston, der neben ihm stand: »Er sieht aus, als wäre er schon sein Leben lang Kapitän gewesen. Schauen Sie ihn sich an, wie er herumläuft.«

Poston nickte. »Ich vermute, daß die ersten vierundzwanzig Stunden die einfachsten sind. Dann holt ihn die Verantwortung ein, und der ständige Ansturm von Offizieren und Mannschaften, die Entscheidungen von ihm haben wollen, wird ihn wieder auf die Erde zurückbringen. Bis morgen abend wird er die ersten Sorgenfalten haben.«

Fergus zuckte gleichmütig mit den Schultern. »Das glaube ich nicht. Ihnen und mir würde das so ergehen, aber dieser junge Mann wird niemals richtig erwachsen werden. Er wird als ewiger Jüngling sterben, und genau das mag ich an ihm. Aus diesem Grund habe ich ihn ausgewählt. Ich hoffe, daß wir bald zusammen kämpfen werden.«

»Glauben Sie, daß die Admiralität einen Ersatz für Kapitän Essex schicken wird? Oder wird man abwarten, bis er wieder einsatzfähig ist?«

»Letzteres ist wahrscheinlicher. Ich habe einen Plan, und ich hoffe, daß mir Admiral Nelson dabei behilflich sein wird, ihn durchzuführen.«

9

Die Kaperung der *Mystère*

Zwei Tage lang segelte Fergus' Flottille erst nach Westen und dann nach Südosten. Der Geheimdienst hatte ihn darüber informiert, daß eine oder mehrere französische Fregatten mit wertvoller Ladung aus der Karibik unterwegs nach Hause waren, und man vermutete, daß es sich entweder um Gold oder um Silber handelte.

Während sie nach Süden segelten, marschierte Fergus auf und ab und unterhielt sich mit Poston.

Poston fragte ihn: »Was glauben Sie, woher hat der Geheimdienst diese Information?«

»Ich glaube nicht, daß die aus der Ebene stammt, bis zu der die Agenten vordringen können, die wir an Land gesetzt haben.«

»Nun ja, vielleicht nicht«, sinnierte Poston, »aber dieser Gervais war doch ganz schön schlau. Er erschien mir durchaus in der Lage, sich anständig zu kleiden und dann auch in besseren Kreisen zu verkehren.«

»Das ist schon möglich. Wenn dem so ist, dann werden wir noch öfter von ihm hören. Sie müssen bedenken, daß sich jetzt die gesamte französische Regierung in einem Prozeß des Wechsels befindet. Angebliche Regierungsmitglieder reden mit allen möglichen Leuten über alle möglichen Dinge, was sie aber besser nicht tun sollten.«

Fergus blieb stehen, wandte sich wieder der Schiffsführung zu und verteilte seine drei Schiffe auf einer Suchlinie quer zur wahrscheinlichsten Kurslinie von der Karibik nach Lorient.

Am fünften Tag kehrte die *Hatchet* aus London zurück, und Fergus postierte sie am nordöstlichen Ende der Linie. Aber noch immer passierte nichts. Bevor die Slup auf Position ging, befahl er sie dicht an sein Heck und erkundigte sich durch die Flüstertüte, ob Essex' Genesung Fortschritte machte. Der Kommandant bestätigte das mit einem energischen Kopfnicken, und Fergus entspannte sich.

Eine lange Woche liefen die Schiffe auf ihrem Abfangkurs hin und zurück, wobei sie alle vier Stunden den Kurs änderten. Aber am folgenden Tag wurde ein Schiff im Nordosten gesichtet, es stand noch weiter unter Land, als Fergus erwartet hatte, und daher befand es sich außerhalb der Suchlinie. Fergus brachte sein Schiff sofort auf einen Abfangkurs, doch diese Taktik blieb erfolglos, obwohl Lombardi alle Segel setzen ließ, welche die Masten gerade noch verkraften konnten.

Die *Hatchet*, die dem Schiff am nächsten stand und die dazu auch noch das schnellste Schiff der Flottille war, kam nahe genug heran, um sie als französische Fregatte identifizieren zu können. Ihre Meldung lautete: »Es ist die *Mystère*.«

Aber die *Hatchet* war zu klein, um sie alleine angreifen

zu können, daher beschattete Fergus sie nur. Um noch den letzten Viertelknoten Geschwindigkeit herauszuholen, ließ er jedes Taschentuch setzen und befahl Lombardi, alle Segel optimal trimmen zu lassen. Unglücklicherweise war die *Mystère* aber eines der ganz schnellen französischen Schiffe und zog langsam davon. Fergus konnte ihr gerade außerhalb der Schußweite folgen. Doch trotz der Segeltuchgebirge, die Lombardi aufgetürmt hatte, wurde der Abstand langsam immer größer, und der Franzose hielt genau auf die Hafeneinfahrt zu.

»Verdammt!« grollte Fergus, »er schafft es!«

Poston nickte. »Ja, das ist richtig, aber Lombardi hat alles versucht, um ihn abzufangen.«

Fergus verfolgte den Franzosen bis vor die Hafeneinfahrt und gab erst kurz vor dem Erreichen des Feuerbereichs der Landbatterien auf. Mit seinem Teleskop beobachtete er dann das Treiben auf dem Achterdeck des französischen Schiffes, als es langsamer wurde und schließlich an einer Pier festmachte.

»Was ist los?« erkundigte sich Poston.

»So ein eitler Hurensohn, von dem ich annehme, daß er der Kapitän ist, stolziert auf und ab und wedelt mit den Armen. Er sieht in seinem Rock aus wie ein Kampfhahn. Ich bin mir sicher, er erklärt gerade seinen Offizieren, daß er ein ganzes britisches Geschwader in die Flucht geschlagen hat.«

»Bestimmt, und er wird morgen seinem Admiral dasselbe unter die Weste jubeln.«

Fergus hieb mit der Faust auf die Heckreling. »Aber damit kommt er mir nicht durch.«

»Was könnten wir denn dagegen tun?«

»Wir geben ihm einen Tag, damit er seine Besatzung an Land schicken kann, wo sich die Kerle richtig gut volllaufen lassen können. Jetzt haben wir Neumond, und ich beabsichtige heute nacht mit einem Boot in den Hafen einzudringen, um ihn zu erkunden. Falls ich zu der Überzeugung komme, daß es durchführbar ist, werde ich in der folgenden Nacht vier Boote mit Seesoldaten und Matrosen hineinschicken und die Fregatte gewaltsam rausholen.«

»Das klingt verdammt gefährlich. Wir können doch sehen, wo sie festgemacht hat, an den anderen Kaiplätzen sind eine Menge weiterer Schiffe vertäut, die man viel einfacher rausholen könnte.«

»Ja, aber manchmal ist das Unerwartete das erfolgreichste. Sie werden nie und nimmer damit rechnen, daß wir so etwas Verrücktes wagen werden.«

Später an diesem Nachmittag rief Fergus seine Kommandanten zu sich an Bord. Nachdem alle in seiner geräumigen Kabine Platz genommen hatten, begann er ihnen seinen Plan auseinanderzusetzen.

»Heute nacht wird die *Daring* kurz nach Mitternacht vor die Hafeneinfahrt verholen. Ich werde mit einem Boot, dessen Riemen mit Lappen umwickelt sind, in den Hafen eindringen, um festzustellen, wo genau die *Mystère* festgemacht hat und wie wir vorgehen müssen, um sie zu entern und aus dem Hafen zu holen.«

Poston unterbrach ihn. »Aber warum wollen Sie ausgerechnet die *Mystère* haben? So ein tolles Schiff ist sie doch nun auch wieder nicht. Da scheinen mir ein paar andere im Hafen zu liegen, die interessanter aussehen und an die wir leichter herankommen würden.«

»Darüber haben wir bereits gesprochen. Ich will diesen französischen Hundesohn haben. Er hat mich geärgert, ja, beleidigt. Außerdem dürfte er seine wertvolle Ladung noch nicht gelöscht haben. Er ist Franzose, daher wird er jedweden Festtag feiern wollen, ehe er mit der Arbeit beginnt. Bis jetzt hat unser Geheimdienst gute Arbeit geleistet.«

Poston fragte: »Was für einen Feiertag?«

Fergus zuckte mit den Achseln. »Wer weiß das schon? Sie haben drei pro Woche oder vielleicht auch mehr.«

Der Hauptmann der Marineinfanteristen hatte in seinen jungen Jahren die französische Kulturgeschichte studiert, sprach sehr gut Französisch und erklärte: »Zu dieser Zeit des Jahres kann man mit mindestens drei Feiertagen pro Woche rechnen. Wenn kein offizieller Festtag zur Hand ist, werden sie den Tag irgendeinem Heiligen widmen und ihm zu Ehren die ganze liebe lange Nacht über ihre Toasts ausbringen.«

Gegen Mitternacht saß Fergus also auf der Heckducht des Bootes, das schnell in Richtung der Hafeneinfahrt gepullt wurde, setzte das Fernglas ans Auge, suchte sorgfältig die Einfahrt ab und sah sich genau die Befestigungen an, die den Hafen sicherten. Ganz offensichtlich wurde er gut von einigen aufgeschütteten Brustwehren geschützt, die im schwachen Mondlicht sichtbar waren. Im Norden befand sich eine lange fingerförmige Pier, und die *Mystère* hatte an der Südseite dieser Pier festgemacht. Vor ihr lagen noch andere Schiffe, aber hinter ihr befand sich freies Wasser.

Fergus beobachtete zuerst das Oberdeck der *Mystère* und dann die Decks der anderen Schiffe, die in unmittelbarer Nähe von ihr lagen. »Verdammt will ich sein!« knurrte er unterdrückt, »aber ich kann nicht eine einzige Wache sehen.«

Sein Bootssteurer murmelte leise: »Sir, wir können sie doch jetzt gleich entern. Es wäre ein Kinderspiel.«

Fergus lachte unhörbar. »Dein Unternehmungsgeist gefällt mir. Du wirst morgen das Spitzenboot steuern. Jetzt dreh um und bring mich zu meinem Schiff zurück.«

»Danke, Sir. Ich werde bereit sein!«

Am nächsten Nachmittag wurde eine weitere Konferenz abgehalten. Die Offiziere waren gespannt.

Puller war scharf wie eine Rasierklinge. »Sir, werden wir die *Mystère* entern?«

Fergus schmunzelte. »O ja, das werden wir höchstwahrscheinlich tun.«

»Dann kann ich mit meinen Booten einlaufen?« drängte Puller weiter.

Fergus runzelte die Stirn. »Ich weiß, wie sehr Sie alle darauf brennen mitzumachen, aber ich möchte sicherstellen, daß auf allen Schiffen ein kompetenter erfahrener Offizier an Bord bleibt.«

Kapitän Harley von der *Hatchet* war genauso eifrig. »Und was ist mit den Slups? Ich könnte fünfzig Seeleute und Marineinfanteristen an Bord nehmen und sie direkt längsseits an die Bordwand der *Mystère* bringen.«

Fergus seufzte. »Ich bin sicher, daß Sie das könnten, und ich habe auch darüber nachgedacht, aber das würde andere Probleme aufwerfen.«

Harley rutschte unruhig auf seinem Stuhl hin und her. »Können Sie sie mir benennen? Vielleicht kann ich sie beheben.«

»Ich bin sicher, daß Sie das könnten. In mancher Hinsicht wäre Ihr Plan viel einfacher, aber ich möchte kein unnötiges Risiko für Ihr Schiff eingehen. Sie würden sich in ziemliche Gefahr begeben, besonders wenn sie längsseits an der Fregatte liegen. Es ist natürlich möglich, daß man Sie überhaupt nicht bemerkt, aber Ihre Silhouette ist doch sehr groß, und außerdem geben Sie ein großes Ziel ab. Ich glaube, daß wir unser Ziel besser erreichen, wenn wir mit den Booten hineinrudern.«

Harley gab auf, war aber offensichtlich enttäuscht. »Wie Sie meinen, Sir, aber falls Sie Ihre Meinung noch ändern sollten, werde ich bereit sein.«

»Dann werde ich an Sie denken. Sie beide werden uns den Rücken freihalten. Falls sich ein französisches Schiff zeigen sollte, tun Sie bitte Ihr Bestes, es aufzuhalten, bis wir wieder draußen sind und entkommen können.«

Poston grummelte: »Ich nehme als sicher an, daß auch ich in keinem der Boote sitzen werde.«

Fergus nickte bestätigend. »Nein, ich werde das Kommando über die Boote innehaben, also bleibt für Sie das Kommando über die *Daring* und die Flottille. Ich denke, das ist für Sie eine gute Gelegenheit, sich mit dem Gedanken an ein solches Kommando vertraut zu machen, sogar wenn es nur gegen eine Bande verschlafener und besoffener Franzmänner geht.«

Poston seufzte: »Ich glaube, ich würde es auch so machen, wenn ich an Ihrer Stelle wäre. Erläutern Sie uns jetzt den Rest des Plans.«

»In Ordnung. Um Mitternacht nähern wir uns der Hafeneinfahrt und warten gerade außerhalb des Sichtbereichs der Befestigungen ab. Jede Fregatte wird zwei Boote zu

Wasser lassen. Zusätzlich zur üblichen Besatzung werden sie mit jeweils fünf Matrosen und Seesoldaten bemannt. Die Riemen werden mit Lappen umwickelt. Es ist strikte Ruhe im Boot einzuhalten. Die Boote bilden hinter meinem Führungsboot eine Linie.

Die Boote der *Daring* gehen an der Steuerbordseite der *Mystère* längsseits, und wir werden über das Fallreep oder – falls nötig – mit Wurfanker – an Deck gelangen. Die Boote der *Dashing* legen an der anderen Seite der Pier an und entern das Schiff von dieser Seite aus. Haltet Ruhe! Letzte Nacht war kein Wachposten zu sehen, und ich glaube nicht, daß sie ihr Verhalten heute nacht ändern werden. Die faulen Froschfresser haben noch nicht mal die Rahen gestrichen oder die Segel abgeschlagen, nachdem sie angelegt hatten. Sie sind einfach an Land in die nächste Kneipe gestürmt, wie ich vermute, sobald der Kommandant und die Offiziere das Schiff verlassen hatten, aber es könnten dennoch einige an Bord geblieben sein.

Auf den Booten der *Dashing* werden Äxte mitgeführt, damit die Festmachertrossen gekappt werden können, bevor das Schiff geentert wird. Die Seesoldaten stürmen sofort unter Deck, übernehmen das Schiff und sichern es ab. Die Franzosen an Bord werden sicherlich unter Deck schlafen. Anscheinend haben sie etwas gegen frische Luft.

Die Matrosen der *Dashing* entern sofort in die Takelage auf und setzten die großen Arbeitssegel. Wahrscheinlich sind sie nur nachlässig aufgetucht. Das genügt, um Fahrt über den Achtersteven in das Schiff zu bekommen. Ich werde das Ruder übernehmen.«

Poston kicherte albern. »Aber, Herr Kapitän, können Sie denn überhaupt steuern?«

Fergus lachte schallend. »Wie bitte? Sie selbst haben mir das damals beigebracht, als wir beide noch Steuermannsmaaten waren.«

Die anderen lachten, als auch sie den Witz verstanden hatten.

Poston ergänzte verschmitzt: »Entschuldigung. Ja, es fällt mir wieder ein. Sie waren ein ziemlich guter Rudergänger, wenn ich mich recht erinnere.«

Als das Lachen abgeebbt war, faßte Fergus zusammen: »Sobald die Boote leer sind, werden die Bootssteurer ihre Boote unter das Heck bringen und sich darauf vorbereiten, die Fregatte in Schlepp zu nehmen. Benutzen Sie Ihre eigenen Schleppleinen. Verteilen Sie sich so, daß jedes Boot genug Raum zum Manövrieren hat. Die Crew der *Dashing* wird zwei abgeblendete Laternen mitnehmen. Die Seesoldaten können sie später auf dem Achterdeck bei mir abstellen, nachdem sie vorher die Wohndecks mit ihrer Hilfe durchsucht haben. Ich hoffe, daß sich die *Mystère* gut über den Achtersteven steuern läßt, falls sie dabei Schwierigkeiten macht, werden die Boote beim Manövrieren helfen. Ich werde die Laternen benutzen, um den Bootssteurern Signale zu geben. Eine Laterne bedeutet, Kurs einen Strich nach Norden ändern, zwei Laternen heißen, einen Strich nach Süden.«

Poston fragte: »Gibt es bis hierhin noch Fragen an den Kommodore?«

Niemand rührte sich.

Daher fuhr Fergus fort: »Ich denke, das ist alles, was wir von hier aus vorbereiten und vorhersehen können. Bei einem Unternehmen wie diesem werden wir darauf vorbereitet sein müssen, zu improvisieren. Denken Sie alle daran, daß wir Briten immer in der Lage gewesen sind, die Franzmänner zu übertölpeln, und zur Zeit geht es bei ihnen schlimmer zu denn je. Den meisten pfiffigen Köpfen haben sie ebendiesen abgehackt.

Poston, falls mir irgend etwas zustoßen sollte, werden Sie die Flottille und natürlich auch das Schiff übernehmen. Leutnant Ballinger ist der stellvertretende Befehlshaber in meinem Boot und auch über die anderen Boote. Noch Fragen?«

Die Offiziere blickten sich an.

»Dann wollen wir die Sache angehen. Wir werden so schnell wie möglich den Kurs auf die Hafeneinfahrt absetzen.«

Um Mitternacht versammelten sich alle vier Schiffe vor dem Hafen. Die beiden Slups drehten ab und nahmen ihre vorgesehenen Patrouillenstationen in Sichtweite der Ansteuerung zur Einfahrt ein.

Auf der *Daring* und *Dashing* wurden die Boote zu Wasser gelassen und in kürzester Zeit von den Seeleuten und Marineinfanteristen bemannt. Dabei herrschte absolute Ruhe. Alle Männer hatten ihre Ausrüstungsgegenstände so befestigt, daß nichts klappern konnte.

Als sich die vier Boote zu einer Linie formierten, erhob sich Fergus und lauschte aufmerksam. Von den anderen Booten war nichts zu hören. Die Riemen waren umwickelt, und die Bootssteurer gaben flüsternd ihre Anweisungen. Da er auch kein verdächtiges Licht entdecken konnte, setzte er sich wieder hin, zog sein Fernglas auseinander und begann die Landvorsprünge abzusuchen, die die Hafeneinfahrt bildeten.

Plötzlich war ein lautes Klatschen vorne am Bug in seinem Boot zu hören. Einer der Matrosen hatte mit seinem Riemen einen »Krebs« gefangen. Schnell kam er wieder in den Takt, aber der Mann am Schlag flüsterte rauh: »Broxton, wenn du das nochmal machst, zieh' ich dir hier und jetzt mit meinem Riemen einen zweiten Scheitel!«

»Verdammt«, murmelte Fergus.

Der Bootssteurer wollte die beiden Männer zur Ordnung rufen, aber Fergus hob die Hand und flüsterte dem Mann zu: »Lassen Sie es! Ich denke, es wird nicht nochmals passieren.«

Der Offizier von *Darings* Seesoldaten, Hauptmann Larsen, der neben Fergus saß, flüsterte unterdrückt: »Kommodore, ich glaube nicht, daß Sie sich Sorgen wegen des Lärms machen müssen. Wenn wir in den Hafen einlaufen, wird der ganze Ort mit Ausnahme der Schiffe ein einziges Durcheinander voller Lärm sein. Mister Gervais hat mir erzählt, daß heute einer der vielen neuen revolutionären Feiertage ist, daher werden alle betrunken sein. Aber wie ich Ihnen auch schon früher gesagt habe, falls es doch kein Feiertag sein sollte, dann erfinden die Welschen eine Ausrede, um sich trotzdem betrinken zu können.«

Fergus nickte bedächtig: »Danke, Herr Hauptmann, vielleicht haben wir ja heute nacht Glück.«

Schon bald bekam Fergus die beiden Landspitzen in Sicht und änderte den Kurs der Boote langsam, um in der Mitte des Fahrwassers zu bleiben.

Als sie die Schiffe im Hafen sehen konnten, war es Fergus, wie schon in der Nacht zuvor, nicht möglich, eine Bewegung auf ihren Oberdecks zu entdecken. Die vier Boote teilten sich vor dem Ende der Pier, an der die *Mystère* festgemacht hatte. Die Bootssteurer gaben ihre Kommandos mittels Handsignalen und brachten ihre Boote fast gleichzeitig längsseits an das Schiff, respektive an die gegenüberliegende Seite der Pier.

Eines der Boote der *Daring* entdeckte eine herunterhängende Jakobsleiter an der Bordwand des Schiffes und legte daran an. Die Seesoldaten kletterten als erste daran hoch, die Matrosen folgten ihnen. Als an Deck niemand zu sehen war, verschwanden die Marineinfanteristen in den Niedergängen und nahmen die Laternen mit sich.

Trotz der intensiven Bemühungen von *Dashings* Männern, die Pier lautlos zu überqueren, hörte Fergus ihre leisen Schritte. Dennoch erwachte niemand an Bord. Das erste laute Geräusch war dann das Klappern der Äxte, die die Festmacher durchtrennten, aber jetzt spielte es keine Rolle mehr.

Hauptmann Larsen war mit seinen Seesoldaten durch alle Niedergänge gleichzeitig vorgegangen. Einige wenige französische Seeleute befanden sich tatsächlich noch an Bord, und zuerst waren von irgendwoher ein paar laute Rufe der Seesoldaten zu hören, dann folgte eine lange Kette obszöner Flüche auf Englisch. Keiner der Franzosen im Wohndeck konnte an seine Schußwaffe gelangen, auch die Seesoldaten schossen nicht, sondern setzten ihre Musketen wie Keulen ein. Dann verstummten die französischen Flüche, und der Lärm brach ab. Larsens Männer scheuchten alle Franzosen aus den Kojen und trieben sie zusammen, um sie leichter bewachen zu können, und der Hauptmann schickte einen Soldaten zu Fergus, um ihm die gute Nachricht zu übermitteln. Doch plötzlich überraschte ihn ein französischer Seemann, der sich anscheinend in einem kleinen Raum unter Deck versteckt gehalten hatte. Der Mann war nackt, schob den Seesoldaten zur Seite, stürzte auf das Achterdeck und rannte zur Reling.

Einer der Marineinfanteristen, der in der Nähe von Fergus stand, hob seine Muskete. »Soll ich ihn abknallen, Sir?«

Fergus knurrte: »Nein. Laß den armen Hund am Leben. Ein Schuß würde nur die Schiffe in der Nähe aufschrecken. Er wird noch früh genug den Feind auf uns aufmerksam machen.«

Der französische Seemann jumpte über die Seite und schwamm zur benachbarten Pier hinüber, während Fergus ihm mit den Augen folgte und dann den Kopf schüttelte.

»Der denkt, er kann jemanden aufwecken, aber das haben wir mit dem ganzen Lärm, den wir veranstaltet haben, bis jetzt nicht geschafft.«

Der Seesoldat zuckte gleichmütig mit den Schultern. »Diese Froschfresser haben wahrlich einen verdammt festen Schlaf.«

Fergus postierte sich auf dem Achterdeck am Ruder und blickte zu den Matrosen ins Rigg der *Daring* hinauf, wo sie die drei großen Arbeitssegel loswarfen. Das Tuch war nur lose aufgezeist gewesen, und offensichtlich hatten die Seeleute in großer Eile an Land zu kommen versucht, um die anstehenden Festivitäten nicht zu versäumen. Nun fielen die Segel in rauschenden Kaskaden aus weißem Segelstoff hinunter, reflektierten das Licht der naheliegenden Stadt – und fingen auch einen Hauch Wind ein. Die Matrosen kamen wieder auf das Deck herunter und trimmten sofort die Segel, damit sie besser im Wind backstanden, die sich bald gegen die Masten und das stehende Gut preßten, und das Schiff begann über den Achtersteven Fahrt aufzunehmen.

In diesem Moment erklang auf einem der anderen Schiffe an der Pier ein lauter Ruf, Männer stürmten auf das Oberdeck, wo sie hektisch herumzurennen begannen und lauthals auf Französisch Schimpfkanonaden ausstießen. Anscheinend hatte der nackte Schwimmer doch jemanden wecken können.

Larsen, der von unten wieder an Deck gekommen war, fragte eifrig: »Soll ich ein paar Kugeln hinüberschicken lassen?«

»Das ist eine gute Idee. Ihren Kugeln aus dem Weg zu gehen, wird sie in Trab halten.« Fergus blickte über die Kante und stellte fest, daß sich das Treibgut des Hafens auf dem Wasser mit zunehmender Geschwindigkeit nach vorne bewegte. »Wir machen jetzt gute Fahrt achteraus.«

Es herrschte eine leichte ablandige Brise, und die *Mystère* bewegte sich mit zunehmender Geschwindigkeit rückwärts.

Fergus wies Larsen an: »Halten Sie die abgedunkelten Laternen zum Signalisieren bereit. Ich könnte sie demnächst benötigen.«

Als sie frei vom Ende der Pier waren, fingen sie mehr von der schwachen Brise mit ihren Segeln ein. Inzwischen hatten die vier Boote ihre Position hinter dem Heck eingenommen und fügten durch das Schleppen der Geschwindigkeit des französischen Schiffes noch ein Viertelknötchen hinzu.

Ein- oder zweimal stellte Fergus fest, der selbst am Ruder stand, daß das Schiff etwas schwerfällig auf das Ruder reagierte, und sah sich genötigt, die abgedunkelten

Laternen einzusetzen, um den Booten notwendige Kursänderungen zu signalisieren, damit sie in der Mitte des Fahrwassers zwischen den Landspitzen auf die See hinausgelangten.

Noch immer rührte sich nichts in den befestigten Batterien. Nur ein einziger unternehmungslustiger französischer Seemann auf einem der zurückbleibenden Schiffe hatte allem Anschein nach schließlich doch noch eine geladene Kanone gefunden und feuerte mit ihr einen Alarm ab. Der Knall des Abschusses hallte als Echo mehrfach über den Hafen.

»Verdammt!« fluchte Fergus. »Das sollte auch die verschlafenen Soldaten in den Befestigungen aufwecken.«

Inzwischen hatten sie die beiden Landspitzen querab, und Fergus entschied sich dafür, das Schiff herumzudrehen und die Boote achtern in Schlepp zu nehmen, wo die Ruderer sich ausruhen konnten. Der Wind außerhalb des Hafens war frischer, so wie Fergus das erwartet hatte, und die *Mystère* lief jetzt fünf Knoten. Achteraus wurden immer mehr Lichter auf den Wällen sichtbar, und man konnte Männer herumhasten sehen, welche die schweren Kanonen ausrichteten, bis aus der nördlichen Befestigungsanlage plötzlich eine ungleichmäßige Salve über das Wasser rollte. Doch die Kugeln fielen alle zu kurz.

»Sie verschwenden ihr Pulver«, stellte Fergus lakonisch fest. »Die können uns noch nicht mal mehr sehen.«

Er lehnte sich entspannt auf der Heckducht des Bootes zurück, das ihn zusammen mit Hauptmann Larsen zu seinem Schiff brachte. Zufrieden sah er den Seeleuten an den Riemen zu. »Schauen Sie nur, die Männer scheinen noch nicht mal richtig müde zu sein.«

Hauptmann Larsen seufzte. »Aber die Seesoldaten sind es – und mit Verlaub gesagt, Sir, ich bin es auch.«

Nach einer Stunde waren die vier Schiffe wieder beisammen, und in der Morgendämmerung wurden die Boote wieder eingesetzt, nachdem sie von ihren Besatzungen verlassen worden waren. Leutnant Ballinger blieb als Prisenkommandant an Bord des Franzosen. Er wurde von zehn Seeleuten und zwei Seesoldaten unterstützt.

»Sollten Sie Hilfe benötigen, dippen Sie einfach die Flagge«, wies ihn Fergus an, »und viel Glück.«

10
Die Beförderung

Am nächsten Morgen entschloß sich Fergus, an die Themse zurückzukehren. Seine Befehle hatten gelautet, gegen Ende des Monats den Einsatz zu beenden, und der 29. war seiner Meinung nach der richtige Tag. Außerdem befürchtete er, daß die Franzosen einen starken Verband aussenden könnten, um den Versuch zu unternehmen, den demütigenden Verlust der *Mystère* zu rächen.

Später an diesem Morgen stellte sich heraus, daß er mit dieser Annahme recht gehabt hatte. Achtern kamen zwei Segel auf, die Fergus nach Schnitt und Farbe eindeutig für Franzosen hielt, aber er schickte sicherheitshalber Poston mit einem Fernglas in den Mast, damit der sie noch genauer unter die Lupe nehmen konnte. Bald kehrte Poston wieder zurück auf das Deck und bestätigte, daß es sich um Franzosen handelte, deren überlegene Geschwindigkeit es wahrscheinlich machte, daß sie die Briten noch vor Einbruch der Dunkelheit einholten.

Fergus beorderte die *Dashing* dicht an sein Schiff, und

als sie in Rufweite war, rief er durch das Sprachrohr hinüber: »Puller, wenn die achtern aufkommenden Schiffe gerade noch außerhalb der Schußweite sind, werden wir beide auf mein Signal hin kehrtmachen und uns mit den Kerlen anlegen. Sie werden ziemlich böse auf uns sein, aber das wird ihnen nicht viel helfen. Die Slups lasse ich als Bedeckung bei der *Mystère*, falls noch ein anderes Schiff voraus auftauchen sollte. Noch Fragen?«

»Nein, lassen Sie mir nur etwas von ihnen übrig.«

Kurz vor Mittag entschied Fergus, daß die französischen Schiffe dicht genug heran waren, um eine Gefahr für die *Mystère* darzustellen.

»Setzen Sie das Signal: *Angriff!*« befahl er. »Ruder hart Steuerbord!«

Als sie kursbeständig auf die Franzosen zuhielten, befahl Fergus: »Feuer frei für die Jagdgeschütze auf der Back!«

Puller tat es ihm nach.

Auch die französischen Schiffe eröffneten das Feuer mit ihren Kanonen auf dem Vorschiff, aber die Briten schossen besser. Zwei oder drei Kugeln schlugen auf dem Vordeck ein, das sich Fergus als Ziel ausgesucht hatte. Er warf einen schnellen Blick auf das feindliche Schiff: Dessen Focksegel wies erhebliche Beschädigungen auf.

»Verdammt!« rief er begeistert. »Der junge Puller schlägt sich gut!«

Aber ihre Anstrengungen waren bei weitem nicht ausreichend, um die Franzosen abzuschrecken, daher befahl Fergus energisch: »Ruder hart Steuerbord. Klar bei Backbordbatterie!«

Puller hatte diesen Schachzug von Fergus erwartet,

und so drehte auch die *Dashing* nahezu synchron. Die Franzosen hielten ihren Kurs noch ein paar Minuten, da sie sich offensichtlich darauf konzentrierten, zur *Mystère* durchzubrechen, und so steckte jedes der französischen Schiffe mindestens zwei volle Breitseiten ein, ehe es von seinem ursprünglichen Vorhaben abließ und seine Breitseiten den britischen Schiffen zudrehte. Das vorangegangene Feuer hatte jedoch genügt, um sie schwer zu beschädigen, und deshalb entbehrten ihre Breitseiten des Bisses, und die halbherzig abgefeuerten Kugeln lagen zu kurz. Fergus entdeckte Schäden in den Segeln und dem Rigg der gegnerischen Fregatte, außerdem waren ein oder zwei Kanonen außer Gefecht gesetzt. Nur wenige Minuten später fielen die Franzosen in Richtung Westen ab und zogen sich vom Gefechtsfeld zurück.

»Verdammt!« schnaubte Fergus. »Ich würde ihnen nur zu gerne nachsetzen, aber wir sind nicht schnell genug, um sie einzuholen, außerdem darf ich die *Mystère* nicht alleine lassen.«

»Lassen Sie die armen Schweine laufen«, sagte Poston höhnisch. »Ich kann mir schon die Erklärung vorstellen, die sie ihrem Admiral auftischen werden. Bestimmt werden sie ihm unterjubeln, daß sie es mit einer ganzen Flotte zu tun hatten.«

Fergus ließ das Schiff auf Gegenkurs bringen, und so standen sie bald wieder auf ihrer Position vor der *Mystère*. Er überlegte laut: »Ich frage mich, warum der französische Admiral nur zwei Schiffe hinter uns hergeschickt hat.«

Poston vermutete: »Er wird angenommen haben, daß es sich nur um ein einzelnes Schiff handelt. Die *Mystère* kann nur die Slup und uns gesichtet haben, als sie an unserer Abfanglinie vorbeigerutscht ist.«

Fergus nickte gedankenverloren. »Es wird die Franzosen tatsächlich überrascht haben, als sie feststellten, daß ihnen zwei Fregatten und zwei Slups gegenüberstehen. Kein Wunder, daß sie den Schwanz eingekniffen und sich nach Hause getrollt haben.«

»Vermutlich. Immerhin haben sie den Mut gehabt, uns anzugreifen.«

»Oh, sie haben ja eine tolle Geschichte für ihren Admiral, und der ehemalige Kommandant der *Mystère* wird noch ein zweites Mal gegrillt, weil er den Admiral falsch informiert hat. Vielleicht kommt er unter die Guillotine. Die Franzosen gehen über derartig schwerwiegende Fehler nicht so leicht hinweg.«

Während der Reise durch den Englischen Kanal nach Osten hielt Fergus immer ein wachsames Auge auf das Kielwasser gerichtet, aber es ließ sich kein feindliches Segel mehr blicken. Die *Mystère* rollte schwerbeladen in ihrer Mitte der Formation.

Am nächsten Tag gegen Mittag kam Leutnant Ballinger dicht an die *Daring* heran und griff nach der Flüstertüte. Als er nahe genug war, rief er herüber: »Kommodore, ich habe die Durchsuchung des Schiffes beendet und melde, daß drei Laderäume mit Goldbarren beladen sind. Ich kann den Wert nicht abschätzen. Wegen des Gewichts kann man die Barren auf See nicht umstauen, aber es handelt sich bestimmt um einige Millionen Pfund Sterling. Sie werden abwarten müssen, bis wir im Hafen sind, bevor wir den genauen Wert ermitteln können.«

Die Männer, die untätig auf dem Deck herumstanden, hörten den Bericht von Leutnant Ballinger mit, und in kürzester Zeit hatte sich die Nachricht über das ganze Schiff verbreitet.

Einer der Seeleute brummte: »Der olle ›Kilburnie im Glück‹ hat es wiedermal geschafft. Genau darum habe ich bei ihm angemustert.«

Ein anderer nickte zustimmend: »Vielleicht hat er ja wirklich immer Glück, aber ich glaube eher, daß es daran liegt, daß er sein Ziel niemals aus den Augen verliert und es stur verfolgt. Das ist besser, als nur Glück zu haben.«

Eine geschlagene Woche blies ihnen ein Wind aus Ostnordost genau in die Zähne, die Flottille kämpfte sich Schlag um Schlag ihren Weg vorwärts und hatte am Ende der Woche doch nur einhundert Seemeilen nach Luv gutgemacht. Die beiden Slups mit ihren Schratsegeln mußten sich Mühe geben, ihnen nicht wegzulaufen, aber Fergus wurde zunehmend gereizt. Er befürchtete, daß die Franzosen ihnen eine stärkere Streitmacht hinterherschicken könnten. Aber die hatten wohl ihren Versuch gemacht und verloren, jetzt saßen sie bestimmt im Hafen und bliesen schmollend Trübsal.

Am achten Tag drehte der Wind auf westliche Richtungen, und die Schiffe liefen auf einem stetigen Kurs durch den Kanal nach Osten.

Poston kontrollierte die Navigation des Segelmeisters, dann sagte er zu Fergus: »Wenn der Wind so durchsteht, werden wir in ein oder zwei Tagen im Hafen anlegen. Unser Segelmeister ist ein sehr guter Navigator.«

In der Morgendämmerung des dritten Tages passierten sie Dover und rundeten North Foreland. Bei dem klaren

Wetter war es gut zu sehen, und Fergus ging so dicht heran, wie er es nur verantworten konnte. Zum Glück drehte der Wind am Kap, so daß er seinen Kurs auf Westnordwest ändern konnte, um genau in die Themsemündung einzulaufen. Als er Margate passierte, identifizierte er seine Schiffe bei der dortigen Signalstation und übermittelte seine voraussichtliche Ankunftszeit. Die langen Arme des Semaphors begannen sich zu bewegen, und in der Ferne gaben andere Stationen seine soeben übermittelte Nachricht weiter. In einer halben Stunde würde sie auf den Schreibtischen der Admiralität liegen.

Der kräftige Wind schob sie mit zehn Knoten machtvoll vorwärts, und schon acht Stunden später stand die Flottille vor der Königlichen Werft, und noch vor dem Einbruch der Dunkelheit lagen die Schiffe festgemacht dicht beieinander. Fergus kommandierte eine starke Abteilung Seesoldaten auf die *Mystère*, da er überzeugt davon war, daß sich die Nachricht über die wertvolle Goldladung in Windeseile über alle Schiffe und auch unter den Werftarbeitern verbreiten würde. Ein derart großer Goldschatz konnte zu völlig unvorhersehbaren Ereignissen führen.

Früh am Morgen des nächsten Tages rollte eine Kutsche vor und überbrachte die Aufforderung an Fergus, sich umgehend auf der Admiralität zu melden.

Auf dem Rückweg wurde die Kutsche schnell und brutal vorwärts getrieben. Nach einer Stunde steckte Fergus den Kopf aus dem Fenster und brüllte: »Kutscher! Haben wir es wirklich so eilig? Die Kutsche fällt fast auseinander, und mir geht es auch schon beinahe so!«

Der Kutscher lachte rauh. »Verzeihung, Sir, aber mein Befehl lautet, Sie so schnell wie möglich abzuliefern. Ich würde schätzen, daß wir um elf Uhr eintreffen werden. Falls es später werden sollte, könnte es sein, daß es unangenehme Folgen für mich hat – und was dann mit Ihnen geschieht, kann ich nicht sagen.«

»Muß ich mit Ärger auf der Admiralität rechnen?« fragte Fergus.

»Oh, nein. Ganz im Gegenteil. Aber alles, was ich weiß, stammt aus den Gerüchten, die im Stall kursieren.«

Ein paar Minuten später klapperten die Hufe der Pferde durch den Eingang von Whitehall, und Fergus kletterte etwas besorgt aus der Kutsche und stolperte die Stufen zum Eingang hinauf. Er kannte den Weg zu Jeris' Büro in- und auswendig, und nach wenigen Minuten klopfte er dort an die Tür.

Eine wohlbekannte Stimme röhrte: »Herein!«

Fergus trat ein. Jeris sprang hinter seinem Schreibtisch auf. »Mein Junge, schön dich wiederzusehen! So langsam dringt etwas von deinen letzten Taten zu mir durch. Aber Lord Vincent wartet darauf, einen genauen Bericht von dir zu bekommen. Los, laß uns gehen!«

Jeris eilte so schnell den Gang entlang, daß Fergus fast in Laufschritt fallen mußte, um mit ihm Schritt halten zu können. Er klopfte an Lord St. Vincents Tür, die jetzt mit einer riesigen neuen Messingplatte verziert war, auf der zu lesen stand, daß Lord St. Vincent *Der Erste Lord der Admiralität* war.

Fergus war verdutzt. »Was ist denn das? Das letzte Mal hatte er doch seine offizielle Position nicht draußen an der Tür angegeben.«

Jeris verdrehte die Augen. »Der König hat es ihm befohlen. Ich weiß nicht warum. Der Lord goutiert es nicht, aber er hat gehorcht.«

Die Tür wurde von einem Adjutanten geöffnet, dessen Augenbrauen in die Höhe schossen. »Ah, Gentlemen, Seine Lordschaft erwartet Sie schon ungeduldig. Treten Sie bitte ein.«

Lord St. Vincent schaute von einem Aktenstapel auf. »Ha! Endlich kann ich diesen verdammten Mist hier auf sich beruhen lassen. Willkommen in der Heimat, Kilburnie. Erzählen Sie mir alles! Beginnen Sie mit dem Hinterhalt, den wir Lord Greenway verdanken. Es wird Sie interessieren, daß er wieder auf seiner Farm in Surrey sitzt. Vielleicht kann er dort seine blöden Kühe überlisten. Aber jetzt setzen Sie sich doch bitte und legen Sie los!«

Fergus und Jeris nahmen Platz, und Fergus räusperte sich umständlich. »Nun ja, Sir, ich nehme an, daß Ihnen Kapitän Essex von dem Fiasko anläßlich der ersten Landung berichtet hat.«

Lord St. Vincent schlug mit der flachen Hand auf den Tisch. »Das hat er! Daraufhin habe ich Lord Greenway innerhalb weniger Minuten aus dem Haus werfen lassen. Der Verräter steht jetzt vor Gericht. Ich bin sicher, daß er bald gehängt werden wird. Falls nicht, werde ich ihn eigenhändig mit meinem Degen durchbohren. Aber warum reden Sie von einer ersten Landung?«

»Ich konnte es natürlich bei diesem Fehlschlag nicht bewenden lassen und habe Monsieur Gervais und seinen loyalen Gehilfen mit ihren drei Säcken voller Gold zu dem Ausweichlandeplatz gebracht, wo wir sie ohne jeden Zwischenfall an Land gesetzt haben. Seitdem habe ich nichts mehr von ihnen gehört. Alles war ruhig, und sie sind einfach im Unterholz verschwunden.«

»Gut, da liegt eine Last weniger auf meinen Schultern. Ich habe gezögert, den König entsprechend zu informieren. Jetzt kann ich ihm dank Ihrer Initiative eine gute Nachricht überbringen.«

Fergus lächelte. »Aber, Sir, ich habe noch weitere Neuigkeiten für Sie, und ich bin ganz sicher, daß auch diese Ihnen gefallen werden.«

Lord St. Vincent spürte, wie sich sein Magen lautstark nach seinem Lunch zu erkundigen begann. Er klopfte sich ungeduldig auf den Bauch. »Also dann machen Sie weiter, junger Mann. Raus damit!«

»Sie werden sich bestimmt daran erinnern, daß Ihre Geheimdienstabteilung mir mitgeteilt hat, daß ein oder zwei französische Fregatten aus der Karibik mit wertvoller Ladung nach Lorient unterwegs wären. Ihre Operationsabteilung gab mir den Befehl, den Versuch zu unternehmen, sie abzufangen, sobald ich meinen geheimen dienstlichen Auftrag ausgeführt hätte. Also bildete ich mit meinen Schiffen eine Kette und fing auch schließlich die *Mystère* ab.«

»Ach was, das haben Sie tatsächlich geschafft? Wunderbar! Und Sie haben sie aufgebracht?«

»Nun ja, nicht so, wie Sie jetzt denken. Beim ersten Mal ist sie mir, nachdem wir sie entdeckt hatten, auf See durch die Lappen gegangen.«

Jeris wand sich ungemütlich auf seinem Stuhl, als befürchtete er, daß es einen schlimmen Fehlschlag gegeben hatte.

Fergus fuhr mit seiner Schilderung fort: »Sie schlich zu

weit unter der Küste an meiner Linie entlang. Ich habe sie zwar gejagt, aber wie Ihre Experten herausfinden werden, ist sie ein äußerst schnelles Schiff.«

Lord St. Vincent hatte Schwierigkeiten, dem Bericht zu folgen. »Klartext, mein Junge, Sie haben die Fregatte verloren, aber Sie haben sie trotzdem? Weiter!« Er schaute auf seine Uhr. »Äh, lassen Sie nichts aus, aber kommen Sie so schnell wie möglich zum Ende. Ich bin sehr hungrig.«

»Jawohl, Sir. Sie entkam in den Hafen von Lorient, aber ich entschied mich dafür, sie nicht so einfach davonkommen zu lassen.«

Lord St. Vincent, der jetzt sehr viel interessierter war, drängelte: »Weiter, junger Mann, weiter!«

»Ich entschloß mich, sie im Hafen zu entern.«

Jeris runzelte die Stirn. »Das dürfte außerordentlich schwierig sein, wenn man die starken Befestigungen des Hafens in Betracht zieht.«

»Eigentlich fast unmöglich«, pflichtete ihm Lord St. Vincent bei. »Aber anscheinend haben Sie einen Weg gefunden, hineinzukommen. Erzählen Sie weiter.«

»Ich habe in der ersten Nacht die Lage erkundet und kam zu der Überzeugung, daß es zu schaffen war. Die Welschen haben tief und fest geschlafen. In der folgenden Nacht bin ich mit vier Booten eingedrungen, bin gleichzeitig längsseits am Schiff und an die Pier gegangen, habe die Festmacher kappen und die Hauptsegel setzen lassen. Die Froschfresser hatten in ihrer überhasteten Art und wegen ihrer Eile, an Land zu den Festivitäten zu kommen, die Segel an den Rahen angeschlagen gelassen.«

Lord St. Vincent vergaß sein Mittagessen und richtete sich kerzengerade auf. »Und was weiter?«

»Ich habe die *Mystère* mit Fahrt über den Achtersteven hinausgesegelt. Meine Boote haben uns unterstützt.«

»Und Sie sind nicht entdeckt worden?«

»Nur ein nackter Franzose kam von unten heraufgerannt und ist meinen Seesoldaten entwischt. Er schaffte es, über die Kante zu jumpen und zu einem anderen Schiff hinüberzuschwimmen.«

Lord St. Vincent lachte brüllend, seine dröhnende Stimme war noch draußen auf dem Korridor zu hören. »Nun, diese Franzosen verblüffen mich immer wieder. Ich wußte, daß sie nackt mit ihren Frauen zusammen im Bett liegen, aber auch an Bord eines Schiffes? Nein, das ist zuviel!«

»Wir machten ziemlich gute Fahrt über das Heck und waren schon fast aus dem Hafen, bevor der nackte Franzose es schaffte, auf dem alarmierten Schiff eine Kanone abfeuern zu lassen. Die Kugel fiel bei weitem zu kurz ein, aber sie weckte die schlafenden Soldaten in den Batterien der Befestigungen, die den Hafen umgeben. Alle wuselten eine ganze Weile durcheinander, brüllten und schrien, dann gelang es ihnen, doch noch ein paar Schüsse abzufeuern, doch wir kamen ohne Schwierigkeiten weg.«

»Wurde jemand verletzt?« erkundigte sich Jeris offenkundig besorgt.

»Nein. Keine der Kugeln traf das Schiff oder kam auch nur in seine Nähe. Am nächsten Morgen verließen wir unser Patrouillengebiet, denn wir wollten Ihnen die *Mystère* als Geschenk mit nach Hause bringen«, fuhr Fergus aufgeräumt fort. »Ich befürchtete, daß uns die Franzosen eine starke Kampfgruppe hinterherschicken würden, um uns am nächsten Tag zu stellen, aber während der nächsten

Tage geschah nichts. Schließlich war es soweit, doch wir konnten die Situation bereinigen.«

St. Vincent grinste. »Die Franzosen hätten Sie aufgehängt!«

»Die *Mystère* hat eine Ladung Gold an Bord. Der König, Sie und die Besatzungen werden also sehr reichlich davon profitieren, und das Schiff selbst wird eine gute Ergänzung unserer Flotte darstellen. Es ist sehr schnell.«

Lord Vincent sprang auf die Füße. »Mein Junge, lassen Sie sich gratulieren. Ich selbst werde den König heute abend beim Dinner über alles informieren. Übrigens ist Kapitän Essex wieder soweit hergestellt, daß er seinen Dienst auf See versehen kann. Er wird das dritte Schwesterschiff in Ihrer Flottille übernehmen. Falls es Sie interessiert – und ich weiß, daß es so sein wird –, die Galionsfigur hat dieselben Maße wie die Ihre.«

Jeris räusperte sich vernehmlich. »Ach ja, Sir, Sie müssen Kilburnie von den Bemerkungen des Königs zu diesem Punkt erzählen.«

St. Vincent lachte schallend, diesmal so laut, daß sein Adjutant vorsichtig den Kopf in das Büro schob, um nachzuschauen, ob auch wirklich alles in Ordnung war. Nachdem St. Vincent seinen Adjutanten mit einer Handbewegung weggescheucht, sich die Augen gewischt und sich wieder etwas erholt hatte, begann er: »Der König hat die Geschichte mit dem Besenstielpenis zum besten gegeben. Diese Story ist nach dem Essen beim Portwein in jeder Gesellschaft erzählt worden. Unglücklicherweise hat die Königin sie aber mitbekommen, als der König sie vortrug, weil seine sonore Stimme weit trägt. Sie hat ihm später Vorhaltungen gemacht und ihm erklärt, daß diese Episode kein angemessener Gesprächsstoff für solche Anlässe wäre.«

»Und dann?«

»Der König bemerkte verstimmt, wenn er sie nicht erzählen dürfe, dann aber auch kein anderer.«

Jeris nickte. »Ich fürchte, daß sie damit Geschichte geworden ist, und möchte dich bitten, Kapitän Puller dahingehend zu instruieren, daß so etwas nicht nochmals passiert. Admiral Lord Nelson wäre sicherlich sehr irritiert gewesen, wenn er anwesend gewesen wäre.«

Lord Vincent wurde sich wieder der Bedürfnisse seines Magens bewußt. »Gentlemen, leisten Sie mir bei meinem Mittagsmahl Gesellschaft?«

Fergus erhob sich. »Danke, Sir, aber ich muß auf mein Schiff zurück.«

Lord St. Vincent grinste leutselig. »Ich glaube nicht, daß das so lebenswichtig ist, und ordne an, daß Sie zwei Tage hier bleiben, so daß Sie auch Ihre Gattin besuchen können. Danach können Sie sie dann mit an Bord nehmen.«

Nachdem sich Lord St. Vincent verabschiedet und zu seinem lange ersehnten Lunch zurückgezogen hatte, ging Jeris zusammen mit Fergus zurück in sein Büro. »Ich schicke nach meiner Kutsche, damit du zu deiner Wohnung fahren kannst. In der Zwischenzeit können wir noch ein wenig plaudern. Du weißt natürlich, daß es jetzt einen neuen Oberkommandierenden der Blockadeflotte im Kanal gibt und daß Admiral Nelson sich zur Erholung nach Surrey zurückgezogen hat.«

»Ja, aber wird er dort bleiben?«

»Das glaube ich nicht. Er hat sich im Oktober 1801 – als du auf See warst – dienstunfähig gemeldet, jetzt haben wir schon Anfang 1802. Es wird gemunkelt, daß er irgendwann im Frühjahr 1803 wieder einsatzfähig sein wird. Daher wirst du ein ermüdendes, langweiliges Jahr voller Routine im Kanal vor dir haben.«

»Ja, aber ich werde gelegentlich nach London kommen können, wo ich meine Frau und die Kinder treffen werde.«

»Du weißt natürlich, daß du dich jetzt Kommodore nennen darfst, weil du eine Flottille befehligst. Man spricht davon, daß man dich auch offiziell zum Kommodore ernennen wird, deine letzten Taten dürften dafür sorgen, daß das auch Wirklichkeit wird. Als Kommodore kannst du dann natürlich nach Hause fahren und bei deiner Familie wohnen, wann immer du im Hafen liegst.«

Fergus lächelte. »Dein Wort in Gottes Ohr. Jetzt laß mich bitte nach Hause gehen. Ich habe nur zwei Tage, und daraus möchte ich das Beste machen.«

Die nächsten zwei Tage gehörten zu den schönsten im Leben von Fergus. Er spielte mit seinem Sohn und besuchte seine Stieftöchter in ihrem Landschulheim.

Am dritten Tag kehrte er widerstrebend auf sein Schiff zurück, wo ihn Jeris schon erwartete. »Junge, laß uns aufs Achterdeck gehen, ich möchte einen Fehler korrigieren. Du hast nicht die richtigen Flaggen setzen lassen.«

»Ich höre wohl nicht richtig?«

»Da oben weht ein Kommandowimpel.«

»Natürlich.«

Jeris zog ein Päckchen unter seiner Jacke hervor. »Gestern hat der König das Dekret unterschrieben, mit dem du zum Kommodore befördert worden bist. Er war der Ansicht, daß deine tapfere und entschlossene Tat vor Lorient angemessen belohnt werden sollte.« Dann lachte Jeris schallend. »Nicht zuletzt hat die große Menge Gold, die deine Aktion in die Kassen des Königs, Admiral Nelsons und in die von Lord St. Vincent gespült hat, den Ausschlag gegeben.«

»Und ein paar Pennies für mich und die Besatzungen meiner Schiffe sind auch abgefallen.«

Jeris nickte. »Natürlich. Es war für jeden genug vorhanden.«

»Das ist gut.«

»Ja, und nun zur Beförderung. Natürlich solltest du die richtige Uniform tragen.« Jeris öffnete das Päckchen und zog den schwalbenschwänzigen Breitwimpel heraus. »Hier ist dein persönlicher Wimpel als Kommodore. Laß ihn bitte setzen.«

Fergus nahm ihn entgegen und grinste breit. »Ich bin dir, Lord St. Vincent und dem König sehr verbunden und werde jede Anstrengung unternehmen, um dieser Ehre gerecht zu werden.«

»Vergiß Lord Satterfield nicht. Er hat so manch gutes Wort für dich eingelegt.«

»Oh, ja, natürlich. Ich werde mich auch ihm immer dankbar erweisen.«

»Ja, das weiß ich. Wir alle erwarten noch viel von dir, nachdem du den neuen Rang erreicht hast. Aber jetzt erinnere dich daran, was ich dir gesagt habe: Du kannst ganz nach Belieben zu Hause wohnen, solange du im Hafen liegst. Laß den Wimpel setzen und komm in meine Kutsche. Ich setze dich vor deiner Wohnung ab.«

11

Rendezvous mit der *Diligent*

Eine Woche lang genoß Fergus sein neues Privileg, sein Schiff verlassen und die Nacht zu Hause verbringen zu können. Er ließ Poston mit der Verantwortung für das Schiff zurück und beförderte ihn zu seinem Flaggkapitän.

»Ist denn das korrekt?« fragte Poston verwundert.

»Mister Fairlie meint, daß die Admiralität nichts dagegen haben wird«, beruhigte ihn Fergus, »und denken Sie daran, Admiral Nelson führt Kapitän Hardy als seinen Flaggkapitän.«

»Aber er trägt weiterhin nur die Uniform eines Kapitäns zur See und bekommt auch nur die Heuer eines Kapitäns.«

»Das sehen Sie völlig falsch«, wies ihn Fergus zurecht. »Sie argumentieren schon wie ein waschechter Schotte. Die Ehre ist wichtig, aber mehr Heuer schadet nicht! Wenn wir auf unserer nächsten Reise auch nur ansatzweise den Erfolg einheimsen werden, den ich mir zum Ziel gesetzt habe, werde ich Sie zur Beförderung zum Kapitän zur See vorschlagen.«

»Das haben Sie wirklich vor?« fragte Poston verblüfft.

»Was?«

»Beides: Sie denken an konkrete Erfolge und wollen mich zur Beförderung vorschlagen?«

»Natürlich. Wenn wir etwas wirklich wollen, werden wir es auch schaffen – und Sie werden ihren wohlverdienten Lohn bekommen.«

Poston strich sich über das Kinn. »Sie scheinen den Erfolg geradezu anzuziehen. Ich werde Sie unterstützen und geduldig abwarten, was dann passiert.«

Fergus grinste. »Was meinen Sie, was ich die ganzen Jahre getan habe?«

»Verdammt will ich sein, wenn ich das weiß, aber Sie hatten immer Erfolg. Vielleicht werde ich in Ihren Fußstapfen auch erfolgreich sein.«

Nachdem die zweite Woche vergangen war, fuhr Fergus zum Lazarett, um Essex zu besuchen.

Der Chefarzt schüttelte den Kopf. »Kapitän Essex? Oh, der ist schon vor einer Woche aus dem Lazarett entlassen worden. Bestimmt wird er in dieser Minute auf der Königlichen Werft herumrennen, um sein neues Schiff zu übernehmen.«

»Verdammt!« knurrte Fergus. »Das hat mir keiner gesagt, dabei wird das verfluchte Schiff unter meinem Kommando stehen.«

Der Doktor lachte amüsiert. »Das liegt vielleicht daran, daß es, wie wir Ärzte sagen, noch nicht geboren ist. Ich glaube, es wird erst morgen in Dienst gestellt.«

Fergus schoß wie eine Rakete aus dem Hospital und sprang in seine Kutsche. »Zur Königlichen Werft!« schnaubte er aufgebracht. »Und schonen Sie die verdammten Pferde nicht!«

Drei Stunden später zogen die keuchenden Pferde die Kutsche an die Gangway, die von der Pier hoch auf das Deck des neuen Schiffes führte. Fergus streckte seinen Kopf einmal kurz aus dem Fenster, aber als er den Namen *Diligent* am Spiegel las, zog er ihn sofort wieder ein, kletterte schließlich steif aus der Kutsche, streckte seine Beine, warf einen langen Blick über das Schiff und begann den Aufstieg zum Deck. Oben auf dem Laufgang stand ein breit grinsender Offizier in der Uniform eines Kapitäns zur See.

Fergus versuchte grimmig auszusehen. »Essex, verdammt sollst du sein! Warum hast du mir nichts davon erzählt? Aber ich bin ja schließlich nur dein Kommodore.«

Essex schüttete sich aus vor Lachen. »Beinahe hätte ich dich an der Nase herumgeführt. Ich wollte dich morgen mit einem ›neugeborenen Nachkommen‹ überraschen. Die Ärzte im Lazarett haben mich auf die Idee gebracht. Jetzt muß ich dich wohl bitten, zum Lunch zu bleiben und der Indienststellung heute nachmittag beizuwohnen – aber es wird keine Überraschung mehr sein.«

»Und ich kann mich darauf verlassen, daß es keine dummen Scherze mit Besenstielen geben wird?«

Essex gab ganz die beleidigte Unschuld. »Aber ich bitte dich, natürlich nicht.«

»Wie ich gehört habe, haben deine Galionsfigur und die der *Daring* exakt dieselben vorspringenden weiblichen Maße.«

»Lord St. Vincent hat die Regeln festgelegt«, meinte Essex gütig. »Alles wird ruhig und in geordneten Bahnen ablaufen. Du mußt nur dafür sorgen, daß sich der junge Puller in seine Rolle als zu kurz Gekommener fügt.«

Fergus nickte. »Das hat er schon akzeptiert. Wann wirst du in See gehen?«

»In einem Monat. Diese Zeit hat man mir für die Übernahme der Ausrüstung und die Einarbeitung der Besatzung zugestanden. Lord St. Vincent meint, daß ich mich nach etwa einem Monat Probefahrt bei dir einsatzbereit melden kann.«

»Soviel Zeit brauchst du nicht. Sobald deine Kanoniere fit sind, plaziere ich dich genau in die Mitte unseres Verbands.«

Essex grinste und schaute auf Fergus' Uniform. »Auf der Admiralität hat man mir gesagt, daß man dich jetzt auch formal als Kommodore führt, aber du siehst gar nicht danach aus.«

»Na ja, ich habe meine neue Uniform noch nicht abgeholt. Aber das wird unsere Beziehung ohnehin nicht verändern oder die Art und Weise, wie wir zusammen kämpfen. Ich hoffe, daß ich dir den Job bald übergeben kann.«

Essex blickte auf seine Uhr. »Zeit zum Essen. Ich habe mir den persönlichen Koch meines Vaters als Steward schanghait. Vater ißt nicht mehr viel.«

Fergus hob fragend die Augenbrauen. »Ich habe bemerkt, daß er in die Jahre kommt. Läßt ihn die Gesundheit im Stich?«

»Ich fürchte, ja. Und meine Tage auf See sind damit auch bald gezählt.«

»Wieso? Das verstehe ich nicht.«

»Der Titel meines Vaters ist erblich. Sobald er gestorben ist, werde ich Lord Satterfield, und ich habe das Bedürfnis und die Verpflichtung gegenüber meinem Vater und dem König, unsere Besitzungen zu verwalten und Vaters Platz im Oberhaus einzunehmen.«

»Dazu mußt du deinen Abschied von der Royal Navy nehmen?«

»Natürlich. Aber gerade jetzt habe ich mein Ziel in der Navy erreicht; ich durfte bereits ein gutes Schiff kommandieren und kann das jetzt wiederholen. Laß uns also noch einen erfolgreichen Einsatz gemeinsam vollenden.«

Fergus seufzte. »Wir werden dich vermissen. Aber bis es soweit ist, laß uns diesen alten Eimer in Dienst stellen und in See gehen. Ich rechne mit dir in sechs Wochen, von jetzt an gezählt, vor Lorient.«

»Ich werde dort sein, Kilburnie. Und jetzt haben wir noch ein paar Dinge auf dem Achterdeck zu erledigen. In der Admiralität findet heute eine wichtige Konferenz statt, daher wird hier niemand zur Zeremonie erscheinen.« Essex hob schalkhaft eine Augenbraue. »Wirst du die obligatorische Rede halten?«

Fergus schluckte trocken. Reden zu schwingen war nicht gerade seine starke Seite.

»Äh, ich hoffe, daß ich das nicht machen muß, das kannst du viel besser.«

Essex lachte. »Möwenschiß! Aber du wirst als erster reden. Ich habe der Mannschaft versprochen, daß ich eine gute Story erzählen werde – und du kommst natürlich darin vor.«

Fergus wurde rot. »Ich hoffe, sie handelt von meinen besseren Tagen.«

»O ja, sie wird dir gefallen.«

Die folgenden beiden Aprilwochen gehörten zu der schönsten Zeit, die Fergus je erlebt hatte. Das Londoner Wetter war idyllisch, die Mädchen waren während der Osterferien zu Hause, und Fergus und Shannon unternahmen mit ihnen Picknicks, gingen in den Parks spazieren, und der kleine Strath schien jeden Tag etwas zu wachsen.

Am 20. April 1802 – ein Datum, an das sich Fergus lange erinnern würde, denn Shannon teilte ihm an diesem Tag mit, daß sie wieder schwanger war – stand er am Fenster, um über diese gute Nachricht nachzudenken. Da sah er Jeris die Stufen zum Eingang heraufkommen. Wie gewöhnlich benutzte er seinen gesunden Arm, um sich im Gleichgewicht zu halten, unter den Armstumpf hatte er einen braunen Umschlag geklemmt.

Fergus empfing ihn an der Tür. »Ah, Onkel, wie ich sehe, bringst du Neuigkeiten für mich. Aber ganz gleich wie schlecht sie auch sein mögen, ich bin glücklich. Shannon ist erneut schwanger.«

Jeris strahlte. »Mein Junge, das ist eine gute Nachricht. Wir wollen uns setzen und ein Glas Portwein trinken, um diese frohe Botschaft zu feiern.«

Dann übergab er Fergus den braunen Umschlag, und Fergus fragte: »Was steht drin?«

Jeris hob vielsagend die Schultern. »Schau auf den Absender. Der Brief stammt aus der Operationsabteilung der Admiralität und ist versiegelt. In so einem Fall bin ich nur der Bote. Ich habe um die Erlaubnis gebeten, ihn dir überbringen zu dürfen. Du hast wohl vergessen, daß ich nur die Befehle für die Offiziere ausfertige, auf welchem Schiff sie sich zu melden haben.«

»Und du weißt wirklich nicht, was drinsteht?«

»Ganz gewiß nicht. Nun ja, ich kann mir natürlich auf Grund des Küstenklatsches so meine Gedanken machen, daher nehme ich an, daß du und deine Flottille vor der französischen Atlantikküste patrouillieren werdet.«

Fergus stöhnte. »Das wird ganz bestimmt tödlich langweilig.«

»Aber immerhin haben wir schönes, ruhiges Frühlingswetter.«

Fergus schlitzte den braunen Umschlag mit wenig Begeisterung auf, aber er ließ auch dabei seine übliche schottische Sorgfalt walten. Seine Sparsamkeit verbot ihm, ihn über Gebühr zu beschädigen, damit die Mädchen mit ihm später noch spielen könnten. Er entnahm ihm das Schreiben, das an ihn adressiert war, und las es langsam durch. Dann preßte er die Lippen zusammen und gab das Blatt mit den wenigen Zeilen an Jeris weiter.

Jeris überflog ihn schnell. »Das habe ich vermutet. Es wird wenig Aufregung geben, ehe nicht Admiral Nelson der Gartenarbeit in Surrey überdrüssig wird und wieder auf die See zurück will. Hiermit werden du und deine Flottille vor die französische Küste auf Patrouille geschickt, wie ich mir das ja schon gedacht hatte. Aber laß den Kopf nicht hängen. Der Nachfolger für Lord Greenway ist Lord Silver. Er ist sehr dynamisch – und in der Gerüchteküche brodelt es, weil er dir bald eine aufregende Aufgabe zuschanzen wird.«

»Du sprichst von diesem Agenten-an-den-Strand-setzen-Quatsch?«

»O nein! Er und die Spione, die du an Land gebracht hast, haben etwas herausgefunden, was dir gute Chancen einbringen kann. Aber das kann noch einen Monat oder länger auf sich warten lassen. Kann ich jetzt ins Kinderzimmer gehen und deinen Kindern beim Spielen zusehen?«

»Selbstverständlich, aber sie sind mit Shannon draußen im Garten.«

Noch bevor die beiden Männer den Garten erreichten, konnten sie das freudige, aufgeregte Gekreische der Kinder hören, die einander im Garten herumjagten.

Jeris lächelte etwas wehmütig, aber auch glücklich. »Darauf habe ich mich gefreut. Ich sehe einfach nicht genug Kinder in meinem Job.«

Fergus grinste breit. »Die Mädchen verbringen ihre Ferien hier. Du kannst sie jeden Tag besuchen. Was meinst du, würde es Tante Martha gefallen, wenn du den kleinen Strath für ein paar Tage mit nach Hause bringen würdest? Shannon fühlt sich nicht ganz wohl, und das könnte sie etwas entlasten.«

Sie traten in den Garten, und Jeris legte seinen gesunden Arm um Shannon.

Sie küßte ihn herzlich und erwiderte seine Umarmung. »Oh, Jeris, wir sehen uns einfach zu selten.«

»Ich weiß.«

»Bitte, komm doch morgen abend zum Essen und bring Tante Martha mit.«

Jeris schaute Fergus an und zog eine Augenbraue in die Höhe. »Vielleicht solltest du sie informieren, Fergus.«

Fergus räusperte sich umständlich. »Liebling, ich muß in drei Tagen wieder hinaus auf See – vielleicht für sechs Monate.«

Shannon seufzte. »Damit habe ich schon seit einiger Zeit gerechnet. Wir sind jetzt sehr glücklich gewesen. Das war wunderbar, und wahrscheinlich wirst du bei der nächsten Geburt bereits wieder daheim sein.«

Fergus schluckte. »Das hoffe ich. Ich habe Jeris schon die gute Nachricht mitgeteilt. Wenn es dir nichts ausmacht, dann werden wir zusammen zu Abend essen.«

Am 23. April führte Fergus seine Flottille aus der Themsemündung hinaus. Als sie ablegten, winkte er zu Essex hinüber, der seinen Ersten Offizier anwies, die Berge von Ausrüstungsgegenständen und Versorgungsgütern auf dem Deck der *Diligent* zu sortieren.

Fergus stellte fest, daß die *Diligent* tatsächlich eine exakte Kopie der anderen beiden Schiffe war. Er griff nach seinem langen Teleskop und musterte scharfäugig die Galionsfigur. Sie schien der Lady unter seinem eigenen Bugspriet zu entsprechen, aber dann zuckte er zusammen und fokussierte das Fernglas noch genauer. Dann lachte er schallend auf und wandte sich an Poston. »Dieser Himmelhund hat es wieder getan! Schauen Sie sich das an.«

Fergus musterte die Galionsfigur nochmals. Dann lachte er so heftig, daß ihm die Tränen in die Augen stiegen und er nichts mehr durch das Fernglas erkennen konnte.

»Also haben Sie es auch gesehen?«

»Natürlich. Die Nippel der Galionsfigur sind gut zwei Zoll lang. Also ein Zoll länger als bei der unserigen. Was werden Sie dagegen unternehmen?«

»Ich werde ihm gratulieren. Dann werde ich alles schön ruhig unter dem Teppich halten – und Sie werden es ebenso machen. Ich will keinesfalls eine weitere Kontroverse vom Zaun brechen und mir den Zorn der Königin zuziehen.«

Eine Woche lang segelten sie nach Westen, wobei sie ständig die Besatzungen drillten und die Kanoniere und Geschütze austesteten. Als Fergus mit dem Ausbildungsstand der Schiffe zufrieden war, ließ er sie eine Aufklärungslinie bilden und übte alle möglichen Manöver mit Hilfe von Signalflaggen. In der Nacht verwendete er abgeschirmte Laternen, und obwohl das Signalisieren mit den Laternen etwas länger dauerte, funktionierte alles bestens.

Im folgenden Monat jagte die Flottille einige kleine französische Küstensegler, die sich entlang der Küste von einem Hafen zum nächsten schlichen. Alle waren klein und schnell und eigentlich nicht den Aufwand wert, den so eine Verfolgung mit sich brachte, aber Fergus war der Auffassung, daß eine Besatzung stets beschäftigt werden mußte. Schließlich konnten sie eines der Schiffchen aufbringen und als Prise nehmen. Fergus ging selbst an Bord und untersuchte es samt seiner spärlichen Ladung.

Als er zurückkam, berichtete er: »Ich habe Befehl gegeben, das Schiff zu versenken und die Besatzung an Land zu schicken. Es war den Aufwand nicht wert, ein Prisenkommando an Bord zu schicken.«

Poston nickte. »Das war ein nutzloses Unterfangen.«

»Keine Sorge. Es wird auch wieder eine interessantere Beute des Weges kommen.«

Am 1. Juni riefen die Ausguckleute: »Segel in Sicht!« Sie befanden sich am Treffpunkt mit der *Diligent* von Kapitän Essex.

Fergus schickte einen Midshipman in den Vortopp, der nach wenigen Minuten wieder an Deck stand.

»Sir, es sieht genau wie unser Schiff aus.«

Fergus grinste spitzbübisch in sich hinein. »Das sollte es auch. Es ist schließlich ein Schwesterschiff – jedenfalls fast.«

Poston grinste wissend, schwieg aber wohlweislich.

Nach kurzer Zeit lagen sie nebeneinander, und Essex setzte das Signal *Bitte an Bord kommen zu dürfen.* Und als sein Kopf über dem Deck erschien, blickte Fergus in sein breit grinsendes Gesicht und lachte.

»Essex, es freut mich immer, dich zu sehen. Die Welt sieht gleich viel schöner aus. Jetzt komm dieses verdammte Fallreep rauf, damit wir in meine Kabine gehen können. Ich vermute, daß du gute Nachrichten für uns hast. Außerdem habe ich natürlich noch ein Hühnchen mit dir zu rupfen.«

Essex Augenbrauen schossen in die Höhe. »Und worum sollte es sich dabei handeln?«

»Ich gratuliere dir zu der Modifikation deines Schiffes – und ich werde dieses Thema nie wieder anschneiden.«

Essex lachte glucksend. »In Ordnung. Es ist besser, darüber in der Öffentlichkeit nicht zu reden. Und auf gar keinen Fall im Palast.«

Während sie beim Portwein saßen, sagte Essex: »Fergus, du wirst es nicht glauben, aber der Einsatz unserer Agenten hat sich diesmal ausgezahlt. Wir haben durch sie eine Nachricht aufgefangen, daß die Franzosen mit einer stattlichen Streitmacht auslaufen werden, die aus vier Fregatten, einem Zweidecker und einem Transporter besteht. Der Termin ist der 5. Juni.«

»Damit hat sich Monsieur Gervais schon zum zweiten Mal unseren Respekt verdient.«

»Dem kann ich nur zustimmen. Mit ihm gab es noch nie Probleme, außerdem traute er dem Ersatzmann von Anfang an nicht so recht über den Weg. Für diesen Fehlschlag ist wohl Lord Greenfield ganz alleine verantwortlich.«

»Ich bin froh, das zu hören. Wohin versegeln die Schiffe, und was sollen sie am Einsatzort bewirken?«

»Auf jedem der Schiffe werden mindestens zweihundert Soldaten eingeschifft sein. Der Zweidecker, die *Sicily*, hat vierhundert Soldaten an Bord, und auf dem Transporter befindet sich ein Artillerieregiment mit den entsprechenden Bedienungsmannschaften. Die Flotte wird von Konteradmiral François Cristo auf dem Zweidecker *Sicily* kommandiert, die Landungstruppen stehen unter dem Kommando von General Talisin, der sich ebenfalls auf dem Zweidecker eingeschifft hat, der Name des Transporters ist *Saracen* – die Namen der Fregatten sind mir nicht bekannt.«

»Wohin sind sie bestimmt?«

»Sie werden eine Invasion auf einer kleinen Insel durchführen, deren Name Grand Cayman lautet. Zur Zeit befindet sie sich in unseren Händen. Ich habe keine Ahnung, warum sie diesen kleinen, überwiegend von Schildkröten bewohnten Korallenhaufen unbedingt haben wollen. Allerdings ist mir bekannt, daß sie beabsichtigen, sich mit weiteren Streitkräften einer benachbarten Garnison zu vereinigen, um das Landungsunternehmen dann gemeinsam am 1. Juli durchzuführen.«

»Erwartet man etwa von uns, daß wir diese schlagkräftige Invasionsflotte zerstören?«

»Wir sollen sie lediglich aufhalten und ihre Reisegeschwindigkeit verzögern, damit sie nicht rechtzeitig am Treffpunkt erscheinen kann und die Landung zum verabredeten Zeitpunkt unmöglich wird. Wenn sie den Zeitplan nicht einhält, wird die Invasion nicht erfolgreich durchgeführt werden können. Entweder wird sie fehlschlagen oder sie muß abgeblasen werden. Am 2. Juli werden unsere Verstärkungen an Ort und Stelle sein, dann wird keine noch so starke Invasionsstreitmacht die Insel einnehmen können.«

»Das sollte uns gelingen. Ich habe vor, die kommandierenden Offiziere morgen um neun Uhr bei mir zu einem Treffen zu versammeln und mit ihnen gemeinsam ein paar Pläne zu schmieden.«

»Das ist typisch Kilburnie. Übrigens hat mir deine schöne Gattin aufgetragen, dir auszurichten, daß du dir keine Sorgen machen sollst. Sie hat die morgendliche Übelkeit überwunden und sieht wieder wie das blühende Leben aus. Außerdem läßt sie dir sagen, daß sie dich liebt. Ich bin durch euer Vorbild fast versucht, es bald selbst mit dieser seltsamen Einrichtung, genannt Ehe, zu versuchen.«

»Ich habe dir ja schon immer gesagt, daß du das Beste im Leben versäumst.«

»Ich war immer der Meinung, daß es das größte wäre, ein Schiff zu kommandieren.«

»Nun ja, das mag sein, aber verheiratet zu sein, kommt gleich danach. Bei mir steht zur Zeit beides auf derselben Ebene.«

Essex grinste. »Ich beneide dich.«

»Ich werde mir in der Nacht ein paar listige Schweinereien ausdenken, mit denen wir die Froschfresser ärgern können, und die werden wir dann morgen besprechen. Übrigens möchte ich dir nochmals zur Modifikation deiner Galionsfigur gratulieren.«

»Wie ich schon vorhin betont habe, möchte ich keinesfalls, daß die Königin davon etwas erfährt. Die Angelegenheit wurde beim letzten Mal peinlich genug.«

»Ich werde ganz bestimmt nichts darüber verlauten lassen. Man kann die kleine Modifikation ja kaum durch ein Fernglas ausmachen. Bis jetzt hat auf meinem Schiff nur Leutnant Poston davon Kenntnis, und dem habe ich mit Kielholen gedroht, falls er redet!«

12

Nadelstiche

Die ganze Nacht über marschierte Fergus auf seinem Achterdeck hin und her. Er murmelte unverständliches Zeug vor sich hin, und gelegentlich schüttelte er unwirsch den Kopf. Als der Morgen graute, schickte er nach einer Mugg Kaffee und wies den Segelmeister an, die Seekarten für die lange Überfahrt nach Grand Cayman auf dem Eßtisch in der Staatskabine auszubreiten. Dann atmete er tief durch und seufzte; er hatte seine Entschlüsse gefaßt und den richtigen Weg gefunden, sie in die Tat umzusetzen. Jetzt brauchte er ein ausgiebiges Frühstück, um sich auf die Konferenz um neun Uhr vorzubereiten. Die Würfel waren gefallen.

Punkt neun Uhr ließ Fergus das Signal zum Beidrehen setzen und befahl die Kommandanten zu sich an Bord. Er beobachtete, wie die Schiffe in den Wind drehten und wie sich ihre Boote auf die *Daring* zubewegten. Da das Wetter mild war, bereitete es den Bootssteurern keine Mühe, am Fallreep anzulegen.

Poston begrüßte als »Flaggkapitän« die ankommenden Kommandanten und geleitete sie in die Kabine. Steward Radcliffe hatte den Kaffee fertig und verschwand diplomatisch leise und unauffällig, als alle eingetroffen waren.

Fergus gab den versammelten Offizieren zuerst einen knappen Überblick auf den bevorstehenden Einsatz, dann zählte er die feindlichen Streitkräfte auf, mit denen sie es zu tun bekommen würden: »Der französische Admiral Cristo hat seine Flagge auf dem Zweidecker *Sicily* gesetzt, der mit zwölf 32-Pfündern und vierundvierzig 24-Pfündern bewaffnet ist. Das Schiff kann etwa neun Knoten laufen, das bedeutet, es ist langsam, aber schlagkräftig. Der französische General Talisin befindet sich ebenfalls an Bord des alten Linienschiffes. Seine Aufgabe ist es, die Invasionstruppen einschließlich der Artillerie zu kommandieren. Admiral Cristo stehen darüber hinaus vier Fregatten zur Verfügung, die den unseren an Feuerkraft vergleichbar sind. Aber ich glaube, daß wir sie ausmanövrieren können, denn obwohl die Geschwindigkeit der Franzosen bei zehn Knoten liegen dürfte, werden wir vermutlich etwa zwei Knoten schneller sein. Unsere Slups können sogar vier Knoten mehr machen. Der Transporter *Saracen* ist ein altes Linienschiff, das nicht mehr als acht Knoten Fahrt machen dürfte, und verfügt über keinerlei Artillerie, ein Schwachpunkt, aus dem ich in meinen jungen Jahren einmal einen Vorteil ziehen konnte, als ich einen bewaffneten Transporter kommandiert habe.«

Poston gluckste. »Das ist aber leicht untertrieben, Sir, denn Sie haben damals zwei Fregatten erobert.«

Fergus mußte grinsen, als er sich daran erinnerte. »Nun

ja, ich bekam Unterstützung von ein paar Passagieren und hatte in der Ladung zufällig ein paar Kanonen.«

»Und Sie haben es ziemlich gerissen angefangen.«

Fergus kehrte zum Thema zurück. »General Talisin verfügt über ein Artilleriebataillon mit vollständiger Ausrüstung und allen nötigen Mannschaften, dazu kommen noch ungefähr 1500 Soldaten, die über die anderen Schiffe verteilt sind. Noch Fragen bis hierhin?«

Die Kommandanten schüttelten die Köpfe.

Leutnant Harley, der Kommandant der *Hatchet*, meldete sich zu Wort. »Sir, vergessen Sie bitte die *Hatchet* und *Axe* nicht in Ihrer Planung. Wir können mit unseren 32-Pfündern, die wir als Jagdgeschütze im Bug fahren, eine Menge Schaden anrichten, außerdem hat auch noch jeder von uns sechs 12-Pfünder. Unsere Geschwindigkeit und unsere Manövrierfähigkeit sind beträchtliche Aktivposten.«

Fergus stimmte ihm zu. »Ich verlasse mich auf Sie in vielerlei Hinsicht, doch warten Sie bitte ab, bis wir im Detail unsere Taktik durchgehen. Zuerst aber wollen wir unsere Aufgabe definieren. Wie ich schon sagte, hat man uns die Verantwortung dafür übertragen, daß diese Streitkräfte am 1. Juli nicht vor Grand Cayman ankommen und sich dort mit weiteren Landungstruppen vereinigen. Wenn uns das gelingt, dann wird die Invasion fehlschlagen oder gar nicht erst stattfinden. Es ist nicht unsere Aufgabe, diesen Verband zu zerstören oder zu versenken, obwohl ich sicher bin, daß es die Admiralität gerne sehen würde, wenn es uns gelänge, eines oder mehrere dieser wertvollen Schiffe zu versenken oder zu erobern.«

Kapitän Pullers jungenhaftes Gesicht verzog sich zu einem breiten Grinsen. »Das ist genau das Richtige für mich.

Erklären Sie mir nur, wie wir vorgehen werden, Kommodore!«

»Nur keine unziemliche Hast«, wies ihn Fergus zurecht. »Zuerst ein paar Worte zum Kampfgebiet.« Er deutete auf die Karte des Atlantischen Ozeans auf dem Tisch. »Wir stehen jetzt hier, ein paar hundert Seemeilen vor Lorient, wo wir berechtigte Hoffnung haben können, die Flotte abzufangen. Die Franzosen werden ab Lorient auf dem Großkreis segeln. Jedoch werden sie nicht so dumm sein, während der gesamten Überfahrt auf der Orthodrome zu bleiben, obwohl es die kürzeste Verbindung wäre. Sobald sie gut frei von Kap Finisterre sind, werden sie einen südwestlichen Kurs in Richtung der Kanarischen Inseln wählen. Der erste Teil ihrer Reise führt sie durch das schlechte Wetter der Biskaya und des Atlantiks, was sie aufhalten wird. Auf der Breite der Kanarischen Inseln werden sie in den Gürtel der Passatwinde einlaufen und auf einen fast exakten Westkurs eindrehen, und von da an werden sie gutes Wetter und raumen bis halben Wind haben, was ihre Geschwindigkeit um durchschnittlich zwei Knoten anheben wird. Grand Cayman liegt im Passatgürtel. Es könnte allerdings sein, daß die Franzosen im letzten Teil der Reise in einen tropischen Wirbelsturm geraten, obwohl es dafür noch recht früh im Jahr ist.

Sie müssen 3600 Seemeilen in vierundzwanzig Tagen zurücklegen, das bedeutet, daß sie durchschnittlich hundertfünfzig Seemeilen pro Tag oder, anders ausgedrückt, eine Durchschnittsgeschwindigkeit von ungefähr sechs Knoten erreichen müssen. Ohne unsere widerborstigen Anstrengungen wäre das möglicherweise zu schaffen. Unsere Aufgabe ist es also, ihnen ständig Knüppel zwischen die Beine zu werfen, damit sie ins Stolpern kommen und langsamer werden oder vom Kurs abweichen müssen.«

Poston schüttelte nachdenklich den Kopf. »Ein schwieriges Geschäft.«

Essex blickte ihn an. »Das ist nicht nur nicht unmöglich, sondern ein wirklich hochinteressantes Spiel für beide Seiten.«

»Glauben Sie, daß wir gewinnen können?« fragte ihn Poston.

»Natürlich. Ich halte es für eine todsichere Wette zu unseren Gunsten, eigentlich gar kein richtiges Glücksspiel.«

Diese Bemerkung erinnerte Fergus an die Jugendjahre von Essex, in denen er das Vermögen seiner Mutter verspielt hatte, bevor er im Kampf Mann gegen Mann zu der Überzeugung gekommen war, daß das Gefecht gegen den Feind bei der Royal Navy der größere Nervenkitzel war. Seitdem hatte Essex niemals wieder an einem Glücksspiel teilgenommen – außer an der besonderen Variante gegen den äußeren Feind.

»Nun dazu, wie wir unsere Aufgabe lösen können«, fuhr Fergus fort. »Ich nehme an, daß die Frenchies in einer rechteckigen Formation segeln werden, wobei der Transporter und der Zweidecker in der Mitte laufen. Jeweils zwei Fregatten bilden an den Ecken die Vor- beziehungsweise die Nachhut.«

Puller konnte seinen jugendlichen Elan kaum zügeln. »Ich hätte da ein paar Vorschläge zu machen, Herr Kommodore«, unterbrach er ihn.

Fergus wollte seine Begeisterung nicht abwürgen, hielt aber an seinem Vorgehen fest. »Davon bin ich überzeugt, doch hören Sie bitte erstmal zu. Ich habe vor, Sie auf der

Dashing zusammen mit den beiden schnellen Slups vor dem französischen Verband zu postieren, allerdings zunächst mal außerhalb der Schußweite. *Daring* und *Diligent* beziehen eine Position achteraus. Generell sieht mein Plan vor, daß wir den Feind Tag und Nacht unter Druck setzen. Unser Hauptziel ist es, den Transporter zu beschädigen, damit das Vorankommen des gesamten Konvois verlangsamt wird. Falls es uns gelingen sollte, auch eine der Fregatten zu verkrüppeln, wird der Admiral wahrscheinlich bei ihr bleiben, oder er muß sogar kehrtmachen, um ihr zu Hilfe zu kommen. Im Zuge dessen werden wir plötzlich alle angreifen, um sämtliche Schiffe zu Kursänderungen zu zwingen, sei es, um unserem Beschuß auszuweichen oder um ihre eigenen Breitseiten zum Tragen zu bringen. Danach ziehen sich unsere Schiffe sofort wieder zurück, damit wir Schäden tunlichst vermeiden.

Wir werden unsere Angriffe zu allen möglichen Zeiten während der Nacht durchführen, um die feindlichen Besatzungen am Schlafen zu hindern. Jeder Angriff wird aus einer anderen Richtung erfolgen. Das werden wir solange wie möglich fortführen. Sollte es uns nicht gelingen, ernsthafte Beschädigungen hervorzurufen, müssen wir dreister werden und mit einer unterschiedlichen Taktik auch bei Tag angreifen.«

Essex warf ein: »Das wird auf jeden Fall Beschädigungen bei den Franzosen verursachen, aber unsere Schiffe könnten natürlich auch schwere Blessuren davontragen. Einzelne Angriffe auf die Fregatten werden den Konvoi insgesamt nicht langsamer machen.«

»Das ist richtig«, gab ihm Fergus recht, »aber das soll den Feind für unseren nächsten Schachzug weichkochen.

Unser letzter Trumpf besteht darin, an den Fregatten vorbeizuschlüpfen und über den Transporter herzufallen. Schon ein paar gut gezielte Salven sollten ausreichen, um seine Segeleigenschaften zu verschlechtern und schließlich und endlich die Geschwindigkeit herabzusetzen.«

Essex nickte. »Ich verstehe. Das könnte klappen, und wir werden sie in kleine handliche Stücke zerlegen.«

Fergus wandte sich Puller zu. »Jetzt sind Sie an der Reihe, Puller. Sie haben den Befehl über die beiden schnellen Slups. Ohne jede weitere Order setzen Sie sich sofort nach dem Sichten der Franzosen vor den Verband. In jeder der folgenden Nächte werden Sie alle drei, so oft Sie können, auf die beiden führenden französischen Fregatten hinunterstoßen. Puller, Sie werden vorne diese Angriffe koordinieren. Wann immer es möglich sein sollte, schlüpfen Sie an den Schiffen der Vorhut vorbei. Ich stelle mir das Ganze so vor: Sie stoßen schnell auf sie herab, und sobald Sie in Schußweite sind, feuern Sie mit Ihren Jagdgeschützen und drehen dann ab, um Ihre Breitseite zum Tragen zu bringen. Sie belegen die Franzmänner mit ein oder zwei Salven, dann machen Sie sich sofort wieder aus dem Staub. Sie werden vor dem Bug der Geleitfahrzeuge vorbeilaufen, daher können diese nur ihre Jagdgeschütze auf der Back einsetzen. Sollten die Franzosen ihren Kurs ändern, um die Breitseiten zum Tragen zu bringen, ziehen Sie sich schon wieder zurück. Ein paar Ihrer Salven werden Zerstörungen verursachen, und die Franzosen werden ihren Kurs ändern müssen. Bei drei Schiffen könnte dann eines an der Vorhut vorbeischlüpfen und auf den Zweidecker – oder noch besser auf den Transporter feuern. Diese Schiffe müßten dann ihren Kurs ändern, und das wird ihr Vorankommen etwas verlangsamen. Viele kleine Verzögerungen addieren sich zu Stunden, und das wiederum sind dann eine Menge zusätzlicher Seemeilen, die in der verbleibenden Zeit zurückgelegt werden müssen. So wird es ihnen große Schwierigkeiten bereiten, mit dem Fahrplan Schritt zu halten.«

Puller war in seinem Element. »Wie Sie richtig festgestellt haben, sind wir zu dritt, und die beiden Kleinen sind sehr schnell und manövrierfähig. Ein Glückstreffer aus einem ihrer schweren Jagdgeschütze auf die Decks des Transporters würde dort schwere Verwüstungen anrichten. Es müssen sich da ja Hunderte von *Monsirs* auf dem Deck aufhalten.«

»Sehr richtig. Ich rechne fest damit, daß die nächtlichen Angriffe der Slups sich in sichtbaren Schäden niederschlagen werden. Die Franzosen werden nie wissen, wer sie angreift, daher müssen sie immer den Kurs ändern, um die Breitseite des Zweideckers einzusetzen, auch wenn sich dann herausstellt, daß es sich nur um eine kleine Slup handelt, die schon wieder Fersengeld gibt.«

Leutnant Harley mischte sich ein: »Unser 32-Pfünder ist so aufgestellt, daß er bis jeweils zehn Grad an die Mittschiffslinie gerichtet werden kann, noch dichter geht nicht, weil sonst das Vorstag oder das Stagsegel beschädigt werden könnte.«

»Durch brennendes Pulver?«

»Jawohl. Aber wir sollten es hinbekommen, bei jedem Anlauf einen guten Schuß hinauszujagen. Mit mehr ist nachts nicht zu rechnen, da die Kanoniere durch das Mündungsfeuer vorübergehend wie blind werden.«

Fergus nickte. »Pumpen Sie ein paar gezielte Schüsse in sie hinein, dann verdrücken Sie sich schnellstens wieder.«

Essex konnte nicht länger an sich halten: »Das ist ein hervorragender Plan, aber du hast noch gar nichts über die Schwergewichte gesagt!«

»Das Beste kommt immer zum Schluß. Du und ich, wir haben schon so oft zusammen im Feuer gestanden, daß es keiner Flaggensignale mehr bedarf. Wir werden Wege finden, um uns in der Nacht an den Gegner heranzuschleichen und ihn ständig zu beunruhigen. Wir werden versuchen, immer dasselbe Schiff anzugreifen, bis es ernste Probleme hat, dann ist der Admiral gezwungen, die Fahrt des Verbandes zu reduzieren – oder er muß das Schiff achteraus zurücklassen, wo wir es dann versenken oder entern können.«

»Vielleicht ist es ganz weise, wenn wir für uns keine festen Pläne machen«, überlegte Essex laut. »Wir können verschiedene Methoden ausprobieren und die erfolgreichste dann perfektionieren.«

Fergus nickte zustimmend. »Ich glaube, damit haben wir alles besprochen. Wir werden nicht allzuviel Gelegenheit zum Signalisieren haben. Alles hängt von Ihrer Initiative und Ihrem Mut ab, meine Herren. Gehen Sie jetzt wieder an Bord Ihrer Schiffe, solange das Wetter es zuläßt. Als erste Aufgabe werden wir eine Abfangkette fünfzig Seemeilen vor Lorient einrichten. Der Abstand zwischen den Schiffen soll zehn Seemeilen betragen. Sobald Sie einen größeren Verband in Sicht bekommen, schießen Sie eine Kanone ab. Danach werden wir wie besprochen unseren Plan ausführen.«

Am 17. Juni schob sich wie erwartet die französische Flotte über den Horizont. Die *Dashing* entdeckte sie zuerst und feuerte einen Schuß ab. Ohne ein Flaggensignal abzuwarten, drehte Puller nach Westen ab. Die schnellen Slups folgten ihm.

Poston lachte laut auf. »Die Franzosen werden denken, daß wir uns wie ein Haufen ängstlicher Hühner übers Meer verstreut haben.«

Fergus murmelte befriedigt: »Jedenfalls hat diesmal ausnahmsweise der Geheimdienst der Admiralität recht behalten: Unser Landungsunternehmen mit den Agenten zahlt sich nun aus.«

Nachdem der französische Flottenverband sie passiert hatte, drehten auch die beiden britischen Fregatten auf einen westlichen Kurs und setzten sich hinter die Franzosen. Fergus stellte fest, daß die Frenchies genau die Formation eingenommen hatten, die er erwartet hatte. Die vorderen Fregatten standen drei Meilen vor den Dickschiffen, und die Fregatten der Nachhut bummelten in einem Abstand von zwei Meilen hinterher. Als Fergus sich hinter die französische Formation setzte, sah er, daß Essex auf der anderen Seite dasselbe machte. Die Franzosen setzten ihren Weg fort, ohne sich um die Briten zu kümmern.

In der Abenddämmerung befahl Fergus Lombardi, alle Segel zu setzen. Die Geschützbedienungen klappten die Geschützpforten auf und luden die Kanonen.

Die Dunkelheit brach herein, und die Ausguckleute durchbohrten mit ihren Augen die undurchdringliche Schwärze vor dem Schiff. Sie suchten nach dem Kielwasser der Fregatte, und nach zwei Stunden waren tatsächlich schwache Spuren eines Schaumstreifens zu erkennen.

Schließlich meldete der Ausguck von der Back: »Segel voraus! Abstand zwei Meilen!«

Die Geschützführer der Jagdgeschütze auf der Back bestätigten bald, daß sie das Ziel erfaßt hätten.

Als alles vorbereitet war, gab Fergus das Kommando: »Buggeschütze! Feuer frei!«

Die Mündungsfeuer der beiden Jagdgeschütze blendeten die Männer, die sich an Deck befanden, und der Stückmeister hatte die Geschützführer vergattert, sich sofort nach dem Reißen der Abzugsleine umzudrehen und die Augen zu schließen.

Fergus brüllte: »Lombardi, Kursänderung vier Strich nach Steuerbord!«

Das Schiff drehte schnell nach Steuerbord, die Geschützführer der Backbordbatterie sahen genug, um zielen und schießen zu können, aber nach einer Salve war es mit ihrer Nachtsichtfähigkeit vorbei. Daher war es sinnlos, noch eine weitere Salve hinterherzujagen.

»Feuer einstellen! Lombardi, auf Gegenkurs!«

In der Ferne war undeutlich zu erkennen, daß Essex dieselben Manöver ausführte. Die Blitze der Mündungsfeuer zuckten orangefarben durch die Nacht, um dann sofort zu verlöschen, als Essex abdrehte. Die lang anhaltende Folge zermürbender Nadelstiche hatte begonnen.

Zwei Stunden später wiederholten die britischen Fregatten ihren Angriff. Diesmal feuerten sie zwei Salven ab, und Fergus meinte, Löcher in den Segeln am Besanmast ausmachen zu können.

»Verdammt!« rief er begeistert aus. »Das muß ihnen wehgetan haben, und die Soldaten, die an Deck schliefen, werden nicht wenig darunter gelitten haben!«

Dieses Mal schor Fergus nach Backbord weg, während ein französisches Schiff nach Steuerbord drehte, um nach seinem Quälgeist zu suchen. Fergus konnte die Männer beobachten, die über das Deck wuselten, und er behielt seinen Kurs bei, bis der Franzose aufgab und wieder seinen Platz in der Formation einnahm. Dann änderte auch Fergus den Kurs, um sich wieder von achtern dem Geleit zu nähern. Vor der Morgendämmerung startete er einen weiteren Angriff.

Poston kicherte. »Die verfluchten Hundesöhne bekommen nur wenig Schlaf. Sie müssen die ganze Zeit über wach bleiben, während unsere Männer in den Gefechtspausen sich ohne Probleme eine Mütze voll Schlaf gönnen können.«

Fergus, der genau wie seine Besatzung mehrere Nickerchen eingeschoben hatte, dachte über die Stimmung bei der französischen Crew nach. Die Männer waren die ganze Nacht über in Bereitschaft gewesen, weil sie nicht wissen konnten, wann und von wo ein Angriff erfolgen würde. Also entschloß er sich, die nächsten Angriffe immer energischer vorzutragen, da er überzeugt war, daß die Erschöpfung bei den Franzosen dadurch zunehmen würde.

Weit voraus zuckten grelle Blitze hoch, als Puller seine Angriffe auf die französischen Fregatten verdoppelte. Kurz nach Sonnenaufgang ließ Fergus den Kurs zur *Diligent* ändern. Er umrundete ihr Heck und ging dann in Rufweite auf Parallelkurs.

»Guten Morgen, Essex. Wie war die Jagd?«

Essex erwiderte prompt in seinem üblichen selbstbewußten Tonfall: »Danke der Nachfrage, gut! Aber es ist mir leider nicht gelungen, bei meinem Gegner ein paar

Feuerchen zu entfachen, wie du das geschafft hast. Was lassen wir uns heute einfallen?«

»Zuerst sollen unsere Mannschaften ihren Schlaf nachholen. Während des Tages solltest du dich ein- oder zweimal ganz langsam bis an die Grenze der Schußweite heranschieben. Deine Männer sollten auf dem Deck ein Sonnenbad nehmen, die Kanoniere der Buggeschütze sollten sich versteckt halten. Sobald du gerade eben im Feuerbereich bist, laß deine Jagdgeschütze aufbrüllen und zieh dich dann sofort wieder zurück.«

»Das habe ich verstanden. Das nächste Mal werde ich mehrere Stunden gerade außerhalb der Reichweite ihrer Geschütze bleiben, während meine Männer es sich faul in der Sonne auf dem Deck gutgehen lassen. Das wird sie verrückt machen, weil sie auf ihren Gefechtsstationen ausharren müssen und keine Ruhe bekommen.«

»Genau richtig! Deine Crew kann sich ausruhen oder leichte Arbeiten ausführen.«

»Das hört sich gut an. Ich vermute, du hast noch weitere Ferkeleien für heute nacht in petto?«

»In der Nacht werden wir uns gemeinsam auf eines der Schiffe stürzen und es durch die Mangel drehen, bis ein zweites Schiff alarmiert heraneilt. Dann geben wir sofort Fersengeld.«

»Vermutlich hast du dir auch für morgen nacht schon eine Taktik ausgedacht.«

»Darüber sprechen wir morgen früh. Denk nach, was du selbst an Vorschlägen anzubieten hast.«

Der Nadelstichangriff am Tage, wie er von Poston bezeichnet wurde, funktionierte gut. Die Männer konnten sehen, daß eine Kugel auf dem Achterdeck des Franzosen aufschlug, einmal abprallte und eine Gruppe Soldaten wie die Kegel umwarf: Alle Neune! Sie blieben auf der Back liegen.

»Etwa zehn Opfer«, kalkulierte Poston.

Fergus schüttelte den Kopf. »Hoffentlich schicken sie uns diese Kugel nicht zurück.«

Später in der Nacht, etwa zur die Geisterstunde, schlossen die beiden britischen Fregatten, von achtern kommend, zu der Fregatte auf, die an Backbord des Verbandes die Nachhut bildete. Sie mußte vier Volltreffer im Spiegel durch die Buggeschütze einstecken. Der Franzose drehte, um seine Breitseite einzusetzen, weil er nur mit einem feindlichen Schiff rechnete. Stattdessen drehten die beiden Briten nach unterschiedlichen Seiten ab, brachten ihre Batterien zum Tragen und jagten vier Salven in den unterlegenen Franzosen. Nach der letzten Salve schnaubte die andere französische Fregatte aus der Finsternis heran und eröffnete das Feuer. Die beiden britischen Fregatten entkamen ohne Beschädigung, während bei einem der französischen Schiffe eine Maststenge verlorengegangen war und es zwei große Hauptsegel verloren hatte. Mehrere Soldaten lagen offensichtlich tot oder zumindest verletzt auf dem Deck.

Poston konstatierte: »Die armen Hunde sind so mit Soldaten vollgestopft, daß viele von ihnen auf dem Deck schlafen müssen. Mir läuft ein Schauder den Rücken herunter, wenn ich mir vorstelle, was geschieht, wenn die Kugeln aus der Dunkelheit herangebraust kommen, über das Deck fegen, einschlagen und mörderische Splitterwolken herumsausen lassen!«

Als sich Fergus am nächsten Morgen wieder mit Essex traf, rief dieser zu ihm hinüber: »Das war großartig! Jetzt müssen wir an den Transporter ran und ihn langsamer machen.«

Fergus lachte: »Diesen Gedanken hatte ich auch! Wir denken immer dasselbe, nicht wahr? Wie ich feststelle, liegt auch Puller auf dieser Linie. In der letzten Nacht hetzte er seine schnellen Slups auf die vorderen Fregatten, die dadurch abgelenkt wurden, dann schlüpfte er zwischen ihnen hindurch und jagte ein paar Salven in den Transporter, bevor ihn der Zweidecker wegscheuchte. Der Transporter mußte den Kurs ändern, um weiteren Beschädigungen zu entgehen. Das hat sie ungefähr fünfzig Meilen über Grund in Richtung des Ziels gekostet – und genau das wollen wir erreichen.«

»Der junge Mann lernt schnell. Nun, was werden wir zur Abwechslung denn heute nacht unternehmen?«

»Du schließt zu der Fregatte auf deiner Seite auf und heizt ihr so ein, daß man auf der anderen französischen Fregatte denkt, daß wir wieder zu zweit über ihren Kameraden hergefallen sind. Aber diesmal halte ich mich in der Dunkelheit versteckt, um dann hinter der zweiten Fregatte zum Verband durchzubrechen und mehrere Salven in den Transporter zu pumpen, bevor der Zweidecker den Versuch unternehmen kann, mich zu vertreiben. Vielleicht kann ich ihn wieder zu einer Kursänderung zwingen.«

»Ich hoffe, daß das klappen wird. Alles, was wir bisher unternommen haben, war nur eine Vorbereitung darauf, den Transporter langsamer zu machen. Wenn wir unser Ziel erreichen, ist das der Schlüssel zum Erfolg.«

»Viel Glück.«

Gegen Mitternacht spielte Essex wie geplant die ihm zugedachte Rolle, und tatsächlich griffen ihn beide Fregatten an, da sie offensichtlich davon ausgingen, daß es sich wieder um einen Angriff von zwei Schiffen wie in der vergangenen Nacht handelte. Fergus lief hinter der zweiten Fregatte auf das Zentrum des Verbandes zu. Die Kugeln der Buggeschütze der *Daring* schlugen auf dem Achterdeck des Transporters ein. Anschließend drehte Fergus nach Backbord ab und setzte dann seine Steuerbordbatterie ein. Die Kanoniere, die sich nun daran gewöhnt hatten, die Augen rechtzeitig zu schließen, jagten zwei Salven in den wehrlosen Transporter, bevor der Zweidecker reagieren konnte. Aber dann landete eine seiner 32-pfündigen Kugeln im Geschützdeck der *Daring*, wo sie jedoch keinen ernsthaften Schaden anrichtete. Puller zog seinen Vorteil aus dem Durcheinander, in dem sich die französische Flotte befand, und griff dreimal aus seiner vorderen Position heraus an. Der Kommandant des Transporters, der jetzt völlig konfus war und keinesfalls den Schutz seiner Begleiter verlieren wollte, änderte energisch den Kurs und verlor so wertvolle Distanz in Richtung des vorgesehenen Ziels, bevor ihn der Admiral wieder auf den richtigen Kurs bringen konnte.

»Das hat sie bestimmt wieder fünfzig Meilen gekostet«, stellte Poston erfreut fest, als er die Eintragungen in der Karte betrachtete.

Während die Gefechte weitergingen, versuchte Fergus den Erfolg ihrer bisherigen vereinten Bemühungen abzuschätzen. Im Licht zweier kleiner Feuer, die während der Kämpfe entstanden waren, konnte er erkennen, daß beim Feind mehrere Segel in Fetzen gegangen waren und daß die Leichen mehrerer Soldaten auf Deck lagen. Das Gefecht war kurz, aber als sich die *Daring* wieder zurückzog, stellte Fergus fest, daß die Segel, das Rigg und zwei Rahen des Transporters erhebliche Beschädigungen aufwiesen. Am nächsten Tag bemerkte Fergus, daß sich die Fahrt des Transporters soweit reduziert hatte, daß er gerade noch Ruder im Schiff hatte. Überall wurde hektisch repariert. Die anderen französischen Kriegsschiffe sicherten ihn nach allen Seiten ab.

Poston studierte die große Karte, die jetzt ständig auf dem großen Tisch der Kabine ausgebreitet lag, und freute sich: »Hervorragend! Das kostet sie eine Menge wertvolle Zeit!«

In den folgenden drei Nächten probierte Fergus verschiedene Variationen aus, um an den Transporter heranzukommen, und bei jedem Versuch wurde dieser entweder beschädigt oder vom Kurs abgedrängt.

Am 25. des Monats zeichnete Poston ihre Morgenposition ein und sagte: »Hier stehen wir. Wir könnten jetzt jederzeit in den Gürtel der Passatwinde einlaufen.«

Fergus, der während dieser Worte die Kabine betreten hatte, ergänzte: »Gehen Sie an Deck und sehen Sie selbst. Wir haben gerade den Passat zu fassen bekommen, und die Franzosen haben ihren Kurs nach Westen geändert. Was zeigt uns Ihre Kartenarbeit?«

Poston führte ein paar kurze Berechnungen durch. »Sie sagt mir, daß die Frenchies eine Durchschnittsgeschwindigkeit von siebeneinhalb Knoten halten müssen, das bedeutet, daß wir ihnen schon ein erhebliches Problem aufgehalst haben. Ich bin mir nicht sicher, ob sie es überhaupt noch lösen können. Der Transporter arbeitet schwerfällig in der See, und eine der Fregatten ist besonders schwer beschädigt.«

»Nun gut«, stellte Fergus fest, »das bedeutet, daß wir die nächtlichen Angriffe fortführen und noch ein paar während des Tages hinzufügen müssen.«

Er ging zurück auf das Deck. Der Passat blies jetzt beständig aus einer östlichen Richtung, und die Farbe des Wassers hatte eine hellblaue Färbung angenommen. Fergus sah große Schwärme fliegender Fische vorbeiziehen, und obwohl die Seeleute sie als Glücksbringer ansahen, waren die Tiere jetzt ein schlechtes Omen, da das definitiv bedeutete, daß sie sich im Passatgürtel befanden. Auf der anderen Seite wußte er, daß Radcliffe früh morgens über das Deck streifen und ein paar aufsammeln würde, die zu hoch geflogen und auf dem Deck gelandet waren, um daraus ein schmackhaftes Frühstück zuzubereiten.

Fergus reckte und streckte sich, dann ging er für ein paar Stunden unter Deck, um vor dem nächsten Angriff eine Mütze voll Schlaf zu nehmen.

13
Die Schlacht geht weiter

Am nächsten Morgen rief Fergus alle seine Kommandanten zu sich an Bord, um mit ihnen das weitere Vorgehen abzustimmen. Die französische Flotte behielten sie währenddessen recht voraus gerade über der Kimm stehend im Auge.

Poston eröffnete die Konferenz, indem er ihnen die Karteneintragungen erklärte, die er während der Verfolgung des Feindes vorgenommen hatte: »Ich schätze die Annäherungsgeschwindigkeit der Frenchies zum Ziel auf ungefähr siebeneinhalb Knoten. Der Passat hilft ihnen. Sollte nichts dazwischenkommen, werden sie in der Morgendämmerung des 1. Juli ihren Treffpunkt erreichen.«

Fergus schüttelte energisch den Kopf. »Das dürfen wir nicht zulassen. Wir müssen die nächtlichen Störungen aufrechterhalten und die Angriffe während des Tages intensivieren. Morgen früh werden wir die folgenden Positionen einnehmen: Die *Daring* wird achteraus der Backbordfregatte der Nachhut stehen. Die *Dashing* wird zusammen mit den beiden schnellen Slups wieder vor dem Verband sein. Dort wird sie die beiden Fregatten der Vorhut in ein Geplänkel verwickeln. Dann werden die *Daring* und die *Dashing* die beiden Fregatten der Nachhut in ein schweres Gefecht ziehen.

Wir greifen im Morgengrauen aus der Luvposition an. Ich erwarte, daß sie beide an den Wind gehen werden, um ihre Breitseiten einsetzen zu können, jedenfalls werden aber wir die bessere Stellung zum Wind haben. Ich habe vor, den Angriff fortzusetzen, bis die eine oder die andere schwer beschädigt ist. Sobald das der Fall ist, wird ihnen eine der vorderen Fregatten zur Hilfe kommen müssen, und ich hoffe, daß sich der Zweidecker zurückfallen lassen wird. Dann würde nämlich der Transporter entweder im Schutz von nur einer Fregatte Kurs und Geschwindigkeit beibehalten, oder aber auch er reduziert seine Fahrt. Falls er umdreht, verliert er wertvolle Zeit, segelt er weiter, werden ihn unsere vorderen Schiffe trotz der Fregatte attackieren. Das mag sich kompliziert anhören, aber für die Franzosen wird es noch komplizierter, wenn sie sich dagegen verteidigen müssen. Haben Sie alles verstanden?«

Ein Chor von »ayes« antwortete ihm, dann erhoben sich alle, um in die Boote zu steigen und so schnell wie möglich an Bord ihrer Schiffe zurückzukehren.

Am nächsten Tag wurde der Plan in die Tat umgesetzt. Die *Daring* jagte hinter ihrem ausgemachten Ziel her und erzielte mit Leichtigkeit ein paar Treffer. Einige Kugeln schlugen auf dem Deck ein und warfen ein paar Kanonen um, eine der Kugeln traf auf etwas, was eine kurze Stichflamme auslöste und anschließend Rauch aufsteigen ließ.

»Schwarzer Pulverqualm«, stellte Poston fest, während sich die Flammen sprungartig über das Deck auszubreiten schienen.

Gerade als Fergus Lombardi anweisen wollte, den Kurs zu ändern, zuckte aus dem schwarzen Qualm ein großer gleißender Blitz auf.

Poston schüttelte mißbilligend den Kopf. »Was zum Teufel geht da drüben vor? Wenn die nicht aufpassen, wird ihnen das Schiff unter dem Arsch in die Luft fliegen!«

Fergus meinte nachdenklich: »Etwas muß den Pulvervorrat an Deck getroffen haben. Sollten die Flammen in die Kette des Pulvernachschubs übergreifen und hinunter in das Magazin gelangen, wird es eine verdammt höllische Explosion geben.«

Auf dem Deck des Franzosen herrschte ein unbeschreibliches Chaos, alles schien drunter und drüber zu gehen. Männer, deren Kleider wie Fackeln brannten, rannten ziellos umher oder stürmten hilfesuchend unter Deck.

An Deck der *Daring* beobachteten die Männer, wie sich die Flammen in einen sonnengleichen Feuerball verwandelten. Einige Sekunden später erreichte sie der Donner der gewaltigen Explosion. Die Druckwelle brauchte noch ein paar Sekunden länger, bevor sie über das Deck fegte, aber dann warf sie alle flach auf die Planken.

»Mein Gott!« keuchte Fergus. »Sie ist in die Luft geflogen!«

»Ich wußte, daß das passieren würde«, ließ sich Poston klugscheißerisch vernehmen.

Die Luft war voller herabstürzender Teile, angefangen bei Geschützlafetten bis hin zu Bruchstücken der Masten. Segeltuch, an dem noch die dazugehörenden Tampen angeschlagen waren, ganze Sektionen des Riggs, ein vollständiges Bauteil eines der Schiffsboote, Fässer mit Proviant stiegen in die Luft, erreichten ihren Scheitelpunkt, um sich dann wieder in einer parabelförmigen Bahn vermischt mit weiteren Tausenden kleinerer Bruchstücke der See zu nähern.

Als Fergus klar wurde, daß sich sein Schiff nur fünfzehnhundert Meter von den Wrackteilen entfernt befand und daß es ganz zweifellos von vielen der gefährlichen Stücke getroffen werden würde, brüllte er Poston zu: »Alle Mann unter Deck! Ich übernehme das Ruder!«

Poston stürmte nach vorne und rief den Offizieren und Unteroffizieren zu, alle Männer sofort unter Deck zu schicken. »Unter Deck!« röhrte er, und das Deck leerte sich umgehend.

Fergus blieb alleine zurück. Er wirbelte das Ruder herum, um den Versuch zu machen, das Schiff noch aus dem gefährdeten Gebiet herauszubringen, aber da keine Segeltrimmer mehr da waren, um die Segelstellung zu verändern, erreichte er nur, daß die Segel nicht mehr zogen und die Geschwindigkeit abnahm. Die Zeit schien zäh wie Sirup in das Stundenglas zu tropfen, und eine Ewigkeit verging, ehe der Rauchpilz über dem schäumenden Wasser querab in Lee lag. Alles, was von der Fregatte übrig geblieben war, tanzte in der See, die mit kleinen Holzstücken angefüllt war.

Fergus blickte in die Höhe, gerade als die größeren Wrackteile in der Nähe der Explosionsstelle einschlugen, es fielen nämlich auch viele Stücke auf die *Daring* herab. Er wußte, daß es keinen Zweck hatte, vor den gefährlichen Trümmern weglaufen zu wollen, also quetschte er sich zwischen das Ruderrad und das Kompaßhäuschen und hoffte, daß diese ihm ein wenig Schutz bieten würden. Dann begannen die kleinen Trümmerteile herabzuregnen. Er legte schützend den Arm über den Kopf und kroch in sich zusammen. Plötzlich spürte er zwei harte Schläge. Ein scharfkantiges Holzstück streifte ihn, und ein weiteres bohrte sich in seinen Oberschenkel. Der Schmerz ließ ihm den Atem stocken.

Als der Hagel aus Wracktrümmern verebbte, schob sich Fergus aus seinem unvollkommenen Schutz in die Höhe. Er zog ein Taschentuch hervor und tupfte sich das Blut ab, sein Hemd war voller Blutflecke, aber er wußte, daß ihm nichts Ernstes geschehen war. Dann blickte er auf seinen Schenkel hinab. Sein Hosenbein wies einen sechs Zoll langen Riß auf, und er konnte den Splitter sehen, der sich darunter in das Fleisch gebohrt hatte.

»Verdammt!« murmelte er. »Meine besten Hosen.«

Er humpelte nach achtern in seine Kabine und stieß die Tür auf. Sein Steward saß ruhig in der Ecke und hatte sich die Schwingkoje über den Kopf gezogen.

»Radcliffe, rufen Sie in die Luken hinunter, daß die Crew wieder an Deck gehen soll, und schicken Sie nach dem Arzt, damit er mich verbindet.«

Dann humpelte Fergus zurück an das große Ruder und brachte die Fregatte wieder auf Kurs, bis der eingeteilte Rudergänger zurückkam und es von ihm übernahm.

»Mein Gott! Herr Kapitän, bei Ihnen ist alles voller Blut!«

Fergus machte eine abwehrende Handbewegung. »Das ist alles nicht so schlimm, wie es aussieht. Halte jetzt auf den Transporter zu!«

Der Schiffsarzt Pollitt kam zu Fergus gerannt und musterte ihn mit wissenden Blicken. »Nicht so schlimm, wie ich zuerst dachte, aber ein wenig Flickarbeit mit Schneiden und Nähen wird erforderlich sein.«

»Das muß hier erledigt werden. Ich kann jetzt das Achterdeck nicht verlassen, gerade da wir einen Angriff auf den Transporter fahren. Besorgen Sie mir einen ordentlichen Schluck Rum, einen Stuhl und legen Sie los!«

Fergus ließ sich auf den Stuhl fallen, den ihm Radcliffe brachte. Schließlich überkam ihn doch eine gewisse Schwäche, während der Schock seine Gedanken leicht wie auf Wolken dahintreiben ließ. Er bat den Steuermannsmaaten um ein Fernglas und beobachtete durch den Kieker den Zweidecker und den Transporter ein paar Minuten lang. Die beiden setzten leider ihre Fahrt fort.

»Verdammt, Lombardi, keiner von denen kehrt um, um die Überlebenden aufzunehmen.«

»Es gibt keine!« beschied ihn Lombardi.

»Wir müssen mehr unternehmen, wenn wir uns aus dem folgenden Ärger heraushalten wollen. Gehen Sie auf Gegenkurs! Wenn wir uns ihnen jetzt nähern, zerreißt uns der Zweidecker in der Luft.«

Nach den üblichen Angriffen während der Nacht berief Fergus eine weitere Konferenz ein.

»Wie Sie sehen konnten, Gentlemen, haben wir einen glücklichen Erfolg zu verbuchen: Die Zahl ihrer und unserer Fregatten ist jetzt gleich. Außerdem wissen wir nun, daß wir mehr tun müssen, um den Zweidecker von dem Transporter wegzulocken. Morgen werden die Slups als dauernde Bedrohung vor dem Geleit positioniert bleiben, während unsere Fregatten die Franzosen Schiff gegen Schiff angreifen werden. Ich hoffe, daß wir ein weiteres so schwer beschädigen können, daß sich der Zweidecker gezwungen sieht, ihm zu Hilfe zu kommen. Gestern ist dieser Zeitpunkt zu schnell vorbeigegangen, daher gab es für das Dickschiff keinen Grund mehr, den Transporter allein zu lassen. Noch irgendwelche Fragen?«

Am nächsten Morgen fanden sie die französische Flotte in einer leicht veränderten Formation vor. Zwei Fregatten bildeten immer noch die Nachhut, aber vorne hielt sich nur noch eine auf. Fergus suchte sich die Fregatte an der Steuerbordflanke aus. Wieder näherte er sich ihr von achtern, wobei der gleichmäßige Passat eine große Hilfe war. Aus den Augenwinkeln beobachtete er, daß die anderen beiden Fregatten ihren jeweiligen Widerpart wütend angriffen, während der dräuende Zweidecker bisher weiter auf seiner üblichen Position verblieb.

Fergus fiel außerdem auf, daß Essex auf seiner *Diligent* zu dicht an seinen Gegner herangegangen war. Fergus mißbilligte das, aber das war typisch für Essex. Er beschloß, ihn beim nächsten Treffen dafür zu verwarnen.

Der Vorteil der Luvstellung war der entscheidende Faktor bei den Kämpfen. Fergus konnte seine beiden Breitseiten leicht abwechselnd einsetzen, indem er mit dem Schiff Halsen fuhr.

Es wurde ein leichtes Gefecht. Zwar schlugen auch ein paar französische Kugeln an Bord ein, aber die Schäden, die sie verursachten, waren erträglich. Eine Kugel riß eine Lafette mitsamt der Kanone um und tötete zwei Männer der Geschützbedienung. Nach einer Stunde war eigentlich schon alles vorbei. Die französische Fregatte hatte ihren Fockmast verloren und in allen großen Arbeitssegeln große Löcher. Ihre Feuergeschwindigkeit nahm ab. Fergus befahl Lombardi, sich ihr weiter anzunähern.

»Mit Schrapnells laden!« befahl er. »Tötet so viele Soldaten wie möglich, aber versenkt mir das Schiff nicht!«

Ein Glückstreffer riß der Fregatte das Ruderblatt weg. Nachdem der Segelmeister den Franzosen durch das Fernglas scharf beobachtet hatte, rief er: »Sie streichen ihre Flagge, Sir!«

Der Segelmeister war nicht der einzige, der gesehen hatte, daß die französische Flagge nach unten sank. Fergus hob das Teleskop ans Auge und beobachtete das Achterdeck des Zweideckers genau. Deutlich konnte er den Admiral erkennen, der sich mit dem General ein heftiges Streitgespräch zu liefern schien. Sein Flaggkapitän stand daneben und wartete ganz offensichtlich auf Befehle. Der Admiral deutete zu der Fregatte, die kapituliert hatte, und der Flaggkapitän schien seiner Besatzung Anweisungen zu geben.

»Aah! Jetzt kommen sie«, bemerkte Fergus zu Poston. »Auf diese Gelegenheit haben wir lange gewartet.«

Der Zweidecker änderte seinen Kurs, um zu der Fregatte zurückzukreuzen, der Transporter behielt seinen Kurs bei. Fergus konnte sehen, daß sich Essex von seinem Gegner löste, um sich auf den Transporter zu stürzen, also blieb er, solange er es verantworten konnte, bei der Fregatte. Dann, als der Zweidecker in Schußweite war, zog auch er sich zurück. In der kurzen Zeit dazwischen hatte Essex natürlich jeden Fetzen Stoff gesetzt, den er auf seinem Schiff fand, und hatte schon bald den Transporter in seiner Reichweite. Das plumpe Schiff war völlig hilflos, es versuchte aber trotzdem durch Ausweichmanöver dem Feuer seines gnadenlosen Verfolgers zu entgehen. Dann kam ein Mast von oben, ein weiterer schwankte wie ein Rohr im Wind, und mehrere Segel zerrissen. Doch noch immer hielt der Transporter Kurs, und Essex zerschlug ihn erbarmungslos.

Fergus verfolgte die Ereignisse auf dem Achterdeck des Zweideckers weiter. Die Szene hatte jetzt dramatische Züge angenommen. Der Admiral und der General standen sich Nase an Nase gegenüber und wedelten mit den Armen. Der Admiral deutete zu der rollenden Fregatte hinüber, während der General auf den unter Feuer liegenden Transporter deutete. Schließlich schien der General auszurasten und winkte energisch einen Armeeoffizier heran, der mit umgeschnalltem Säbel in der Nähe stand. Für Fergus bestand kein Zweifel, was da drüben geschah. Der Offizier zog seine Waffe und zielte mit der Spitze auf die Kehle des Admirals. Ein Dutzend Soldaten trat vor und schob den wütenden Admiral in seine Kabine, wo er mit hochrotem Kopf und Wut und Geifer schnaubend verschwand.

Fergus lachte spöttisch auf. »Das ist der komischste Wechsel im Kommando, den ich je gesehen habe.«

Der General wandte sich an den verwirrten Flaggkapitän und deutete in die Richtung des Transporters. Der Flaggkapitän zuckte resigniert mit den Schultern und rief seinen Männern mehrere Kommandos zu. Dann ging der Zweidecker wieder vor den Wind und machte sich auf den Weg, um den Transporter einzuholen. Fergus heftete sich an seine Fersen, bis er ihn in der Reichweite seiner Buggeschütze hatte, allerdings hatten die Heckgeschütze des

Zweideckers ungefähr dasselbe Kaliber von *Darings* Jagdgeschützen auf der Back. Fergus begann den Spiegel des größeren Schiffes zu beharken, aber bald begann der Franzose das Feuer zu erwidern und drohte zu drehen, um seine schwere Breitseite zum Einsatz zu bringen.

»Stückmeister, verpassen Sie ihm eine letzte Salve als Visitenkarte, dann nehmen wir unsere Beine besser ganz schnell in die Hand und verduften.«

Der Zweidecker lief weiter zu dem Transporter zurück, dem die *Diligent* noch immer wie ein bissiger Terrier im Nacken saß. Nur noch wenige Minuten und der Zweidekker würde in Schußweite sein und das Feuer auf die *Diligent* eröffnen. Essex wußte, daß er seine Arbeit schnell und gut gemacht hatte, also drehte er ab und verließ das Schlachtfeld. Der Transporter rollte behäbig, während die Seeleute über das Deck hasteten und begannen, die notwendigen Reparaturen in Angriff zu nehmen.

»Eine schöne Visitenkarte«, resümierte Fergus. »Lombardi, bringen Sie uns jetzt bitte zu der Prise zurück.«

Der junge Puller hatte zusammen mit seinen schnellen Slups ein wachsames Auge auf die Fregatte *Courtain*, die sich ergeben hatte und schwer in der See rollte. Fergus drehte am Heck des Franzosen auf und nahm die Fahrt aus dem Schiff. Er rief das Achterdeck an, nahm die Kapitulation des Kapitäns entgegen und erklärte das Schiff zur rechtmäßigen Prise. Gegen die Abgabe seines Ehrenworts überließ er dem französischen Kommandanten weiter die Schiffsführung bis in einen englischen Hafen. Er wandte sich an Poston: »Signalisieren Sie bitte der *Axe*, daß sie dicht zu uns aufschließen soll!«

Als die *Axe* nah genug heran war, daß ihr Kommandant Harral ihn verstehen konnte, setzte ihn Fergus von seinem Gespräch mit dem französischen Kommandanten in Kenntnis: »Leutnant Harral, ich habe die Kapitulation des französischen Schiffes *Courtain* entgegengenommen. Ihr Kommandant weiß, daß sein Schiff unsere Prise ist, aber wir werden kein Prisenkommando an Bord schicken. Sie wird unter Ihrer Aufsicht auf dem kürzesten Weg nach Portsmouth segeln. Dort werden Sie das Schiff dem zuständigen Prisengericht übergeben. Nachdem wir unsere Aufgabe hier abgeschlossen haben, werden wir zu dieser Position zurückkehren und dann auf dem direkten Kurs nach Portsmouth laufen, wo wir Sie wieder bei uns begrüßen werden. Haben Sie alles verstanden?«

Harral packte seine Flüstertüte: »Jawohl, Sir. Glücklicherweise spreche ich Französisch. Ich bin sicher, daß ich Sie entweder in Portsmouth oder irgendwo auf der Kurslinie wiedersehen werde.«

»Viel Glück. Und führen Sie jetzt bitte meine Befehle aus.«

Fergus erwiderte den zackigen Gruß des Kommandanten der *Axe*, dann wandte er sich dem geduldig wartenden Poston zu. »Kehren Sie wieder zu den Schiffen da vorne zurück. Ich gehe in meine Kabine, um mir etwas Ruhe zu gönnen. Meine Wunden schmerzen ein wenig.«

14
Abschied von Lord Satterfield

Am nächsten Morgen hatte die *Daring* wieder den Rest der Flottille eingeholt, der wie eine Meute Jagdhunde dem Zweidecker, dem Transporter und den beiden verbliebenen Fregatten im Nacken saß. Essex befand sich gut außerhalb der Schußweite der gegnerischen Geschütze.

Als sich Fergus der *Diligent* näherte, ging er auf Parallelkurs und rief durch die Flüstertüte hinüber: »Ich würde gerne mit dir frühstücken, aber meine Verwundungen machen mir zu schaffen. Könntest du herüberkommen?«

Als Essex oben auf dem Fallreep erschien, musterte er Fergus prüfend. »Ich finde, du siehst hervorragend aus, Kilburnie, wenn man mal von dem verdammt heroischen Verband in deinem Gesicht absieht.«

»Ach, das ist nur ein Kratzer. Allerdings habe ich mir auch noch einen sechs Zoll langen Splitter im Oberschenkel eingefangen. Damit kann ich zur Zeit nicht besonders gut Leitern rauf- oder runterklettern.«

Essex erwiderte: »Ich hatte auch ein klein wenig Ärger.

Ein oder zwei Kugeln sind bei mir an Bord eingeschlagen, dadurch habe ich sechs gute Männer und eine Kanone verloren.«

Fergus blickte ihn mit gerunzelter Stirn an. »Ich hatte zu einem gewissen Zeitpunkt den Eindruck, als ob du etwas zu dicht am Gegner stehen würdest. Ich könnte dich nicht ersetzen, falls du selbst eine dieser Kugeln abbekommen hättest, sei also in Zukunft etwas vorsichtiger. Wir schnappen uns diese Hundesöhne noch rechtzeitig genug.«

»Du kennst mich doch«, erwiderte Essex. »Ich muß so etwas immer auf meine Weise durchziehen. Ich brauche immer noch den Nervenkitzel des ultimativen Glückspiels: alles oder nichts. Aber ich verspreche dir hoch und heilig, wenigstens zu versuchen mich zu bessern.«

Fergus seufzte. »Ich weiß, daß du gerne Risiken eingehst, also versuche wenigstens vorsichtig zu sein.« Vor dem Frühstück informierte Fergus Essex noch über die Prise und fuhr fort: »Ich vermute, daß du zu sehr damit beschäftigt warst, den Transporter fertigzumachen, um mitzubekommen, was sich auf dem Achterdeck des Zweideckers abgespielt hat.«

»Da drüben war es heute morgen ungewöhnlich ruhig, aber ich konnte nicht herausbekommen, woran das lag. Ich habe nur beobachtet, daß man auf dem Transporter versucht hat, wieder alles auf die Reihe zu bekommen. Ich glaube nicht, daß sie es schaffen werden, rechtzeitig zu ihrem Rendezvous zu erscheinen.«

»Also hast du den Wechsel im Oberbefehl nicht mitbekommen?«

»Wie bitte? Ich verstehe dich wohl nicht richtig.«

»Es war äußerst komisch. Der Admiral bestand darauf,

den Transporter allein zurückzulassen, wodurch du ihn dir vorknöpfen und ihm eine kräftige Abreibung verpassen konntest. Er wollte zu seiner wertvollen Fregatte zurücklaufen, um sie zu retten. Aber der General hat das ganz anders gesehen, für ihn hatte die Sicherung des Transporters Vorrang, da sich darauf seine Männer mit ihrer gesamten Ausrüstung befanden. Er spielte völlig verrückt und ließ den Admiral schließlich mit Waffengewalt durch eine Eskorte unter Gewehr vom Achterdeck entfernen. Der Admiral sitzt jetzt unter Bewachung in seiner Kabine – und der General ist nun gleichzeitig auch noch Admiral!«

Essex schmunzelte: »Es ist völlig gleichgültig, was der General tut, er wird es einfach nicht zum abgemachten Zeitpunkt schaffen, obwohl er eine ganze Bootsladung von Pionieren zur Hilfeleistung auf den Transporter geschickt hat. Sie wuseln überall im Rigg herum, und als zwei von ihnen über Bord gefallen sind, hat der General es nicht einmal für nötig erachtet, für sie aufzustoppen, um sie aus ihrer äußerst mißlichen Lage zu retten. Wir haben sie an Bord genommen, und sie sind sehr froh, sich in unserem Knast über der Bilge ausruhen zu dürfen.«

Fergus hatte genug gehört. »Bevor uns Radcliffe ein anständiges Frühstück auf diesem Tisch serviert, laß uns zusammen einen Blick auf die Karte werfen.«

Er schickte nach Poston. Als dieser erschien, wies er ihn an: »Erklären Sie uns bitte den neuesten Stand der Berechnungen und erläutern Sie uns, was das in der Praxis bedeutet. Anschließend können Sie hierbleiben und mit uns frühstücken.«

»Vielen Dank, darauf freue ich mich sehr«, meinte Poston voller Vergnügen grinsend. »Ich bin mit unserem Standort sehr zufrieden. Vom jetzigen Zeitpunkt an gerechnet, müßten die Franzosen eine Durchschnittsgeschwindigkeit von zehn Knoten erreichen, um noch rechtzeitig anzukommen. Nach dem von hieraus sichtbaren Zustand, in dem sich das Rigg und die Segel des Transporters dank Kapitän Essex' Sonderbehandlung befinden, scheint mir das vollkommen unmöglich.«

Fergus und Essex überprüften diese Angaben in der Karte und lachten dann befreit auf.

Essex stellte fest: »Wir haben es also tatsächlich geschafft.«

Fergus nickte. »Ich stimme dir zu, aber wir sollten ihnen bis zum 1. Juli auf den Fersen bleiben. Vielleicht kann der französische General ein Wunder vollbringen, aber eigentlich bin auch ich sicher, daß sie zu spät ankommen werden.«

»Nein, er kann es einfach nicht mehr schaffen. Und wenn er ankommt, wird er mit seinem Kollegen, dem Admiral, erst einmal bei dem französischen Gouverneur antreten und den Versuch wagen müssen, dem einigermaßen plausibel zu erklären, was ihm widerfahren ist.«

Am 1. Juli befahl Fergus dem Stückmeister, einen ironisch gemeinten Salutschuß in Richtung des französischen Geschwaders abzufeuern. Nachdem sich der Rauch verzogen hatte, wandte sich Fergus an den Segelmeister: »Lombardi, fahren Sie bitte eine Halse und setzen Sie den Kurs auf die Position ab, an der wir die Prise genommen und ihr befohlen haben, Kurs auf Portsmouth zu nehmen.«

Seine Flottille drehte in Befolgung seines Signals um und begann zurückzukreuzen. Hinter ihnen stampfte die französische Flotte weiter nach Westen. Der Transporter hatte jeden Fetzen Segeltuch gesetzt, den sein Rigg gerade noch eben vertragen konnte.

Fergus schaute dem achteraus verschwindenden Geschwader nach und bemerkte zu Poston: »Was für eine verlorene Liebesmüh. Napoleon hat der französischen Marine das Mark aus den Knochen gesaugt, zum Glück für uns, würde ich meinen, denn die Franzmänner sind wirklich nicht mehr das, was sie mal gewesen sind.«

Poston nickte zustimmend und beglückwünschte Fergus dann: »Sie haben getan, was Sie konnten, Sir, um die französische Streitmacht zu reduzieren, und noch dazu mit minimalen Verlusten. Ich hoffe, die Admiralität weiß das zu schätzen.«

»Das wird sie sicherlich, aber darum haben wir es nicht getan. Vergessen Sie nie, daß wir ein Teil von Lord Nelsons Navy sind. Wir tun das alles für den König, für unser Vaterland, für Nelson und die Royal Navy!«

Poston schüttelte nachdenklich den Kopf. »Das klingt gut, aber eine kleine handfeste Anerkennung von seiten der Admiralität wäre trotzdem nicht schlecht.«

»Was für eine Art von Anerkennung stellen Sie sich denn so vor?«

»Vielleicht eine Woche Urlaub für alle.«

Fergus lachte schallend. »Das wird in der Royal Navy niemals passieren!«

»Vielleicht könnte man wenigstens die Auszahlung des Prisengeldes beschleunigen!«

»Sie werden Ihr Prisengeld bekommen, aber zuerst müssen wir unsere Prise wiederfinden. Darauf wollen wir uns jetzt konzentrieren.«

Vier Tage später brummte Poston, der sich über die Karte gebeugt hatte: »Hier, an diesem Punkt haben wir die Prise zurückgelassen. Jetzt sollten wir dem Kurs in Richtung Portsmouth folgen.«

»Ich hasse es zwar, auf diese Weise Zeit zu verlieren, aber wir müssen es wohl so machen. Zuerst sollten wir alle Möglichkeiten überdenken. Die Franzosen könnten nämlich ein paar Reparaturen ausgeführt und an Geschwindigkeit zugelegt haben.«

Zwei Tage drauf kratzte sich Poston nachdenklich den Kopf, als er die Morgenposition in die Karte eintrug. »Bei vier Knoten Fahrt sollte sich die Prise etwa hier befinden. Ich schlage vor, daß wir die Kurslinie noch einen Tag lang ablaufen, dann sollten wir zu dem Schluß kommen, daß die Prise abgedreht hat, um auf dem direkten Weg nach Hause zu laufen.«

»Dem stimme ich zu«, nickte Fergus. »Die *Axe* kann nichts anderes machen, als der Fregatte zu folgen.«

Poston gab ihm den Kurs, und Fergus ordnete die Kursänderung an.

Wiederum zwei Tage später erwies sich Postons Vermutung als absolut zutreffend, denn der Ausguck sang lautstark aus: »Segel in Sicht! Recht voraus! Zwei Schiffe!«

Es stellte sich bald heraus, daß es sich um die französische Fregatte *Courtain* handelte, die zwar noch immer sehr mitgenommen aussah, weil sie keinen Fockmast hatte, aber sie hatte ganz offensichtlich eine Reihe von Reparaturen durchgeführt, was sie schneller hatte werden lassen. Die *Axe* umschwärmte sie wie eine wütende Biene, anscheinend verfügte die *Courtain* aber noch über genügend Geschütze, um sie auf Distanz zu halten. Der ehrlose Schurke lief jedoch nur etwa vier Knoten, daher stand die *Daring* schon wenige Stunden später hinter ihrem Heck. Die *Axe* folgte diesem Beispiel und legte sich auf die andere Seite.

Fergus ergriff das Sprachrohr und richtete es zuerst zur *Axe* hinüber. »Was ist passiert?«

Der Kommandant der *Axe* holte tief Luft. »Dieser französische Hurensohn hat sich plötzlich selbständig gemacht. Er hat mir noch nicht einmal geantwortet, als ich ihn angepreit habe.«

Fergus wandte sich dem französischen Schiff zu. »Herr Kapitän, was soll das bedeuten? Sie haben Ihre Ehre besudelt, die Ehre Ihres Landes und die der französischen Marine, indem Sie Ihr Wort gebrochen haben!«

Der französische Kommandant grinste höhnisch und antwortete in ganz passablem Englisch: »Ich muß meinen Kurs weiter verfolgen, Kapitän. Wir haben Revolution. Ich schulde niemandem Loyalität – außer dem einfachen Volk von Frankreich.«

Fergus erwiderte geduldig: »Das ist natürlich Unsinn! Bergen Sie sofort Ihre Segel und erwarten Sie mein Prisenkommando. Falls nicht, werde ich Ihr Deck mit Schrapnells beharken!«

Der Franzose lief rot an und stöhnte tief auf, aber er wußte, daß er am Ende der Fahnenstange angelangt war. Also drehte er sich zu seinem Ersten Leutnant um und rief: »Lassen Sie alle Segel wegnehmen. Schicken Sie unsere Seesoldaten unter Deck und entwaffnen Sie sie.«

Nachdem beide Schiffe beigedreht hatten, sagte Fergus zu Poston: »Das ist Ihre Chance. Nehmen Sie zehn Seeleute und Marineinfanteristen mit hinüber. Übernehmen Sie das Schiff als Prise und folgen Sie uns nach Portsmouth. Ich werde mehrfach bei Tag und Nacht dicht heranschließen, um mich zu überzeugen, daß diese Hundesöhne die Prisenbedingungen nicht nochmals brechen. Möchten Sie vielleicht mein spezielles Entermesser mitnehmen?«

Poston gluckste amüsiert. »Danke, nein, Sir. Ich könnte mich daran schneiden. Ich nehme lieber mein eigenes mit, Sir.«

Eine halbe Stunde später befahl Poston das Prisenkommando ins Boot und ging bei der französischen Fregatte an Bord. Deren Kommandant erwartete ihn auf dem Laufgang mit seinem Degen in der Hand.

Poston blickte ihn giftig an. »Ich vermute, daß Sie der ehemalige Kommandant der *Courtain* sind.«

»Das ist richtig, Sir, das bin ich immer noch. Ich ergebe mich Ihnen.«

Poston blickte noch grimmiger. »Sie können Ihren Degen einem meiner Seesoldaten übergeben. Sie verdienen die Ehre einer formellen Kapitulation nicht.«

»Aber, Sir«, stöhnte der Kapitän auf und machte einen Schritt nach vorne und versuchte Poston seinen Degen in die Hand zu drücken.

Poston packte ihn, als ob er beschmutzt wäre, und warf ihn über die Seite in die See.

»Jetzt verschwinden Sie mit dem Rest Ihrer Mannschaft unter Deck, Kapitän!«

»Aber, Sir«, flehte ihn der andere an. »Mir stehen die Privilegien eines Kapitäns zu!«

»Nein, da irren Sie! Die haben Sie verwirkt. Sie werden

zusammen mit Ihrer Crew unter Deck bleiben, bis wir den Hafen erreichen. Dort werde ich veranlassen, daß man Sie als einfachen Matrosen einsperrt.«

Die Flottille legten ihren Weg unbeirrt und ungestört nach Portsmouth zurück, lief dort am 18. Juli ein und machte an der Pier der Königlichen Marinewerft fest. Fergus hatte mehrere Tage mit dem Schreiben des offiziellen Abschlußberichts seiner Operation verbracht und schob jetzt die Papiere in einen Umschlag, den er in seine Tasche steckte, dann ging er an Land, um sich beim Hafenadmiral zu melden.

Der Admiral fragte ihn kurz aus, was passiert war, und folgte der Erzählung sehr interessiert. »Sie waren das Tagesgespräch in der Navy. Wir waren alle gespannt, wie es ausgehen würde. Es war schließlich eine sehr schwierige Aufgabe.«

Der Hafenadmiral erklärte sich bereit, den französischen Kapitän von Fergus zu übernehmen und treuhänderisch die Verhandlungen mit dem örtlichen Prisengericht zu führen. Außerdem bot er ihm an, die Berichte sofort beschleunigt per Kurier nach London an die Admiralität zu übermitteln.

»Man wird dort sehr froh sein, sie in die Hände zu bekommen«, stellte er fest. »Die hohen Herren waren sehr besorgt, ob es überhaupt jemandem gelingen würde, einen Verband dieser Größe entscheidend zu verzögern.«

Fergus lief, sobald er konnte, wieder aus und gewann wegen widriger Winde erst zehn Tage später die Themsemündung, wo er schließlich seine Flottille wieder in der Königlichen Marinewerft festmachen ließ. Die Admiralität teilte ihm durch einen Boten gnädig mit, daß er einen Monat Zeit habe, um notwenige Überholungsarbeiten ausführen zu lassen.

Nach dem Festmachen verließ Fergus sofort das Schiff und fuhr in seine Wohnung. Essex blieb als sein Stellvertreter an Bord zurück. Das Wiedersehen mit Shannon und den Kindern hatte sich Fergus mehr als alles andere gewünscht, aber es war viel zu kurz, um daraus ein großes Fest zu machen, und als sie am nächsten Morgen beim Frühstück saßen, trat ein Zimmermädchen ein und sagte besorgt: »Sir, Mister Jeris kommt auf die Haustür zu. Allerdings finde ich seinen Gesichtsausdruck beängstigend.«

Fergus erhob sich und begrüßte Jeris an der Eingangstür. »Was ist passiert, Onkel?« erkundigte er sich unruhig.

»Heute ist ein sehr trauriger Tag. Aber ich möchte mich erst mal setzen.«

»Kaffee, Tee oder lieber ein gutes Glas Portwein, Onkel?«

»Ich glaube, Brandy wäre für diesen Anlaß genau das richtige. Du wirst auch einen brauchen können.«

Nachdem sie Platz genommen hatten, seufzte Jeris tief auf, dann begann er langsam zu sprechen: »Als erstes muß ich dir leider mitteilen, daß Lord Satterfield vor zwei Tagen gestorben ist. Ich bin zur Werft hinausgefahren, um Kapitän Essex darüber zu informieren, und erreichte ihn, nachdem du gerade abgefahren warst. Die Admiralität hat ihm Urlaub gewährt, bis die Begräbnisfeierlichkeiten vorbei sind.«

Fergus schüttelte traurig den Kopf und nahm einen großen Schluck Brandy. »Verdammt!« stieß er hervor. »Essex hat damit zwar schon eine ganze Weile gerechnet, und ich weiß auch, was er jetzt vorhat. Wir haben uns ausführlich darüber unterhalten.«

»Dann wirst du dir denken können, daß er um seinen sofortigen Abschied eingekommen ist. Ich habe das Gesuch mit zur Admiralität genommen, man hat dem entsprochen, und so wird er am Tag nach dem Begräbnis in den Ruhestand versetzt.«

»Es widerstrebt mir, das Thema so schnell aufs Tablett zu bringen, aber wer wird seine Nachfolge auf dem Schiff antreten?«

»Wir werden am Tag seines Rücktritts jemanden dort hinschicken.«

»Ich habe immer gewußt, daß es eines Tages so kommen würde, denn Essex hat mich darauf vorbereitet, daß er nach dem Tod seines Vaters sofort seinen Abschied nehmen würde. Wie du ja weißt, wird er der neue Lord Satterfield sein. Als solcher muß er die Besitzungen seines Vaters verwalten und sich seinen Pflichten als Mitglied des Oberhauses widmen.«

»Da gibt es aber noch etwas, was du nicht weißt. Lord St. Vincent hat ihn als Lord der Admiralität für den Geheimdienst vorgesehen.«

»Gut! Für diesen Posten ist er hervorragend qualifiziert, da wird er gute Arbeit leisten.«

»Die Beerdigung wird in zwei Tagen stattfinden. Ich hoffe, daß du mit Shannon daran teilnehmen wirst.«

»Natürlich!«

»Meine Kutsche wird euch abholen.«

Die feierliche Trauerzeremonie wurde in der Westminster Abbey abgehalten. Hunderte von Lord Satterfields Freunden erwiesen dem Toten die letzte Ehre. Auch Fergus zog aus Shannons Schrank seine Galauniform hervor und trug ausnahmsweise seinen vorschriftsmäßigen Degen anstatt des Entermessers, das er auf See bevorzugte.

Für Jason Essex war es ein trauriger Anlaß, aber das war es für Fergus Kilburnie auch. Er hatte Lord Satterfield sehr gemocht und wußte um die enge Verbindung, die zwischen Vater und Sohn bestanden hatte, obwohl sie sich nicht immer so augenscheinlich dargestellt hatte. Die beiden waren durch Essex' Fahrten auf See für lange Jahre getrennt gewesen, und sogar wenn er im Hafen lag, hatte er als Kommandant nicht immer das Schiff verlassen können.

Jetzt wurde Essex also der neue Lord Satterfield, und seine guten Freunde in der Navy vermißten ihn jetzt schon. Doch dann wurde seine neue Dienststellung bekannt, und alle wußten, daß seine Verantwortlichkeiten ihn schneller in Beschlag nehmen würden, als er das hatte voraussehen können.

Nach der Trauerfeier gab es einen großen Empfang zu Ehren des verblichenen Lords Satterfield in den Räumen des House of Lords. Fergus war erstaunt, wie viele der Gäste er kannte. Ihm wurde klar, daß seine Bekanntschaft mit Lord Satterfield und Admiral Nelson auch ihn ziemlich bekanntgemacht hatte. Er erinnerte sich an die Zeiten, als man ihn auf Bällen und Empfängen aufgefordert hatte, die Schlacht vor Abukir zu erläutern, und auch jetzt kamen mindestens hundert Gäste, hochrangige Marineoffiziere, Lords des Imperiums und Parlamentsmitglieder zu ihm, wurden Shannon vorgestellt, dankten ihm für die geleisteten Dienste und suchten das Gespräch mit ihm.

Während einer Pause unkte Fergus hinter einer vorgehaltenen Hand zu Shannon: »Wie es aussieht, sollte ich mich um ein offizielles Amt bewerben.«

Shannon verpaßte ihm einen Rippenstoß. »Bleib auf dem Teppich! Du bist ein dummer Schotte und kein bißchen mehr.«

Fergus zog indigniert eine Augenbraue in die Höhe. »Ich habe läuten hören, daß ich das nächste Oberhaupt des Kilburnie-Clans werden soll.«

»Das nützt dir in England gar nichts. Schotten mit einem hohen schottischen Rang bleiben für die Engländer nur Schotten. Genau wie die Iren immer nur Iren bleiben.«

Fergus zuckte resigniert mit den Schultern. »Dann werde ich wohl bleiben müssen, was ich bin – nur ein simpler Schotte.«

»Würdest du nicht gerne Konteradmiral der Royal Navy werden?«

»Natürlich, aber sie halten mich eben nur für einen Schotten, der bis jetzt immer Glück gehabt hat.«

Shannon und Fergus fuhren in Jeris' Kutsche mit ihm zusammen nach Hause und blieben dort zu einem leichten Abendessen. Als Fergus und Jeris bequem vor dem Kaminfeuer saßen, kam Fergus wieder auf ein Thema zurück, das ihm am Herzen lag.

»Onkel, entschuldige, daß ich schon wieder davon anfange, aber hat die Admiralität schon einen Ersatz für Essex ausgesucht? Ich weiß, daß du gesagt hast, daß sie rechtzeitig einen stellen würden, aber die Zeit wird knapp.

Ich möchte ihn so gut wie möglich kennenlernen, bevor wir wieder in See gehen.«

Jeris lachte unterdrückt. »Natürlich. Mögliche Kandidaten hetzen wie die Hunde hinter dem Fuchs in ganzen Hundertschaften durch die Gänge der Admiralität.«

»Nun, wer wird den Fuchs erwischen?«

»Sie haben den Fuchs bereits gefangen, denn er wohnt in ihrem Bau.«

»Ich fürchte, ich kann dir nicht ganz folgen.«

»Verzeih mir, daß ich versucht habe, witzig zu sein. Ich weiß, daß du die Sache sehr ernst nimmst.«

»Onkel Jeris, hör auf in Rätseln zu sprechen, sonst sehe ich mich gezwungen, dir die Brandyration zu kürzen.«

»Na ja, ich denke, daß ich aufrichtig mit dir reden kann. Schließlich handelt es sich ja um einen Kommandanten deines Geschwaders.«

»Und?«

»Er wurde vor zwei Jahren zum Kapitän zur See befördert, allerdings wurde er wegen einiger seltsamer Leiden wieder nach Hause geschickt, nachdem er sein Schiff nur zwei Monate in der Karibik kommandiert hatte. Die Ärzte sagen, daß er jetzt kuriert ist, aber ich bin mir da nicht so sicher. Ich schlage vor, daß du ihn scharf im Auge behältst. Jemand, der völlig in seiner Aktenarbeit aufgeht, kann nicht normal sein.«

»Und was weiter?«

»Er war der Assistent von Lord Entwistle. Entwistle schwört auf ihn und behauptet, daß der Mann jederzeit aus dem Stegreif die Position jedes Schiffs der Royal Navy herunterbeten kann.«

»Ist das ein Fehler?«

»Nein, aber er scheint die Angewohnheit zu haben, hohnlächelnd auf jeden herunterzublicken, der in dieser Hinsicht nicht so beschlagen wie er ist. Das amüsiert Lord Entwistle, aber ich vermute, daß es Lord St. Vincent gewaltig gegen den Strich geht, der ihn deshalb auf diplomatische Art und Weise loswerden will.«

»Warum schmeißt er ihn nicht einfach raus?«

»Er gehört der Aristokratie an. Er ist mit der Königin verwandt. Sie liebt ihn abgöttisch.«

»Was du mir da erzählt hast, hört sich an, wie ein Garantieschein für zukünftigen Ärger. Glaube mir, ich werde ihn so scharf im Auge behalten wie ein hungriger Falke eine vorwitzige Feldmaus, sobald er unter meinem Kommando steht. Essex' Schiff gehört zu den besten in der Royal Navy, und ich möchte, daß das so bleibt.«

Jeris seufzte. »Ich habe da so meine Zweifel. Er wird sich morgen bei dir melden, bevor er Essex ablöst.«

»Und wie ist der Name dieses mustergültigen Aktenschmierers?«

»Kapitän Anthony Hardcastle.«

»O nein! Von dem habe ich schon gehört! Ich war gerade in der Karibik, als er sein erstes Schiff übernahm. Es gab da ein paar schwarze Scherze, daß seine Besatzung ihn wahrscheinlich in einer dunklen Nacht über die Kante geschubst hätte, wenn er nicht krank geworden wäre. Und das hat er immerhin in einer nur zwei Monate währenden Reise geschafft.«

»Und was hat er falsch gemacht?«

»Dasselbe wie jetzt, fürchte ich. Man erzählte sich, daß er ein entsetzlicher Bürokrat und Pedant wäre.«

Zwei Tage später klopfte es an der Tür von Fergus' Kabine.

»Herein!«

Der Läufer Deck öffnete die Tür und meldete: »Sir, ein Kapitän zur See kommt die Gangway herauf.«

Fergus schob seinen Stuhl zurück und trat hinaus auf das Achterdeck. Der Kapitän, der soeben an Bord der *Daring* gekommen war, stand bereits auf dem Achterdeck und schaute prüfend in die Takelage. Als Fergus auf ihn zutrat, konnte er sehen, daß er ganz offensichtlich mißbilligend den Kopf schüttelte. Fergus räusperte sich laut, und der Kapitän drehte sich zu ihm um, nahm Haltung an und salutierte. Zwar konnte Fergus seiner fast ausdruckslosen Miene nichts Genaues entnehmen, aber er war sich sicher, daß sie hochmütigen Ekel über den Zustand seines Riggs ausdrückte.

Fergus erwiderte seine Ehrenbezeichnung. »Willkommen an Bord, Herr Kapitän. Ich bin Kommodore Kilburnie. Ich darf wohl annehmen, daß Sie der mir angekündigte Kapitän Hardcastle sind.«

»Jawohl, Sir.«

»Bitte, folgen Sie mir in meine Kabine.«

Fergus machte auf dem Absatz kehrt und ging wieder nach achtern. Hardcastle folgte ihm, seine Augen musterten aber immer noch das Rigg.

In der Kabine wandte sich Fergus an ihn. »Bitte, setzen Sie sich, Kapitän Hardcastle. Wir sollten Ihre Übernahme der *Diligent* morgen früh besprechen.«

Kapitän Hardcastle setzte sich. Bis jetzt hatte er kein Wort gesagt, sah man davon ab, daß er bestätigt hatte, der besagte Hardcastle zu sein.

Fergus blickte ihn scharf an. »Wie es aussieht, scheint die Takelage meines Schiffes nicht Ihre Zustimmung zu finden.«

Hardcastle räusperte sich umständlich. »Sir, könnten wir das vielleicht ein anderes Mal diskutieren? Ich warte jetzt sehnsüchtig darauf, das Kommando auf meinem Schiff zu übernehmen.«

»Das ist schon besser«, knurrte Fergus milder gestimmt. »Mir drängte sich bereits der Eindruck auf, daß Sie andere Sachen im Kopf hätten.«

»O nein, Sir. Ich brenne darauf, wieder in See zu gehen.«

»Das kann ich verstehen. Dann schlage ich vor, daß Sie sich in einem der Gasthäuser vor dem Werfttor für die nächste Nacht einmieten und morgen um neun Uhr an Bord der *Diligent* kommen. Ich werde zusammen mit Kapitän Essex dafür sorgen, daß um diese Zeit alles für die Übergabe des Kommandos bereit ist.« Fergus erhob sich und streckte seine Hand aus. »Ich wünsche Ihnen eine erfolgreiche Zeit auf Ihrem Kommando.«

Kapitän Hardcastle nahm Fergus' Hand und schüttelte sie, aber es geschah ohne jede Herzlichkeit, und auch seine Augen verrieten keine innere Anteilnahme.

Fergus murmelte vor sich hin: »Dagegen muß ich umgehend etwas unternehmen!«

Hardcastle blickte Fergus scharf an. »Haben Sie etwas gesagt, Herr Kommodore?«

»Nichts, Herr Kapitän. Ich bin nur in Gedanken schon den Ablauf der Zeremonie durchgegangen.«

»Sir, ich hoffe, daß sie kurz ausfallen wird. Ich habe dort drüben viel zu tun.« Kapitän Hardcastle machte auf dem Absatz kehrt, verließ die Kabine und marschierte den Landgang hinunter, nachdem er die Flagge achtern und den Wachoffizier kurz gegrüßt hatte.

Der Wachoffizier erwiderte den Gruß. »Verdammt will ich sein«, murmelte er verkniffen. »Ich beneide die armen Schweine auf der *Diligent* um diesen verkniffenen Typen wahrlich kein bißchen.«

15
Essex' Abschied

Am nächsten Morgen stand Fergus früh auf, rasierte sich sorgfältig, verspeiste ein ausgezeichnetes Omelette, das Radcliffe für ihn zubereitet hatte, und verließ dann pünktlich die *Daring*. Fünf Minuten später stieg er den Landgang der *Diligent* hinauf, an dessen Fuß ihn Kapitän Hardcastle bereits ungeduldig erwartete.

Hardcastle nahm Haltung an und grüßte seinen Kommodore zackig. Zum ersten Mal schien so etwas wie ein Lächeln über sein Gesicht zu huschen. »Guten Morgen, Herr Kommodore. Ich bin bereit an Bord zu gehen und das Kommando zu übernehmen.«

Fergus erwiderte den Gruß. »Guten Morgen, Herr Kapitän. Folgen Sie mir an Bord.«

Oben am Fallreep betrat Fergus das Deck, grüßte die Flagge, um dann Essex die Hand zu schütteln, der ihn erwartet hatte. »Guten Morgen, Essex. Darf ich dir Kapitän Hardcastle vorstellen, der dich ablösen wird?«

Hardcastle verbeugte sich leicht, sagte aber kein Wort.

Essex drängte darauf, die Zeremonie bald hinter sich zu bringen. Sein Lächeln, als er Hardcastle die Hand schüttelte, war recht oberflächlich. »Wir sollten in meine Kabine gehen und dort ein kleine Erfrischung zu uns nehmen, während mein Erster Leutnant die Mannschaft antreten läßt. Wir werden in wenigen Minuten bereit sein, das Kommando zu übergeben.«

In der Kabine bot Essex etwas zu trinken an, aber Kapitän Hardcastle hob abwehrend die Hand und sah sich prüfend in der Kabine um. Fergus und Essex ignorierten ihn und baten den Steward um ein Glas Portwein.

Fergus meinte betrübt: »Nun, Essex, das ist das Ende einer wundervollen gemeinsamen Zeit voller Abenteuer auf See. Ich werde dich sehr vermissen, aber ich weiß, die Admiralität ist der bessere Platz für dich.«

»Kilburnie, ich werde dich ebenfalls vermissen, aber ich werde jetzt in der Lage sein, ein Auge auf deine Familie zu haben, und das ist etwas, was mir gefällt. Außerdem wird es dich vielleicht freuen zu erfahren, daß ich seit kurzem verlobt bin.«

Fergus grinste breit. »Wundervoll! Und wer ist die Glückliche?«

»Es handelt sich um eine Lady – Lady Pamela Hairston –, aber sie steht mit beiden Füßen fest auf dem Boden. Sie kennt Shannon.«

»Nun, wenn Sie meine Frau kennt ...«

Essex strahlte über das ganze Gesicht. »Ich hatte großes Glück, Pamela kennenzulernen.«

»Wirst du mich zu deiner Hochzeit einladen?«

»Das wird wohl leider nicht klappen, mein Alter. Ich hatte eigentlich vor, dich zu meinem Brautführer zu machen, aber ich mußte die Hochzeit auf einen angemessenen Zeitpunkt nach der Beerdigung verschieben. Bis dahin wirst du schon auf See sein, da bin ich mir sicher.« Er lächelte wissend und grinste. »Falls dein Einsatz lange genug dauert, kannst du Pate bei unserem ersten Kind werden.«

Fergus schüttelte verwundert den Kopf. »Was für ein Unterschied zu dem Jason Essex, den ich bisher gekannt habe, der sein gesamtes Geld auf eine Karte setzte, auf der Verschanzung entlanglief, dabei die Wurfankerleinen eines feindlichen Schiffes, bei dem wir längsseits lagen, durchhieb oder geheimnisvolle Spione an feindlichen Küsten an Land setzte. Jetzt plauderst du über deine Hochzeit und zukünftige Kinder!«

Essex wurde rot. »Pamela ist eine wunderbare Frau, du wirst sie mögen. Ich liebe sie sehr.«

Kapitän Hardcastle räusperte sich, offensichtlich wurde er zunehmend ungeduldig, weil der Verlauf der Unterhaltung ihn ausschloß.

Fergus wandte sich an ihn: »Kapitän Hardcastle, Sie werden ein hervorragendes Schiff übernehmen. Haben Sie Fragen an Kapitän Essex?«

Hardcastle erwiderte ohne eine Sekunde zu zögern: »Nein, Sir, ich weiß alles, was ich über dieses Schiff wissen muß.«

»Das ist ja schön.«

Hardcastle rümpfte die Nase. »Und ich weiß, was nötig ist, um daraus wieder ein exzellentes Schiff zu machen.«

Essex warf ihm einen Blick zu, den man schon als zornig bezeichnen konnte. »Was meinen Sie bitte damit?«

Fergus unterbrach sie, um die Situation zu entschärfen.

»Ich kenne das Schiff gut, und es besteht wahrlich keine Veranlassung, irgend etwas zu verbessern.«

Hardcastle schien gewahr zu werden, daß er zu weit gegangen war. »Nun, Herr Kommodore, ich muß mich wohl entschuldigen. Ich weiß nur, was ich vorhabe, um aus dem Schiff eines der besten der gesamten Flottille zu machen.«

Fergus runzelte mißbilligend die Stirn. »Es ist bereits das beste, einschließlich meines eigenen Kommandos, und ich hoffe nur, daß das so bleibt. Jetzt wollen wir gemäß des Tagesplans weitermachen.«

Nach einem kurzen Klopfen an der Tür steckte der Erste Leutnant seinen Kopf durch den Spalt. »Kapitän Essex, die Offiziere und Mannschaften sind angetreten, Sir, es ist alles für die Zeremonie vorbereitet.« Er wandte sich an Hardcastle. »Ich nehme an, Sir, daß Sie Ihren Kommandowimpel zur Hand haben.«

Hardcastle nickte und zog den Kommandowimpel aus seinem Rock hervor. »Ja, ich habe ihn mir heute morgen im Büro des Werftinspektors besorgt.« Er reichte ihn dem Leutnant.

Fergus erhob sich. »Nun denn, Jason, wir scheinen soweit zu sein. Geh bitte voran.«

Essex nickte, stand auf und ging als erster hinaus auf das Achterdeck und nahm eine Position neben dem Kompaßhaus ein. Fergus und Hardcastle standen hinter ihm und blickten in die Gesichter der Offiziere und Besatzungsmitglieder, die sich in der Kuhl zusammendrängten und gespannt nach achtern blickten.

Der Erste Offizier gab den Kommandowimpel an den dienstältesten Steuermannsmaaten weiter, der sich neben der Flaggenleine aufstellte, an der Essex' Kommandowimpel wehte.

Mit Wehmut ließ Essex seinen Blick über die Offiziere und die Mannschaften gleiten, dann schaute er hinauf in das Rigg. Fergus bemerkte, daß Hardcastles Augen Essex' folgten, dieser aber diesmal anscheinend nichts auszusetzen hatte. Er hoffte, daß Hardcastle sein ungehöriges Benehmen eingesehen hatte und so etwas in Zukunft vermeiden würde.

Essex unterbrach seine Gedanken. »Vielleicht möchte der Kommodore vor dem Wechsel noch ein paar Worte sagen?«

Fergus, dessen starke Seite Reden aus dem Stegreif nun wahrlich nicht waren, errötete leicht. »Äh, ja, natürlich.« Er trat an das Kompaßhäuschen vor, und Essex trat einen Schritt zurück. Fergus räusperte sich umständlich. »Ich weiß, daß ihr alle hier daran gewöhnt wart, daß Kapitän Essex jeden Morgen in das Rigg aufenterte.«

Irgend jemand in der Crew kicherte freundlich belustigt. Kapitän Hardcastle erlaubte sich, daß ein kurzes abfälliges Lächeln über seine Gesichtszüge huschte.

Fergus blickte Hardcastle scharf an. »Vielleicht wird Kapitän Hardcastle diesen Brauch nicht weiterführen wollen.«

Wieder lächelte Hardcastle dünnlippig, und die Mannschaft wußte, daß er an Deck bleiben würde.

Fergus fuhr fort: »Ich möchte Kapitän Essex zu dem erfolgreichen Abschluß der Reise gratulieren. Sein Schiff hat sich hervorragend geschlagen, und ich werde ihn vermissen. Er hat mir erzählt, daß er in Zukunft Pferde auf seinem heimischen Gut antreiben wird, anstatt euch hier in Schwung zu bringen.«

Wieder erklang gutmütiges Gelächter, und Hardcastle verdrehte die Augen gen Himmel.

Fergus wandte sich wieder Essex zu: »Herr Kapitän, fahren Sie bitte mit der Zeremonie fort. Sie werden mir fehlen.«

In Fergus' Augen glitzerte es verdächtig, als er Essex in die Arme schloß und ihm auf den Rücken klopfte. Auch Essex' Augen waren feucht, und auf den Gesichtern vieler seiner Männer lag ein Ausdruck echten Bedauerns. Hardcastle unterdrückte eine mißbilligende Grimasse und fuhr mit seiner visuellen Inspektion des Riggs fort.

Essex trat erneut an den Kompaß vor und wartete einen Moment, bis seine Augen wieder klar blicken konnten. Dann atmete er tief durch und sprach langsam und bedächtig: »Offiziere und Männer der *Diligent*, ich verlasse euch mit großem Bedauern, und ich tue das bloß, weil ich eine größere Verantwortung übernehmen muß. Ich nehme an, daß ihr alle wißt, daß ich dies Schiff und die Royal Navy verlasse, weil mein Vater gestorben ist und mir die Pflichten eines Lord Satterfield hinterlassen hat. Mir bleibt keine andere Wahl. Es ist mir eine Ehre, mich dieser Verantwortung zu stellen, aber ich werde euch und dieses gute Schiff vermissen. Ich werde immer an euch denken und wünsche euch allzeit eine gute Fahrt und viel Glück.« Essex drehte sich zu Kapitän Hardcastle um: »Sir, ich bin bereit zur Ablösung.«

Hardcastle trat vor und salutierte. »Sir, ich löse Sie ab und übernehme das Kommando auf Seiner Majestät Schiff *Diligent*.« Er nickte dem Steuermannsmaaten zu. »Setzen Sie bitte meinen Kommandowimpel.«

Der Steuermannsmaat holte Essex' Wimpel nieder und setzte gleichzeitig den des neuen Kommandanten.

Hardcastle schnarrte zackig zu Fergus gewandt: »Sir, ich melde mich zum Dienst!«

Die Zeremonie war vorbei.

Fergus erwiderte den Gruß: »Danke, Sir.«

In seinem Gesicht war kaum so etwas wie Wärme zu erkennen, als er zum Laufgang schritt. Essex folgte ihm, offensichtlich war er bestrebt, so schnell wie möglich in sein neues Leben einzutauchen. Unten am Fuß des Landgangs blieben die beiden Offiziere stehen und schauten auf das Schiff zurück.

Fergus brummte bedauernd: »Jason, ich fürchte, wir konnten dir keine besonders gelungene Abschiedszeremonie bieten.«

Essex nickte. »Das ist richtig, aber es war wohl auch nicht der richtige Zeitpunkt dafür. Als du dem bedauernswerten französischen Geschwader diesen einen Salutschuß in der Karibik hinterhergefeuert hast, wußte ich, daß das den Schlußpunkt hinter meiner seemännischen Karriere markierte. Ich habe meine Besatzung zusammengerufen und ihr mitgeteilt, daß mein Vater wohl nicht mehr am Leben sein würde, bis wir die Reise beendet haben würden, und daß ich sie verlassen müßte, sobald wir in England anlandeten. Auf der Rückreise hatte ich Gelegenheit, mit jedem Offizier, Unteroffizier und auch jedem einzelnen gemeinen Mann zu sprechen. Das hat uns allen mehr bedeutet als diese Zeremonie. Ich bitte dich nur um eins: Paß gut auf mein Schiff und seine Besatzung auf. Ich mache mir Sorgen, was der neue Kommandant anstellen wird, aber ich vertraue darauf, daß du ein scharfes Auge auf ihn haben wirst.«

Fergus nickte, da er kaum sprechen konnte, weil ihm ein

dicker Kloß in der Kehle saß. »Ich verspreche dir, daß ich diesen Affen in drei Monaten wieder abgesägt haben werde. Jetzt laß uns zu meiner Kutsche gehen und in meine Wohnung fahren. Eine große Flasche bester Scotch wartet dort auf uns. Vielleicht können wir dort noch ein wenig die Füße hochlegen, uns ein paar Gläser hinter die Binde gießen und über die guten alten Zeiten quatschen.«

»Das würde ich sehr gerne machen, aber das klappt jetzt nicht. Doch ich verspreche dir, sobald ich die Knoten und Spleiße meiner neuen Aufgabe gelernt habe, soviel Zeit wie irgendmöglich mit meiner neuen Frau und dir zu verbringen.«

»So werden wir es halten, Shannon und ich freuen uns jetzt schon darauf.«

Als er in der Kutsche saß, streckte Fergus seine Hand aus dem Fenster und signalisierte dem Kutscher loszufahren. Der knallte gedämpft mit der Peitsche und suchte sich dann vorsichtig seinen Weg durch die aufgestapelten Vorräte auf der Pier. Hinter dem Tor schwang er seine Peitsche, und die Pferde verfielen in einen flotten Trab, getrockneten Pferdemist aufwirbelnd.

Auf dem Achterdeck wandte sich Hardcastle, der ungeduldig darauf gewartet hatte, daß seine Vorgesetzten verschwunden waren, an den Ersten Leutnant: »Lassen Sie die Männer wegtreten und kommen Sie in fünf Minuten in meine Kabine.« Er drehte sich auf dem Absatz um. »Und bringen Sie den Bootsmann mit. Wir werden ein gutes Startsignal setzen, wenn wir gleich damit beginnen, das Rigg in Ordnung zu bringen.«

Der Erste Leutnant legte verwundert die Stirn in Falten. »Aber, Herr Kapitän, das gesamte Rigg wurde bei der Vorbereitung der Zeremonie gerade vollständig neu geteert. Es ist zur Zeit das beste der gesamten Flottille.«

Hardcastle drehte sich zu ihm um. »Sie haben anscheinend noch kein gut geteertes Rigg gesehen. Noch eine derartige Bemerkung und Sie werden in Ihrer Galauniform zusammen mit den Matrosen teeren dürfen.«

»Aber, Herr Kapitän.«

»Das reicht! Sie bleiben vier Tage in Ihrer Kammer!«

Der Leutnant der Wache murmelte vor sich hin: »Dieser Hurensohn ist verrückt, völlig verrückt. Kommodore Kilburnie wird uns vor ihm retten müssen.«

16
Dinner mit dem König

Fergus Flottille blieb noch über einen Monat an der Pier der Königlichen Marinewerft liegen und führte notwendige Wartungs- und Reparaturarbeiten durch. Die Takelage und viele Teile der Ausrüstung trugen die Spuren der zahlreichen Stunden in schwerem Wetter, die sie im Kanal abgeritten hatten.

Fergus verbrachte die Tage mit seiner schwangeren Frau. Er war sicher, daß er bei der Geburt seines nächsten Kindes nicht zu Hause sein würde, denn er konnte durchaus für die nächsten ein oder zwei Jahre ins Mittelmeer abkommandiert werden. Aus den Gesprächen im White's, wo er jetzt Klubmitglied war, wußte er, daß offensichtlich hohe Regierungsmitglieder in verantwortlicher Stellung offen darüber diskutierten, daß Napoleons nächster Schachzug in den kommenden beiden Jahren wahrscheinlich in Richtung des Mittelmeerraumes zielen würde. Und natürlich waren sich alle darüber einig, daß ihm die Royal Navy dort entgegentreten mußte.

Ein geschwätziger, aber weithin respektierter, erfahrener Beobachter der politischen Szene verkündete lautstark: »Natürlich wird er im Süden zuschlagen. Wo denn sonst? Und wer kann ihm erfolgreich Paroli bieten, wenn nicht unser herausragender Admiral Horatio Nelson.«

Ein junger Mann wandte ein: »Aber der züchtet doch in seinem Garten in Surrey Blumen. Lady Hamilton wird aus ihm einen Schwächling gemacht haben.«

»Niemals!« ging der alte Mann hoch. »Wenn der König ihn ruft, wird er sich aus ihrer fetten, samtigen Umklammerung lösen, wird seine Seestiefel anziehen und wieder auf See hinausgehen. Er war erst kürzlich in der Stadt, um sich ein paar Kleidungsstücke zu kaufen.«

»Was für einen Eindruck machte er?«

»Oh, er sah sehr gut aus.«

»Und seine Augen?«

»Er hat jeden erkannt, den er getroffen hat, und sein krankes Auge war nur wenig gerötet. Ich bin sicher, daß er den Feind sehen kann.«

»Nun, ich werde mir Sorgen um ihn machen, wenn ihm sein Adjutant den am nächsten stehenden Franzosen erst zeigen muß.«

Fergus gluckste still in sich hinein und sagte zu seinem Tischnachbarn, bei dem es sich nicht zufällig um Jason Essex handelte, der jetzt völlig in seiner neuen Rolle als Lord Sattterfield aufgegangen war: »Jason, ergibt das für dich einen Sinn? Hat einer von diesen vorlauten alten Säcken überhaupt eine Ahnung, wovon er redet?«

»Natürlich. Der alte Mann ist Admiral Minter, oder ist es zumindest gewesen. Er weiß mehr über politische und militärische Strategie als die ganzen alten verknöcherten

Schwachköpfe in der Admiralität zusammengenommen – und das schließt uns und vielleicht sogar Admiral Nelson mit ein.«

»Dann könnte es also passieren, daß ich mich für eine lange Zeit im Mittelmeer wiederfinde?«

»Ja oder auch in einem anderen Seegebiet, zum Beispiel in der Karibik. Du könntest ein oder zwei Jahre von zu Hause fort sein. Man erzählt sich in der Admiralität, daß Napoleon von Jahr zu Jahr verrückter wird.«

»Dann werde ich mein Kind eine lange Zeit nicht zu Gesicht bekommen.«

»Wahrscheinlich, aber ich werde mich darum kümmern, daß es ihm an nichts mangeln wird. Übrigens bist du zusammen mit Shannon zu einem offiziellen Dinner eingeladen, das zu Ehren von Lord St. Vincent in den Räumen der Admiralität gegeben wird. Der König wird uns mit seiner Anwesenheit beehren.«

Zwei Wochen später erschien ein Dienstbote in Shannons Wohnung mit einem schweren, pompös gravierten Umschlag, der an »Kommodore und Mrs. Fergus Kilburnie« adressiert war.

Shannon riß ihn hastig und aufgeregt auf, dann legte sie erschrocken eine Hand vor den Mund. »Oh, Fergus, ich kann doch unmöglich in diesem Zustand dort hingehen. Ich habe doch gar kein Kleid mehr, das mir paßt.« Sie klopfte sich bedeutungsvoll auf ihren dicken Bauch.

Fergus lachte, beugte sich vor und streichelte sie. »Bist du wirklich der Meinung, daß dein ungeborenes Kind das Dinner mit dem König verpassen sollte?«

Shannon nahm den Brief nochmals zur Hand und las

ihn sorgfältig. »Hier wird der König mit keinem Wort erwähnt. Es heißt nur, daß der Empfang von Lord St. Vincent zu Ehren von Lord Satterfield gegeben wird. Ich weiß, daß Lord St. Vincent der Erste Lord der Admiralität und Jason der neue Lord Satterfield ist. Aber über den König steht hier nichts drin.«

»Jason hat mir vor ein paar Tagen versichert, daß der König anwesend sein wird. Derartige Informationen werden niemals in der Einladung erwähnt, und auch ich darf es dir nicht einmal absolut vertraulich weitersagen, aber ich denke, es ist schon Ordnung, daß ich es dir mitgeteilt habe. Schließlich mußt du dich darauf vorbereiten. Ich begleite dich zur Schneiderin, damit du dir ein neues Kleid machen lassen kannst, aber du darfst ihr nicht erzählen, zu welchem Anlaß du es benötigst. Die augenblickliche Mode ist genau das richtige für schwangere Damen: Die *haute couture* diktiert weite Röcke. Ich vermute, daß alle Ladies in London und auf dem Kontinent zur Zeit schwanger sind, jedenfalls sehen alle so aus.«

Nach dem Wirbel im Modehaus und in der Schneiderei war es dann sowohl Shannon als auch Fergus gelungen, sich bis zum Tag des Dinners gehörig auszustaffieren. Am vorgesehenen Datum saßen sie in ihrer Kutsche und kamen nach einer langen Fahrt durch die Innenstadt vor der Admiralität an.

»Ich bin noch nie in der Admiralität gewesen und bin auch noch nie mit dem König zusammengetroffen. Heute abend kommt gleich beides zusammen. Muß ich einen Hofknicks machen, wenn ich vor dem König stehe?«

»Natürlich. Aber unter dem weiten Rock wird ohnehin niemand richtig mitbekommen, was du tust oder läßt.«

»Mach dich bitte nicht über mich lustig. Ich werde schon alles richtig machen. Außerdem hat mir Tante Martha gezeigt, wie man den Hofknicks richtig ausführt.«

»Ist *sie* denn schon dem König vorgestellt worden?«

»Nicht diesem. Dem Vorgänger. Aber sie sagt, es war die wichtigste Nacht ihres Lebens, und sie erinnert sich sehr gut an alles.«

»Nun, richte dich nach dem, was sie dir gesagt hat.«

Vor der Eingangstür zur Admiralität half Fergus Shannon fürsorglich aus der Kutsche.

»Sei nicht so übervorsichtig«, beschwerte sie sich. »Ich bin nicht zerbrechlich. Ich bin schon früher mal schwanger gewesen, dabei bin ich sogar noch geritten, und ich bin auch schon alleine aus einer Kutsche gestiegen.«

Fergus runzelte die Stirn. »Na schön. Sei aber bitte vorsichtig. Ich möchte nicht, daß du genau vor der Admiralität stürzt und besonders nicht vor all den Kutschern. Sie wüßten nicht, was sie tun sollten.«

»Wie meinst du das?«

»Sie wüßten nicht, ob sie laut lachen oder dir beim Glätten des Rockes helfen sollten.«

Shannon kicherte. »Ich glaube, es geht dir mehr um die Vermeidung von Aufsehen, als um die Gesundheit deines Kindes.«

Fergus antwortete geduldig: »Hör auf mich aufzuziehen und paß lieber auf die Stufen auf.«

Während des Dinners saß Jason neben dem König, ihm gegenüber hatte Fergus seinen Platz, die Königin saß zu seiner linken und Shannon an seiner rechten Seite. So konnten sie die Unterhaltung des Königs verfolgen. Lord St. Vincent, der die andere Seite des Königs innehatte, begann die Unterhaltung, indem er ihm einen Vortrag über Jasons Unternehmungen hielt.

Als Jason deswegen anfing unruhig zu werden, lenkte Lord St. Vincent mitleidsvoll ein und brummte nur noch: »Ich bin sicher, daß Euer Majestät die wichtigsten Abenteuer und Unternehmungen besser kennt, als ich sie zu schildern in der Lage bin.«

»Aber ja«, stimmte ihm der König zu. »Er und der junge Kilburnie da drüben haben eine Menge Prisengelder in meine Schatztruhe gespült. Ich bin ihnen sehr dankbar dafür und kenne ihre Lebensgeschichten entsprechend gut. Wie ich hörte, begann alles damals bei der Schlacht am Nil, als sie mit verwegenen Aktionen gegen die Invasionsflotte der Franzosen kämpften. Ich habe erfahren, daß sie nicht nur die Invasion von befreundeten Gebieten verhinderten, sondern auch noch eine französische Fregatte zerstörten und eine weitere als Prise genommen haben. Alles gegen überlegene feindliche Seestreitkräfte. Wenn Sie, Lord Satterfield, in der Royal Navy geblieben wären, wäre es mir eine Freude gewesen, Sie beide zu Admiralen zu befördern.«

Shannon hielt den Atem an und flüsterte Fergus mit angehaltenem Atem zu: »Hast du das gehört, Liebster?«

»Ja, aber darauf kannst du nichts geben. Er möchte am liebsten alle seine Freunde befördern – und seine Verwandten gleich mit.«

Die Königin schien nicht allzu aufmerksam zuzuhören, aber unterbrach ihn plötzlich: »Was haben Sie da eben gesagt, junger Mann?«

»Äh, nichts von Wichtigkeit, Euer Majestät. Meine Frau hat mir nur eben eine gute Schule für unseren Sohn vorgeschlagen.«

Nach dem Essen zogen sich die Damen in den Salon zurück. Die Unterhaltung der Gentlemen wurde, angeregt durch ein paar Runden Portwein, recht laut und glitt in ein politisches Fahrwasser.

Einmal blickte der König zu Fergus hinüber. »Kilburnie, ich hoffe, Sie haben diese Sache mit dem hölzernen Penis ausgebügelt. Ich persönlich habe die Geschichte meinen Freunden und Gästen ja gerne erzählt, aber wie Sie sicherlich wissen, hat die Königin meinen Vortrag eines schönen Tages mitgehört und mir daraufhin die ganze Nacht gehörig die Hölle heiß gemacht. Wie es den Anschein hatte, gehörte diese Geschichte auf den Index.«

»O ja, Sir, die Sache ist bereinigt. Die Galionsfiguren meiner Schiffe haben jetzt alle die gleichen Maße.«

»Ah, Sie haben die, ähhhh, hervorragenden Teile verändert?«

»Jawohl, Sir, ich habe die Brüste der beiden Damen etwas verkleinern lassen, während auf der anderen Seite der Brustkorb des Kriegers etwas muskulöser ausgestaltet wurde.«

Der König brüllte vor Lachen. »Ach, du mein liebes Gottchen! Das ist ja eine neue ganz tolle Geschichte, die ich verwenden kann, ich werde sie am besten zuerst der Königin erzählen.«

Die Gruppen der Männer veränderten sich in ihrer Zusammensetzung ständig, und der König und Lord St. Vincent zogen sich bald in eine abgeschiedene Ecke zurück, wo sie sich über Staatsgeschäfte unterhielten. Fergus fand sich plötzlich in der Gesellschaft zweier Herren wieder, die er schon früher bei Lord Satterfields Einladungen getroffen hatte. Er erinnerte sich, daß der größere Fletscher Howard war, der sich stets über einen längeren Zeitraum über sein Lieblingsthema ausgelassen hatte, das er das »irischfranzösische Problem« nannte.

»Wie bitte, Sir!« hatte Satterfield einmal entrüstet geschnaubt, »Sie sind wirklich der Meinung, daß die irischen Revolutionäre in Verbindung mit einer starken französischen Invasionsstreitmacht Großbritannien ernsthaften Ärger bereiten könnten?«

Fergus schmunzelte, als er sich an diesen interessanten Wortwechsel erinnerte, dann fragte er Howard: »Haben Sie Ihre Meinung über die Fähigkeiten der irischen Revolutionäre inzwischen geändert?«

Howard verdrehte die Augen nach oben. »Ich fürchte, daß ich für so etwas zu alt geworden bin. Ich kann jetzt nur noch versuchen, reinen Tisch zu machen.« Er deutete mit dem Kopf auf einen Gentleman mit ziemlich dunklem Teint, der neben ihm stand. »Ich bin sicher, daß Sie Monsieur Pierre Reynaud wiedererkennen. Er ist französischer Abstammung, aber ein englischer Staatsbürger, so wie ich. Unsere Mütter sind Französinnen.« Er wandte sich an Reynaud. »Sie erinnern sich doch an Kommodore Kilburnie?«

Reynaud verbeugte sich. »Aber gewiß.«

Fergus stimmte ihm ebenfalls zu. »O ja, natürlich, wir haben uns auf einem Dinner von Lord Satterfield getroffen.« Er fuhr wieder an Howard gewandt fort und in seinen Augen funkelte unterdrückter Spott: »Aber er war in seinen Ansichten behutsamer als Sie.«

Reynaud lachte herzlich: »Mit meinem französischen Namen muß ich mit dem, was ich sage, vorsichtiger als andere sein. Jetzt helfe ich Howard dabei, die vergossene Milch im Haus aufzuwischen, wie er es nennt.«

Fergus blickte ihn scharf an. »Ich verstehe diesen Ausdruck ›vergossene Milch aufwischen‹ nicht ganz. Ich war der Meinung, daß Ihr irisches Blut immer und ewig wild in Ihren Adern pulsieren würde.«

Howard seufzte. »Lassen Sie mich Ihnen die Angelegenheit etwas differenzierter erläutern. Lord Malin war der erste Mann Ihrer jetzigen Gattin, und sie lebten damals in London. Er war einer der Vertreter der irischen Regierung. Seine Arbeit wurde so hoch eingeschätzt, daß er – wenn er am Leben geblieben wäre – seinen irischen Adelstitel gegen einen englischen hätte eintauschen können. Ich kannte seine Ansichten sehr genau. Falls es ihm möglich gewesen wäre, gefahrlos eine Rolle in der irischen Revolution zu spielen, dann hätte er für die gemeinsame Sache sehr viel bewirken können. Ich habe zwar oft mit Shannon gesprochen, habe sie aber nie nach ihren Ansichten zu diesem Punkt befragt. Allerdings glaube ich nicht, daß sie sich beteiligt hätte.« Er schwieg einen kurzen Moment lang. »Aber jetzt zu meinem Anliegen. Ich habe erfahren, daß Shannon eine Organisation aufbaut, die sich mit der Aufzucht und dem Einsatz von Rennpferden beschäftigt. Sie ist der größte Arbeitgeber in Donegal, aber sie braucht mehr qualifiziertes Personal, als sie auftreiben kann.«

Fergus war etwas verwirrt. »Ich kann nicht sehen, was uns hier das angehen könnte.«

Howard fuhr fort: »Wie schon ausgeführt habe, bin ich damit beschäftigt, reinen Tisch zu machen. Wir wollen nicht länger Ärger bereiten oder eine Revolution anzetteln. Für uns ist diese Phase erledigt, und so geht es den meisten ehemaligen Revolutionären – es sei denn, Napoleon bringt frischen Schwung in die Angelegenheit.«

Bei diesem Gedanken preßte Fergus fest die Kiefer aufeinander. »Nun, ich denke, er würde nicht weit kommen. Das würde die Royal Navy zu verhindern wissen. Die Damen werden hier bald wieder erscheinen, lassen Sie uns deshalb auf die Aufräumarbeiten zurückkommen.«

Howard nickte zustimmend. »Ich nehme an, daß Sie wissen, daß die bekanntesten ehemaligen Revolutionäre zusammengetrieben und ins Gefängnis geworfen wurden.«

Fergus nickte. »Ja, das habe ich gehört. In Donegal herrscht jetzt wieder Frieden.«

»Das ist richtig, und genau aus diesem Grund mache ich Ihnen folgenden Vorschlag: Wir haben da etwa einhundert Veteranen der irischen Revolution. Einige sind leicht verwundet. Andere sind kleine Mitläufer, die nicht in ihre angestammten Gemeinden zurückkehren können. Die meisten können mit einer Heugabel umgehen, und viele können sehr gut reiten.«

Fergus wurde klar, worauf die Sache hinauslief. »Aha, und Sie möchten, daß Shannon diese Männer einstellt.«

»Ja. Das wäre eine sehr patriotische Tat, und niemand wäre darüber empört. Und wie ich mitbekommen habe, würde es für die Männer eine große Hilfe darstellen, denn ich habe gehört, daß Arbeit in Irland immer knapper wird.«

Fergus überlegte und sagte dann: »Ich werde Ihre Gedanken meiner Frau unterbreiten und Ihnen ihre Entscheidung mitteilen. Wie ich sehe, kommen die Ladies gerade zurück.« Er nickte Howard und Reynaud zu. »Es hat mich gefreut, unsere Bekanntschaft zu erneuern. Ich wünsche Ihnen viel Glück. Seit wir uns das letzte Mal gesehen haben, scheinen Sie wesentlich friedfertiger geworden zu sein.«

Auf dem Heimweg war Shannon zuerst sehr schweigsam, dann platzte sie heraus: »Ich kann gar nicht verstehen, warum sich die Königin so über diese Geschichte mit dem Besenstiel aufgeregt hat. Schließlich war der Mann, der die Sache ausführen wollte, sehr einfallsreich.«

»In der Tat, Liebling, aber wir sollten dieses Thema auf sich beruhen lassen. Ich habe mir zu viel Gesülze darüber anhören müssen. Ich hätte mich viel lieber darüber unterhalten, wie es uns gelungen ist, das französische Invasionsgeschwader auszutricksen.«

Shannon lachte stolz: »Wir Damen haben darüber gesprochen.«

»Und worüber noch?«

»Wir haben darüber debattiert, wer der schönere Mann ist, du oder Jason.«

Verlegen wurde Fergus rot, aber er hatte sich schnell wieder unter Kontrolle. »Und wer hat gewonnen?«

»Keiner von euch beiden. Wir haben uns dafür entschieden, daß Lord St. Vincent euch um Längen schlägt, obwohl einige von uns der Auffassung waren, daß er aus der ersten Frühlingsblüte heraus wäre.«

Am nächsten Morgen legte Fergus über seinem dampfenden Teller mit einem gehäuften Berg schottischen Porridge eine Pause ein.

»Shannon, gestern abend habe ich mit Mister Fletcher und Monsieur Pierre Reynaud ein interessantes Gespräch geführt. Ich kenne die beiden von einem Dinner bei Lord Satterfield, und sie ließen damals keinen Zweifel daran, daß sie Sympathisanten der irischen Revolution waren.«

»Aber warum waren Sie dann auf einem Empfang mit dem König eingeladen?«

»Die Zeiten haben sich geändert. Die meisten der aktiven Revolutionäre sind verhaftet worden. Howard und Reynaud haben öffentliche Ämter und sind gerade wieder als Barrister[1] zugelassen worden. Sie sind oft für die Regierung tätig.«

»Und was wollten sie von dir?«

»Sie haben mich gebeten, dich zu fragen, ob du hundert verwundete irische Revolutionäre einstellen würdest, die von der Regierung eingesperrt worden sind.«

»Warum kann man sie nicht in ihren Heimatorten beschäftigen?«

»Dort sind sie zu bekannt, man würde sie als Knastbrüder immer schief ansehen.«

»Woher soll ich wissen, daß sie keinen Ärger machen?«

»Mister Howard garantiert, daß das nicht der Fall sein wird. Einer seiner Männer wird ein Auge auf sie haben. Ich glaube, daß das etwas ist, was eine irische Patriotin wie du tun sollte.«

Shannon schenkte sich eine weitere Tasse Tee ein und

---

1 Titel für Anwälte im englischen Gerichtssystem, die vor dem Gerichtshof plädieren sowie Prozeßschriften und andere Schriftstücke entwerfen. Sie stehen den *Solicitors* gegenüber, die sich mit den Klienten besprechen und die *Barristers* instruieren. (Anm. d. Ü.)

dachte intensiv nach. »In Ordnung. Ich gehe das Risiko ein. Dein Bruder Ennis hat mir gerade geschrieben, daß er nicht genügend qualifizierte Arbeitskräfte für die Güter auftreiben kann. Alle jungen Männer wandern in die Vereinigten Staaten aus, um dort zu arbeiten.«

»Nun, es ist bestimmt eine gute Gelegenheit für unsere Besitzungen. Ennis hat geklagt, daß sich der Mist schon zu Bergen auftürmt.«

Die folgenden Wochen waren für Fergus und Shannon äußerst harmonisch und voller Glück. Zwar schwebte immer die Drohung von Fergus' überstürzter Abreise über ihnen, aber die Herbsttage verstrichen als endlose Freudenzeit mit den Kindern. Die Idylle endete abrupt am 1. November 1802, als ein Bote auf dem Flaggschiff erschien, wo Fergus gerade die Arbeit der Werft begutachtete. Der Kommodore öffnete den versiegelten Umschlag und las die Befehle, die sich darin befanden.

Poston, der in der Nähe stand, erkundigte sich: »Ist es soweit, Sir?«

Fergus nickte und reichte ihm die Befehle. »Sie geben mir eine Woche Zeit, die Flottille seeklar zu machen. Am 16. sollen wir in Richtung Mittelmeer auslaufen.«

»Was sollen wir denn da? Admiral Nelson ruht sich immer noch in Surrey aus. Wenn er nicht bei uns ist, wird es keine Schlacht geben.«

»Das ist wohl wahr, aber es wird nicht mehr lange dauern, bevor Napoleon die Dinge in Bewegung bringt. Dann wird Nelson zu uns stoßen und das Kommando übernehmen. Außerdem ist jetzt Admiral Collingwood dort, und von dem hat Lord Nelson eine hohe Meinung.

Und wenn unser Admiral ihn schätzt, werden wir das auch so halten.«

Während der letzten Vorbereitungswoche inspizierte Kommodore Kilburnie alle seine Schiffe äußerst gründlich – einschließlich seiner *Daring*. Poston hatte die Überholungsarbeiten geleitet und dabei so vorzügliche Arbeit geleistet, wie Fergus es von ihm erwartet hatte. Die beiden Slups wurden von Offizieren kommandiert, die sich gut bewährt hatten und für höhere Aufgaben vorgesehen waren, und Fergus verbrachte nur ein Minimum an Zeit damit, die kleinen Schiffe zu besichtigen, aber verließ sie hochzufrieden.

Auf der *Dashing*, die jetzt unter dem Kommando des jungen Puller stand, führte er eine wesentlich gründlichere Inspektion durch. Denn vom ersten Augenblick, als er das Schiff betrat, wußte Fergus, daß es sich in einem ausgezeichneten Zustand befand. Puller strotzte vor Selbstbewußtsein und bestand darauf, daß jeder einzelne Mann der Crew für den mustergültigen Zustand des Schiffes verantwortlich war. Nachdem Fergus den zuversichtlichen, zufriedenen Ausdruck auf den Gesichtern der Männer gesehen hatte, hegte er keinen Zweifel mehr daran, daß Puller es eines schönen Tages noch zum Admiral bringen würde.

Die *Diligent* hatte sich Fergus bis zum Schluß aufgehoben. Während der Reparaturarbeiten hatte er nicht viel von Kapitän Hardcastle zu sehen bekommen, die *Diligent* lag hinter seinem Schiff, und vom Achterdeck der *Daring* konnte er problemlos die Aktivitäten auf ihren Decks beobachten. Die äußere Erscheinung des Schiffes war besser als die seines eigenen. Die Farbe glänzte, das stehende Gut war stramm gespannt und frisch geteert. Aber irgendwie hatte Fergus ein ungutes Gefühl. Während der Tage, an denen er sich an Bord aufgehalten hatte und auf seinem Achterdeck spazierengegangen war, hatte er beobachtet, daß seine Männer, die mit dem Malen und Teeren beschäftigt gewesen waren, alte mit Farbflecken bedeckte Kleidungsstücke trugen; auf der *Diligent* dagegen waren die Männer, die mit derselben Arbeit beschäftigt waren, in makellos saubere Arbeitspäckchen gekleidet. Er hatte sich gefragt, wie sie unter diesen Umständen gute Arbeit abliefern konnten. Irgend etwas lief da ganz offensichtlich verkehrt.

In der vorigen Woche war Radcliffe von einem Einkauf an Land mit einer seltsamen Geschichte zurück an Bord gekommen. Der Steward gehörte zu den wenigen Männern, denen Landgang erlaubt war, denn er war verantwortlich dafür, daß der Vorratsraum des Kommandanten für die bevorstehende Reise gut gefüllt war.

»Wie war der Ausflug an Land?« hatte sich Fergus erkundigt.

Radcliffe hatte nachdenklich die Stirn gerunzelt. »Die Beschaffung der Verpflegung lief gut, aber dann bin ich mit dem Steward der *Diligent* zusammengetroffen, der mit derselben Aufgabe unterwegs war.«

»Und?«

Radcliffe seufzte. »Sir, es ist vielleicht nicht ganz in Ordnung, wenn ich es Ihnen erzähle.«

»Ich vermute, daß es etwas Wichtiges ist. Ich werde alles vertraulich behandeln, was du mir erzählst.«

Radcliffe atmete nochmals tief durch, dann begann er: »Nun denn, Sasser – das ist der Steward von Kapitän Hardcastle – ist sehr unglücklich.« Er machte eine Pause.

Fergus ermutigte ihn: »Weiter.«

»Wie es aussieht, haßt die Besatzung Kapitän Hardcastle, und wie es scheint, läßt sie das an Sasser aus.«

»Warum wird er von der Crew gehaßt? Ich habe nicht viel mit ihm zu tun gehabt, aber ich muß zugeben, daß er kein sehr angenehmer Typ ist. Doch was regt die Männer so auf?«

»Ich würde sagen, daß er die Besatzung nicht nur aufregt. Er hat verkündet, daß jeder, der nicht macht, was er anordnet und es nicht auf der Stelle tut, sofort nach dem Auslaufen an die Gräting kommt.«

»Glaubt die Crew, daß er es ernst meint?«

»Sasser meint, daß es sein voller Ernst ist, und die Männer hoffen, daß Sie etwas dagegen unternehmen werden.«

»Nenne mir ein paar Beispiele!«

»Nun ja, ich habe Ihre Bemerkung gehört, als Sie sich darüber gewundert haben, daß die Männer schmutzige Arbeiten in sauberen Päckchen machen müssen. Sasser hat erzählt, daß der Umstand, daß sie diese saubere Kleidung tragen müssen, ihre Arbeitsleistung auf die Hälfte reduziert hat.«

»Und das hat Folgen?«

»Jawohl, Sir. Weil sie so langsam arbeiten müssen, um ihre Uniformen sauber zu halten, müssen sie doppelt so lange arbeiten. Sogar im Hafen kürzt Hardcastle ihnen die Rum- und Essensrationen.«

»Danke, Radcliffe. Ich werde ein scharfes Auge auf die *Diligent* haben.«

Aber Radcliffe blieb stehen und fügte dann noch hinzu: »Sie müssen wissen, Sir, daß die Crew ihn das ›Frettchen‹ nennt.«

»Warum denn das? Ich kann bei ihm keine Ähnlichkeit mit diesem Tier erkennen.«

»Sie haben ihn noch nicht in voller Aktion gesehen, Sir. Wenn er durch das Schiff geht, dann huschen seine Blicke umher, und seine Nase scheint in alle Richtungen zu wittern.«

»Aber so lang wie bei diesen Frettchen ist sie doch gar nicht.«

»Die Besatzung ist der Meinung, daß das der Fall ist. Jedenfalls steckt er sie überall hinein – und genau das haßt die Mannschaft.«

»Nun, ich werde mir die Angelegenheit genau ansehen. Wenn er sich auf meinem Schiff befindet, dann verweilen seine Blicke gewöhnlich im Rigg.«

»Und was ist mit seiner Nase, Sir?«

»Nun, sie ist tatsächlich ziemlich lang, und seine Haare sind übrigens auch zu lang.«

»In den Zeiten, in denen Sie ihn nicht sehen können und er sich unbeobachtet fühlt, ähnelt er einem Frettchen am stärksten. Dann kann man die Ähnlichkeit gar nicht übersehen.«

Fergus ging auf das Achterdeck und begann dort eine längere Wanderung, während er darüber nachdachte, was ihm Radcliffe da eben gesteckt hatte. Dann und wann blickte er zur *Diligent* hinüber. Er schüttelte den Kopf. Dort drüben lauerte Ärger, und Fergus war sich bewußt, daß er verwöhnt war, weil er in der Vergangenheit immer so gute Kommandanten gehabt hatte.

Fergus verbrachte die letzten drei Tage an Land bei seiner Familie. Auf See würde er ohnehin jede Menge Zeit haben, sich um diese Dinge zu kümmern. Jetzt wollte er lieber so viel Zeit wie möglich mit Shannon und den Kindern verbringen, und er fragte sich, wie er es aushalten würde, ein Jahr oder länger von ihnen getrennt zu sein. Vielleicht war es an der Zeit, darüber nachzudenken, den Abschied zu nehmen? Schließlich hatte Jason Essex ihm das vorgemacht, und der war jetzt so glücklich, wie Fergus ihn noch nie zuvor erlebt hatte.

17
Deserteure

Fergus verabschiedete sich von seiner Familie und stieg um acht Uhr vor dem Schiff aus der Kutsche. Das Auslaufen war auf einen günstigen Zeitpunkt gegen Mittag bei ablaufendem Wasser angesetzt worden, und nach einem frugalen Lunch gegen elf Uhr erschien Fergus auf dem Achterdeck, um die Vorbereitungen zum Ablegen zu überwachen. Auf der *Daring* und *Dashing* ging alles ruhig seinen Gang, während die Matrosen in der Takelage die aufgezeisten Segel überprüften, die am Tag zuvor nach oben gehievt und unter den Rahen angeschlagen worden waren.

Auf der *Diligent* sah es anders aus, die Crew rannte durcheinander – so wie es den Anschein hatte: völlig ohne Ziel und Sinn. Kapitän Hardcastle marschierte auf dem Achterdeck hin und her und brüllte Kommandos. Er war zu weit entfernt, als daß Fergus verstehen konnte, was er rief, aber Lombardi, der mit seiner Stentorstimme gerade eine Order erteilt hatte, blieb kurz neben ihm stehen und lachte.

»Der Segelmeister da drüben ist ein sehr guter Mann. Er wird bald nicht mehr auf seinen Kommandanten hören, sondern die notwendigen Befehle geben, damit das Schiff ablegt und in Fahrt kommt. Bleiben Sie ganz ruhig, Kommodore, das Schiff wird uns folgen!«

Fergus konnte es sich nicht lange antun, dem Durcheinander auf der *Diligent* zuzusehen, daher konzentrierte er sich darauf zu beobachten, wie die Tide umkippte. Es wehte eine leichte, ablandige Brise, und im Fahrwasser herrschte mäßiger Schiffsverkehr. Nur wenn Hardcastle völlig durchdrehte, konnte etwas schiefgehen, denn eigentlich brauchte er nur die Festmacher lösen und einholen lassen, um dann seine großen Untersegel zu setzen. Der Strom und die Brise würden den Rest besorgen und das Schiff ins Fahrwasser bringen, wo es dann hinter der *Daring* seinen Platz einnehmen konnte.

Poston lachte spöttisch. »Einfacher geht's nimmer. Jeder Midshipman könnte das. Vielleicht hat Hardcastle vergessen, die Leinen loswerfen zu lassen.«

Fergus entspannte sich etwas. »Nun gut, wenn Sie meinen, Poston, dann befehlen Sie dem Midshipman Searles, daß er uns hinausbringen soll.«

Poston schickte nach Midshipman Searles, der herangetrottet kam und salutierte.

Poston befahl ihm lächelnd: »Searles, legen Sie bitte ab und bringen Sie das Schiff ins Fahrwasser. Sobald Sie es erreicht haben, gebe ich Ihnen den Kurs.«

Searles' Augen weiteten sich erschrocken, aber er atmete tief durch und schnaufte: »Aye, aye, Sir!« Dann warf er einen schnellen Blick auf das Chronometer im Kompaßhaus. »Punkt zwölf Uhr, nehme ich an, Sir.«

»Gut. Der erste Schritt war richtig, nämlich zuerst den Zeitpunkt bestimmen, aber was ist mit dem zweiten?«

Searles wurde selbstbewußter. »Sobald der Steuermannsmaat acht Glasen anschlägt, gebe ich den Befehl, die Festmacherleinen einzuholen.«

»Gut. Ich höre jetzt auf, Sie zu stören. Mister Lombardi wird Ihnen bei dem Manöver sicherheitshalber zur Seite stehen. Denken Sie nur daran, ihm den Befehl zum Setzen der Segel zu geben.«

Fergus hörte so konzentriert zu, wie Poston den neuen Midshipman einwies, daß er völlig vergaß, sich darum zu kümmern, ob die anderen Schiffe bereit waren, ihm zu folgen. Fünf Minuten später schaute er zur *Diligent* hinüber, und sie hatte zwar schon Fahrt aufgenommen, aber ihre Decks sahen aus, als ob sich ganze Ameisenhaufen darauf befänden. Die Besatzung wuselte herum, offensichtlich versuchte jeder, Kapitän Hardcastles scharfer Zunge zu entkommen. Mittschiffs schleifte immer noch eine Festmacherleine durch das Wasser.

»Verdammt!« knurrte Poston. »Ich fürchte, das war wohl nichts!«

Fergus schüttelte ärgerlich den Kopf: »Aber das wird auch nicht lange so bleiben!«

Am ersten Abend auf See hatte Fergus seine Offiziere zum Essen in seine Kabine eingeladen. Der Raum war voll besetzt, die Stimmung war angenehm und die Unterhaltung geistreich, und Poston, der rechts neben Fergus Platz genommen hatte, war eine unerschöpfliche Quelle fröhlicher Geschichtchen, die fast alle von ihm selbst handelten oder in denen er zumindest das bedauernswerte Opfer war. Aber er zögerte auch nicht, seinem Kommandanten einen humorvollen Konter zu verpassen, denn er war nicht mehr der junge Mann, der er damals als Fergus' Kumpel als Steuermannsmaat gewesen war. Mittlerweile war Poston leicht ergraut und wurde in der Mitte etwas füllig. Der Kommodore, der täglich Fechtübungen machte, hatte seine Statur behalten, Poston dagegen schien jetzt verhältnismäßig schnell zu altern. Allerdings wurden beide schon langsam kahl.

Leutnant Ballinger, der ebenfalls ein älteres Semester war, hielt mit Poston mit, was den Unterhaltungswert seiner Geschichten anging. Leutnant Harral, der weitaus jünger an Jahren war, gab sich dagegen sehr zurückhaltend, bis Poston ihn anpiekste. Als eine von Harrals Antworten eine wissenschaftliche Aussage erkennen ließ, war Poston neugierig genug, um ihn unverblümt zu fragen, ob er denn auf einer Universität gewesen wäre.

»Jawohl, Sir. Ein Jahr, fast zwei, aber dann konnten meine Eltern es sich nicht mehr leisten.«

Harral hatte eine hohe Stirn und ein zurückhaltendes Wesen. Sobald er jedoch mehr als zwei Becher Rum intus hatte, konnte er mit einem ganz anständigen Bariton aufwarten, so daß er zusammen mit Lombardi ein sehr passables Duett abgab.

Die drei Midshipmen, die sich kurz vor dem Ablegen des Schiffes an Bord gemeldet hatten, saßen am anderen Ende der Tafel und hüllten sich in diskretes Schweigen, bis Fergus sie beim Dessert freundlich auszufragen begann. Sie legten ihre Gabeln zur Seite und antworteten bereitwillig, da sie das Wohlwollen aus dem Ton ihres Kommodores heraushörten. Searles, der noch immer seinen Triumph genoß, zumindest in den Augen der anderen Midshipmen das Schiff allein abgelegt zu haben, redete ziemlich unbekümmert drauf los, während Nottingham und Briscoe nur wenig sprachen und wenn, dann in einem nervösen Tonfall. Fergus hatte sofort ein gewisses Potential in Searles entdeckt und ihn daher vor den anderen beiden ausgewählt, das Schiff in Fahrt zu bringen. Vielleicht lag es an seiner schlanken, muskulösen Figur und seinem wachen Ausdruck, während die beiden anderen noch eine Menge Babyspeck mit sich herumschleppten.

In der Nähe der Midshipmen saßen der Schiffsarzt, der Bootsmann und der Stückmeister. In der Mitte der Tafel thronte der Segelmeister, Anthony Lombardi, dessen Rang etwa dem eines Leutnants entsprach und dessen dunkler Teint typisch für einen Süditaliener war, und er bestritt mit seiner angenehmen Stimme den Hauptteil der Konversation an diesem Teil des Tisches. Zu seiner Linken saß der Stückmeister O'Farrell, ein Ire mit einer recht dunklen Gesichtsfarbe, dessen Vorfahren wahrscheinlich portugiesischer oder spanischer Abstammung gewesen waren und die vor vielen Jahren an der Westküste Irlands Schiffbruch erlitten hatten. Zwischen dem Italiener und dem Iren bestand eine besondere Wertschätzung, die man nicht erklären konnte, aber sie kamen außerordentlich gut miteinander aus. O'Farrell war ein Experte in allen Sprengstoffangelegenheiten und ein ganz ausgezeichneter Stückmeister. Bootsmann Belltron, ein schon älterer Muschelrücken mit einem Spitzbauch, fuhr schon seit sechsundzwanzig Jahren zur See. Die Haut seiner Hände fühlte sich an wie Leder, das war den vielen Leinen und Trossen geschuldet, die im Laufe der Zeit durch sie gegangen waren. Auch sein Gesicht war durch die Sonne, den Wind und das Salzwasser gegerbt worden.

Fergus wußte wohl zu schätzen, was er an seinen Deckoffizieren, Lombardi und auch dem Chirurgen Pollitt hatte, der ebenfalls an der Mitte des Tisches saß. Er bezog sie alle locker in die lebhafte Unterhaltung mit ein und nahm die Gelegenheit wahr, jeden einzelnen von ihnen gehörig zu loben.

So verlief das Dinner äußerst harmonisch. Als es beendet war, fragte sich Fergus nachdenklich, ob auf den anderen Schiffen simultan wohl ähnliche Veranstaltungen stattgefunden hatten. Allerdings war er sicher, daß Kapitän Hardcastle in einsamer Herrlichkeit diniert hatte und daß dies auch so bleiben würde.

Die ganze folgende Woche kreuzte die Flottille im Englischen Kanal und darüber hinaus nach Westen, bis sie schließlich genug Raum nach Westen gutgemacht hatte, um den Kurs nach Süden abzusetzen. Obwohl der größte Teil der Offiziere und Mannschaften aus alten Hasen bestand, war sich Fergus wohl bewußt, daß ihre Leistungen nach dem wochenlangen Aufenthalt in der Werft ziemlich eingerostet waren. Er begann mit dem Geschütztraining der einzelnen Kanonen und steigerte den Drill bis hin zum Abfeuern vollständiger Breitseiten. Dazwischen ordnete er Ladeübungen an, die dafür gedacht waren, die Sicherheitsmaßnahmen zu überprüfen und die Feuergeschwindigkeit zu erhöhen. Er führte mit den anderen Schiffen Manöver durch, die er durch Flaggensignale oder bei Nacht durch abgeblendete Laternen steuerte.

Nach zwei Wochen war er überzeugt, daß seine Schiffe

jedes französische Schiff abfangen und schlagen konnten, das ihnen begegnen würde. Während sie an der spanischen Küste entlangsegelten – es handelte sich dabei um den letzten Schlag, der sie in die Straße von Gibraltar bringen sollte –, trug die ablandige Brise den Duft von Orangenblüten zu ihnen herüber, und Fergus erinnerte sich an seine Aufenthalte in Gibraltar, als er noch ein junger Leutnant und später frischgebackener Kommandant gewesen war. Dann kreisten seine Gedanken um die Ergänzung des Proviants des Geschwaders während des kurzen Hafenaufenthalts, bevor sie weiter nach Toulon versegeln mußten und sich Admiral Collingwood unterstellen würden.

Am Morgen des 20. Dezember lief die Flottille mit der Flut ein. Den Schiffen wurde befohlen, an der langen Pier längsseits zu gehen. Fergus, dessen Schiff an der Spitze des Verbandes lief, nahm sicherheitshalber einen Lotsen an Bord, weil sich auf der Reede viele Schiffe aus aller Herren Länder drängten. Er empfing den Lotsen auf dem Achterdeck und begrüßte ihn leutselig: »Guten Morgen, Lotse. Behandeln Sie unsere Lady anständig.«

Der Lotse stellte sich für kurze Zeit hinter das Ruder, um die Manövrierfähigkeit des Schiffes zu testen, dann übergab er es wieder dem regulären Rudergänger, trat einen Schritt zurück und blickte nach oben in das Rigg. »Das ist ein schönes, schnelles Schiff. Sie müssen ein glücklicher Mann sein. Und dann haben Sie auch noch gleich drei von diesen Schönheiten.«

Der Lotse besprach sich ein paar Minuten mit Lombardi, dann ordnete der Segelmeister die Veränderungen der Segel an, welche der Lotse gewünscht hatte, und der Lotse steuerte das hintere Ende der Pier an. Der schiebende

Strom und der leichte ablandige Wind schienen genau das zu sein, was er brauchte, und er schickte die Ruderbarkasse, die als Schlepper fungieren sollte, mit einer Handbewegung fort. Das Schiff hielt genau auf den Kai zu, und als er das Gefühl hatte, daß es gerade noch genug Fahrt machte, um dort anzukommen, ließ er die Segel bergen. Fast wie von Geisterhand gezogen, verschwanden die Segel, und das Schiff fuhr langsam in Richtung der Pier. Im letzten Augenblick ließ der Lotse das Ruder legen, und die *Daring* legte sanft längsseits an. Die Seeleute an Deck warfen Schmeißleinen auf den Kai, an denen sie die Festmachertrossen angesteckt hatten. Wartende schwarze Hafenarbeiter zogen sie an Land und warfen die Augen über Poller.

Noch bevor das Schiff vollständig festgemacht hatte, grüßte der Lotse Fergus lässig, verschwand in Richtung Jakobsleiter und kletterte in ein wartendes Ruderboot hinunter. Er winkte noch einmal zum Achterdeck hinauf, dann ließ er sich zur *Dashing* pullen und brachte diese nach wenigen Minuten bei der *Daring* längsseits, ohne daß es einen Kratzer gegeben hätte. Anschließend wurde die *Diligent* von dem unermüdlichen Lotsen hinter den ersten beiden Schiffen an die Pier gelegt. Die Kommandanten der schnellen Slups lehnten wegen ihrer besseren Manövrierfähigkeit die Lotsenhilfe ab und legten ihre Schiffe hinter die *Diligent* an den Kai.

Radcliffe kam zu Fergus hinauf, der noch auf dem Achterdeck stand und die anderen Schiffe beobachtete. »Kommodore, wie ich gehört habe, bleiben wir über Weihnachten hier liegen. Soll ich an Land gehen und ein paar Dinge für ein Weihnachtsmenü in Ihrer Kabine organisieren?«

Fergus rief Poston heran. »Radcliffe, schnapp dir den

Zahlmeister und richte ihm aus, er soll genug frischen Proviant für ein exzellentes Weihnachtsdinner für die Besatzung einkaufen.« Dann wandte er sich Poston zu. »Haben wir da nicht so ein Fäßchen Brandy, das wir für den Schiffsarzt bestellt haben?«

»O ja, für medizinische Zwecke.«

»Nun, wir brauchen es jetzt. Nach dem Weihnachtsmahl bekommt jeder Mann davon eine Mugg voll, und davor gibt es die doppelte Rumration.«

Poston kratzte sich am Kinn. »Kommodore, wenn ich mitgehen könnte? Ich kenne da zufällig den Wirt einer Kneipe recht gut. Für ein paar Pfund könnte ich von ihm seine sechs weiblichen Kellnerinnen anmieten, die uns bedienen könnten – sozusagen. Sie können auch gut singen, und ich könnte Lombardis Gesangstruppe dazu bringen, nach dem Festessen etwas zur Unterhaltung beizutragen.«

»Das klingt fantastisch«, freute sich Fergus. »Benachrichtigen Sie bitte die anderen Schiffe, daß dort etwas Ähnliches angeleiert wird. Ich werde Ihnen die Kellnerinnen aus meiner eigenen Tasche bezahlen ... und auch sonst, was Sie noch für nötig halten sollten. Aber denken Sie daran, die Damen müssen am nächsten Tag wieder an Land. Wir legen eine Stunde nach Mittag ab. Jetzt los mit euch, bewegt euch!«

Am Nachmittag verließ Fergus das Schiff, um sich beim Hafenadmiral zu melden, wo man ihn einlud, zum Abendessen zu bleiben. Als er an Bord zurückkehrte, schienen die Schiffe des kleinen Geschwaders zur Ruhe gekommen zu sein. Fergus wußte, es würde während der folgenden beiden Tage eine Menge harte Arbeit geben. Der Proviant und die diversen Nachschubgüter mußten übernommen und weggestaut werden, und er hoffte, daß die anderen Kommandanten seinem Beispiel folgen und für ihre Männer ein herzhaftes Weihnachtsessen und einen vollen arbeitsfreien Tag arrangieren würden. Es konnten Monate vergehen, bevor sie sich mal wieder so ungezwungen bewegen konnten.

Am nächsten Morgen, Fergus war gerade beim Rasieren, klopfte der Läufer Deck an seine Tür.

»Herein!«

»Herr Kommodore, Kapitän Hardcastle ist hier, und er läßt Ihnen ausrichten, daß er Sie dringend sprechen muß.«

»Ich bin noch beim Anziehen. Richten Sie ihm bitte aus, daß es noch ein paar Minuten dauern wird, und sagen Sie Radcliffe, daß er den Kaffee fertigmachen soll.«

Nach wenigen Minuten öffnete Fergus die Kabinentür. Draußen marschierte Kapitän Hardcastle ungeduldig auf und ab.

»Guten Morgen, Herr Kapitän«, begrüßte ihn Fergus. »Kommen Sie herein und setzen Sie sich. In ein paar Minuten werden wir unseren Kaffee serviert bekommen.«

Hardcastle verzog sein Gesicht grimmig, ließ sich auf einen Stuhl fallen, ohne es für nötig zu befinden, Fergus einen guten Morgen zu wünschen.

Fergus setzte sich betont langsam. »Die Sache scheint ernst zu sein. Was gibt es für ein Problem?«

Aus Hardcastle brach es förmlich heraus, und seine Stimme überschlug sich: »Kommodore, ich habe gerade meine Besatzung vollständig zur Musterung antreten lassen und muß Ihnen sechs Deserteure melden.«

»Ich nehme an, daß Sie das Schiff sorgfältig haben durchsuchen lassen.«

»Äußerst gründlich, Sir, aber die Kerle sind verschwunden. Sie sind desertiert, und ich wünsche, daß die lokalen Behörden sie festnehmen und mir sobald wie möglich wieder ausliefern. Ich werde sie dann sofort wegen Desertion nach dem Kriegsrecht verurteilen lassen!«

Hardcastle legte eine Pause ein, um Radcliffes Angebot einer Tasse Kaffee mit einer unwirschen Handbewegung abzulehnen, und holte Luft, um fortzufahren.

Aber Fergus unterbrach seine Suada. »Puuh! Im Gegensatz zu Ihnen brauche ich meine Tasse Kaffee. Ich verstehe gar nicht, warum Sie so viele Deserteure haben, während es auf den anderen Schiffen nicht einen einzigen gibt.«

Hardcastle knirschte mit den Zähnen und holte wutschnaubend tief Luft. »Die Besatzung, die ich an Bord habe, muß der Abschaum der Royal Navy sein. Ich glaube, daß ich einen unverhältnismäßig größeren Anteil an Taugenichtsen habe als die anderen Schiffe, und ich habe vor, sie alle namhaft zu machen. Ich bitte um die Erlaubnis, ein bewaffnetes Suchkommando an Land schicken zu dürfen, um die Deserteure ausfindig zu machen und sie an Bord zurückzubringen.«

»Das geht natürlich nicht«, beschied ihn Fergus. »Das wird die Armee nicht zulassen, weil man dort denken wird, daß Sie einen Streit mit der örtlichen Militärpolizei anzetteln wollen. Ihnen scheint nicht klar zu sein, daß in Gibraltar eine sehr starke Garnison der Armee liegt, deren Aufgabe es ist, die Spanier und Franzosen draußen zu halten.

Diese Soldaten werden ganz sicher in der Lage sein, Ihre Männer an einem Entkommen nach Spanien zu hindern. Ich möchte wetten, daß man Ihnen die Flüchtigen schon morgen zurückbringen wird.«

Hardcastle erhob sich, er hatte die Lippen ärgerlich zusammengepreßt. »Guten Morgen, Sir. Wie ich sehe, wird mir hier keine Hilfe zuteil, aber ich werde mein Schiff nicht verlassen. Das gilt auch für alle anderen Besatzungsmitglieder. Ich werde meine Wachen verdoppeln.«

Fergus seufzte geduldig. »Hardcastle, ich möchte Sie daran erinnern, daß Weihnachten vor der Tür steht. Alle anderen Kommandanten haben Vorbereitungen für eine Weihnachtsfeier an Bord getroffen. Ich empfehle Ihnen, sich etwas zu entspannen und dasselbe zu machen.«

Hardcastle schüttelte zornig den Kopf. »Nein, Sir. Das haben die Schufte nicht verdient. Nochmals einen guten Tag, Sir.«

Es war gegen Mittag des nächsten Tages, die Ladearbeiten mit den Nachschubgütern waren im vollen Gange, als Poston an die Tür von Fergus' Kabine klopfte.

Er steckte seinen Kopf durch einen kleinen Spalt und grinste breit: »Kommen Sie schnell an Deck, da gibt es etwas, was Sie sich persönlich anschauen sollten.«

Fergus schob seinen Stuhl zurück und ging auf das Achterdeck hinaus. Poston deutete auf einen Armeeoffizier in vollem Wichs mit blank gezogenem Degen, der die Pier entlangmarschierte. Dann machte er eine zackige Wendung um neunzig Grad und stieg vorsichtig den Landgang hinauf, um nicht mit seiner Degenscheide unklar zu kommen.

Oben angekommen, grüßte er die Flagge und den

Wachoffizier und schnarrte dann: »Zu Ihrem Kommodore, bitte.«

Der Wachoffizier erwiderte den Gruß, deutete auf Fergus, und der Offizier machte schneidig auf dem Absatz kehrt, präsentierte seinen Degen und stand stramm. »Sir, ich habe Ihnen etwas abzuliefern!«

Fergus blickte verdutzt drein, Poston rettete die Situation, indem er auf die Pier deutete.

»Dort«, meinte er.

Fergus verstand immer noch nicht ganz. »Und was in aller Welt machen die da?«

»Sie marschieren im Stil der Frösche oder genauer gesagt, sie werden froschartig marschiert. Ich habe das früher schon mal gesehen.«

»Aber was machen die anderen Soldaten? Ich nehme an, daß diese vier Männer zu unseren Deserteuren gehören. Es hat den Anschein, als ob sie nur ein paar Zoll über dem Boden marschieren. Warum folgt ihnen eine Abteilung Soldaten?«

Poston lachte. »Froschmarsch ist eine schwere Arbeit. Sie werden bemerken, daß alle paar hundert Meter einige der Soldaten nach vorne aufschließen und den Platz ihrer Kameraden einnehmen, die die Deserteure in die Höhe halten.«

»Und was passiert mit unseren Männern?«

»Jeder Soldat packt einen der Übeltäter mit einer Hand am Kragen und mit der anderen am Hosenbund und hebt ihn an.«

»Und dann?«

»Hebt er ihn an und läßt ihn vorwärts marschieren, seine Beine schwingen frei.«

»Mein Gott, das muß weh tun!«

Der britische Offizier lachte und mischte sich ein. »Das ist wohl wahr, Sir. Ihr Hintern wird tagelang das reinste Schabefleisch sein.«

Fergus stieß den Atem aus. »Ich nehme an, daß es sich um unsere Leute handelt. Falls das der Fall ist, dann bringen Sie sie bitte auf die Fregatte, die achteraus von uns liegt, also auf die *Diligent.*«

Der Heeresoffizier hob einen Arm, um die Aufmerksamkeit des Sergeanten, der das Kommando hatte, auf sich zu ziehen und deutete auf den Landgang der *Diligent*. Der Sergeant nickte und lenkte seinen karnevalesken Zug in die richtige Richtung um.

Fergus brummte: »Ich fürchte mich fast davor, Kapitän Hardcastle anzusehen.«

»Ich nicht. Er sieht aus, als ob er seinen letzten Freund verloren hätte.«

Fergus wandte sich dem Armeeoffizier zu: »Herr Major, ich war der Meinung, daß es sich um sechs Deserteure handelte. Können Sie mir sagen, was mit den anderen beiden geschehen ist?«

»Die Männer müssen alle sehr verzweifelt gewesen sein. Sie hatten natürlich nicht den Hauch einer Chance, über die Grenze zu gelangen, und sie haben es sicherlich auch gewußt. Sogar Napoleon mit allen seinen Armeen käme da nicht durch.«

»Aber unsere Männer haben es trotzdem probiert?«

»Der schnellste hat es geschafft, an unseren ersten Posten vorbeizukommen, er wurde von den Spaniern angeschossen. Sie haben ihn an uns übergeben. Der zweite wurde ins Bein getroffen. Allen anderen Männern ging ein Licht auf, und sie resignierten.«

»Und was ist mit den Leichen geschehen?«

»Die Männer wurden nicht getötet. Es ist üblich, Deserteure in die Beine zu schießen. Sie liegen zur Zeit in unserem Lazarett und werden in ihren Kerker überführt, sobald sie sich erholt haben und transportfähig sind. Dann werden sie gemäß Ihren Anweisungen behandelt werden.«

»Es wäre mir fast lieber gewesen, sie hätten alle dem Hafenadmiral übergeben. Sie werden alle vor ein Kriegsgericht gestellt werden.«

»Das habe ich mir gedacht. Ich werde morgen einen unserer Lazarettwagen mit den Männern herschicken, denn sie werden eine ganze Weile nicht laufen können.«

Am nächsten Tag begab sich Fergus nach achtern auf die *Diligent*, kletterte auf das Deck und verlangte von Kapitän Hardcastle, mit den Gefangenen zu sprechen. »Alleine«, fügte er hinzu.

Hardcastle folgte ihm zu den Zellen und zog sich in einige Meter Entfernung zurück. Die vier Männer lagen auf den Bäuchen.

Fergus packte die Gitterstäbe und sagte zu dem ihm am nächsten Liegenden: »Ich bin Kommodore Kilburnie. Kannst du mir sagen, warum ihr so etwas Verrücktes gemacht habt?«

Der Gefangene bewegte sich. »Sir, es mag für Sie verrückt erscheinen, aber in diesem Höllenloch unter dem Kommando dieses Sklaventreibers zu bleiben, wäre schlimmer gewesen.«

Fergus versuchte, auch die anderen zum Reden zu bringen, aber sie drehten ihre Gesichter weg und schwiegen verbissen. Nach ein paar Minuten gab er auf und ging zurück auf das Achterdeck. Er verließ das Schiff mit verbissenem Gesichtsausdruck, er nahm sich noch nicht mal die Zeit, die Ehrenbezeugung von Hardcastle zu erwidern. Als er wieder auf der *Daring* war, schickte er nach Poston und Searles, der wegen seiner Bildung und Fähigkeiten in Wort und Schrift als Sekretär des Kommodores fungierte.

Als die beiden eintraten, blickte Fergus noch immer finster drein. »Wir haben es hier mit einer seit längerem völlig verfahrenen Situation zu tun. Ich werde zu prüfen haben, ob ich gegen Kapitän Hardcastle Anklage erheben kann. Dafür brauche ich schriftliche Beweise. Leutnant Poston wird Ihnen die bisher abgelaufenen Ereignisse diktieren. Ich werde später die Dinge zu Protokoll geben, die mir schon früher aufgefallen sind. Von jetzt an werden wir alle Vorkommnisse schriftlich fixieren, und sobald wir unseren kommandierenden Flaggoffizier erreichen, werde ich die notwendigen Schritte einleiten.«

18
Das Verhör

Fergus hatte sich von seinem Ärger über die Probleme auf der *Diligent* bis zum Beginn des Weihnachtsfests erholt und steckte viel Energie in die Vorbereitungen der Feier für die Besatzung. Radcliffe und der Zahlmeister hatten den Koch zum Einkaufen mit an Land genommen. Sie kehrten mit mehreren Lattenkisten voller Hühner, prall gefüllten Kartoffelsäcken und einem Dutzend Blechen mit Pflaumenkuchen zurück. Auf dem Wagen befanden sich außerdem Körbe mit Orangen und mehrere Säcke voller Nüsse, und Fergus sah erfreut zu, wie alles an Bord gebracht wurde.

Die physischen Unterschiede zwischen den drei Männern überraschten ihn immer wieder, trotzdem arbeiteten sie an Land wie Brüder zusammen. Der Zahlmeister Mustafa, der das Kommando hatte, trug einen schwarzen Gehrock, Kniebundhosen, einen hohen steifen Hut und verlieh ihren Geschäften mit den lokalen Händlern eine gewisse Würde. Er war ein hellhäutiger Levantiner, der schon seit zwanzig Jahren für die Royal Navy arbeitete, und seine mediterran geschnittenen Gesichtszüge verleiteten die Geschäftsleute an Land dazu, ihn für einen jüdischen Händler zu halten. Aber tatsächlich war er ein gläubiger Muselmane, der allerdings die ihm unterstellten Charaktereigenschaften voll gegen seine Geschäftspartner ausspielte. Der Koch kam stets mit einer neuen Geschichte von Land zurück, wie Mustafa bei dem Handel seinen Kontrahenten über den Tisch gezogen hatte.

Beim Koch handelte es sich um einen untersetzten Londoner, wahrscheinlich war er schon fast sechzig Jahre alt und litt unter einer leichten Form des Rheumatismus, doch die Wärme in der Küche hielt seine Gelenke geschmeidig. Nur wenige Männer an Bord wußten, daß er Stafford hieß, denn alle nannten ihn nur »Smutje«, seine Freunde riefen sogar nur »Smutie«.

Radcliffe unterschied sich auffällig von den anderen beiden Männern. Wirkten sie eher finster und grimmig oder dick und schwabbelig, so war er schlank und von dunkler Schönheit – so schön, daß an Bord das Gerücht kursiert hatte, daß er schwul wäre. Das traf nicht zu, und der Übeltäter, der das Gerücht in die Welt gesetzt hatte, erhielt eines Nachts deswegen Besuch vom Zahlmeister. Am nächsten Morgen stellte man fest, daß der Mann jetzt einen Halbmond auf der Stirn trug, der ihm mit dem scharfen Messer eingeritzt worden war, das der Zahlmeister stets in seinem Stiefelschaft stecken hatte. Er hatte seine kräftige Hand auf das Gesicht des Verleumders gedrückt und die Figur mit ein paar schnellen Schnitten eingeritzt, noch ehe der Mann aufschreien konnte. Da er aber nicht von seinen üblen Reden Abstand nahm, stattete ihm der Koch einen zweiten

Besuch ab. Mit seinen stämmigen Armen, gestählt durch jahrelanges Kneten großer Teigklumpen, verursachte er im Hals des Patienten eine schmerzhafte Verspannung. Die Gerüchte verstummten.

Radcliffe ging ganz naiv überall im Schiff seinen Pflichten nach und war leicht verwundert, daß niemand so richtig etwas mit ihm zu tun haben wollte. Sein tiefschwarzes Haar, die braunen Augen und sein heller Waliser Teint ließen ihn aussehen wie zwanzig, obwohl er bereits fünfundzwanzig Jahre alt war.

Fergus mochte das Trio, das eine so wichtige Rolle für das Wohlergehen seines Schiffes spielte. Mustafa sorgte für den besten verfügbaren Proviant. Der Koch tat sein Bestes, um aus diesen Zutaten zusammen mit dem Trockenproviant, der sich immer an Bord befand, ein genießbares Essen herzustellen. Diese Aufgabe war für gewöhnlich schwierig, weil der Proviant, der von der Admiralität angeliefert wurde, meist unzählige Würmer enthielt. Der Koch hatte früher einmal versucht, sie der Mannschaft als Krebsfleisch unterzujubeln, aber das war sein einziger Fehler gewesen. Und Mustafa war immer in der Lage, Gewürze, dicken Zuckersirup, Aromastoffe oder andere Zusätze aufzutreiben, die es dem Koch erlaubten, regelmäßig kulinarische Triumphe zu feiern.

Radcliffe hatte den Auftrag, zusätzliche haltbare oder eingemachte Lebensmittel für den Kommodore zu besorgen. Fergus lebte also in einem relativen Luxus und Überfluß, bis seine Vorräte verbraucht waren, danach mußte auch er mit den Speisen vorliebnehmen, die der Koch produzierte und die von Radcliffe verfeinert wurden.

Jedenfalls schafften die drei es immer wieder, den Kapitän, die Offiziere und die Crew einigermaßen zufriedenzustellen, und Fergus wußte das zu schätzen.

Radcliffe berichtete nach dem Landgang, daß alle Schiffe mit Ausnahme der *Diligent* bereit für ein großes gemeinsames Dinner waren.

»Und was ist mit dem Zahlmeister der *Diligent*?«

»Den habe ich nicht an Land gesehen.«

»Und was ist mit den Kellnerinnen?«

»Leutnant Poston hat die besten Bedienerinnen der ganzen Stadt engagiert, aber die anderen Schiffe werden auch nicht ganz leer ausgehen. Ein paar werden auch dort an Bord sein.«

Das Weihnachtsessen begann mit einer doppelten Rumration, die der Kommodore den Männern versprochen hatte. Zur Essenszeit war dann die Crew bereit, alles wegzuputzen, was nicht schnell genug weglaufen konnte. Als es dunkel geworden war, wurde die Kombüse sauber gemacht. Radcliffe brachte ein paar Kerzen nach achtern, um das Wetterdeck zu illuminieren. Nachdem die Mannschaften ihre Mahlzeit unten in den beengten Messen im Zwischendeck beendet hatten, kamen sie nach oben und warteten auf die Ausgabe der Muggen mit Brandy.

Fergus, der zusammen mit seinen Offizieren in seinem Salon diniert hatte, kam ebenfalls nach oben, um bei der Ausgabe des Brandys zugegen zu sein. Als er an Deck erschien, ließ ihn die Crew hochleben, und die Männer auf der *Dashing*, die längsseits lag, stimmten mit ein. Fergus hob die Hand und deutete auf das Brandweinfäßchen. Sofort bildete sich davor eine Schlange, und schon nach wenigen Minuten war es fast leer, genauso erging es dem

Faß, das Fergus auf das Nachbarschiff hatte schicken lassen.

Lombardi versammelte seinen Chor, und gemeinsam sangen die Männer alle Choräle, die sie kannten. Lombardi hatte sich von der *Dashing* den Pfeifer ausgeborgt und spielte auch selbst auf seiner Querflöte, der Bootsmann hatte aus einem leeren Brandyfaß eine zusätzliche Trommel improvisiert, mit der er die Trommelbuben der Seesoldaten unterstützte.

Diese seltsame Kapelle sorgte schon nach kurzer Zeit dafür, daß die Seeleute der beiden Schiffe fröhlich mit den Kellnerinnen tanzten. Die weniger Glücklichen, die darauf warten mußten, bis sie an der Reihe waren, ein Tänzchen mit den Damen auf das Deck legen zu dürfen, tanzten für sich allein oder schauten den anderen zu und klatschten im Takt. Wie es bei Matrosen üblich war, konnten einige von ihnen einen respektablen Hornpipe hinlegen, und der Zahlmeister führte – nachdem er sich gebührend hatte nötigen lassen – eine türkische Version vor, für die er lautstarken Beifall einheimste. Schon bald wogte eine herumschwingende Masse von Tänzern über die Decks, und das ging so weiter bis Mitternacht, als Fergus die Veranstaltung für beendet erklärte und die Männer unter Deck schickte. Nachdem der letzte Mann verschwunden war, drehte sich Fergus zu Poston um: »Sind die Kellnerinnen da, wo ich sie vermute?«

Poston verdrehte die Augen gen Himmel. »Ich bin nicht sicher, ob Sie das wirklich wissen wollen.«

Fergus grinste. »Denken Sie daran, morgen mittag müssen sie wieder an Land sein!«

Am nächsten Morgen gab es einige dicke Köpfe, aber das Geschwader war bereit, mit der abendlichen Ebbe auszulaufen.

Fergus erkundigte sich bei Radcliffe: »Was war gestern auf der *Diligent* los?«

»Nichts, Sir. Die Besatzung ist noch nicht mal an Deck gekommen, um zu unserer Musik zu tanzen.«

Fergus seufzte: »Nun denn, das ist wieder ein Punkt, den ich in Hardcastles Sündenregister eintragen muß.«

Obwohl es der erste Weihnachtstag war, ging Fergus zum Büro des Hafenadmirals, um sich abzumelden und ihn um seine Meinung zu bitten, wo er den Kommandeur der Mittelmeerflotte wahrscheinlich antreffen würde. Glücklicherweise war der Admiral in sein Büro gekommen, um ein paar Dokumente einzusehen, und bat Fergus zu sich.

Fergus fragte ihn: »Herr Admiral, ich muß mich beim Oberkommandierenden der Mittelmeerflotte melden. Was meinen Sie, wo sollte ich ihn zuerst suchen?«

»Er unterhält vor Toulon schon seit langer Zeit eine enge Blockade. Ich bin sicher, daß Sie ihn dort finden werden. Übrigens werde ich die sechs Deserteure in Kürze vor Gericht stellen.«

»Danke. Ich hoffe, Sie werden sie milde bestrafen. Der Kapitän der *Diligent* hat ihnen eine harte Zeit beschert.«

»Das ist auch mein Eindruck, seit ich mit ihnen gesprochen habe. Ich werde das gewiß strafmildernd berücksichtigen. Ich vermute, daß Sie erwägen, ihn ablösen zu lassen.«

»Das werde ich tun. Vielen Dank für Ihre Hilfe. Meine

Männer und ich haben hier einen schönen Heiligen Abend verlebt.«

»Wie ich hörte, werden Sie mit der Abendebbe auslaufen.«

»Ja, ich habe bis jetzt meine Befehle ziemlich weitherzig ausgelegt.«

»Ich schlage vor, daß Sie auf Ihrem Weg nach Toulon das Gebiet weiträumig absuchen. Es könnte sein, daß Ihnen ein französisches Kriegsschiff oder ein Frachter über den Weg läuft, der sich von einem Hafen in den nächsten schleichen will.«

»Das werde ich tun, Herr Admiral. Und nochmals vielen Dank für Ihre Hilfe.«

Um vier Uhr nachmittags legte die Flottille ab. Die ersten beiden Fregatten wurden von demselben Lotsen in Fahrt gebracht, der sie hereingelotst hatte. Er war ein wenig vergrätzt, weil man ihn an Weihnachten zur Arbeit geholt hatte, aber nachdem er ein oder zwei Brandys aus Fergus' Beständen getrunken hatte, erhellte sich seine Miene wieder. Zuerst brachte er die *Dashing* aus dem Hafen, dann kam er auf die *Daring* zurück. Als er an der Bordwand heraufgeklettert kam, grinste er breit und meinte: »Das war harte Arbeit, Kommodore. Haben Sie vielleicht noch ein Tröpfchen von dem Brandy übrig?«

»Natürlich. Mein Steward wird Ihnen ein Glas nach oben bringen. Um genau zu sein, wird er Ihnen einen Doppelten einschenken, denn als nächstes werden Sie auf die *Diligent* müssen. Da drüben wird vermutlich keine weihnachtliche Stimmung herrschen.«

»Ich habe dort schon die gespannte Atmosphäre bemerkt, als ich das Schiff hereingebracht habe. Wissen Sie, was da schiefläuft? Grassiert dort vielleicht eine unbekannte Krankheit?«

»Ich weiß, was dort im argen liegt«, seufzte Fergus. »Und im nächsten Hafen wird die Eiterbeule nachhaltig behandelt werden.«

Noch vor Einbruch der Dunkelheit lag das Geschwader auf einem östlichen Kurs und war auf dem Weg nach Toulon. Fergus formierte den Verband zu einer weit auseinandergezogenen Aufklärungslinie. Der Abstand zwischen den einzelnen Schiffen betrug zehn Meilen.

Zwei Tage lang segelten sie mit einem mäßigen Westwind friedlich dahin. Fergus ließ die Männer in Ruhe, damit alle ihren Katzenjammer auskurieren konnten. Am dritten Tag drehte der Wind nach Osten, und sie mußten gegen ihn aufkreuzen. Die ganze Nacht lang versuchte Fergus seinen Schiffen zu befehlen, alle vier Stunden gleichzeitig zu wenden.

Poston billigte den Plan: »Auf diese Weise können wir die notwenigen Segelmanöver mit beiden Wachen durchführen, und unsere Männer verlieren nur ein Minimum an Schlaf.«

Zwei Tage lang funktionierte die Sache ausgezeichnet, aber in der dritten Nacht ging irgend etwas völlig daneben. Kurz nach Mitternacht, nachdem das Wendemanöver befohlen worden war und eigentlich auch schon hätte beendet sein müssen, hörte Fergus plötzlich lautes Geschrei auf dem Achterdeck. Er griff nach seinen Hosen und stürzte an Deck, dabei streifte er noch schnell die Hosenträger über die Schultern. Er war gerade am Ruder angekommen, als er schon den hoch aufragenden Bug der *Diligent* aus der Dunkelheit von Steuerbord auf sich zustampfen sah. Der Abstand war laut Befehl in der Nacht auf drei bis vier Seemeilen zu reduzieren, um den Kontakt aufrechtzuerhalten, aber hier stimmte etwas gewaltig nicht.

»Großer Gott! Abfallen! Klar zur Halse!« brüllte er. »Ruder hart Steuerbord!«

Das Schiff begann zu drehen und gelangte auf Gegenkurs zur sich schnell nähernden *Diligent*. Gerade als eine Kollision unvermeidbar schien, wurden die Schoten losgeworfen, und der Bug der *Daring* drehte weiter – der Abstand vergrößerte sich wieder.

»Verdammt!« rief Fergus aus. »Das war knapp!« Er drehte sich zu dem Offizier um, der Wache hatte. »Warum haben Sie kein Ausweichmanöver eingeleitet?«

Der Mann stammelte: »Nun ja, Sir, ich dachte, das andere Schiff würde das befohlene Manöver ausführen.«

»Junger Mann, Sie haben hoffentlich gerade eine sehr wertvolle Lektion gelernt. Natürlich ist das andere Schiff mit Steuerbordhalsen gesegelt und hatte daher Wegerecht. Vertrauen Sie also niemals darauf, was ein anderes Schiff *hätte* tun sollen, sondern sorgen Sie immer zuerst für die Sicherheit Ihres Schiffes.«

»Aber, Sir, das Schiff sollte doch um Mitternacht wenden. Wir haben das entsprechende Signal übermittelt, und sie haben es bestätigt.«

»Schon recht. Ich werde bei Tagesanbruch herausfinden, was passiert ist. Behalten Sie derweil für den Rest der Nacht diesen Kurs bei. Und denken Sie während Ihrer Wache über Ihre Sünden nach.«

Nach dem Frühstück ließ Fergus das Signal zum Beidrehen setzen und seine Gig klar machen und wegfieren.

Poston war baß erstaunt. »Aber Herr Kommodore, warum lassen Sie den Übeltäter nicht hier an Bord bei uns antanzen?«

»Ich möchte mit ein paar Zeugen dort drüben reden. Wenn ich den Kapitän allein herüber bitte, wird ein guter Teil der Wahrheit auf der Strecke bleiben – sozusagen.«

Fergus saß düster brütend auf der Heckducht, während die Gig hinübergepullt wurde. Nachdem er längsseits bei der *Diligent* war, kletterte er das Fallreep empor, und auf dem Deck angekommen, grüßte er die Flagge und den Wachoffizier. Dann ging er zu Kapitän Hardcastle, der ihn auf dem Achterdeck mit seinem üblichen finsteren Gesichtsausdruck erwartete.

»Herr Kapitän, ich möchte Sie in Ihrer Kabine sprechen.«

Fergus folgte Hardcastle in dessen Salon, wo sich beide steif gegenüberstanden. Ohne ihm einen guten Morgen zu wünschen, ging Hardcastle zu einem Stuhl. Fergus nahm schnell Platz – Hardcastle zog es daraufhin vor, stehen zu bleiben.

Fergus brummte: »Setzen Sie sich. Das ist bis jetzt nur ein Besuch und muß nicht automatisch mit einem Verhör enden.«

Hardcastle schürzte die Lippen. »Sir, ich bevorzuge es, stehen zu bleiben.«

Fergus schüttelte ärgerlich den Kopf und befahl mit fester Stimme: »Bitte, setzen Sie sich. Setzen Sie sich hin! Sofort!«

Hardcastle legte ärgerlich die Stirn in Falten, nahm dann aber vorsichtig Platz.

Fergus atmete tief durch und begann: »Herr Kapitän, gegen Mitternacht habe ich der Flottille mit Hilfe von Lichtsignalen den Befehl gegeben, nach Steuerbord zu wenden, aber ganz offensichtlich hat Ihr Schiff nicht gewendet. Zwanzig Minuten später wären wir fast kollidiert. Können Sie mir eine Erklärung für dieses Beinahedesaster geben?«

Hardcastle protestierte. »Ich kann mich nicht daran erinnern, ein derartiges Signal erhalten zu haben.«

»Wo haben Sie sich um Mitternacht aufgehalten?«

»Ich habe Ihr Signal erwartet, daher war ich auf dem Achterdeck.«

»Und Sie haben nicht gehört, daß Ihr Wachoffizier Ihnen das Signal gemeldet hat?«

»Nein, ich glaube nicht, daß er das getan hat.«

»Was haben Sie zu diesem Zeitpunkt gemacht?«

»Wie ich mich erinnere, habe ich meine Zeit damit verbracht, im Licht des Kompaßbeleuchtung einen Bericht zu verfassen.«

»Nun, Herr Kapitän, Sie haben mir Ihre Situation deutlich dargelegt.«

»Wie ich mich erinnere, segelte ich mit Steuerbordhalsen, also auf Backbordbug, daher hatte ich Wegerecht.«

»Natürlich. Aus diesem Grund habe ich ein Manöver des letzten Augenblicks gefahren, um die Kollision zu vermeiden, aber Sie scheinen noch immer nicht verstanden zu haben, worum es hier eigentlich geht. Bitte schicken Sie mir den Offizier herein, der zu dem fraglichen Zeitpunkt Wache hatte – und Sie warten draußen.«

»Aber wenn Sie ihn verhören, möchte ich anwesend sein.«

»Sie hätten ihn schon verhören sollen, bevor ich hier ankam, und alle Fakten bereithalten sollen. Das haben Sie offensichtlich versäumt. Führen Sie jetzt bitte meinen Befehl aus.«

Hardcastle erhob sich steif und stakste hinaus. Nach wenigen Minuten trat ein junger Leutnant ein, salutierte und nahm den Hut ab.

»Leutnant Roscoe meldet sich zur Stelle, Sir!«

Fergus nickte ihm aufmunternd zu. »Bitte setzen Sie sich. Jetzt erzählen Sie mir bitte die Ereignisse, die vor der nächtlichen Beinahekollision abgelaufen sind.«

Leutnant Roscoe räusperte sich nervös. Er musterte besorgt den Kommodore, aber er wollte seine Geschichte loswerden. »Sir, gegen Mitternacht, kurz nachdem ich die Wache übernommen hatte, sah ich zwei abgeblendete Laternen auf dem Flaggschiff. Ich wies den Steuermannsmaaten an, das Signal zu bestätigen, und habe den Kommandanten davon unterrichtet.«

»Wo befand sich dieser zu diesem Zeitpunkt?«

»Er lehnte am Kompaßhaus und schrieb im Licht der Kompaßbeleuchtung einen langen Bericht.«

»Hat er Ihre Meldung bestätigt?«

»So wie er es immer tut, wenn er einen Bericht schreibt. Er murmelte etwas davon, daß er nicht gestört werden wollte. Ich wußte, daß ich ohne seinen Befehl nicht selbständig wenden durfte, solange er sich an Deck aufhielt. Ich habe dann nochmals Meldung gemacht, er hat wieder irgend etwas gemurmelt, dann aber klar und deutlich gesagt: ›Stören Sie mich nicht!‹ Ich habe dann daran gedacht, auch ohne seinen ausdrücklichen Befehl zu wenden, aber ich habe schon einmal selbständig gehandelt, und das hat sich leider nicht gut bewährt.«

»Was ist passiert?«

»Er brummte mir vier Tage Stubenarrest auf.«

Fergus mußte gegen seinen Willen kichern. »Ich verstehe die Gründe für Ihre Handlungsweise. Reden Sie mit niemandem über unser Gespräch. Ich werde das Problem seiner Lösung zuführen, sobald wir den Oberkommandierenden erreicht haben. Ich werde dafür sorgen, daß Ihnen Ihre freimütige Aussage keine Nachteile einbringt.«

Zurück auf dem Flaggschiff wurde er sofort von Poston bestürmt: »Was war los?«

»Was ich schon erwartet hatte. Der Kapitän steckte bis über beide Ohren in seinem geliebten Papierkrieg.«

»Werden Sie disziplinarische Maßnahmen gegen ihn ergreifen, Sir?«

»Eigentlich eher nicht. Dafür ist er zu weit gegangen. Ich werde ihn vor Toulon zum Teufel jagen.«

Vorsichtshalber ließ Fergus während des Rests der Reise nur noch während des Tages wenden und hielt die ganze Zeit über ein wachsames Auge auf die *Diligent* gerichtet, auch in der Nacht. Nach einer Woche kam das Geschwader vor Toulon an. Als es sich der Stadt näherte, konnte Fergus einen Mastenwald im Hafen ausmachen und nahm zu Recht an, daß es sich dabei um die blockierte französische Flotte handelte. Vor der Einfahrt patrouillierte ein halbes Dutzend britischer Kriegsschiffe langsam auf und ab. Offensichtlich waren sie bereit, sofort zu reagieren, falls sich ein französisches Schiff aus dem Hafen heraustrauen sollte.

Fergus schaute sich die großen Schiffe der Reihe nach an, bis ihm eines besonders auffiel, das vor Anker lag. Auf diesem Linienschiff wehte Admiral Collingwoods Flagge. Fergus ankerte ganz in der Nähe und wies seine anderen beiden großen Schiffe an, ebenfalls vor Anker zu gehen. Er traf zum ersten Mal mit Admiral Collingwood zusammen, und er hoffte, daß es ihm gelingen würde, der *Diligent* neues Leben einzuhauchen. Die Mannschaft hatte wahrlich mehr als genug ertragen müssen.

19
Ein neuer Kommandant

Während seine Gig den Weg zum Flaggschiff zurücklegte, fingerte Fergus an dem Umschlag herum, der seinen Bericht über Kapitän Hardcastle enthielt, und er fragte sich, wie er dem Oberkommandierenden den Fall Hardcastle am geschicktesten unterbreiten sollte. Natürlich würde er klugerweise das Gespräch nicht gleich mit dieser negativen Angelegenheit einleiten. Es war bestimmt besser, wenn er sich zunächst zur Übernahme seiner Pflichten klarmelden und nach Befehlen fragen würde. Als nächstes wollte er dann seinen Admiral etwas besser kennenlernen und schließlich als letztes die Sache mit Hardcastle vorbringen. Fergus rückte unbehaglich auf der harten Ducht hin und her, um die schmerzenden Verkrampfungen seiner Muskeln abzumildern. Er hob seinen Hintern an, dann beugte er sich vor, aber nichts half.

Er versuchte, sich an alles zu erinnern, was er über Admiral Collingwood gehört hatte. Nie hatte er mit ihm gesprochen, hatte ihn aber gelegentlich auf Gesellschaften gesehen. Collingwood hatte eine kleine, stämmige Figur, die schon fast dick zu nennen war, seine Gesichtszüge waren ernst, die Augen groß und dunkel. Das auffälligste Merkmal waren die dicken, schwarzen Augenbrauen. Menschen, die ihn gut kannten, beschrieben ihn als sehr intelligent, mit einer schnellen Auffassungsgabe und als Verfechter einer strikten Disziplin. Daher fragte sich Fergus, ob Collingwood im vorliegenden Fall auf seiner Seite stehen oder doch eher die Auffassung von Hardcastle teilen würde. Schließlich kam er aber zu der Überzeugung, daß Collingwood ihn sicherlich unterstützen würde.

Fergus bewegte sich wieder auf der unbequemen Ducht und erinnerte sich daran, daß Admiral Nelson einmal Collingwood als exzellenten Taktiker gelobt hatte, den man in einer Schlacht lieber auf der eigenen Seite haben sollte. Nun, das war also noch etwas, das zu seinen Gunsten sprach. Fergus beschloß, einfach auf einen guten Ausgang zu vertrauen.

Der Bootssteurer brachte die Gig elegant längsseits. Fergus erhob sich, stieg auf die Ducht und kletterte zur Eingangspforte empor. Er erwartete nicht, daß Admiral Collingwood an Deck sein würde, um ihn zu begrüßen, aber der Mann, der dort in der Uniform eines Admirals wartete, konnte niemand anderer sein. Fergus erkannte ihn dann auch, salutierte und ging auf ihn zu, während ihm Collingwood freundlich lächelnd die Hand reichte.

»Willkommen«, sagte er, »Admiral Nelson hat mir viel von Ihnen und von Ihrem Geschwader erzählt. Folgen Sie mir auf eine kleine Erfrischung in meine Kabine.«

Die Staatskabine war riesig und reich mit dicken Teppichen, Vorhängen und schweren Möbeln ausgestattet.

Auf der einen Seite des Tisches stand eine große silberne Schale, gefüllt mit Apfelsinen. Collingwood befahl seinem Steward, Portwein zu reichen, und dann forderte er Fergus auf, sich in einen der beiden reich verzierten Ledersessel zu setzen. Er ging zu einem Sideboard hinüber und nahm sich einen Teller mit Gabel und Messer und eine Orange.

»Möchten Sie auch eine?« erkundigte er sich.

Noch bevor Fergus den Mund öffnen konnte, setzte sich der Admiral, stach mit der Gabel in die Apfelsine und begann sie zu schälen. »Sie sollten mindestens eine Orange oder Zitrone jeden Tag essen. Das schützt vor Skorbut.«

Fergus war so damit beschäftigt, den Admiral zu beobachten, daß er zu antworten vergaß. Also hob Collingwood die Augenbrauen, irritiert ob des Schweigens.

Fergus wurde sofort rot und stotterte: »Äh, nein, danke. Ich habe heute schon meine Zitrone gegessen. Mein Steward wartet auf meinem Achterdeck mit vier Kisten Orangen, die wir in Gibraltar übernommen haben. Er wird sie Ihnen bringen, sobald ich zurück bin.«

»Vielen Dank für diese aufmerksame Geste. Auch Sie werden bald solch kleine Ereignisse zu schätzen wissen, wie es Ihr Besuch und Ihr nützliches Geschenk sind. Sie helfen, die Monotonie der Tage schneller vergehen zu lassen. Ich bin seit fast einem Jahr auf diesem verfluchten Schiff, ohne einen Fuß an Land zu setzen, und habe seitdem nur die kahlen Masten dieser verdammten Froschfresser da drüben angestarrt.«

Fergus räusperte sich. »Ich habe da noch ein kleines Geschenk für Sie. Eine meiner Slups hat gestern ein kleines Fischerboot gestellt. Wir haben dem Skipper seinen Fang abgekauft. Ich werde Ihnen den größten Teil davon an Bord schicken.«

»Gut. Wir wollen die kleinen Leute sowohl auf See als auch an Land gut behandeln, und außerdem sind die Fischer eine gute Nachrichtenquelle. Lassen Sie mich Ihnen ein paar Informationen zu Ihren Routineaufgaben geben, und Sie werden die Kunst der Blockadekriegführung schnell erlernen. Ich werde Sie morgen auf Patrouille schicken. Ihr Überwachungsbereich reicht von hier bis Gibraltar, und ich schlage vor, daß Sie Ihre Schiffe an der Südküste Frankreichs verteilen. Aber lassen Sie keine Routine einreißen, denn darauf wartet unser Feind nur. Ich werde Sie alle vier Monate entweder nach Gibraltar oder Sardinien schicken, wo Sie Wasser und Proviant übernehmen können. Um ehrlich zu sein, die Tage werden verdammt langsam vergehen, also lernen Sie, sich in Geduld zu fassen.«

Fergus hatte den Eindruck, daß Collingwood nach diesen Worten mit dem dienstlichen Teil des Gesprächs fertig war und entschied, den Fall Hardcastle anzusprechen. Er zog den Umschlag, der seinen Bericht enthielt, aus dem Uniformrock. »Sir, ich muß da noch eine sehr unangenehme Sache zur Sprache bringen. Ich bitte Sie, den Kommandanten der *Diligent*, Kapitän zur See Hardcastle, abzulösen. Ich habe hier die Einzelheiten seines fortgesetzten fehlerhaften Verhaltens aufgezeichnet.«

Fergus erhob sich und übergab dem Admiral den Umschlag.

Collingwood öffnete ihn, überflog schnell ein paar Seiten, dann warf er ihn neben die große Schüssel mit den Orangen. »Vielen Dank, Kommodore, aber ich ziehe es vor, wenn Sie mir einen kurzen mündlichen Bericht erstatten. Legen Sie los.«

Fergus räusperte sich umständlich. »Sir, Kapitän Hardcastle wurde vor Antritt der Reise von der Admiralität als Ablösung für Kapitän Essex an Bord geschickt. Kapitän Hardcastle war mehrere Jahre in der Verwaltung der Admiralität beschäftigt. Ich fürchte, daß seine mangelhaften Leistungen im Borddienst auf seine unzureichende Praxis auf See zurückzuführen sind.«

Collingwood hob abwehrend die Hand. »Genug! Ich kenne ihn.« Er erhob sich und marschierte in Gedanken versunken auf und ab. Dann blieb er abrupt stehen, und ein plötzliches Grinsen zog über sein gewöhnlich ernstes Gesicht. »Ah, ich habe die Lösung. Er ist ein ausgezeichneter Schreiberling und Verwaltungshengst. Ich kann ihn in meinem Stab brauchen.«

»Aber, Sir, ich wollte Ihnen wirklich keine Last aufbürden.«

»Das tun Sie nicht. Er stellt für mich sogar die Lösung eines großen Problems dar. Ich habe da einen Kapitän Sherrill, der seit sechs Monaten als mein Stabschef fungiert. Ehrlich gesagt, kann er seinen Namen schreiben, aber viel mehr auch nicht. Kapitän Sherrill ist verwundet worden, wurde von seinem Schiff abgelöst und sollte sich hier erholen, bis er nach Hause transportiert werden konnte. Dann aber wurde mein Stabschef vor sechs Monaten als Invalide in die Heimat entlassen, und es schien nur logisch, ihn durch Kapitän Sherrill zu ersetzen. Das war ein großer Fehler. Meine Berichte und Akten sind ein totales Chaos. Vermutlich ist man auf der Admiralität bereits der Meinung, daß ich aufgehört habe zu existieren.

Hardcastle kann das alles innerhalb einer Woche wieder ausbügeln.«

»Sir, aber was ist mit diesem Kapitän Sherrill?«

»Sie werden ihn mögen. Seine Besatzung hat ihn verehrt, er ist ein hervorragender Seemann und mutiger Kämpfer.« Collingwood lächelte wie ein satter Kater, der gerade eine Sahneschüssel sauber ausgeleckt hat. »Außerdem haben Sie im Moment gar keine andere Wahl. Falls Sie aber nicht mit ihm zufrieden sind, melden Sie sich in vier Monaten wieder.«

Fergus unterdrückte einen Seufzer. »Jawohl, Sir. Danke, Sir.«

»Ich werde ihn morgen auf die *Diligent* schicken. Bereiten Sie in der Zwischenzeit Kapitän Hardcastle auf den Wechsel vor.«

»Aye, aye, Sir. Ich bin sicher, daß er bei Ihnen vorsprechen will. Er wird vermutlich ganze Stapel von Berichten in der Hinterhand haben, die er Ihnen übergeben möchte.«

Bei dieser gräßlichen Vorstellung seufzte auch Collingwood tief auf. »Schicken Sie ihn herüber – mit den Berichten und dem ganzen Quark. Ich werde das Problem ausräumen. In der Zwischenzeit empfehle ich Ihnen, mit ihm noch heute abend zu sprechen. Vielleicht sieht er ein, daß dieses Arrangement für alle Beteiligten das beste ist. Nochmals vielen Dank für die Apfelsinen und den Fisch.«

Fergus stand auf und verabschiedete sich. Die Rückfahrt schien ihm erstaunlicherweise viel kürzer zu sein als der Hinweg, und auch die Ducht war bei weitem nicht mehr so unbequem. Als Fergus wieder auf der *Daring* anlangte, marschierte Kapitän Hardcastle mit einem dicken

Aktenordner unter dem Arm auf dem Achterdeck ungeduldig auf und ab.

Kaum daß Fergus das Achterdeck gegrüßt hatte, bestürmte ihn Hardcastle: »Sir, ich erbitte die Erlaubnis, den Admiral so bald wie möglich sprechen zu dürfen.«

Fergus verdrehte die Augen gen Himmel. »Herr Kapitän, bevor Sie hinüberfahren, kommen Sie zuerst mal mit in meinen Salon.« Er drehte sich um und steuerte seine Kabinentür an.

Hardcastle folgte ihm und setzte sich, ohne dazu aufgefordert worden zu sein.

Fergus ließ sich auf einen bequemen Stuhl fallen und sah Hardcastle an. »Herr Kapitän. Ich weiß, warum Sie mit dem Admiral sprechen wollen. Lassen Sie uns erst in aller Ruhe ein paar Minuten reden. Wie Sie sich sicherlich vorstellen können, habe ich den Admiral gebeten, Sie von Ihrem Kommando abzulösen.«

»Jawohl, Sir, ich war mir sicher, daß Sie das gemacht haben.«

»Aber bevor Sie voreilige Schlüsse ziehen, möchte ich Ihnen mitteilen, was geschehen ist. Ich habe meinen Bericht vorgelegt, und er hat entschieden, Sie zu seinem Stabschef zu ernennen.«

Hardcastle schluckte schwer, seine flink herumhuschenden Frettchenaugen zwinkerten nervös. »Ich verstehe nicht ganz, Sir.«

Fergus vermied es, ihm in die Augen zu blicken. »Er benötigt Ihre speziellen Fähigkeiten dringend, um seine Korrespondenz, seine Akten und die gesamte Verwaltung wieder auf die Reihe zu kriegen. Ich schlage vor, daß Sie hinüberfahren und mit dem Admiral ein ausgiebiges, friedliches Gespräch führen. Er kann es arrangieren, daß Sie schon morgen abgelöst werden. Ich denke, daß dieser Wechsel für alle Seiten nützlich sein wird.«

Hardcastle lächelte zum ersten Mal, seit Fergus mit ihm zusammengetroffen war. »Ich komme trotzdem um die Erlaubnis ein, beim Admiral vorstellig werden zu dürfen.«

»Natürlich. Und informieren Sie mich nach Ihrem Besuch, was dabei herausgekommen ist.«

Zwei Stunden später legte die Gig der *Diligent* am Fallreep der *Daring* an, und Kapitän Hardcastle krabbelte blitzschnell die Stufen an der Bordwand zum Deck hinauf. Fergus erwartete ihn.

Hardcastle strahlte über das ganze Gesicht wie ein Honigkuchenpferd. »Herr Kommodore, ich muß schnell zurück auf mein Schiff. Es war so, wie Sie es vorhergesagt haben. Kapitän Sherrill wird mich morgen ablösen. Es wird nur ein kurze, schnelle Zeremonie geben. Ich muß sofort wieder zurück auf das Flaggschiff.«

Fergus unterbrach ihn: »Das ging ja sehr schnell. Hat er sich die Zeit genommen, Ihren Bericht durchzulesen?«

»O nein, dafür war keine Zeit. Er hat ihn auf einen anderen Bericht geworfen, der auf dem Sideboard neben einer silbernen Schüssel mit Orangen lag, und meinte, daß er später noch sehr viel Zeit haben würde, ihn in Ruhe durchzulesen.«

Kapitän Sherrill hatte das Schiff schnell im Griff. Schon nach wenigen Tagen schien sich die Besatzung wieder von dem Alptraum erholt zu haben. Radcliffe kehrte nach einem schnellen Streifzug nach Proviant mit dem Steward der *Diligent* mit der Nachricht zurück, daß die Mannschaften wieder grinsten und in den üblichen Arbeitsklamotten schwer schufteten. Aber im Rigg wurde nicht mehr geteert.

Fergus seufzte erleichtert. »Na, da fällt mir ein Stein vom Herzen. Ich kann jetzt wieder ruhiger schlafen.«

Zwei Tage später versegelte Fergus' Geschwader in das Patrouillengebiet und bildete dort eine Suchkette entlang der französischen Küste. Die drei Fregatten standen fünfzig Meilen auseinander, wobei die *Diligent* am weitesten westlich postiert war. Die beiden Slups begleiteten die anderen beiden Schiffe, jedes Schiff sollte in Sicht der Küste verbleiben, so daß kein fremdes Schiff zwischen ihnen und der französischen Küste durchschlüpfen konnte.

Poston plottete die Überwachungspositionen auf einer großen Karte mit, die auf dem Eßtisch in Fergus Salon lag. Danach trat er einen Schritt zurück und betrachtete sein Kunstwerk. Er schüttelte den Kopf. »Wirklich sehr hübsch«, stellte er selbstzufrieden fest, »aber was zum Teufel bringt uns das?«

Fergus schmunzelte. »Die Suchlinie paßt sich der Krümmung der Küstenform an. Wir wollten versuchen, die Franzosen daran zu hindern, aus Toulon auszubrechen und nach Barcelona oder in einen anderen spanischen Hafen zu gelangen, geschweige denn, sie die Straße von Gibraltar passieren und in einen französischen Atlantikhafen schlüpfen zu lassen.«

»Verdammt! Ich gehe davon aus, daß wir ein kleines Schiff erobern oder zerstören können, aber was ist mit einem Dickschiff mit sechzig Kanonen oder mehr?«

»Da müssen wir einen Weg finden, es mit vereinten Kräften zu überwältigen. Unsere Slups können dabei nicht viel ausrichten, außer die Nachricht mit der Bitte um Hilfe dem Admiral vor Toulon zu übermitteln.«

»Doch da gibt es schon noch etwas, was sie tun können. Vergessen Sie nicht ihre dicken giftigen ›Stacheln‹ im Bug!«

Fast vier Monate lang patrouillierten die Schiffe des Geschwaders monoton ihre Strecke ab, ohne ein einziges Schiff zu sichten. Dann, wie ein Blitz aus heiterem Himmel, rief der Ausguck eines Morgens: »An Deck! Segel in Sicht! Ein großes. Vermutlich sechzig Kanonen!«

Poston, der Wachoffizier war, keuchte überrascht: »Das ist mehr, als wir abbeißen wollten, und mehr, als wir schlukken können.«

Nachdem er von einem aufgeregten Läufer benachrichtigt worden war, stürzte Fergus an Deck. Er war noch damit beschäftigt, hastig seine Kleidung zu ordnen, als Poston auf das große Schiff deutete, das sich hoch aufragend über den Horizont weiter auf sie zuschob, da es auf einem konvergierenden Kurs lag.

Fergus stieß geräuschvoll den Atem aus. »Und was machen wir jetzt?«

Poston sah erstaunt aus. »Eigentlich ist es meine Aufgabe, das Sie zu fragen. Mir fällt nämlich nichts Besseres ein, als den dicken Fisch da drüben zu beschatten und eine Slup zu Admiral Collingwood zu schicken.«

»Schon recht, aber noch nicht jetzt. Wir brauchen die Slup jetzt selbst.«

»Warum denn das?«

»Wenn meine Vermutung stimmt, dann kommt der Franzose aus einem kleinen französischen Hafen und versucht in den Atlantik durchzubrechen, um sich einer der dort stationierten französischen Flotten anzuschließen.«

»Aber wir können ihn nicht daran hindern.«

»O doch, das können wir sehr wohl. Wir haben zwei weitere Fregatten auf seinem Fluchtweg stationiert. Ich werde die *Hatchet* vorschicken, damit sie blitzschnelle Angriffe auf seinen Bug und sein Heck durchführt. Sobald das Schlachtschiff den Kurs ändert, um seine tödlichen Hauptbatterien einzusetzen, werden wir unsererseits sein Heck oder den Bug beschießen. Wenn es dann wieder dreht, um sich uns zu widmen, ziehen wir uns zurück und lassen die Slup wieder zubeißen.«

»Das hört sich an wie eine Wiederholung dessen, was wir draußen auf dem Atlantik mit dem französischen Invasionsgeschwader gemacht haben.«

Fergus nickte bestätigend. »Und da hat es gut funktioniert! Rufen Sie jetzt bitte die *Hatchet* längsseits, damit wir die Manöver durchsprechen können.«

Nachdem der Kommandant der *Hatchet* instruiert worden war, brauste er mit hoher Fahrt davon, um sich vor das Dickschiff zu setzen. Er konnte circa fünf Knoten schneller als der schwerfällige Zweidecker laufen, und schon gegen Mittag war er in einer Position, aus der er mit den Angriffen beginnen konnte.

»Kommodore, wollen Sie das Linienschiff alleine zur Strecke bringen?« erkundigte sich Poston zweifelnd.

Fergus lächelte verkniffen. »Es ist dasselbe Spiel wie mit den Hunden und dem Bär. Erst nur ein Biß hier und dann einer dort. Aber irgendwann wird er verbluten.«

Poston schüttelte den Kopf. »Dafür werden aber verdammt viele Bisse nötig sein.«

»Vergessen Sie nicht, in ein paar Stunden werden wir mit der *Diligent* unter Kapitän Sherrill zusammentreffen, dann sind wir schon zwei Bulldoggen.«

»Jetzt blicke ich langsam durch, was Sie vorhaben. Morgen früh werden wir noch einen Bluthund einsammeln, da dann die *Daring* zu uns stoßen wird. Dann werden wir uns in den Feind verbeißen.«

»Sie haben es begriffen. Lassen Sie uns in der Zwischenzeit erstmal alleine kräftig zubeißen. Dieses Mal widmen wir uns dem Heck und pumpen es voll Eisen.« Nach ein paar Minuten war der Zweidecker im Feuerbereich der Buggeschütze, und Fergus befahl: »Feuer frei!«

Das Schlachtschiff erwiderte das Feuer mit seinen zwei Heckgeschützen. Die beiden Kugeln krachten auf das Vordeck der *Daring* und zerschmetterten eine Lafette. Splitter sausten durch die Luft, Fergus spürte einen Schlag am Kopf. Dann wurde es dunkel um ihn.

Durch das Geräusch des Geschützfeuers am Bug kam Fergus wieder langsam zu sich. Er erkannte das Donnern seiner Buggeschütze, hob den Kopf und sah sich um. Schiffsarzt Pollitt drückte den Kopf wieder nach unten auf das harte Deck.

»Herr Kommodore, bleiben Sie eine Weile ruhig liegen, Sie haben eine Gehirnerschütterung.«

»Aber wir befinden uns in Gefahr, da muß ich aufstehen.«

»Leutnant Poston hat alles unter Kontrolle. Er hat ein paar Salven abfeuern lassen, jetzt dreht er ab.«

»Was ist passiert?«

»Wir haben zwei Treffer bekommen. Dabei sind ein paar Schäden verursacht und vier Männer verwundet worden. Ich werde mich sofort um sie kümmern, sobald ich sicher sein kann, daß Sie eine Weile ruhig auf dem Deck liegen bleiben werden. Radcliffe ist hier. Sollten Sie etwas benötigen, sagen Sie es ihm. Sobald ich zurück bin, werde ich Sie wahrscheinlich langsam aufstehen lassen.«

»Was, zum Teufel, hat mich getroffen?«

»Ein Stück der Lafette.«

Poston kam zu ihnen herüber. »Wie fühlen Sie sich, Herr Kommodore?«

»Ich habe verteufelte Kopfschmerzen, aber ich scheine nicht zu bluten.«

»Das ist richtig. Der Arzt sagt, daß Sie bald wieder in Ordnung sein werden.«

»Was ist mit dem Franzosen?«

»Wir haben mit zwei Kugeln sein Achterdeck getroffen, aber ich glaube, daß wir etwas zu dicht herangegangen sind.«

»Und die *Hatchet*?«

»Sie hat vorne bei den Welschen ein paar gute Treffer anbringen können. Die Fock besteht nur noch aus Putzlappen.«

»Sehr gut, aber wir müssen die Froschfresser noch stärker belästigen.«

»Wie Sie schon richtig sagten, wird uns in wenigen Stunden die *Diligent* erreichen, dann werden wir ernsthaft mit der Arbeit beginnen.«

Nach zwei Stunden stand Fergus wieder fest auf den Beinen und war geistig voll da, allerdings hatte er immer noch heftige Kopfschmerzen.

Dann meldeten die Männer im Ausguck: »Segel recht voraus!«

Fergus machte sich gar nicht erst die Mühe, das gemeldete Objekt durch sein langes Teleskop zu betrachten. »Das ist die *Diligent.* Jetzt werden wir mal sehen, ob ihr neuer Kapitän zu kämpfen versteht.«

Als ob er die Absichten seines Kommodores instinktiv erfaßt hätte, bezog Kapitän Sherrill eine Position querab an Backbord des französischen Schiffes. Die beiden Fregatten wechselten sich mit ihren Angriffen auf das Heck des Linienschiffes ab, bis es zum äußersten gereizt zum Gegenangriff aufdrehte, um seine wahrlich gefährlichen Breitseiten zum Tragen zu bringen. Dann verkürzte das Schiff vor ihm den Abstand und bestrich es über die ganze Schiffslänge mit Breitseiten, bis der Franzose wieder zurückdrehte, um dem Kugelhagel zu entgehen. Auch die Slup konnte ein paar Treffer mit ihrem 32-Pfünder anbringen, bevor auch sie sich wieder aus dem Staub machen mußte. Das französische Schiff erlitt immer mehr Schäden, je weiter der Tag voranschritt.

Fergus konstatierte voller Genugtuung: »Ich mag es, wie Kapitän Sherrill sofort die Situation erfaßt hat, ohne daß ich ihm lange Instruktionen geben mußte.«

Im Licht der nächsten Morgendämmerung stieß die *Dashing* zu ihnen, früher als Fergus damit gerechnet hatte, wahrscheinlich war sie durch den Geschützdonner alarmiert worden.

»Mein Gott«, rief Poston mit gespielter Verzweiflung aus, »wo sollen wir die denn noch einsetzen?«

»Es ist immer noch genug Platz für einen Mitspieler. Wir stehen nur noch fünfzig Meilen von Gibraltar entfernt, und wir müssen die verdammten Frenchies stellen, bevor wir dort ankommen und sie entwischen. Setzen Sie das Angriffssignal!«

Alle drei Fregatten gingen abwechselnd auf die maximale Schußentfernung heran und begannen den Franzosen mit Breitseiten einzudecken. Unter dem Kugelhagel aus verschiedenen Richtungen konnte sich das Linienschiff nicht auf einen Gegner konzentrieren, denn die Briten schlossen nach Belieben heran und zogen sich ebenso schnell wieder zurück. So wechselten sich die Schiffe ständig ab. Nach und nach gingen die Segel des Schlachtschiffs in Fetzen, und die Feuergeschwindigkeit nahm deutlich ab, auch fielen immer mehr Geschütze aus. Schließlich schlich es nur noch mit zwei Knoten dahin. Dann zeigte sich, daß es auch noch einen Ruderschaden davongetragen hatte und nicht mehr manövrierfähig war. Die zerfetzte Flagge sank müde auf die Heckreling herunter.

Fergus wandte sich an Poston: »Sie haben die Ehre, das Schiff als Prisenkommandant in den Hafen zu bringen. Nehmen Sie die erforderlichen Männer mit, um das Rudergeschirr zu reparieren, dazu eine Abteilung Seesoldaten. Geben Sie mir Bescheid, wenn Sie die Fahrt fortsetzen können, und wir eskortieren Sie nach Gibraltar, um dort Proviant und Wasser zu übernehmen. Außerdem dürften weitere Reparaturen nötig sein.«

»Das dürfte das kürzeste selbständige Kommando in der Geschichte der Royal Navy werden. Vielleicht sollte diese Ehre besser unserem Nachwuchs, dem Midshipman Searles, zuteil werden.«

»In Ordnung. Holen Sie ihn her, damit ich ihn instruieren kann.«

»Sofort, Sir.«

Lombardi, der in der Zeit des Starkwinds mehrere Tage lang seine Kommandos hatte brüllen müssen, kommentierte grinsend mit krächzender Stimme: »Ich werde bald meine Kommandos mit Handzeichen übermitteln müssen, aber Sie haben im Augenblick ja nichts zu tun, oder bringen Sie die Prise in den Hafen?«

»Ich glaube, Sie wollen mich veräppeln. Aber ich übernehme gerne das Brüllen für Sie.«

20
Nelsons Rückkehr

So wie es seine Gewohnheit war, machte sich Fergus sofort nach dem Festmachen auf, um dem Hafenadmiral seinen Besuch abzustatten. Der Admiral war erfreut, ihn wiederzusehen und erhob sich, um ihn zu begrüßen. »Sie bringen immer etwas Aufregung in unser Leben. Was haben Sie denn diesmal auf dem Herzen? Übrigens, ich werde Ihnen Ihre sechs Deserteure wieder an Bord schicken. Die Mitglieder des Kriegsgerichts waren der Meinung, daß mildernde Umstände zu berücksichtigen waren, und hielten vier Monate schwere Zwangsarbeit als Bestrafung für angemessen. Anscheinend genießt Ihr Kapitän Hardcastle in der Royal Navy allgemein einen zweifelhaften Ruf.«

»Danke. Das Schiff hat inzwischen einen neuen Kommandanten und braucht die Männer an Bord. Fähige Seeleute sind auf See nur schwer zu finden, übrigens findet morgen auf meinem Schiff ein kleines Fest statt.«

»Ich werde die lokalen Polizeieinheiten anweisen, Sie nicht zu belästigen. Was wird denn gefeiert?«

»Ach, der Ehrentag des heiligen Lombardi.«

»Von dem habe ich noch nie gehört.«

»Na, dann kommen Sie doch abends zu uns an Bord, dann können Sie ihn persönlich singen hören.«

»Ich glaube, Sie wollen mich auf den Arm nehmen, aber genießen Sie die Zeit. Die Tage im Hafen sind in der Regel knapp bemessen.«

Als Fergus zurück an Bord war, rief er Poston zu sich. »Poston, wir werden ein Fest für das gesamte Geschwader veranstalten. Unterrichten Sie den Kommandanten davon, daß wir ein Festessen zu Ehren des heiligen Lombardi geben werden.«

Poston schaute verdutzt aus der Wäsche: »Von dem habe ich nie etwas gehört.«

»Sie werde es noch früh genug verstehen, aber geben Sie inzwischen die Nachricht weiter. Das Fest wird auch zu Ehren der Eroberung der *Saint Christophe* abgehalten, Ihrem potentiellen Kommando, das Sie kürzlich so leichtherzig verschmäht haben.«

»Gut, das sehe ich ein. Aber was ist mit dem heiligen Lombardi?«

»Es handelt sich natürlich um unseren Lombardi.«

»Nun, manchmal kommt mir die Idee, daß er keineswegs ein Heiliger ist. Jedenfalls redet er keineswegs wie einer.«

»Sie sprechen eben nicht genug Latein oder Spanisch, sonst würden Sie wissen, daß er alle Heiligen in mehreren Sprachen beschwört, wenn sich die Toppgasten nicht schnell genug bewegen, um ihn zufriedenzustellen.«

Poston zuckte mit den Schultern. »Und ich dachte, es würde sich nur um die guten alten Flüche handeln.«

»Jetzt wollen wir uns um die Feinheiten kümmern. Das Ziel ist, daß die Crews wieder so ein gelungenes Fest bekommen wie zu Weihnachten. Teilen Sie den Kommandanten auch mit, daß sie die Rumration verdoppeln sollen. Außerdem werde ich wieder ein Fäßchen Brandy pro Schiff aus meiner eigenen Tasche bezahlen.«

Poston grinste. »Ich glaube, das habe ich verstanden. Ich werde sofort alles in die Wege leiten. Ich werde auch wieder ein paar freundliche Kellnerinnen für uns in die Einladung einbeziehen. Die anderen Schiffe werden sich alleine um die holde Weiblichkeit bemühen müssen.«

»Geben Sie bekannt, daß der folgende Tag arbeitsfrei ist, weil er auf den Namenstag des heiligen Dominik fällt.«

»Ist das nicht der Vorname von Kapitän Puller?«

»Sie beginnen das System zu durchschauen.«

Das Festmahl verlief zur vollen Zufriedenheit aller Beteiligten. Zwei Tage später begannen die Arbeiten für die Übernahme der Verpflegung. Als die Männer damit halb fertig waren, kam der Hafenadmiral Stark zu Besuch an Bord.

Nachdem es sich Fergus und der Admiral bei einem Glas Portwein gemütlich gemacht hatten, begann Stark: »Ich habe eine Überraschung für Sie, Herr Kommodore. Sie werden fünf weitere Tage im Hafen liegen bleiben müssen.«

Fergus grinste. »Das ist eine ungewöhnliche, aber erfreuliche Nachricht. Was ist passiert?«

»Nun, Sie sind ja ständig auf See gewesen, seit Sie hier in dieser Region angekommen sind, daher sind Sie nicht mehr mit den politischen Gegebenheiten vertraut, mit denen sich unser Land herumschlagen muß. Napoleon plant neue Missetaten und die meisten im Bereich des Mittelmeers. Sogar seine Admirale bereiten sich darauf vor auszulaufen.«

Fergus sprang auf und begann auf dem Deck hin und her zu marschieren, dann schlug er aufgeregt mit der Faust gegen ein Schott. »Verdammt!« knurrte er. »Aber das bedeutet auch, daß Admiral Nelson bald in See gehen wird.«

»Sie sind ein Hellseher. Das ist er schon. In der Tat befindet er sich auf seinem zeitweiligen Flaggschiff *Amphion* und passiert gerade die Ansteuerung nach Gibraltar. Er möchte, daß seine Reise nach Toulon noch geheimgehalten wird, darum ist der Hafen geschlossen. Aber ich war der Meinung, daß Sie es verdienen, den Grund dafür zu erfahren. Ich vermute, daß er Sie empfangen möchte, sobald die Geheimnistuerei vorbei ist. Sei es vor Toulon oder wo immer er sich dann aufhalten wird.«

Fünf Tage später führte Fergus seine Flottille aus dem Hafen und eilte so schnell wie möglich nach Toulon zurück.

Als er am 8. Juli auf der Reede erschien, konnte Fergus Nelsons Flaggschiff nicht finden. Aber offensichtlich war Admiral Collingwood abgelöst worden und abgesegelt. Fergus ließ seine Gig klarmachen und ließ sich zu dem Linienschiff hinüberpullen, auf dem die Admiralsflagge wehte.

Konteradmiral Bickerton erwartete ihn auf dem Laufgang. »Guten Morgen junger Mann, ich weiß, daß Sie Admiral Nelson suchen. Ein jeder hier im Mittelmeer, außer den Franzosen und den Spaniern, scheint nach ihm zu suchen. Aber er befindet sich an Bord der *Amphion,* die ein ziemlich überfülltes Flaggschiff abgibt.«

Fergus runzelte die Stirn. »Und wo könnte die *Amphion* stecken?«

»Versuchen Sie es mit Palma oder Sardinien oder noch an einem halben Dutzend anderer Orte. Ich schlage vor, daß Sie eine Vergnügungsreise unternehmen, um ihn zu suchen. Er hat versprochen, Ende Juli wieder hier zu sein. Bis dahin wird auch die *Victory* eingetroffen sein, ich weiß, daß er dort an Bord gehen will. Möchten Sie auf eine kleine Erfrischung mit in mein Quartier kommen?«

»Nein, vielen Dank. Sir. Ich möchte mich so schnell wie möglich auf den Weg machen, um Admiral Nelson zu finden.«

»Ganz wie Sie wünschen.« Bickerton zog die Schultern hoch. »Aber er ist schwer zu finden.«

Fergus machte sich, ohne Zeit zu verlieren, auf den Weg und entschied sich dafür, sein Glück zuerst in Palma zu versuchen. Aber als er dort ankam, war Nelson bereits lange wieder fort.

Der Hafenkapitän vermutete, daß er nach Sardinien unterwegs war. »Oder vielleicht auch nach Neapel«, überlegte er und hob die Augenbrauen etwas an. »Dort hat er alte Verbindungen, falls Sie verstehen, was ich meine, aber er ist, was seine Pläne angeht, ein eher verschlossener Typ, daher kann ich nur Vermutungen äußern.«

Fergus beschloß, dem Rat zu folgen, aber in Neapel hatte niemand Nelson gesehen.

»Versuchen Sie es mit Sardinien«, schlug ihm der Hafenkapitän vor. »Die *Amphion* ist zwar hier gewesen, aber nur Kapitän Hardy kam an Land, Admiral Nelson habe ich nicht gesehen.«

Fergus nickte. »Allerdings ist Kapitän Hardy sein Flaggkapitän, aber offensichtlich ist Admiral Nelson nicht an Land gegangen.«

Fergus machte sich auf den Weg nach Sardinien, aber am zweiten Tag auf See bekamen sie einen ausgewachsenen nordöstlichen Sturm aufs Haupt.

»Verdammt!« fluchte Poston. »Das ist ja schrecklich.« Er kämpfte einen schweren Kampf, um das Gleichgewicht zu halten und auf den Füßen zu bleiben. »Die Seen sind so kurz und steil, daß das Schiff wie ein gespannter Bogen zu vibrieren scheint.«

Fergus blies das Spritzwasser aus seinem Mund. »Sie sollten mehr lesen.«

»Warum denn das?«

»Dann wüßten Sie, daß es in diesem Seegebiet einen typischen Sturm gibt. Er kommt überraschend, ist bösartig und gefährlich. Die Griechen nannten ihn ›Poseidons Tränen‹.«

»Ich wußte gar nicht, daß die Götter jemals geweint hätten.«

»Das haben sie auch nicht. Der Name bedeutet nur, daß der Gott Poseidon mit dem Sturm den Seeleuten Tränen schickt.«

Poston wischte sich das klatschnasse Gesicht ab. »Ich verstehe, was Sie meinen. Ich für meinen Teil habe jede Menge davon.«

Sie kämpften unter dicht gerefften Segeln zwei Tage gegen den Sturm an, am dritten Tag nahmen sie wieder Kurs auf Sardinien. Als Fergus das Geschwader in Lee des Hafens ankern ließ, der von der Flotte normalerweise als Stützpunkt benutzt wurde, war dieser verwaist.

»Wieder verfehlt«, stellte Fergus mißmutig fest. »Wir werden hier unseren Proviant ergänzen und Nelson dann vor Toulon treffen.«

Poston kam an Deck. »Wie sieht Ihre Planung für den Proviant aus? Fünf Schiffe werden hier nicht allzuviele Lebensmittel auftreiben.«

»Wir werden es trotzdem versuchen. Es wird mehr geben, als Sie vermuten. Sobald uns die örtliche Bevölkerung an Land kommen sieht, wird sie in weitem Umkreis die Bäume schütteln.«

»Das mag ja sein, aber ich esse nur ungern Äste.«

»Das müssen Sie auch nicht. Man wird Gemüse herbeischaffen, Früchte und, falls wir Glück haben, sogar einen Ochsen und ein paar Schweine, falls nicht, eine ganze Menge magerer Ziegen.«

»Na gut. Ich werde den Zahlmeister, den Koch und den Bootsmann in die Spur schicken.«

»Schicken Sie Lombardi mit. Sie werden einen Übersetzer brauchen. Und vergessen Sie nicht, alle leeren Wasserfässer, die Sie finden können, zum Füllen an Land zu schicken. Lombardi behauptet, daß es hier das beste Wasser im ganzen Mittelmeerraum gibt.«

Innerhalb einer Stunde waren alle Ruderboote unterwegs. Ihre Besatzungen pullten energisch und waren wohl schon in Gedanken bei einem kühlen Schluck des süffigen italienischen Weins, während die Vorgesetzten schwitzend im Hinterland nach Nachschub suchten.

Drei Stunden später rief Poston Fergus aufs Achterdeck. »Das ist die verdammt seltsamste Prozession, die ich jemals gesehen habe!« schnaufte er und deutete auf die Reihe von Booten, die sich dem Schiff näherte.

Fergus schaute hinüber und brach in ein schallendes Gelächter aus. »Das eine Boot ist voller Wasserfässer, das habe ich auch nicht anders erwartet. Das andere ist halb mit Gemüse und frischem Obst gefüllt, es hat aber auch noch eine Barkasse im Schlepp, auf der von vier Sarden Ziegen bewacht werden.«

»Ja, und ich glaube, sie sind vollauf damit beschäftigt, die Ziegen daran zu hindern, über Bord zu springen. Wenn ich eine Ziege wäre, dann würde ich es auf jeden Fall probieren. Doch wie es scheint, haben die Viecher keinen Erfolg.«

Nach ein paar Minuten angestrengten Pullens waren die Boote längsseits. Lombardi kletterte das Fallreep empor, der Zahlmeister und der Bootsmann sowie der Koch folgten ihm.

»Mein Gott!« stöhnte Fergus. »Was für ein Gestank!«

»Ziegen«, stellte Lombardi lakonisch fest.

»Und Sarden«, fügte der Bootsmann hinzu. »Meiner Meinung nach stinken sie gleich.«

Lombardi ging hoch: »Wenn Sie die verdammten Biester den ganzen Tag lang hüten müßten, würden Sie genauso riechen.«

Fergus hielt sich empfindlich die Nase zu. »In dem einen Boot wäre doch noch Platz für die Stinktiere gewesen. Das Boot mit dem Gemüse ist doch nur halb voll. Wenn Sie die Ziegen dort hineingestaut hätten, hätten Sie die Kosten für die Barkasse sparen können.«

Lombardi lachte. »Den Vorschlag hat der Zahlmeister auch gemacht, aber der Anführer der sardischen Hirten hat ihm klar gemacht, daß dann das Gemüse im Inneren der Ziegen verschwunden wäre, noch bevor wir hier ankämen. Wenn wir darauf bestehen würden, dann wollte er das Geld für das Gemüse und die Ziegen haben, bevor wir den Strand verlassen. Das lehnte der Zahlmeister ab, also mußten wir einen Kompromiß suchen, der uns allerdings etwas mehr Geld gekostet hat.«

Fergus konnte den Gestank nicht länger aushalten, er trieb die Gruppe nach vorne. »Was können wir gegen den Gestank unternehmen? Der Stall wird ihn nicht abhalten, sogar dann nicht, wenn er in Lee liegt.«

Der Bootsmann erklärte: »Ich hole die Viecher mit einer Schlinge an Bord, die um den Bauch der Ziege gelegt wird. Wir heben die Tiere dann aus der Barkasse und döppen sie ein paar Mal, bevor wir sie im Stall absetzen.«

Poston kratzte sich am Kinn. »Wie war das mit dem ›döppen‹? Dieses Wort habe ich noch nie gehört.«

Lombardi lachte amüsiert. »Das ist ein deutsches Wort, wenn man etwas unter Wasser taucht.«

»Oh, ich verstehe, aber das wird nicht klappen. Die einzige brauchbare Alternative ist, die Ziegen so schnell wie möglich zu verspeisen.« Er wandte sich an den Koch. »Wird die Mannschaft das Ziegenfleisch essen?«

»Immer noch besser als das olle Salzfleisch«, stellte der Koch lakonisch fest, »wenn die Männer Kohldampf schieben, futtern sie alles.«

Lombardi frotzelte: »Man hat mir gesagt, daß das Fleisch der sardischen Ziegen so dünn und zäh ist, daß man daraus Leder herstellen kann, ohne es zu gerben.«

»Das glaube ich nicht«, widersprach Fergus. »Ich werde Evan anweisen, mir versuchsweise eine Suppe daraus zu kochen. Wenn ich die essen kann, dann kann es die Besatzung auch, und wenn die Männer dann noch immer nicht wollen, wird der Koch seine Gewürzkiste hineinschütten, und dann müssen sie den Fraß weghauen!«

Poston brummte vor sich hin: »Wenn ich mit an Land gewesen wäre, dann hätte ich jeder Ziege einen Tampen um den Hals gebunden und hätte sie zum Schiff herausschwimmen lassen. Dann wären sie alle hier verdammt sauber angekommen.«

Geduldig erklärte ihm Lombardi: »Sardische Ziegen können nicht schwimmen. Sie verfügen nicht über genügend Fett, um über Wasser zu bleiben. Sie wären hier alle tot angekommen.«

Poston zuckte gleichmütig mit den Schultern. »Jedenfalls stinken sie.«

Fergus unterbrach ihn: »Genug damit. Jetzt kümmern Sie sich um das Ausladen der Boote. Ich möchte wieder auslaufen. Was haben die anderen Schiffe für Vorräte zusammenbringen können?«

»Ungefähr dasselbe wie wir«, erwiderte der Zahlmeister. »Die *Diligent* hat auf Ziegen verzichtet. Sie meinten, die würden etwas zu streng duften. Das könnte das liebliche Aroma des Schiffes überdecken.«

Fünf Tage später, nachdem ein weiterer Sturm abgeritten worden war, kam das Geschwader wieder vor Toulon an. Fergus suchte die Reede ungeduldig mit seinem Fernglas ab. Schließlich entspannte er sich und ließ das Glas sinken.

»Die *Victory* ist da. Sobald wir nahe genug dran sind, setzen Sie bitte das Signal, daß ich um Erlaubnis bitte, den Admiral sprechen zu dürfen.«

Die Antwort erfolgte prompt.

Fergus ließ seine Gig klarmachen und war schon bald

auf dem Weg zum Flaggschiff. Als sich das Boot dem Heck der *Victory* näherte, blickte der Bootssteurer zu dem hoch über ihnen aufragenden Aufbau empor.

»Mein Gott!« rief er aus. »Das sieht ja wie eine Mietskaserne in Soho aus. Aber hier ragen gar keine Heckgeschütze achtern raus, wie wir sie haben. Jedes Schiff, das sich hinter ihr Heck schleichen kann, wenn die da oben nicht aufpassen, kann ihnen wortwörtlich Feuer unter dem Hintern machen.«

»Das wird nicht so einfach sein. Wenn eine Schlacht bevorsteht, werden die Fenster geöffnet, hinter denen zwei große Heckgeschütze stehen. Jeder, der sich mit der *Victory* anlegen will, würde sein blaues Wunder erleben.«

»Oh, da werden die Teppiche des Admirals ganz schön leiden, wenn die Geschützmannschaften mit ihren hornigen, dreckigen Füßen darauf herumtrampeln.«

»Nein, denn die werden zusammengerollt und in den Laderaum geschafft. Außerdem sind sie aus Segeltuchquadraten zusammengesetzt und sehr haltbar. Der Admiral bewohnt das mittlere Appartement, wie man die Räumlichkeiten wohl mit Fug und Recht bezeichnen kann, der Kommandant das obere und die Offiziere teilen sich das untere. Alles in allem ein gemütliches Arrangement, aber nicht ganz nach meinem Geschmack. Ich ziehe kleinere und schnellere Schiffe vor.«

Ein paar Minuten später legte der Bootssteurer die Gig längsseits an das Fallreep an. Fergus dachte, daß er eine Ewigkeit zum Hinaufklettern brauchte, aber nach einiger Zeit erreichte er die Eingangspforte und legte eine Pause ein, um tief durchzuatmen. Der Adjutant erwartete ihn, eskortierte ihn in die Staatskabine, klopfte an die Tür und kündigte an, daß Kommodore Kilburnie da wäre.

»Ah, treten Sie ein«, antwortete die bekannte Stimme, und Fergus trat ein. Er sah sich in der plüschigen Einrichtung des Salons um, während er weiterging. Nelson erhob sich hinter seinem Schreibtisch und trat vor, um ihn zu begrüßen. »Willkommen, alter Junge, ich habe Sie vermißt. Es freut mich, daß wir wieder zusammen sind. Wie finden Sie meine Antiquitäten?«

»Sehr schön«, meinte Fergus.

Nelson schmunzelte: »Nicht schlecht für ein Seeschiff.«

Fergus grinste breit, während er Nelsons Hand schüttelte. »Sir, ich freue mich auch, daß ich wieder unter Ihrem Kommando stehe. Die Tage von Kopenhagen liegen weit zurück. Welche Aufgaben haben Sie für mich und mein Geschwader vorgesehen?«

»Nun, ich habe mir gut gemerkt, daß die hervorragende Eigenschaft Ihrer Schiffe die Geschwindigkeit ist, und ich habe vor, mich ihrer zu bedienen. Aber zuerst habe ich einen Brief Ihres Onkels Jeris für Sie. Lesen Sie ihn, während ich ein paar Briefe unterzeichne. Dann besprechen wir die Einzelheiten meiner Befehle für Sie.«

Fergus nahm den Brief entgegen und öffnete ihn vorsichtig. Als er ihn durchgelesen hatte, schaute er mit einem fröhlichen Lächeln auf.

Nelson erkundigte sich: »Was für eine gute Nachricht haben Sie denn bekommen?«

»Ich habe einen zweiten Sohn. Es geht ihm gut.«

»Das freut mich zu hören. Ich bin sicher, daß er so hübsch wird wie seine schöne Mutter. Wie ist denn sein Name?«

Fergus zögerte. »Ich hoffe, daß meine Gattin nicht zu anmaßend war. Er heißt Horatio.«

Nelson schlug sich klatschend auf die Oberschenkel. »Das ist gut! Ich fühle mich geehrt. Mögen Sie noch viele Söhne bekommen, aber das wird bei Ihren langen Aufenthalten auf See schwierig werden.«

Der nüchterne Alltag hatte Fergus wieder. »Ja, aber ich habe jetzt schon vier Kinder, das sollte reichen. Sir, Sie sagten, daß Sie Befehle für mich hätten.«

Nelson stand wieder von seinem Schreibtisch auf. »Lassen Sie uns erst mal an Deck gehen. Wir sollten uns ein wenig Sonne gönnen.«

Als sie oben ankamen, lud ihn Nelson ein: »Bitte, setzen Sie sich zu mir. Es ist Zeit für mich, einen Sherry und ein paar Kekse zu mir zu nehmen. Ein paar Mitglieder meines Stabes werden sich zu uns gesellen.« In dem Bereich des Achterdecks, der für den Admiral reserviert war, standen ein paar zu einem Kreis angeordnete Sessel. Nelson deutete auf einen großen Ledersessel. »Setzen Sie sich in diesen da drüben. Er gehört meinem Flaggkapitän Hardy, aber der wird heute nicht dabei sein. Er ist krank.«

»Das tut mir leid. Was hat er denn?«

»Den flotten Gang. Ich hatte ihn nach Neapel geschickt, wo er dem dortigen Botschafter ein paar Dokumente überbringen sollte. Hardy ißt gerne, also hat er in einem seiner bevorzugten Restaurants einen Zwischenaufenthalt eingelegt. Jetzt wünscht er, daß er das unterlassen hätte.«

Fergus nickte mitfühlend. »Mein Segelmeister ist Neapolitaner. Er behauptet, daß man ein Leben lang braucht, das für Neapel erforderliche Immunsystem aufzubauen. Sogar die Italiener haben damit Schwierigkeiten.« Währenddessen trudelten ein paar Mitglieder des Stabes ein und setzen sich zu ihnen. Nelson stellte sie vor: »Das ist Doktor Scott. Er ist kein Arzt, er ist ein gelernter Sekretär, der meine fremdsprachige Korrespondenz auf dem laufenden hält, er spricht ein Dutzend Sprachen. Ich habe noch einen Mister Scott in meinem Stab, der mein eigentlicher Sekretär ist.«

Doktor Scott sagte: »Ich habe mitgehört, worüber Sie sich unterhalten haben. Ich mag zwar kein Knochenflikker sein, aber wenn Sie Admiral Nelsons täglicher Routine folgen, werden Sie so gesund sein, wie er es ist. Doch falls Sie in Neapel an Land gehen, gibt es kein Entrinnen.«

»Ich werde daran denken, aber wir haben gerade unsere letzten Gemüse- und Obstvorräte von Sardinien verbraucht. Allerdings verfüge ich noch über ein paar Kisten Orangen aus Gibraltar.«

»Sehr schön. Das wird Ihnen guttun.« Doktor Scott fuhr fort: »Eigentlich bin ich der Geistliche der *Victory.* Ich halte jeden Sonntag den Gottesdienst ab. Ich hoffe, daß Sie daran teilnehmen werden, solange Sie bei uns sind.«

Nelson unterbrach ihn und setzte zu einem Vortrag an: »Ich erwarte, daß Sie die Aktivitäten der französischen Marine beobachten und bald auch die der Spanier, auf deren Neutralität wir uns nicht verlassen können. Das wird für Sie eine Menge Segelei mit sich bringen. Sobald Sie ein Schiff oder eine Flotte ausmachen, schicken Sie mir durch eine Ihrer schnellen Slups eine Nachricht. Auch ein negativer Bericht über einen leeren Hafen ist wertvoll. Melden Sie sich alle drei Monate bei mir.«

»Mit Vergnügen, Sir.«

Nelson räusperte sich. »Noch etwas! Der französische Admiral Tremaine versucht immer wieder, unsere Streitkräfte in ein Gefecht zu verwickeln, wenn die Kräfteverhältnisse für uns ungünstig sind. Er wird nur unter diesen Voraussetzungen einen Kampf annehmen. Ihre Aufgabe ist es, Informationen zu sammeln, nicht zu kämpfen. Später wird sich sicherlich auch eine Gelegenheit zum Kampf ergeben. Habe ich mich klar genug ausgedrückt?«

»Jawohl, Sir, ich darf mich jetzt verabschieden und werde mein Geschwader darauf vorbereiten, daß wir morgen in See gehen.«

»Erlaubnis erteilt! Sobald Sie Gelegenheit haben, einen Brief nach Hause zu schreiben, grüßen Sie bitte Ihre reizende Gattin von mir und danken Sie ihr, daß sie mir die Ehre erwiesen hat. Ich hoffe, daß Ihr jüngster Sohn in Ihre Fußstapfen treten wird – und auch in meine.«

»Danke, Sir, aber ich glaube nicht, daß im allgemeinen ein Schotte in der Royal Navy eine große Zukunft hat. Ich selbst hatte einfach nur eine Menge Glück.«

»Sie haben sich ausgezeichnet, aber es dienen immer mehr Schotten in unserer Navy. Duff ist einer meiner besten Kommandanten, und Kapitän Cochrane ist ein weiteres Beispiel.«

»Irgendwann wird die Royal Navy allgemein zu der Überzeugung kommen, daß Schotten gute Marineoffiziere abgeben.«

Nelsons gesundes Auge zwinkerte belustigt. »Und auch gute Kommandanten für unsere Schiffe. Sie sind einer der besten.«

»Vielen Dank, Sir, aber ich scheine eine Ausnahme zu sein.«

»Vielleicht liegt es daran, daß man sich in Ihrer Heimat auf andere Dinge konzentriert.«

»Wie das?«

»Schottland ist zur Zeit in Großbritannien, vielleicht sogar in der Welt, im Bildungswesen führend. Denken Sie nur an die Universität in Edinburgh.«

»Danke, Sir.«

»Aus diesen Universitäten kommt ein stetiger Strom von Rechtsanwälten, Ärzten und Ingenieuren, die in der ganzen Welt für eine Verbesserung des Gesundheits- und Rechtssystems sorgen und die Architektur und den Maschinenbau in den Ländern verbessern, in die zu gehen sie sich entschlossen haben.«

Fergus dachte nach. »Sir, es tut mir leid, daß Sie mich erst an die Taten meiner Landsleute erinnern mußten. Das wird mir aber vielleicht helfen, die Ausbildung meiner Söhne neu zu planen.« Er erhob sich. »Sir, ich muß zurück auf mein Schiff. Es war ein faszinierender und denkwürdiger Tag für mich.«

Nelson nickte. »Gute Fahrt. Ich freue mich auf unser nächstes Treffen.«

Am nächsten Morgen lief das Geschwader aus und segelte auf südöstlichen Kursen nach Sardinien. Eine Woche später hangelte es sich im Uhrzeigersinn an der Küste der Insel entlang und suchte die Gewässer bis Cagliari und dann bis Terranova ab.

Als sie dort vorbeiliefen, schüttelte Poston sich. »Ich kann noch immer den Gestank der Ziegen riechen. Nachdem wir die Viecher aufgefuttert hatten, die wir an Bord genommen hatten – als Suppe, wie ich hinzufügen möchte –, mußte ich Männer, die sich Strafarbeiten eingehandelt hatten, zum Ausmisten und Reinigen des Stalls verdonnern. Zum Glück ist der Koch loyal, sonst hätte er vielleicht das Schiff unter Protest verlassen.«

Sie fanden nirgends französische Schiffe, daraufhin schickte Fergus die *Axe* zurück nach Toulon, um Nelson darüber in Kenntnis zu setzen. Die *Axe* sollte sich vor Palma wieder zu ihnen gesellen, nachdem die Flottille die Erkundung Sardiniens beendet hatte.

Wieder waren die Ergebnisse negativ, und diesmal wurde die *Hatchet* zur Berichterstattung auf den Weg geschickt.

»Verdammt!« beschwerte sich Poston. »Das ist nichts anderes als ein verflucht teurer Ausflug.«

»Quaken Sie nicht herum«, wies ihn Fergus zurecht. »Immerhin bekommen Sie jede Menge frischen Fisch und Obst, außerdem müssen Sie nicht an Land gehen und sich dort so eine seltsame italienische Krankheit einfangen wie der arme Kapitän Hardy.«

»Schon recht, der frische Fisch ist gut, aber auf die Dauer doch ziemlich eintönig. Wir können uns vor den italienischen und griechischen Fischerbooten kaum noch retten.«

Der Aufklärungsschlag führte sie dann nach Kreta und Zypern und schließlich über die Häfen von Alexandria und Malta wieder zurück. Inzwischen waren vier Monate vergangen, und Fergus entschied sich, persönlich Admiral Nelson Bericht zu erstatten. Anfang November warf sein Geschwader Anker in der Bucht von Toulon.

Nelson empfing ihn und machte ihm ein bißchen Hoffnung, daß bald etwas geschehen könnte. »Vielleicht dauert es aber auch noch ein Jahr«, grollte er. »Denken Sie mal an mich. Ich bin vor diesem verdammten Rattennest wie angenagelt. Sie dürfen eine Kreuzfahrt durch das Mittelmeer machen, für die so manche unserer betuchten Landsleute einige tausend Pfund zahlen würden.«

Fergus nickte. »Das ist wohl wahr, Herr Admiral. Vielen Dank, daß Sie es uns so leicht wie möglich machen, aber haben Sie Hoffnung, daß sich etwas auf der politischen Bühne ändern könnte?«

»Eigentlich nicht. Meine Spione und die Informationen, die ich von der Admiralität bekomme, sagen aus, daß Napoleon alles nur Denkbare unternimmt, um seinen Admiralen das Feuer unter dem Hintern zu schüren. Er möchte, daß sie auslaufen und die Schlacht suchen.«

»Und das glückt ihm nicht?«

Nelson zuckte mit den Schultern. »Bis jetzt haben sie immer noch eine Ausrede gefunden, um nicht auslaufen zu müssen.«

»Und was ist mit den Spaniern?«

»Im nächsten Jahr werden wir mit ihnen im Krieg stehen.«

»Wie sieht Ihre Vorhersage aus?«

»Anfang 1805 wird Napoleon seine höchsten Admirale zwingen – oder auch neu ernannte –, die Blockade zu durchbrechen und in die Karibik zu laufen.«

»Nun denn, Sir, setzen Sie mich an die Spitze der Flotte, die ihn verfolgen soll.«

Nelson schmunzelte: »Darauf können Sie sich verlassen. Ich brauche volle Geschwindigkeit und junge Augen, um den Feind zu finden, und Sie haben beides.«

Fergus setzte seine Vergnügungsfahrten durch das Mittelmeer bis in den Januar 1805 fort, als er Gibraltar anlief, um in fünf Tagen notwendige Reparaturarbeiten ausführen zu lassen und den Proviant zu ergänzen.

Poston, der an der Reling lehnte, sah zu, wie die Stauer den frischen Proviant an Bord schleppten. »Kommodore, können Sie sich einen Grund vorstellen, mich für ein paar Tage an Land zu schicken? Ich bekomme langsam einen Bordkoller.«

Fergus schaute in Postons hübsches, wenn auch wettergegerbtes Gesicht. »Wie ich sehe, wird auch Ihr Haar langsam etwas grau. Ich denke, daß Sie etwas Bewegung auf der gesellschaftlichen Ebene brauchen, bevor Sie ganz kahl werden. Kommen Sie mit in meine Kabine.«

In seinem Salon ging Fergus an seinen Schreibtisch und zog sein Tagebuch hervor. Er schlug es in einem Bereich auf, der sich noch ziemlich am Anfang befand. »Mein Gott! Es war mir überhaupt nicht bewußt, daß es jetzt zehn Jahre her ist, seit ich zum ersten Mal in Gibraltar war.«

Poston lachte laut auf: »Oh, ich erinnere mich noch gut daran. Sie waren eine ganze Woche lang an Land.«

Fergus wurde rot. »Ja, in der Tat. Bei Carlita.« Er seufzte tief auf. »Ich bin die ganzen fünf Tage bei ihr gewesen.« Zum ersten Mal in den zehn Jahren sprach Fergus Poston mit dem Vornamen an. »Tom, es ist an der Zeit, daß auch Sie die Bekanntschaft von Carlita machen. Hier ist ihre Adresse. Kommen Sie in fünf Tagen zurück. Sie wird Sie von allen Beschwernissen kurieren, wenn Sie Manns genug sind, sie etwas von ihrer Einsamkeit abzulenken.«

Poston schüttelte den Kopf. »Trotz meiner Einsamkeit suche ich etwas anderes als eine Prostituierte.«

»Sie ist keine. Sie arbeitet als Agentin für unsere Regierung. Die meiste Zeit wohnt sie in Gibraltar, aber sie fährt auch geschäftlich umher. Ich kann ihre Persönlichkeit schwer beschreiben. Sie ist schön und charmant, aber das ist bei weitem nicht alles. Tom, ich kenne Sie, seit wir zusammen Steuermannsmaaten waren, und ich weiß, daß Sie selbst auch charmant sein können. Nur wer Sie sehr gut kennt, weiß, daß Sie der Sohn eines Vikars sind. Belesen, gebildet und ein ausgezeichneter Gesprächspartner. Ich bin sicher, daß Carlita diese Qualitäten entdecken wird, die Sie die meiste Zeit so sorgfältig versteckt halten. Jetzt machen Sie, daß Sie an Land kommen. Übrigens sollten Sie sie ›Carla‹ nennen, wenn Sie ihr das erste Mal gegenüberstehen. Das ist ihr richtiger Vorname. Carlita ist der spanische Diminutiv für Carla. Sie wird Sie Tom nennen oder vielleicht auch Tomas, so heißt Thomas auf Spanisch.« Fergus grinste breit. »Wer weiß? Vielleicht ringt sie sich sogar zu einem Tomasito durch?«

Poston schüttelte den Kopf. »Darauf zu hoffen, wäre in fünf Tagen zuviel verlangt. Tom wäre schon gar nicht schlecht.«

Fergus überreichte Poston ein Stück vergilbtes Papier, das ziemlich zerknittert war. »Hier ist ihre Adresse.«

Poston grinste. »Jetzt erinnere ich mich! Damals waren Sie noch nicht verheiratet.«

21
Carlita

Eine Stunde später trottete Leutnant Poston die Gangway hinunter, in der Hand trug er ein kleines, braunes Köfferchen. Im Urlaub trug er Zivil, und Fergus hatte ihm bei seiner Garderobe geholfen, insbesondere Tips gegeben, wie die Stockflecken aus den Kleidern zu entfernen waren, die seit mehreren Jahren in der Seekiste verstaut lagen. Mit einer kleinen Bratpfanne, die über dem Feuer des Kochs erhitzt worden war, wurden die gröbsten Falten ausgebügelt, und in den Straßen von Gibraltar und den meisten Restaurants war seine Bekleidung durchaus angemessen. Er würde unter den Mitgliedern der stark gemischten Gesellschaft nicht auffallen, die sich durch die Gassen schob.

Poston blickte zurück und winkte dem Kommodore zu, der an der Reling lehnte. Fergus hob die Hand, grinste und winkte zurück.

Dann fingerte Poston nervös an dem Zettel in seiner Tasche herum, drehte sich um und schritt energisch die Straße hinauf. Nachdem er ein paarmal falsch abgebogen war, hielt er an einem Polizeiposten an, zog den Zettel mit der Adresse heraus und fragte den britischen Polizisten nach dem Weg.

Der Polizist schaute kurz darauf und deutete dann in eine sich nach oben schlängelnde Gasse. »Irgendwo da oben. Folgen Sie der Straße für etwa eine halbe Meile, dann sollten Sie in einem kleinen Laden nochmals fragen. Dort kennt man sich in der Nachbarschaft. Ich bin nicht von hier, natürlich.« Er grinste. »Um ehrlich zu sein, glaube ich nicht, daß irgend jemand auf diesem verdammten Stück Land schon sehr lange zu Hause ist.«

Poston beschleunigte seine Schritte und stieg die stetig ansteigende Gasse hinauf. Er beherzigte die Anweisung des Polizisten und hielt an einem kleinen Laden an, in dem sich hohe Stapel getrockneter Lebensmittel und verschiedene Gemüse übereinander auftürmten. Der Verkäufer schaute auf den Zettel und rief etwas über die Schulter.

Eine alte Frau antwortete: »Noch zwei Blöcke weiter die Straße hinauf. Über einem Kleiderladen.«

Poston fand den Laden problemlos, denn er war der einzige in diesem Block. Er kletterte die an der Außenseite liegende Treppe empor, die zur Wohnungstür führte, klopfte und fragte sich, ob er überhaupt noch in dem Alter für derartige Abenteuer war. Aber er entschied sich dann doch dafür, dem Rat des Kommodore zu folgen und klopfte nochmals – diesmal erheblich kräftiger. Er seufzte. Es mußte jetzt oder nie sein. Bald würde er von der See zu ausgelaugt sein, um sich darüber noch Gedanken zu machen.

Nach ein paar Sekunden wurde die Tür von einer älteren Frau geöffnet, die einen langen, farbenfrohen Kittel trug und ein weißes Handtuch um den Kopf geschlungen hatte.

»Ja?«

Poston war enttäuscht. Das Gesicht gehörte ganz offensichtlich nicht einem schönen jungen Mädchen, aber er war nicht den ganzen weiten Weg gelaufen, um sich abschrecken zu lassen. »Carla?« fragte er.

»O nein, Señor«, erwiderte die Frau mit einem starken spanischen Akzent. »Ich werde sie holen.«

Poston war beruhigt. Er schaute durch die offene Tür, trat aber nicht ein. Das Mobiliar war geschmackvoll, der Duft, der aus der offenen Tür schwebte, war attraktiv, und seine Laune verbesserte sich.

Ein anderes Gesicht näherte sich der Tür. Seine Laune verbesserte sich sogar noch mehr.

»Ja?« fragte ihn die hübsche Frau. Sie hatte strahlende braune Augen, langes schwarzes Haar, das bis auf ihre Schultern herabfiel, und ein schönes Gesicht, so wie es ihm Fergus beschrieben hatte.

»Sind Sie Carla?« fragte Poston.

»Das könnte sein. Und wer sind Sie?« Sie kniff die Augen zusammen und taxierte ihn offensichtlich genau.

»Ich bin Leutnant Tom Poston von Seiner Majestät Fregatte *Daring*, die unten im Hafen liegt.«

»Und wer ist Ihr Kapitän?«

»Kommodore Fergus Kilburnie.«

Auf dem Gesicht der Frau breitete sich ein erfreutes Lächeln aus. »O ja, ich habe gehört, daß er hier ist, und hatte gehofft, ihn wiederzusehen. Bitte treten Sie ein.« Sie trat zur Seite und bat Poston mit einer Handbewegung hinein. »Nehmen Sie doch bitte Platz und trinken Sie ein Glas mit mir. Ich möchte alles über Fergus wissen. Ich habe gehört, daß er verheiratet ist.«

»Ja, schon seit mehreren Jahren. Seine Frau lebt mit den vier Kindern in London. Darum hat er mich zu Ihnen geschickt.«

»Und aus welchem Grund?«

Poston wurde puterrot. »Ich, äh, habe ihn gebeten, mir ein paar Tage Urlaub zu geben, und da hat er vorgeschlagen, Sie zu besuchen.« Poston zögerte einen Augenblick lang, da ihm klar wurde, daß er ungeschickt gewesen war. »Äh, ich glaube, er war der Meinung, daß Sie vielleicht jemanden wüßten, mit dem ich die Zeit verbringen könnte.«

Carla lachte. »Ich glaube, ich bin im Bilde. In meinem Geschäft bin ich mit dem Entwirren verzwickter Situationen vertraut. Außerdem sind Sie ein so hübscher und netter Mann wie Fergus früher einer war. Ich hoffe, daß Sie Ihre Tage bei mir verleben.«

Poston befand sich wieder in tiefem Fahrwasser. Lauthals protestierte er: »Aber, Miss, ich hatte keinesfalls vor, hier den Eindringling zu spielen.«

Wieder lachte Carla silberhell. »Seien Sie doch nicht so verlegen. Ich bin sicher, daß Ihnen Fergus erzählt hat, daß ich keine Prostituierte bin, aber ich kann Ihnen nicht exakt erläutern, welcher Art meine Geschäfte sind. Geben Sie Ihren Handkoffer Maria. Sie wird Sie in ein Hinterzimmer bringen. Nachdem Sie sich frischgemacht haben, kommen Sie hierher zurück. Wir werden dann vor dem Lunch ein Glas Sherry trinken.«

Das Zimmer, in das er geführt wurde, war luftig und sonnig, und Poston fühlte sich sofort wohl. Als er in das Wohnzimmer zurückkehrte, hatte er bereits beschlossen, solange zu bleiben, wie sie es ihm gestatten würde. Er ließ sich auf die bequeme Couch fallen, Carla reichte ihm ein Glas Sherry und setzte sich dann neben ihn. Er konnte den frischen Geruch einfacher Seife und den Duft eines guten Eau de Cologne riechen. Als sie dichter an ihn heranrückte, begann er die Gefühle und Bedürfnisse zu spüren, die er seit Jahren unterdrückt hatte. Sie mochte ihn ganz offensichtlich – daraus konnte sich ein wunderbarer Besuch entwickeln. Alles begann mit einem guten Sherry, dem ein weiterer folgte, dann schloß sich ein ausgezeichneter Lunch an.

Nach dem Essen schlug Carla vor: »Ich muß mich jetzt noch um ein paar geschäftliche Angelegenheiten kümmern. Vielleicht sollten Sie in der Zwischenzeit ein Nickerchen machen. In etwa zwei Stunden bin ich wieder zurück und werde Sie dann zu einem Spaziergang auf den Gipfel des Felsen abholen. Von dort aus werden wir Ihr Schiff sehen können. Es geht hier nur diese Straße weiter hoch. Dann werden wir hier ein gutes Glas Scotch trinken und ein noch viel besseres Abendessen genießen.«

Am Ende des hervorragenden Dinners und nach einem zweiten Glas Port hatte Poston seine ganze Lebensgeschichte erzählt. »Nicht gerade ein aufregendes Leben«, zog er die Summe, »ich vermute, daß es keinen Vergleich mit dem interessanten Leben standhält, das Sie führen. Übrigens hat mir Fergus gesagt, daß ich Sie Carlita nennen darf, falls Sie mich mögen und es mir erlauben.«

Wieder das perlende Lachen, das Poston in seinem tiefsten Inneren berührte. »Natürlich«, willigte sie ein. »Ich glaube, daß wir sehr gut miteinander auskommen werden. Ich werde Sie Tomasito nennen.«

Poston lachte und nahm ihre Hand. »Sie machen mich sehr glücklich. Sie wollten mir etwas über das Leben erzählen, das Sie führen.«

Carla lachte, und er hoffte, sie wieder und wieder lachen zu hören. »Nun, mein Leben ist viel alltäglicher, als Sie vermuten. Ich muß eine Menge Leute unterhalten, die ich nicht mag. Jetzt aber kann ich meine Zeit mit Ihnen verbringen, und ich denke, daß wir beide die paar Tage genießen werden, die uns bleiben.«

Poston war, was die Kunst des Liebens anging, etwas aus der Übung. Es begann damit, daß sie sanft seine Hand in die ihre nahm. Nach einer weiteren Runde Portwein wagte er es, sie in seine Arme zu nehmen. Sie ging so darauf ein, wie er es sich erhofft hatte, und die darauf folgende Nacht war die schönste Erfahrung, die er je gemacht hatte.

Als er sie in seinen Armen hielt und sie ganz friedlich schlief, dachte er an die vielen Nächte, die er auf See verbracht, zu den Sternen aufgeschaut und überlegt hatte, ob er wohl jemals eine Frau in seinen Armen halten würde. Er hatte schon gefürchtet, daß das niemals der Fall sein würde. Er würde vielleicht alt und grau werden und schließlich als abgetakelter, verschlissener Sonderling den Dienst quittieren. Doch als er jetzt auf Carlita hinunterblickte, fühlte er sich kraftvoll und potent. Er erinnerte sich an den Anfang der Nacht, als er sie mit zunehmender Leidenschaft besessen hatte. Er hatte noch nie eine erfahrene Frau geliebt, wenn man von ein paar gelegentlichen Erfahrungen mit Prostituierten absah, und er hatte sich zunehmend unglücklich wegen seiner mangelhaften Fähigkeiten und Erfahrungen auf diesem Gebiet gefühlt. Carlita hatte ihm geholfen, diese Angst zu überwinden. Danach hatte er mit zunehmendem Selbstbewußtsein agiert. Er spürte eine Kraft, die ihn fast zu zersprengen trachtete, und sie war in der Lage gewesen, all seine Kraft aufzunehmen. Jetzt war er bestrebt, das Glücksgefühl, das ihn erfüllte, für immer zu erhalten. Er wollte sie, sobald sie erwachte, bitten, ihn zu heiraten. Da sein Urlaub nur noch wenige Tage dauerte, konnte er sich nicht erlauben, auch nur eine Stunde davon zu vergeuden. Er begann, sie zu liebkosen. Langsam schlug sie die Augen auf, die sich überrascht weiteten. Dann streckte sie die Arme aus und umarmte ihn. Nach ein paar Minuten waren sie wieder in wilder Ekstase, und er konnte es kaum erwarten, ihr seinen Heiratsantrag zu machen.

Nach ein paar Minuten, als sie erschöpft auf dem warmen Bett lagen, fragte er sie: »Willst du mich heiraten?«

Wieder dieses perlende Lachen. »Frag mich nicht solch ernste Dinge, bevor du deinen Kaffee getrunken hast.«

Er fragte sie nochmals, und diesmal konnte es keinen Zweifel an der Ernsthaftigkeit seiner Gefühle geben.

Sie wehrte ihn ab, aber er fragte sie so oft, wie er konnte. Aus ihren Reaktionen schloß er, daß sie ihn liebte, und er glaubte nicht, daß es nötig war, daß sie ihm das sagte. Er spürte es an der Art, wie sie ihn ansah und an der Zärtlichkeit, mit der sie ihn liebkoste.

In den folgenden Tagen dachte er an nichts anderes, aber er wußte, daß er zurück auf sein Schiff mußte. Er fragte sie, ob sie jemals daran gedacht hätte, zurück nach England zu gehen.

Sie wurde nachdenklich. »Ich glaube schon. Ich verliere hier meine Effektivität. Der Feind kennt mich inzwischen zu gut.«

»Wo wirst du dich in England niederlassen?«

»Mir gehört ein kleiner Bauernhof, den mir meine Familie hinterlassen hat. Ich würde gerne Musikunterricht geben.«

»Würdest du einen pensionierten Seeoffizier heiraten?«

Wieder lachte sie. »Hältst du wirklich ganz ernsthaft um meine Hand an?«

»Natürlich. In ein oder zwei Jahren werde ich den Dienst quittieren, vielleicht sogar als Kapitän zur See. Dann werde ich dich wieder fragen. Bitte schreib mir, damit ich weiß, wo ich dich finden kann. Ich verspreche dir, daß ich dich an dem Tag, an dem ich mich pensionieren lasse, aufsuchen werde.«

Zum ersten Mal begann sie mit dem Liebesspiel, und da war er sich sicher, daß sie ihn auch liebte.

Der letzte Tag seines Urlaubs war wunderschön und trotzdem voller Traurigkeit. Er wollte sie nicht verlassen. Er war sicher, daß seine Gefühle für sie Bestand haben würden, aber er war sich nicht sicher, ob die ihren eine Trennung überleben würden. Allerdings hatte ihm Fergus versichert, daß er ihr vertrauen könnte, und das reichte ihm. Poston verließ seine Carlita noch vor Sonnenuntergang am fünften Tag mit einem Beinaheversprechen von ihr und ging die gewundene Gasse zum Hafen hinunter. Zuerst waren seine Schritte langsam und zögernd, aber als er nach einiger Zeit den Fuß der Gangway in Sicht bekam, gewann er seine gute Laune wieder zurück, und er war sich seiner glücklichen Zukunft sicher. Alles würde gut werden.

Er konnte Kommodore Kilburnie an der Reling lehnen sehen, der seine Annäherung beobachtete, und lächelte in sich hinein, weil er sich fragte, wie Carlita wohl Kilburnie genannt hatte. Vielleicht Fergusito? Oder Fergie, wie Shannon es manchmal zu tun pflegte. Sollte er ihn danach fragen? Zum Teufel, nein. Das wäre ungehörig. Fergus würde für ihn immer der Kommodore sein. Er erreichte den Fuß der Gangway und begann hinaufzuklettern, nahm zwei Stufen zugleich, der Handkoffer schlug gegen sein Bein. Das Leben war wieder aufregend. Mit einem letzten Sprung jumpte er an Deck und grüßte den wachhabenden Offizier, die Flagge und Fergus mit einer einzigen fließenden Ehrenbezeichnung.

Fergus erwiderte den Gruß ebenso wie der Wachoffizier, der sich insgeheim fragte, was wohl in seinen Vorgesetzten gefahren war.

Fergus erkundigte sich interessiert: »Nun, wie war der Urlaub?«

Poston grinste breit wie ein Honigkuchenpferd. »Herrlich! Das war die schönste Zeit in meinem Leben. Ich danke Ihnen.«

»Ihr zwei seid miteinander zurechtgekommen?«

»Zurechtgekommen? Ich habe sie gebeten, mich zu heiraten.«

»Mein Gott! Was für ein Schwerenöter!«

Poston zuckte die Schultern, verschwand unter Deck und nahm sich vor, alles über Schwerenöter nachzulesen.

Fergus sah ihm nach, dann schüttelte er den Kopf. Zu dem verwunderten Wachoffizier meinte er: »Mein Gott, er ist besser als jeder geübte Schürzenjäger.«

Poston ging in seine kleine Kammer und warf seinen Handkoffer in eine Ecke. Ohne sich die Mühe zu machen, seine Zivilklamotten auszuziehen, warf er sich bäuchlings auf die Koje. Als er schnell in das Reich der Träume hinabglitt, murmelte er vor sich hin: »Was ist schon ein Schwerenöter? Sogar der muß hin und wieder mal schlafen.«

Dann versank er in tiefe, ungestörte Träume.

22
Auf endloser Patrouille

Am letzten Tag ihres Aufenthalts in Gibraltar stattete Fergus seinen üblichen Abschiedsbesuch im Büro des Hafenadmirals ab. Dieses Mal machte der Admiral einen ziemlich niedergeschlagenen Eindruck, was im Widerspruch zu seinem sonst eher überschwenglichen Verhalten stand.

»Was ist passiert?« erkundigte sich Fergus besorgt.

»Wir haben gerade die Nachricht erhalten, daß Admiral Villeneuve den Hafen verlassen hat. Er ist wahrscheinlich hier bei uns in der Nacht durchgeschlüpft und hat sich auf den Weg in die Karibik gemacht, jedenfalls ist der Spionagedienst dieser Ansicht.«

»Dann sollte ich wohl möglichst schnell Admiral Nelson finden und mir neue Befehle abholen.«

»Vielleicht sollten Sie nach Westen segeln und nach Admiral Villeneuve suchen.«

»Nein. Das werden andere machen. Admiral Nelson hat besondere Befehle für mich.«

Fergus kehrte so schnell wie möglich zu seinem Geschwader zurück und versegelte umgehend nach Toulon. Unterwegs formierte er seine Flottille zu einer weit auseinandergezogenen Suchlinie. Er erwartete zwar nicht, mit den Franzosen zusammenzustoßen, aber seine Hoffnung war, daß er Admiral Nelson treffen würde, der in Richtung Gibraltar und Atlantik unterwegs war.

Nelson befand sich nicht vor Toulon, und Fergus suchte ihn lange in den östlichen Häfen des Mittelmeers. Schließlich fand er ihn am letzten Märztag in Palma. Am 1. April stattete er ihm einen Besuch ab.

Nelson informierte ihn: »Villeneuve ist tatsächlich in den letzten Tagen des März aus Toulon ausgebrochen, und ich muß annehmen, daß er sich nach Osten gewandt hat. Die Information, daß er nach Westen gesegelt ist, ist meiner Meinung nach wahrscheinlich falsch. Ich kann aber dieses Seegebiet nicht verlassen, ohne zu wissen, was er vorhat. Nehmen Sie Ihre Flottille und durchkämmen Sie das Mittelmeer bis Alexandria. Sobald ich sicher bin, daß er nicht hierher kommt, verlege ich den Schwerpunkt Ihrer Aufklärungstätigkeit langsam nach Osten. Bleiben Sie durch Ihre schnellen Slups mit mir in Kontakt.«

Am 18. April kam vor Toro eine Fregatte mit der Nachricht an, daß die französische Flotte vor acht Tagen Gibraltar passiert hätte und in den Atlantik verschwunden wäre.

Als Fergus das hörte, stellte er fest: »Dann war die erste Information, die wir in Gibraltar erhalten haben, falsch. Ich hatte Glück, daß ich mich nicht auf eine vergebliche Suche im Atlantik eingelassen habe.«

Nelsons Flotte kämpfte gegen schweres Wetter an, um Seeraum nach Westen zu gewinnen. Fergus blieb westlich von Nelson und hoffte auf besseres Wetter. Als sich das Wetter beruhigte, passierte Nelson mit seiner Flotte die Straße von Gibraltar und versegelte nach Barbados. Während der Überreise von nur zehn Tagen unterhielt Fergus einen Aufklärungsschirm vor der Flotte, stieß aber auf kein französisches oder spanisches Schiff. Am 25. Mai trafen sie vor Barbados ein.

Wochenlang verfolgte Nelson Villeneuve von einem Hafen zum anderen, nur um immer wieder festzustellen, daß dieser gerade wieder ausgelaufen war. Grenada, Tobago und auch die anderen Häfen waren verlassen. Ende Juni gab er auf und segelte nach Gibraltar zurück, wo er am 20. Juli eintraf.

Fergus' Geschwader wurde von Nelson entlassen, als er weiter nach Norden in Richtung England segelte. Obwohl Fergus gehofft hatte, daß sie zu einer dringend notwendigen Generalüberholung nach Hause geschickt werden würden, hatte ihm Admiral Nelson widerwillig mitgeteilt: »Es ist unbedingt nötig, daß Sie vor den Küsten Frankreichs und Spaniens patrouillieren, bis diese leidige Angelegenheit erledigt ist.«

Mitte August erfuhr Fergus, daß Nelson nach England zurückgekehrt war. Er hielt diese Neuigkeit vor seinen Offizieren und Mannschaften geheim, um zu verhindern, daß sie sich genauso im Stich gelassen fühlten wie er selbst. Der Gedanke an zwei Jahre hartes Segeln und Kämpfen ohne eine Möglichkeit zu einer gründlichen Reparatur fraß an ihm. Er setzte deshalb seine Männer bei gutem Wetter ständig zu Instandsetzungsarbeiten ein, um die ramponierten Schiffe so gut wie möglich einsatzfähig zu halten.

Fast zufällig erreichte Fergus am 20. August den südlichen Rand seines Einsatzgebietes. Der Hafen von Cadiz lag nicht weit entfernt. Admiral Collingwood lag mit einer kleinen Streitmacht vor der Ansteuerung. Als Fergus sich Collingwoods Flaggschiff *Royal Sovereign* näherte, erbat er die Erlaubnis, an Bord kommen zu dürfen. Während er auf die Antwort wartete, lief er mit Poston ungeduldig auf dem Deck auf und ab. Im Hafen war ein Mastenwald zu sehen.

»Könnte das der verdammte Villeneuve sein?« mutmaßte Poston.

»Möglich. Ich werde es bald wissen.«

Nachdem Collingwood die Erlaubnis erteilt hatte, befahl er Poston, das Schiff unter das Heck des Flaggschiffs zu bringen, und ließ seine Gig klarmachen.

Collingwood begrüßte ihn herzlich und lud ihn in seine Kabine ein.

»Junger Mann, ich bin froh, Sie wiederzusehen. Jetzt, da Nelson fort ist, unterstehen Sie meinem Kommando. Wie Sie selbst sehen können, benötige ich Sie und Ihre Schiffe äußerst dringend, denn ich verfüge über keine einzige Fregatte. Durch Sie habe ich plötzlich drei und als Dreingabe noch zwei schnelle Slups dazu.«

Fergus lehnte sich bequem in seinem Sessel zurück und nippte an einem Glas Sherry. »Ich nehme an, daß es sich bei den Masten da drüben um die Schiffe von Admiral Villeneuves Flotte handelt.«

»O ja. Ich habe gehört, daß Napoleon darauf bestanden hat, daß Villeneuve ausläuft und angreift. Mein Problem besteht darin, geheimzuhalten, wie schwach meine Kräfte sind. Da nun aber Sie hier sind, werde ich Ihnen die Überwachung der Einfahrt überlassen, mich fünfzig Meilen weit nach Süden zurückziehen und auf Verstärkung warten. Ich erwarte, daß die Admiralität und sogar der König sich bald dazu entschließen werden, starke Kräfte zu entsenden – und Nelson wird sie wahrscheinlich befehligen.«

»Und was soll ich tun?«

»Lassen Sie sich unter keinen Umständen in einen Kampf ein. Falls Villeneuve ausläuft, beschatten Sie ihn aus der Luvposition. Informieren Sie mich umgehend durch eine Ihrer Slups. Wenn Sie seine Spur verlieren, können Sie auch gleich freiwillig über die Seite springen.«

Fergus lächelte verkniffen. »Es wird mir nicht leichtfallen, der Versuchung zu widerstehen, keine Nachzügler niederzukämpfen.«

Collingwood legte die Stirn in Falten. »Deshalb müssen Sie sich immer die vorrangige Bedeutung Ihrer Aufklärungsarbeit vor Augen halten. Das ist weitaus wichtiger, als ein einzelnes Schiff aufzubringen.«

Nachdem Fergus auf sein Schiff zurückgekehrt war, zog sich Collingwood langsam nach Süden zurück.

Poston murrte: »Ich fühle mich verdammt nackt, wenn wir hier die Arbeit einer ganzen Flotte machen sollen.«

»Wir sollen die Franzosen nur beobachten und ihre Bewegungen weitermelden. Wir werden keinen Schuß abfeuern.«

»Die Besatzung ist unzufrieden und murrt. Die Männer wollen entweder kämpfen oder nach Hause segeln.«

»Sie werden sich gedulden müssen, und es ist Ihre ureigenste Aufgabe, sie zu motivieren. Admiral Nelson wird in wenigen Tagen wieder hier eintreffen, dann wird es zu einer schnellen Entscheidung kommen – glaube ich.«

Ende August stießen die Admirale Bickerton und Calder mit ihren Verbänden zu Collingwood. Jetzt standen vierundzwanzig englische Schiffe den vierunddreißig Schiffen von Villeneuve gegenüber.

Fergus erfuhr, daß Admiral Nelson, der sich in Surrey aufhielt, am 2. September davon Kenntnis bekam, daß Villeneuve noch immer in Cadiz festsaß.

Inzwischen war Fergus jedoch mit seiner Geduld am Ende. Das unablässige monotone Auf- und Abkreuzen vor der felsigen Küste, die Ansteuerung von Cadiz ständig vor Augen, barg auch stets die Gefahr in sich, von den schnell drehenden und auffrischenden Winden und schwerer See auf die Leeküste gedrückt zu werden.

An einem besonders ruhigen Tag rief er die *Axe* längsseits und preite sie mit der Flüstertüte an: »Ich schicke Ihnen ein Paket mit Briefen hinüber. Nachdem Sie sie erhalten haben, laufen Sie mit höchster Geschwindigkeit und ohne jede Verzögerung zur Themse. Liefern Sie die Post bei meiner Frau ab, und wenn Sie wieder klar zum Auslaufen sind, schicken Sie erst noch jemanden in ihrer Wohnung vorbei und lassen Sie die Post abholen, die meine Frau für mich vorbereitet hat. Der wirkliche Grund für Ihre Reise ist jedoch ein Besuch bei Kapitän Essex, dem jetzigen Lord Satterfield, der als Lord der Admiralität zuständig für die Spionageabteilung ist. Er wird Sie vertraulich über seine Vermutungen informieren, was Napoleon im Schilde führt, wann und zu welchem Zweck er seine Flotte zum Kampf zwingen wird. Er wird auch darüber informiert sein, wann Lord Nelson Surrey verlassen und zu seinen Pflichten auf See zurückkehren wird. Sobald Sie die Antworten haben – also spätestens nach einer Woche – kehren Sie schnellstens zurück und erstatten mir Bericht.«

Die *Axe* war unter vollen Segeln bald nur noch ein kleiner Punkt am Horizont. Fergus blickte ihr hinterher und fragte sich, welche Nachrichten sie wohl zurückbringen würde.

Am 20. September erschien die *Axe* wieder auf der Reede vor Cadiz und lief unter das Heck der *Daring*.

Ihr Kommandant rief herüber: »Was ich Ihnen mitzuteilen habe, ist streng vertraulich, daher erbitte ich die Erlaubnis, an Bord kommen zu dürfen, um Ihnen Bericht zu erstatten.«

Als sie beim Kaffee saßen, übergab er Fergus ein großes Päckchen. »Hier sind die Briefe Ihrer Gattin. Sie nimmt an, daß Sie bald nach Hause kommen werden – zumindest hofft sie das.«

Fergus riß überrascht die Augen auf. »Weiß sie vielleicht etwas, was Sie nicht wissen?«

Leutnant Harral lachte amüsiert. »Nein, sie ist einfach sehr klug und hält immer ihre Ohren offen.«

»Da haben Sie recht«, stimmte ihm Fergus zu. »Die meisten anderen Frauen haben leider meistens nur den Mund offen.«

Harral nickte säuerlich, anscheinend dachte er an seine Frau.

»Also was hat Lord Satterfield gesagt?«

»Er hat mir im Vertrauen mitgeteilt, daß Napoleon mit Admiral Villeneuves Pflichtauffassung und seinem mangelnden Mut unzufrieden ist. Er nennt ihn öffentlich einen Drückeberger oder wie das entsprechende französische Wort auch immer heißen mag. Die Ablösung für ihn ist bereits unterwegs. Lord Satterfield ist der Meinung, daß Admiral Villeneuve in etwa einem Monat auslaufen wird, um seiner Ablösung zuvorzukommen.«

»Gut!« rief Fergus aus. »Sehr gut, dann dauert es nicht mehr lange.«

Leutnant Harral erhob sich. »Bitte entschuldigen Sie mich. Man hat mir aufgetragen, wichtige offizielle Post der Admiralität an Admiral Collingwood auszuliefern. Ich vermute, daß er sich noch immer etwa fünfzig Meilen südlich von hier aufhält.«

»Ja, genau vor Kap Trafalgar. Vielen Dank für die ausgezeichnete Durchführung Ihrer Aufgabe.«

»War mir ein Vergnügen. So konnte ich meine Frau auch mal wiedersehen.«

»Und was ist mit Admiral Nelson?«

»Er wurde vom König aus dem Urlaub zurückbefohlen und ist auf der *Victory* am 12. September ausgelaufen. Sie werden ihn also bald wieder zu Gesicht bekommen. Ich schätze, daß die *Victory* in ungefähr fünf Tagen hier eintreffen wird. Sie ist leider so langsam wie ein dreibeiniges Pferd.«

Leutnant Harral erhob sich und verabschiedete sich, kletterte geschwind in die Kuhl hinab und ließ sich in seine Gig hinunter. Bereits während er noch übersetzte, ließ sein Wachoffizier die Segel setzen.

Fergus ging davon aus, daß Nelson ungefähr am 25. September an seiner Station vorbeilaufen würde, und ließ seine Schiffe ausschwärmen, um das Flaggschiff abzufangen. Am 1. Oktober überbrachte die *Dashing* die Meldung, daß die *Victory* vorbeigesegelt war. Admiral Nelson hatte sich nach Collingwoods Position erkundigt und den Kurs dorthin abgesetzt.

Fergus rief Puller mit Hilfe des Sprachrohrs zu: »Ich übergebe Ihnen das Kommando der Überwachungsflottille von Cadiz und lasse Ihnen die beiden schnellen Slups hier zurück. Unter keinen Umständen darf Admiral Villeneuve den Hafen verlassen, ohne daß Sie unverzüglich eine Meldung an Admiral Nelson schicken. Teilen Sie ihm mit, in welche Richtung die Flotte segelt. Jetzt hören Sie genau zu: Sie greifen keines der Schiffe an, die in den Hafen einlaufen oder ihn verlassen. Haben Sie das verstanden?«

Puller sackte ganz unverkennbar enttäuscht in sich zusammen, aber dann hob er bestätigend eine Hand. »Jawohl, Sir, ich habe verstanden.«

»Halten Sie sich immer in Luv des Feindes und kleben Sie an den Fersen der französischen Flotte wie frischer Hundedreck.«

»Ich kann gar nichts anderes machen, als die Befehle zu befolgen. Der verdammte Wind bläst immer aus Westen, folglich stehe ich immer in Luv. Wann stoßen Sie wieder zu uns, Sir?«

»Ich segle nach Süden, um mich mit Admiral Nelson zu treffen. Die *Diligent* nehme ich mit. Ich lasse Ihnen die beiden Slups hier. Inzwischen wird Admiral Nelson das Oberkommando von Admiral Collingwood übernommen haben, und ich brauche neue Befehle.«

Am nächsten Tag erreichte Fergus die Flotte, die unter Nelsons Kommando gemächlich vor Kap Trafalgar segelte, also etwa auf dem halben Weg zwischen Cadiz und der Straße von Gibraltar.

Fergus bat um eine Besuchserlaubnis, aber stattdessen wurde er an das Heck der *Victory* gerufen. Kapitän Hardy stand auf dem Achterdeck und hielt wartend ein Sprachrohr bereit. Er balancierte mit seinen kurzen, kräftigen Beinen die lange südliche Dünung aus.

Als die *Daring* in Rufweite war, brüllte Hardy: »Der Admiral ist ein wenig unpäßlich und läßt sich entschuldigen. Er läßt Ihnen seine besten Empfehlungen ausrichten und daß er froh ist, Sie wieder unter seinem Kommando zu wissen. Er bittet Sie, mit Ihren beiden Schiffen zehn Meilen im Nordwesten aufzuklären. Informieren Sie ihn über sich nähernde Kriegsschiffe. Sollte es später zu einer Seeschlacht kommen, dann fangen Sie eventuelle Versprengte ab, die sich in diese Richtung davonmachen wollen. Er weiß, daß eines Ihrer Schiffe vor Cadiz steht, und wartet auf Nachricht von diesem. Unsere anderen Fregatten haben ähnliche Überwachungspositionen im Südosten bezogen. Viel Glück.«

Fergus hob eine Hand zum Zeichen, daß er seine Befehle verstanden hatte, und grüßte zackig. Nach einer Stunde war er mit der *Diligent* auf der befohlenen Station im Nordwesten. Das ewige Warten war fast vorbei, und er begann, sich wieder einmal Gedanken über seine Zukunft zu machen, ging in seine Kabine und las zum xten Mal die Briefe von Shannon.

Ganz offensichtlich war sie bei bester Gesundheit und guten Mutes, aber wurde sie langsam desillusioniert? Sie war in London immer glücklich gewesen, doch liebten sie und die Kinder Schottland inzwischen mehr. Irgendwie ahnte Fergus, daß sie sich in Schottland niederlassen würden. Warum sollte er also den fälligen Schlußstrich noch länger hinausschieben? Wie lange konnte er die Härten des

Lebens auf See noch ertragen? Er war Seeoffizier, das war sein Metier, und er war gut darin. Doch die kurzen Momente voller befriedigender Erregung und Kampfeswut wurden durch trostlose Jahre des Segelns in schlechtem Wetter überschattet. Seine Schiffe, die vor vier langen Jahren neu gewesen waren, gerieten durch den ständigen Einsatz ohne gründliche Werftüberholung an den Rand der Einsatzbereitschaft und fielen buchstäblich langsam auseinander. Das Unterwasserschiff war verkrautet, das Rigg begann zu verrotten, und das Holz, aus dem sie erbaut worden waren, war nicht dafür vorgesehen gewesen, länger als fünf Jahre zu überdauern. Die Segel bestanden nur noch aus einer Ansammlung von Flicken, die Schäden verdeckten, welche von Kanonenkugeln, tropischen Wirbelstürmen oder schweren Stürmen gerissen worden waren.

Fergus stemmte sich gegen die lange Atlantikdünung und versuchte, einen Brief an Shannon zu schreiben, aber dann sauste das Tintenfaß über den Schreibtisch und fiel auf den Boden, wo es seinen Inhalt weithin verspritzte. Er fluchte leise vor sich hin, zerknüllte das Papier und warf es dem Tintenfaß sowie der Schreibfeder hinterher. Er schob den Stuhl zurück, griff ärgerlich nach seinem Hut und ging hinaus auf das Achterdeck, wo er sich durch einen schnellen Spaziergang abzukühlen versuchte. Nach einer Weile seufzte er tief auf, ging wieder nach unten und versuchte das Tintenfaß und die Feder zu retten. Er glättete den Bogen Papier und las, was er geschrieben hatte. Dann setzte er die Arbeit fort, und während er Wort für Wort, Absatz nach Absatz formulierte, war er fest davon überzeugt, daß seine Pensionierung nicht mehr lange auf sich warten lassen würde.

23
Die Schlacht von Trafalgar

Am 17. Oktober eilte die *Axe* unter allen Segeln von Norden heran. Sie passierte die *Daring* so nahe wie möglich, ihr Kommandant hob einen Arm und ließ seine ausgestreckte Faust kreisen.

Fergus war verwirrt. »Was soll denn das bedeuten?« fragte er Poston.

»Ich glaube, das heißt, daß Villeneuve sich zum Auslaufen bereitmacht. Wahrscheinlich konnte man beobachten, daß die Schiffe im Hafen ihre Rahen vorgeheißt, die Segel untergeschlagen und ihre Ankerplätze verlegt haben.«

Fergus nickte zustimmend. »Ich glaube, daß Sie das richtig interpretiert haben, und der Mann tut recht daran, wegen uns nicht extra aufzustoppen, denn Nelson muß diese Information so schnell wie möglich erhalten.«

Am Morgen des 19. sprintete die *Hatchet* von Norden heran, ihr Kommandant machte dasselbe Handzeichen mit seiner Faust und deutete nach Süden.

Fergus brummte: »Diesmal habe auch ich es verstanden. Er meint, daß die französische Flotte endlich den Hafen verlassen hat und in Richtung Süden läuft, genau in Nelsons offene Arme. So hat der Admiral es geplant.«

»Richtig«, bestätigte Poston übereifrig. »Können wir ein wenig weiter nach Süden halten, um uns die Schlacht anzusehen?« fragte er dann.

»Sobald Villeneuve uns passiert hat.«

Am frühen Morgen des 20. Oktober schlug das Wetter wieder um. Um acht Uhr ließ Nelson die Flotte halsen und hielt auf See hinaus, um der Vereinigten Flotte aus Franzosen und Spaniern genügend Seeraum zu geben, vor allem wollte er verhindern, daß sie sich wieder nach Cadiz zurückzog.

Poston bemerkte: »Jetzt muß er aber bald etwas unternehmen, um die Schlacht in Gang zu bringen.«

So war es, und um sechs Uhr am nächsten Morgen begann Nelson seinen Plan in die Tat umzusetzen. Er signalisierte seinen siebenundzwanzig Linienschiffen, sich mit Ostkurs in zwei Kolonnen zu formieren und auf die Mitte der zerfaserten feindlichen Schlachtlinie zuzuhalten. Fergus und seine Schiffe befanden sich in einer ausgezeichneten Beobachterposition. Die Sicht war hervorragend, und die Schlachtschiffe der beiden Flotten waren deutlich zu erkennen.

Die britische Flotte segelte mit einer gemächlichen Geschwindigkeit von etwa zwei Knoten auf die französisch-spanische Schlachtlinie zu. Fergus stand neben dem Steuermannsmaaten auf dem Achterdeck, der durch sein langes Teleskop blickte und es dann plötzlich absetzte.

»Sir, die *Victory* hat ein Flaggensignal gesetzt, daß sich alle Kommandanten der Fregatten bei Nelson an Bord melden sollen. Damit sind auch Sie gemeint, Sir.«

Fergus schüttelte verwundert den Kopf. »Das ist ja abgebrüht, die Schlacht muß doch jeden Augenblick losgehen.« Er wandte sich an Lombardi. »Bringen Sie uns bitte dicht heran!«

Als sie nahe genug aufgeschlossen hatten, umschwärmten bereits sechs weitere Fregatten die *Victory*, und die meisten Kommandanten waren bereits an Bord gegangen. Fergus und Sherrill bestiegen ihre Gigs und legten bei der ruhigen See problemlos am Fallreep an. Der Flaggleutnant scheuchte sie eilig unter Deck.

Admiral Nelson begrüßte sie und reichte ihnen seine gesunde Hand. »Ah, Kilburnie, Sie sind jetzt also auch da, ich weiß, daß Sie den längsten Weg zurückzulegen hatten. Dann sind wir jetzt vollzählig. An den letzten beiden Abenden hatte ich Kommandanten meiner Linienschiffe in zwei Gruppen zum Abendessen bei mir. Ich war aus Sicherheitsgründen gezwungen, Sie alle an der Peripherie der Flotte patrouillieren zu lassen. Aber jetzt möchte ich mit meinen jungen Kommandanten sprechen und Ihnen allen sagen, wie sehr ich Ihren Einsatz für unsere Royal Navy zu schätzen weiß. Sie werden zunächst nur Zuschauer sein, wenn sich die großen Schiffe ineinander verbeißen und sich gegenseitig den Tod bringen. Aber sobald wir diesen Teil hinter uns gebracht haben, möchte ich, daß Sie jeden Feind, der entkommen will, verfolgen und stellen. Ich möchte, daß wir jeden unserer Gegner entweder erobern oder versenken. Ohne jede Ausnahme! Haben Sie das verstanden?«

Ein Chor antwortete ihm: »Aye, aye, Sir!«

Blanchard, der dienstälteste Kapitän, hob sein Sherryglas: »Auf den König!« Alle nahmen einen Schluck. Dann brachte der nächste in der Rangliste seinen Toast aus: »Auf die Königin!« Wieder sank der Pegel in den Gläsern. Fergus wartete bis zum Schluß, denn er war der einzige Flaggoffizier unter den Fregattenkapitänen. »Auf den Sieg!« rief er mit fester Stimme aus – und alle tranken ihre Gläser leer.

Nervös drückte sich der Flaggleutnant durch die Tür herein. »Herr Admiral, wir sollten uns bereitmachen. Der Feind ist mit bloßem Auge zu erkennen.«

Die Kommandanten der Fregatten verstanden den Wink mit dem Zaunpfahl und bewegten sich in guter Ordnung zur Tür, außerdem wollten alle so schnell wie möglich auf ihre Schiffe zurück. Nelson schüttelte noch jedem Kapitän zum Abschied die Hand.

Während sie alle wieder zurückgepullt wurden zu ihren Stationen, beobachtete Fergus, daß sich die Vereinigte Flotte noch immer darum bemühte, nach einer Halse aller Schiffe wieder eine passable Schlachtlinie zu bilden. Die Alliierten liefen jetzt auf Gegenkurs in Richtung Cadiz.

Der Bootssteurer, dessen Augen jünger und schärfer als die von Fergus waren, stellte lakonisch fest: »Die gegnerische Flotte bildet einen großen Halbmond, der in Lee von uns von Norden nach Süden reicht.«

Zurück an Bord, begrüßte ihn Poston wie immer mit einem flotten Spruch: »Ich dachte schon, daß der Admiral Sie an Bord behalten würde, um Sie zum Beifall klatschen oder als Geschützführer einzusetzen. Ich hatte gehofft, das Kommando über das Schiff zu bekommen und die

Schlacht selbständig auszukämpfen. Da drüben geht es gleich los.«

»Nein, vielen Dank, ich wollte nicht bleiben. Das Schiff dort drüben wird sich in kürzester Zeit in ein Schlachthaus verwandeln. Weisen Sie jetzt Lombardi an, er soll uns etwas dichter an die Franzosen heranbringen. Ich möchte einerseits die Schlacht beobachten, andererseits aber nicht in die Reichweite der mörderischen 32-Pfünder kommen.«

Als sie sich in der gewünschten Position befanden, nahmen Fergus und Poston ihre langen Ferngläser und kletterten auf die Vormars, um einen besseren Überblick zu haben.

Fergus stellte fest, daß die Schlachtschiffe der beiden britischen Linien alles daran setzten, als erste ins Gefecht zu kommen, sie hatten sogar Leesegel gesetzt.

»Es sieht ganz so aus, als ob die *Royal Sovereign* die Kolonne anführen will, die die feindliche Linie als erste durchbrechen wird. Das ist Collingwoods Flaggschiff.«

Poston packte eine Webeleine, um sich wegen der hohen Dünung und des auffrischenden Windes einen festen Halt zu verschaffen. »Darauf würde ich nicht wetten. Kapitän Hardy wird es nicht zulassen, daß die *Victory* übertrumpft oder ausmanövriert wird, solange Nelson an Bord ist.«

Die Spitze der britischen Linie hinter der *Victory* zielte jetzt direkt auf die unordentliche Ansammlung gegnerischer Schiffe hinter der französischen Vorhut, wo sich die großen Schiffe zusammendrängten.

»Das wird ein höllisch schwerer Schlag werden«, rief Poston Fergus zu, der sein Teleskop auf der vibrierenden Webeleine aufstützte.

Die leichten Winde des Vormittags erschwerten es allen Schiffen zu manövrieren, und die Besatzungen der beiden Flotten hatten alle Hände voll damit zu tun, ihre Segel zu trimmen, um den Befehlen ihrer Admirale nachzukommen oder um einfach auf den zugewiesenen Positionen in der Schlachtlinie zu bleiben. Fergus und Poston kletterten wieder an Deck, um sich eine Kleinigkeit als Zwischenmahlzeit zu bestellen. Gegen Mittag kam der Steuermannsmaat nach achtern, um sich bei Fergus zu melden, der wieder aus seiner Kabine gekommen war und mit dem Imbiß beschäftigt war, den Radcliffe für ihn zusammengestellt hatte.

»Sir, ein Signal wurde von der *Victory* übermittelt, das in mehreren Gruppen vorgeheißt werden mußte. Es ist schwer zu verstehen, aber ich glaube, daß es Folgendes bedeuten soll: *England erwartet, daß jeder Mann seine Pflicht tun wird.*«

Poston nickte. »Natürlich.«

Fergus war verärgert und runzelte die Stirn. »Dieses Signal wird in die Geschichte eingehen. Machen Sie sich nicht darüber lustig.«

Poston stammelte: »Das hatte ich auch nicht vor. Es erschien mir nur, wie soll ich sagen, so … anders.«

»Nelson ist anders. Darum ist er bei allem, was er tut, so erfolgreich.«

Nach wenigen Minuten war klar, daß die Schlacht beginnen würde, jedenfalls war es mit dem Manövrieren vor dem Kampf endgültig vorbei. Die britischen Kolonnen würden an zwei Stellen die französisch-spanische Schlachtlinie durchbrechen. An der Spitze der nördlichen Linie stand die *Victory*, ihr folgten *Téméraire*, *Leviathan*, *Euryalus*, *Neptune*, *Orion*, *Conqueror*, *Britannia*, *Ajax* und

Nelsons altes Flaggschiff, die *Agamemnon*. Sie alle luvten an, um hinter die beiden Flaggschiffe, die gigantische *Santissimo Trinidad* und die *Bucentaure* zu gelangen. Die südliche Gruppe unter Collingwood auf der *Royal Sovereign* hielt auf das Flaggschiff der Nachhut, die *Santa Ana*, zu. Hier begann das Feuergefecht.

Aber bald rollte auch über dem nördlichen Angriffskeil der Donner der schweren Geschütze. Die Linienschiffe schoben sich langsam immer näher aneinander heran. Der Pulverqualm wurde dichter und erlaubte kaum noch einen Blick auf das Geschehen.

Fergus schüttelte enttäuscht den Kopf. »Ich kann kaum noch etwas erkennen. Wir werden abwarten müssen, bis der dicke Rauch sich wieder lichtet.«

Poston schlug vor: »Wir sollten uns wieder die Teleskope schnappen und aufentern. Vielleicht haben wir von da oben einen besseren Blick.«

Der Pulverqualm verzog sich weit genug, so daß sie erkennen konnten, was auf den großen Schiffen geschah, die im Gefecht standen. Fergus nahm mit seinem Glas das Achterdeck der *Victory* ins Visier, wo er vor noch nicht langer Zeit mit Admiral Nelson gesessen hatte. Jetzt war es voller Matrosen und Seesoldaten, die wie in einem Ameisenhaufen durcheinanderliefen. Einige Männer lagen entweder tot oder verwundet auf dem Deck. Fergus erinnerte sich daran, wie ihm Nelson erzählt hatte, daß er im Gefecht stets Planken über die Skylights mittschiffs legen ließ, damit er mehr Bewegungsraum hatte. Im Augenblick wurden einige der leblosen Gestalten zur Seite gezogen, um für mehr Bewegungsraum auf dem großen, breiten Deck zu sorgen. Ein schweres Geschütz lag auf der Seite, seine

Lafette war zerschossen. Wenn es schon auf dem Achterdeck so schlimm aussah, dann wollte sich Fergus gar nicht vorstellen, wie es auf dem Vorschiff und den unteren Geschützdecks zuging.

Er richtete sein Fernglas auf die *Royal Sovereign*, die mehr von ihrer Breitseite zeigte. Fergus konnte das gesamte Oberdeck überblicken, weil eine plötzliche Winddrehung den Pulverqualm fortwehte. Jede Salve ließ zwar einen neuen, dichten, undurchdringlichen Rauchschleier aufsteigen, aber zwischendurch konnte Fergus die Zerstörungen auf dem Deck sehen. Er glaubte auch, Admiral Collingwood mit seinem kleinen, goldverzierten Dreispitz ausmachen zu können, der gelassen einen Apfel essend auf und ab schritt, aber Fergus war sich dessen nicht sicher. Es rannten zu viele Gestalten durch den eng begrenzten Ausschnitt seines Sichtfeldes.

Plötzlich erschauderte er. »Gott im Himmel!« stöhnte er auf. »Poston, wir haben verdammt viel Glück, daß wir nicht da drüben sind, jedes Gefecht auf einem kleinen Schiff wie diesem ist erträglicher. Dort drüben herrschen das Chaos und ein höllisches Inferno.«

Poston nickte stumm, dann sagte er mit rauher Stimme: »Es ist schlimm genug, wenn hier die Kugeln durch die Gegend fliegen, aber da drüben weiß man nicht mal, von wo und wem die Geschosse stammen.«

Beide ließen ihren Blick über die Schlachtlinie gleiten, um festzustellen, welches englische Schiff gegen welchen Feind kämpfte. Wie es den Anschein hatte, hatten sich mehrere Gruppen aus jeweils einem halben Dutzend Schiffe gebildet. Der leichte Wind gab ihnen keine großen Möglichkeiten zum Manövrieren, also klebten sie förmlich aneinander. Wo es möglich war, beharkte ein Schiff das gegnerische Deck über die Verschanzung hinweg mit Kartätschen und Traubengeschossen, dann wurde versucht, es zu entern. Die anschließenden Kämpfe Mann gegen Mann auf den Laufgängen und Decks waren erbittert und blutig, aber in den meisten Fällen gelang es den Seesoldaten in den Marsen, die Enterer durch sorgfältig gezieltes Feuer zurückzuschlagen. Die Überlebenden zogen sich daraufhin wieder auf das eigene Schiff zurück und kappten die Leinen der Wurfdraggen.

Fergus blickte wieder zur *Victory* hinüber. Jetzt konnte er besser erkennen, was dort ablief. »Die *Victory* ist mit der *Redoutable* unklar gekommen. Sie sind kollidiert, dann aber wieder voneinander weggetrieben, allerdings haben sich ihre Riggs ineinander verhakt.« Konzentriert schaute er durch sein Glas. »Das gefällt mir gar nicht«, murmelte er besorgt. »Die *Redoutable* ist das kleinere Schiff, aber ihre Marsen werden bis an den Rand mit Scharfschützen vollgestopft sein, die aus ihrer Position ein hervorragendes Schußfeld auf das Achterdeck der *Victory* haben. Wie es aussieht, nehmen unsere Gegner es gerade jetzt unter heftigen Beschuß.«

Auch Poston schaute jetzt zur *Victory* hinüber. »Ich verstehe, was Sie meinen. Ein Schwarm von Männern drängt sich um einen auf dem Deck liegenden Körper auf dem Achterdeck.«

Fergus fluchte unterdrückt: »Ich hoffe, daß es nicht der Admiral ist!«

»Wer immer es ist, man trägt ihn unter Deck.«

Dann wurde der Pulverqualm wieder undurchdringlich dicht.

Fergus seufzte bedrückt. »Ich habe genug gesehen. Der Rauch wird ständig dichter. Lassen Sie uns wieder hinuntersteigen.«

Das donnernde Geschützfeuer hielt noch eine Stunde an, nachdem sie sich wieder an Deck begeben hatten, aber gegen drei Uhr nachmittags verlor es an Intensität. Viele Geschützbedienungen hatten sich gegenseitig umgebracht, und eine ganze Reihe von Kanonen war zerstört. Der Kampf in der Mitte mit dem Gros der Vereinigten Flotte war also fast vorbei, und langsam verzog sich das Leichentuch des Pulverqualms.

Poston begann zu zählen: »Ich sehe mindestens fünfzehn feindliche Schiffe, die ihre Flagge gestrichen haben oder ohne Flagge herumtreiben.«

»Sind Briten darunter?«

»Nicht einer. Viele der unsrigen sind schwer angeschlagen, aber sie haben nicht kapituliert.«

Kurz vor Einbruch der Dunkelheit gegen vier Uhr und dreißig Minuten wurde das Feuer eingestellt, und einzelne Schiffe begannen schon damit, ihre Prisen in Richtung Gibraltar zu treiben. Der Wind, der den ganzen Tag über unbeständig und launisch gewesen war, nahm schnell an Stärke zu und erreichte in der Nacht volle Sturmstärke. Fergus und Poston waren beide an Deck, sie ließen sich ihr Ölzeug bringen und verdoppelten den Ausguck.

»Haltet die Augen nach flüchtenden Schiffen offen!« vergatterte Fergus seine Männer.

Beim Anbruch des Morgens hielt der Sturm noch an, und Fergus sah, daß viele der schwer beschädigten gegnerischen Schiffe es nicht geschafft hatten, ihn abzuwettern.

Collingwood hatte versäumt, Nelsons letzten Befehl auszuführen, der in Anbetracht des aufziehenden Sturms und der Legerwallsituation angeordnet hatte, daß alle Schiffe nach der Schlacht ankern sollten.

Die noch schwimmfähigen feindlichen Schiffe wurden von den Briten eskortiert, aber es waren nur noch fünf von den ursprünglich siebzehn Prisen übrig, die anderen waren gesunken, gestrandet, oder ihre Prisenbesatzungen waren überwältigt worden, und die Schiffe waren dann nach Cadiz geflohen, denn die beschädigten britischen Schiffe waren nicht in der Lage, ihnen mit Aussicht auf Erfolg nachzusetzen. Ein französisches Linienschiff war im Begriff, sich nach Süden abzusetzen.

»Das ist unsere Beute«, schnaubte Fergus grimmig und ließ ein Signal für die in der Nähe stehende *Diligent* an der Rah setzen. »Angriff!«

Poston fragte ihn skeptisch: »Wird der Kommandant wissen, was er zu tun hat?«

»Beobachten Sie ihn. Er wird einen Kreisbogen segeln, um eine Position hinter dem Gegner einzunehmen, und aus dieser günstigen Position wird er das Heck des Gegners unter Feuer nehmen. Wir werden uns ihm von vorne nähern und auf den Bug feuern. Der Feind wird versuchen aufzudrehen, um uns mit seinen Breitseiten eindecken zu können. Aber der Eimer wird so stark rollen, daß es an der nötigen Treffergenauigkeit mangeln wird. Wir werden uns also immer vor oder hinter dem Gegner aufhalten – und die *Diligent* wird es ebenso machen.«

Die beiden Schiffe manövrierten dreißig Minuten auf die beschriebene Weise, hackten auf dem beschädigten Linienschiff der dritten Klasse herum, das allmählich immer mehr an Kampfkraft verlor. Schließlich stellte es das Feuer ein. Fergus wurde unvorsichtig, ging näher heran, und drei 32-pfündige Kugeln schlugen krachend an Bord ein. Er spürte sofort, daß er von mehreren Splittern getroffen worden war, und stürzte schwer auf das Deck. Nach ein paar Minuten erholte er sich wieder etwas, als ihm der Schiffsarzt Pollitt aufhalf.

»Ich bringe Sie unter Deck.«

Fergus wehrte ihn ab. »Nicht bevor das hier beendet ist«, beharrte er bärbeißig.

Poston hatte das Kommando übernommen und das Schiff aus dem Feuerbereich des Franzosen gebracht.

Fergus wollte von ihm wissen: »Was tun die da drüben?«

»Sie sind wohl bereit zum Streichen der Flagge.«

Der Steuermannsmaat meldete: »Sie haben gerade die Flagge weggenommen.«

Fergus, der spürte, daß er aus mehreren Wunden rasch sehr viel Blut verlor, befahl: »Geben Sie der *Diligent* Anweisung, die Prise nach Gibraltar zu eskortieren und sie dort dem Prisengericht zu übergeben. Dann soll sie wieder zu uns stoßen.«

Die *Diligent* entfernte sich und trieb ihre Prise in die richtige Richtung.

Der Ausguck meldete von oben aus dem Masttopp: »Die *Axe* kommt schnell auf!«

Die *Axe* legte sich dicht unter ihr Heck, und ihr Kommandant griff nach der Flüstertüte.

Fergus beobachtete ihn scharf, dann murmelte er: »Da stimmt etwas nicht.«

Der Kommandant der *Axe* versuchte zu sprechen, konnte es aber nicht. Schließlich wischte er sich mit dem Ärmel über die Augen und versuchte es nochmals. »Kommodore, ich bedaure Ihnen melden zu müssen, daß Admiral Nelson tot ist.« Er brach ab und wandte sich zur Seite.

Ein dumpfes Stöhnen breitete sich durch das ganze Schiff aus, als die Nachricht die Runde über die Decks machte.

Fergus schüttelte ungläubig den Kopf, während er versuchte, sich einzureden, daß er die schreckliche Nachricht falsch verstanden hätte. Aber es war vergeblich. »Das reicht! Für uns gibt es hier nichts mehr zu tun. Setzt den Kurs in Richtung Heimat ab und gebt diesen Befehl an unsere anderen Schiffe weiter. Wir treffen uns alle vor Cadiz und sammeln dort die *Dashing* auf.«

Plötzlich ließen ihn der starke Blutverlust und das überwältigende Gefühl des Verlusts wanken. Er spürte ein übermächtiges Gefühl der Trauer und Leere in sich, dann fiel er gegen Poston. Zwei Männer sprangen vor und stützten ihn auf dem Weg unter Deck.

Pollitt meinte lakonisch zu Poston: »Sie werden wohl eine ziemlich lange Zeit das Kommando übernehmen müssen. Es wird dauern, bis ich ihn wieder so einigermaßen in Form gebracht habe.«

24
Zukunftspläne

Pollitt hielt es für das beste, mit seiner blutigen Arbeit bei Fergus zu beginnen, solange der noch besinnungslos war, aber Fergus blieb bei Bewußtsein und bestand darauf, daß der Arzt zuerst die anderen Verwundeten versorgte.

»Ich kann warten«, schnarrte er, »aber die anderen vielleicht nicht.«

Pollitt schüttelte den Kopf. »Die anderen sind bereits versorgt. Die Gefallenen werden morgen bestattet, der Segelmacher bereitet schon alles vor. Sie können von Glück sagen, daß es Sie nicht schlimmer erwischt hat. Jetzt schweigen Sie bitte und nehmen Sie das Laudanum. Es wird den stärksten Schmerz dämpfen. Ich muß eine ganze Anzahl Splitter herausholen, besonders aus dem linken Oberschenkel.«

»Werde ich ein Bein verlieren?«

»Wenn keine schwere Infektion hinzukommt, nicht. Kleinere Infektionen kann ich leicht bekämpfen. Ich werde die Wunden jeden Tag dränieren. Aber jeder andere Arzt würde Sie ins Lazarett verlegen.«

Fergus knirschte mit den Zähnen und nahm einen großen Schluck Laudanum aus dem bereitstehenden Becher, dann streckte er sich auf den Seekisten aus, die als Operationstisch dienten.

»Fangen Sie an!«

»Nehmen Sie noch einen guten Schluck, Sie wollen doch bestimmt nicht mitbekommen, was ich mit Ihnen anstelle.«

Nach zwei Stunden trat Pollitt zurück und schaute genußvoll auf den Berg gezackter Splitter, der sich in einer neben ihm stehenden Schale gebildet hatte. »Das war der letzte, jetzt sind alle raus«, erläuterte er seinem Assistenten zufrieden. »Wirf sie über Bord, ich will die verfluchten Dinger nicht mehr sehen.«

Fergus nahm seine Umwelt lange Zeit nur wie durch einen roten Schleier war. Als alles langsam wieder weiß wurde, öffnete er die Augen.

Radcliffe beugte sich über ihn. »Erkennen Sie mich, Sir?« erkundigte er sich besorgt.

Fergus stöhnte, während der physische Schmerz wieder von seinem Körper Besitz ergriff. »Ich erkenne dich, Radcliffe, mir geht es gut.« Dann kam die Erinnerung an den Tod Nelsons zurück, und er ächzte.

Pollitt trat zu ihm heran. »Sind die Schmerzen sehr schlimm?«

»Ja, aber es gibt da noch etwas, gegen das Sie nichts tun können. Haben Sie etwas darüber erfahren, wie Admiral Nelson gestorben ist?«

»Nicht allzuviel. Wie man hört, wurde er von einem Scharfschützen von der Mars aus getroffen, und es hat einige Zeit gedauert, bis er gestorben ist.«

»Schrecklich!« murmelte Fergus. »Ich nehme an, daß ihn der Schuß traf, als die *Redoutable* längsseits bei der *Victory* gelegen hat. Höchstwahrscheinlich war ich sogar Augenzeuge.«

Pollitt versuchte Fergus zu beruhigen. »Er hatte keine großen Schmerzen zu erleiden, weil sein Rückgrat durchschlagen war. Er erfuhr noch, daß er die Schlacht gewonnen hatte, und er wußte, daß seine Freunde um ihn herum waren, als er einschlief. Für mich scheint das keine schlechte Art zu sein zu sterben.«

»Danke für den Trost. Er war ein professioneller Seemann und ein großer Kämpfer vor dem Herrn, und es entsprach sicherlich seinem Wunsch, so zu sterben.«

»Das ist wahrscheinlich richtig.«

Fergus seufzte wieder tief auf. »Wahrscheinlich habe ich nicht seine menschliche Größe, denn ich möchte lieber zu Hause in meinem Bett im Kreise meiner Angehörigen sterben.«

Pollitt wandte sich an Radcliffe: »Versuchen Sie, ihn eine Weile schlafen zu lassen.«

Poston übernahm auf Fergus' Geheiß diensteifrig das Kommando über das Schiff und die Flottille und setzte den Kurs auf die nördliche Küste Portugals ab. Das Wetter war angenehm, und sie machten gute Fahrt.

Gerade als sie frei von Kap Finisterre waren, sang der Ausguck aus: »An Deck! Segel an Backbord voraus! Drei Handelsschiffe und eine Fregatte.«

Die Schiffe näherten sich unbeirrt, anscheinend fürchteten sie sich vor dem imposanten Geschwader britischer Kriegsschiffe nicht, und Poston konnte bald ausmachen, daß sie unter spanischer Flagge segelten. Die Fregatte hatte sechsunddreißig Kanonen an Bord. Er ging nach unten und besprach sich mit Fergus, der darauf bestand, daß man ihn auf das Achterdeck trug und dort in einen Sessel setzte.

»Ich überlasse es Ihnen, die Kommandos zu geben und werde mich nicht einmischen, aber ich möchte zusehen. Wie sieht Ihr Plan aus? Wollen Sie sie einkreisen und dann zusammenschießen?«

»Nein, ich habe vor, die Fregatte anzuhalten, um erstmal herauszufinden, was der Kommandant weiß. Er verhält sich so, als ob ihm nicht bekannt wäre, daß sich Spanien mit uns im Kriegszustand befindet. Ich werde aber alle nur denkbaren Vorsichtsmaßnahmen ergreifen.«

»Gut. Gehen Sie nur zurück an Deck, ich werde Ihnen langsam folgen.«

Poston warf einen weiteren langen Blick auf den Konvoi, der immer noch in aller Seelenruhe weitersegelte. Plötzlich fragte er Lombardi: »Sprechen Sie genug Spanisch, um als Dolmetscher fungieren zu können?«

Lombardi vollführte eine typische mediterrane Geste mit den Schultern, das heißt, er zog vielsagend die Schultern nach oben. »Na sicher, außerdem kann ich fehlende Worte mit meinem Italienisch ausfüllen.«

»Bringen Sie uns in Luv unter das Heck der Fregatte. Dann fordern Sie durch das Sprachrohr den Kommandanten auf beizudrehen. Er hat keine andere Wahl, da er von fünf Schiffen umzingelt ist.«

»Was ist, wenn er das Feuer eröffnet?«

»Das wäre völlig verrückt. Dem Mann muß klar sein, daß wir ihn dann innerhalb von wenigen Minuten zu den Fischen schicken.«

Poston versammelte Lombardi, Ballinger und den Hauptmann der Seesoldaten auf dem Achterdeck. »Leutnant Ballinger, ich übergebe Ihnen das Kommando. Falls der spanische Kommandant versuchen sollte, mich und meine Begleiter festzusetzen, müssen Sie bereit sein, alle Ihnen zur Verfügung stehenden Machtmittel einzusetzen. Versenken Sie ihn und machen Sie sich um mich und meine Leute keine Gedanken.«

Leutnant Ballinger zog eine Augenbraue in die Höhe. »Das ist verdammt starker Tobak. Sind Sie sicher, daß Sie wirklich meinen, was Sie sagen?«

»Ja. Aber soweit wird es nicht kommen. Die Übermacht, der er sich gegenübersieht, ist zu erdrückend.«

Lombardi schüttelte zweifelnd den Kopf. »Sie kennen die Spanier nicht so gut wie ich. Sie haben eine fatale Neigung zum Selbstmord, wenn sie sich in einer so aussichtslosen Situation befinden.«

»Glauben Sie, daß auch dieser Kommandant so handeln wird?«

»Warten wir es ab, bis wir ihm Aug in Aug gegenüberstehen.«

»In Ordnung.« Poston drehte sich jetzt zu Hauptmann Larsen um. »Herr Hauptmann, sobald wir auf dem Deck stehen, postieren Sie Ihre Männer im Kreis mit den Gesichtern nach außen gewandt um uns herum. Sie bleiben mit mir im Inneren des Kreises. Sobald ich die Order gebe, befehlen Sie Ihren Männern, den spanischen Kapitän und alle seine Offiziere zu erschießen. Aber bis dahin sollen die Soldaten nicht mit dem Schußwaffengebrauch drohen und ihre Waffen gesenkt halten. Haben Sie alles verstanden?« Niemand hatte eine Frage, daher kommandierte Poston: »Los geht's!«

Die spanische Fregatte stoppte und drehte bei. Poston, Lombardi, Larsen und die Marineinfanteristen gingen an Bord.

Der Kapitän auf dem Achterdeck war zuerst ärgerlich, dann verwirrt. Er sprach gebrochen Englisch. »Warum Sie halten mich an? Sie nicht haben das Recht zu stoppen eine neutrale Kriegsschiff. Ich nur beidrehen, weil Sie haben so viele Schiffe. Wie ich sehe, Sie mich haben umzingelt mit bewaffnete Seesoldaten.«

Poston, der zufrieden war, die Kontroverse im vertrauten Englisch führen zu können, fragte: »Wissen Sie nicht, daß sich unsere beiden Länder im Krieg gegeneinander befinden?«

Dem spanischen Kapitän fiel die Kinnlade herunter. »Nein, ich das nicht wissen. Der Admiral in der Karibik, der uns vor einem Monat losgeschickt hat, auch nicht wissen. Was ist passiert?«

»Ich nehme an, daß Ihr Land von Napoleon in den Krieg hineingezogen worden ist. Jetzt ist Ihre stolze Flotte ebenso wie die französische Flotte von Admiral Nelson zerstört worden, aber der Krieg geht weiter. Als logische Konsequenz muß ich Sie davon in Kenntnis setzen, daß Sie mein Gefangener sind und alle Ihre Schiffe als Prisen angesehen werden.«

Die Augen des spanischen Kapitäns glühten voller Haß. Poston beobachtete ihn aufmerksam und sah sorgenvoll, daß die Hände des Mannes fest zu Fäusten geballt waren. Das war ein verdammt schlechtes Zeichen.

Auch Hauptmann Larsen war äußerst angespannt, ständig wanderte sein Blick über die Offiziere und Besatzungsmitglieder, um rechtzeitig eventuelle Anzeichen für ausbrechenden Ärger zu entdecken. Nur Lombardi blieb ruhig. Er redete immer noch auf den Spanier ein, und der unaufhörliche sanfte Redestrom klang fast wie Musik. Es war eine Kombination aus Spanisch, Italienisch und Englisch, obwohl Lombardi inzwischen ja wußte, daß der Kommandant Englisch verstand. Poston konnte Lombardis Redeschwall nur teilweise folgen, und er konnte auch nicht mit Sicherheit feststellen, ob er die beabsichtigte Wirkung auf den Kapitän hatte. Er atmete tief durch und versuchte seine Hände zu entkrampfen, aber es gelang ihm nicht. Er war nervös und erwartete, daß der wütende Spanier jeden Augenblick explodieren würde. Dann warf er einen verstohlenen Blick auf die Crew, die sich in der Kuhl zusammendrängte und zum Achterdeck hinaufstarrte. Die Männer waren mit allen möglichen Kleidungsstücken angetan, wie es auf allen Kriegsschiffen der Welt üblich war. Sie wußten nicht, worum es bei dieser Auseinandersetzung ging, und kannten nicht das Problem, vor dem sie standen. Wahrscheinlich rechneten sie damit, daß ihre Schiffe jeden Augenblick wieder entlassen werden würden und die Fahrt in den Heimathafen fortsetzen konnten. Ein leises Gemurmel kam auf.

Poston dagegen dachte angestrengt darüber nach, wie er seine kleine Truppe wieder heil von dem Schiff herunterbekam. Am besten würde er sich erstmal völlig von dem Schiff zurückzuziehen, um dem Kapitän kurz Gelegenheit zu geben, sich zu sammeln und seine Besatzung über die veränderten Umstände zu informieren. Danach könnte er dann eine vollständige, schwerbewaffnete Prisenbesatzung hinüberschicken, die das Schiff übernehmen würde. Poston schaute wieder zu dem spanischen Kapitän. Lombardi redete noch immer beschwichtigend auf ihn ein, aber in den Augen des Spaniers hatte sich etwas verändert. Sie funkelten nicht mehr haßerfüllt, sie blickten jetzt eher trübe und unglücklich, waren aber nicht länger furchteinflößend. Die Fäuste des Mannes lösten sich langsam, und er wischte sich – genau wie Poston – den Schweiß von den Handflächen an den Hosenbeinen ab.

Plötzlich war Poston zuversichtlich, daß er die Angelegenheit ohne Blutvergießen über die Bühne bringen könnte. Sollte es gelingen, dann war das ausschließlich Lombardis diplomatischem Geschick zu verdanken. Er war entschlossen, ihm dafür die gebührende Würdigung zuteil werden zu lassen, sobald sie sicher an Bord zurückgekehrt waren.

Dann sackten die Schultern des spanischen Kommandanten deutlich sichtbar herunter, und der Mann nickte bedächtig. Lombardi grinste und blickte Poston an. Poston atmete ein paarmal tief durch und räusperte sich, um seine Kehle freizubekommen; er spürte, wie das Blut wieder in sein Gesicht zurückfloß. Die Gefahr war vorüber – und es war kein Tropfen Blut vergossen worden.

Poston blickte Lombardi an, der mit den Schultern zuckte und ihm mit leiser Stimme zuflüsterte: »Sie werden nicht gegen uns kämpfen.«

Der Spanier seufzte schmerzvoll auf: »Hätte ich vorher gewußt, ich hätte gekämpft, obwohl der Kampf nicht lange gedauert hätte. Aber zumindest meine Ehre wäre gerettet gewesen.«

Poston erwiderte: »Sie hätten möglicherweise Ihre Ehre gerettet, aber der Preis dafür wäre vermutlich Ihr Leben gewesen und das Leben vieler Männer dazu. Ich werde auf alle Ihre Schiffe je eine kleine Prisenbesatzung schicken. Dabei werde ich natürlich auch umgehend herausfinden, was die Handelsschiffe transportieren. Oder wollen Sie es mir vielleicht von sich aus mitteilen?«

Der spanische Kapitän zog die Schultern in die Höhe. »Wie Sie haben schon richtig festgestellt, finden Sie es ohnehin heraus. Es handelt sich um ungemünztes Gold, Rum und Tabak. Sie werden sein sehr reiche Mann.«

Als sie das Schiff verließen, tröstete Poston den spanischen Offizier: »Ich werde umgehend eine Prisenbesatzung hinüberschicken, und der kommandierende Offizier wird die Anweisung haben, Ihnen und Ihrer Mannschaft zu vertrauen und sich bis zur Ankunft in England so wenig wie möglich in die Angelegenheiten des Schiffes einzumischen. Sie werden feststellen, daß die Royal Navy Sie, Ihre Offiziere und die Mannschaften mit äußerster Höflichkeit und Zuvorkommenheit behandeln wird. Außerdem nehme ich an, daß Sie und Ihre Besatzung innerhalb eines Monats gegen britische Seeleute ausgetauscht werden.«

Der spanische Kapitän, der jetzt einen viel ruhigeren Eindruck machte, verbeugte sich und sagte: »Ich würde gerne mit Mister Lombardi nochmals reden in England.«

»Ich werde Ihre Bitte wohlwollend berücksichtigen.«

Poston fuhr mit Lombardi und den Seesoldaten zu einem der Frachter hinüber, um seine Neugierde bezüglich der

Ladung zu befriedigen. Der Schiffer des Handelsschiffes empfing sie mit einem spanischen Wortschwall.

»Was hat er gesagt?« wollte Poston von Lombardi wissen.

Lombardi antwortete grinsend: »Das ist doch so klar wie Kloßbrühe in jeder Sprache dieser Welt. Er fragt: ›Was ist denn hier los?‹«

»Teilen Sie ihm mit, daß wir mit seinem Land im Krieg liegen und daß sein Schiff unsere Prise ist. Wir möchten seine Papiere und die Ladung kontrollieren.«

Nachdem der Schiffer die Nachricht in Lombardis Küchenspanisch verdaut hatte, lief er purpurrot an und stieß einen endlosen Strom von Flüchen aus.

»Ich vermute, daß Sie die nicht alle übersetzt haben wollen«, flachste Lombardi. »Ein paar von ihnen waren sogar mir neu.«

»In Ordnung. Befehlen Sie ihm, uns unter Deck zu führen.«

Lombardi deutete auf die nächstgelegene Ladeluke. *»Vamonos!«* schnarrte er, und die kleine Prozession verschwand unter Deck. Auf dem Zwischendeck waren Tabakfässer gestaut, dann waren Fässer voller Rum zu sehen.

»Nicht schlecht!« lächelte Poston zufrieden. »Jetzt soll er uns den richtigen Goldkram zeigen!«

Lombardi zischte: *»El oro!«*

Der Skipper rollte mit den Augen und führte sie hinunter in das Orlopdeck. Im schwachen Licht der Laterne konnte Poston die aufgestapelten Kisten voller Goldbarren erkennen.

Er pfiff leise durch die Zähnen. »Ich hasse den Gedanken, das ganze Gold zählen zu müssen.«

Lombardi lachte ihn schallend aus. »Das müssen Sie auch nicht. Wir dürfen es noch nicht mal umstauen, ehe wir nicht im Hafen liegen.«

»Fragen Sie den Schiffer, ob die anderen beiden Kauffahrteischiffe eine in etwa vergleichbare Ladung an Bord haben.«

Ein wildes Kauderwelsch aus italienischen und spanischen Brocken strömte aus Lombardis Mund. Als er geendet hatte, zuckte der Skipper nur die Achseln und entgegnete: *»El mismo.«*

Ohne Postons Frage abzuwarten, übersetzte Lombardi die beiden Worte: »Dasselbe.«

Poston zog tief die Luft ein. »Das reicht mir. Lassen Sie uns auf unser Schiff zurückkehren.«

Als Poston auf die *Daring* zurückgekehrt war, fand er Fergus sorgenvoll in seinem Sessel auf dem Achterdeck wartend vor.

»Nun?« erkundigte er sich ungeduldig.

Poston lachte wild auf. »Kommodore, ich habe es geschafft – mit Lombardis Hilfe. Wir haben keinen einzigen Schuß abgefeuert. Auch der Feind hat nicht geschossen. Und außerdem werden Sie so reich wie der olle Krösus sein.«

»Das glaube ich nicht. Der hatte mehr Geld, als der Rest der Welt zusammen besaß. Sie sollten wirklich mehr lesen.«

»Wie auch immer, Sie werden einen beträchtlichen Teil des Prisengeldes einsacken können. Diese Frachter sind voll mit Gold. Und die vier Schiffe selbst sind auch wertvoll. Auch ich werde nicht mehr arm sein, das trifft sich gut, jetzt, da ich Carlita gebeten habe, mich zu heiraten.«

»Wie bitte? Sie wollen mit ihr in Gibraltar leben?«

»Nein, in Surrey. Nicht weit vom Gut Admiral Nelsons entfernt. Ich kann jetzt meinen Bauernhof unterhalten und werde mich in ein paar Jahren zusammen mit Carlita dorthin zurückziehen.«

Fergus begann sich langsam zu erholen, aber seine Konstitution war von den vielen auf See verbrachten Jahren und durch die ständige Überarbeitung geschwächt. Als Poston die Flottille in die Königliche Marinewerft gebracht hatte, konnte Fergus nur mühsam und mit fremder Hilfe die Gangway hinabgehen und in Jeris' Kutsche einsteigen. Der Kutscher fuhr wegen Fergus' Wunden nur langsam, und als sie schließlich das Lazarett erreichten, erwartete sie Pollitt dort schon und besprach sich mit dem Stab des Hospitals. Nach einer langwierigen, gründlichen Untersuchung der Wunden, besonders der tiefen Gräben in Fergus' linken Bein, kamen die Ärzte nach einer langen Beratung zurück, um ihm das Ergebnis mitzuteilen.

Fergus begrüßte sie sarkastisch: »Wie ich sehe, habt ihr Jungs zwar eure ernsten Gesichter aufgesetzt, aber es sind nicht die von der Qualität: Hoffnungsloser Fall!«

Pollitt lachte. »Sie haben recht. Sie werden völlig wiederhergestellt werden, aber in der Wunde in Ihrem linken Oberschenkel sitzt eine ernsthafte Infektion. Die wird hier mindestens einen Monat lang auskuriert werden müssen, aber zu gegebener Zeit werden Sie reisen können.«

»Heißt das, daß ich nicht am Begräbnis von Admiral Nelson teilnehmen kann?«

»Unter keinen Umständen. Sie sind nicht in der Lage zu gehen, geschweige denn zu reiten. Sie werden hübsch hierbleiben, denn die Wunde wird jeden Tag tamponiert werden müssen.«

»Und am Ende des Monats werde ich reisefähig sein?«

»In Grenzen.«

»Mit einer Kutsche und auf einem Schiff?«

»Das glaube ich schon. Was haben Sie im Sinn?«

»Das kann ich Ihnen noch nicht sagen. Ich muß über meine Pläne erst mit meiner Frau und Jeris Fairlie reden.«

Shannon kam ihn am frühen Nachmittag besuchen. Sie nahm ihn in ihre Arme und drückte ihn fest an sich. Dann trat sie einen Schritt zurück und sah ihn prüfend an. »Mein Gott! Was haben sie mit dir gemacht?«

»Hier versucht man nur, mich wieder auf die Beine zu bringen. In etwa einem Monat wird es soweit sein, sagen sie.«

»Und was dann?«

»Darüber wollte ich mit dir sprechen. Ich trage mich mit dem Gedanken, meinen Abschied zu nehmen. Was hältst du davon?«

»Ich wollte dich immer bei mir zu Hause haben. Aber du mußt auch andere Dinge in Rechnung stellen. Würde es für dich in absehbarer Zeit überhaupt auf See genug zu tun geben? Man redet viel davon, daß die Royal Navy ihre Arbeit erledigt hat, jetzt, da die französische und spanische Marine so vernichtend geschlagen sind. Viele Leute in einflußreichen Positionen sind der Meinung, daß die meisten unserer Schiffe nicht mehr benötigt werden.«

»Das ist wahrscheinlich sogar richtig. Man wird natürlich weniger Schiffe im aktiven Dienst behalten. Es werden weniger Offiziere benötigt und natürlich auch weniger Flaggoffiziere. Ich habe es wahrscheinlich so weit nach oben geschafft, wie es einem Schotten möglich war, und werde mit Onkel Jeris reden. Wenn er meine Ansichten teilt, werde ich um meinen Abschied einkommen.«

Jeris besuchte ihn am nächsten Morgen. »Nun, mein Junge, wie fühlst du dich?«

Fergus bewegte sich vorsichtig unter der Bettdecke. »Den Umständen entsprechend, denke ich. Ich erhole mich langsam, aber die Doktoren sind zufrieden und voller Hoffnung. Onkel, ich möchte dich etwas fragen. Ich habe schon mit Shannon darüber gesprochen, und sie ist mit mir einer Meinung.«

»Das klingt nach einem ernsthaften Problem.«

»Ich denke, daß ich in den Ruhestand gehen sollte.«

Jeris schwieg, stand auf und lief langsam auf und ab. Dann blieb er plötzlich stehen. »Ich stimme dir zu. Die Navy hat bereits mit dem Schrumpfungsprozeß begonnen, die Schiffe, die vor Trafalgar beschädigt wurden, werden nicht repariert. Solltest du jetzt in den Dienst zurückkehren, würdest du deinen Rang behalten können, aber du könntest wahrscheinlich nicht weiter aufsteigen. Auf der Liste der Ruheständler wirst du als Kommodore geführt werden, wenn du dich dazu entschließen solltest, jetzt den Abschied zu nehmen.«

»Und falls der Seekrieg in absehbarer Zeit wieder heftig aufflammen und man mich wieder brauchen sollte, was würde dann geschehen?«

»Deine Personalakte ist ausgezeichnet, und du stehst kurz vor deiner Beförderung zum Konteradmiral. Falls man dich also wirklich braucht, dann wirst du auf alle Fälle wieder mit dem Rang eines Kommodore eingestellt werden, aber ich möchte wetten, daß man dich wahrscheinlich zum Konteradmiral macht. Ich bin sicher, daß sich der König an den Mann erinnern wird, der ihm ein paar Millionen Pfund in seine Schatztruhen geschaufelt hat. Zur Zeit ist es so, daß sein Kämmerer noch immer sichere Orte in London sucht, an denen er die Barren horten kann. Übrigens wird dein Anteil an dem Prisengeld ziemlich unglaublich ausfallen.«

»Das gibt den Ausschlag. Ich bin müde, verwundet und brauche dringend Zeit für meine Familie. Mach meine Papiere für den Abschied fertig.«

Jeris seufzte. »Ich weiß, daß du genau das Richtige machst, aber die Royal Navy wird dich vermissen.«

25
Ruhestand

Drei Tage später betrat Jeris wieder Fergus' Krankenzimmer. Unter seinem Arm klemmten zwei große Umschläge, und er warf sie beide auf Fergus' Bett. Dann zog er aus dem einen mehrere Dokumente.

»Hier sind deine Entlassungspapiere«, erklärte er. »Du möchtest sie dir vielleicht einrahmen und an die Wand hängen.«

»Wozu sollte das gut sein?«

»Du könntest sie eines Tages brauchen, wenn die Franzosen wieder frech werden und wir unsere Royal Navy wieder aufbauen müssen.«

»Und dann?«

»Dann kannst du sie von der Wand nehmen und der Admiralität mit dem Wunsch zurückschicken, wieder in den aktiven Dienst aufgenommen zu werden.«

»Ich glaube, man wird sich dann nicht viel um einen Packen alter Urkunden scheren. Falls man mich braucht, wird man einfach nach mir schicken.«

»Nun, wenn das so ist, dann werden wahrscheinlich deine Söhne aber dies hier aufheben wollen.« Jeris zog einen seidenen Wimpel aus dem zweiten Umschlag. »Das ist dein Breitwimpel als Kommodore, der jetzt niedergeholt worden ist. Er gehört jetzt dir, kein anderer Seeoffizier wird ihn jemals setzen. Deine Flottille existiert nicht mehr.«

»Was ist mit den Schiffen?«

»Sie sind einzeln in Seiner Majestät Marine unter verschiedenen Oberkommandierenden eingesetzt.«

»Und was geschieht mit den Kommandanten?«

»Poston bleibt nach einer gründlichen Überholung des Schiffes als Kapitän zur See für mindestens ein Jahr auf der *Daring*. Wie es scheint, hat der König einen Narren an ihm gefressen, wohl wegen der Art und Weise, wie er das viele Gold erobert hat, ohne einen einzigen Mann zu verlieren. Poston und auch die anderen Kommandanten sind vom König eigenhändig mit Orden ausgezeichnet worden.«

»Was ist mit meinem Orden, falls ich denn überhaupt für einen vorgesehen bin?«

»Deine Auszeichnung, die schon bedeutender ist, wird zusammen mit der Erhebung zum Baronet zur gegebenen Zeit überreicht werden. Das erfordert etwas mehr Schreibarbeit.«

»Und was ist mit Puller, Sherrill und den Kommandanten der Slups?«

»Die Leutnants der Slups sind auf dem besten Wege Commander zu werden. Sherrill hat um seinen Abschied gebeten, und er ist dafür auch fällig. Ein Arschkriecher aus der Admiralität wird ihn ablösen. Puller ist auch so ein Favorit des Königs, wie es scheint. Er wird, ebenfalls nach einer ausgiebigen Grundüberholung des Schiffes, mit seinem Schiff in die Karibik verlegt. Ich erwarte, daß wir von ihm in der Zukunft noch große Dinge hören werden.«

Fergus nickte. »Das glaube ich auch. Er wird sehr erfolgreich sein. Jetzt erzähl mir von der Ankunft der Schiffe in der Werft und was danach passierte.«

Jeris lachte glucksend. »Ich schulde dir wirklich eine Erklärung. Kurz nachdem du angekommen bist, mußtest du ins Lazarett gebracht werden. Poston hat natürlich das Kommando übernommen. Er hat sich schlau verhalten und niemandem etwas von dem Gold in den Luken der Handelsschiffe erzählt, bis er sich der Dienste des Werftinspektors versichert hatte. Sobald dieser und der Hafenadmiral jedoch von dem Gold erfahren hatten, kratzten sie jeden Marineinfanteristen und Soldaten zusammen, den sie zu fassen bekamen, und legten einen dichten Kordon um die Schiffe – es waren gut über dreihundert Mann.«

»Das muß ja ausgesehen haben wie im Krieg.«

»Der hätte auch ausbrechen können, wenn die Werftarbeiter von dem Gold Wind bekommen hätten, bevor es richtig bewacht wurde. Jedenfalls verschafften die Sicherheitsmaßnahmen dem Werftkapitän genügend Zeit, das Löschen der Schiffe ordentlich zu organisieren. Es waren mindestens einhundert schwere Fuhrwerke, um den Tabak abzufahren. Dann mußten sie nochmals zurückkommen, um die Rumfässer abzuholen.«

»Und dann holten sie das Gold?«

»Ja. Poston und der Werftkapitän arbeiteten eng zusammen. Das war am dritten Tag nach der Ankunft, und die Arbeiter begannen die Goldbarren per Hand aus dem

Orlop auf das Hauptdeck zu mannen. Von dort aus wurden die schweren Hieven mit den Barren mit Kränen auf die Fuhrwerke gesetzt.«

»Wußte der König von diesen Vorgängen?«

Jeris kicherte albern und amüsierte sich prächtig. »Natürlich. Er hat gleich am ersten Tag von dem Gold erfahren. Am dritten Tag erschien er mit seinem ganzen Hofstaat auf der Pier. Er ging unter Deck und guckte es sich an, bevor es angerührt werden durfte. Dann paßte er genau auf, als die erste Charge an Deck gebracht wurde. Als das Gold an ihm vorbeigetragen wurde, sagte er in seiner hohen, schrillen Stimme zu dem Vertreter des Schatzamtes, der es zählen mußte: ›Was! Was! Was! Zähl das nur richtig und laß niemanden nichts davon abkratzen. Sieh zu, daß kein Jota, kein Fitzelchen davon verlorengeht. Jeder Kratzer kostet mich ein ganzes Pfund.‹ Dann führte er ein kleines Tänzchen auf und kicherte wieder. ›Was! Was! Verdammt, ist das wunderschön!‹ jubelte er.«

»Was hat es mit diesem verdammten ›was, was, was‹ auf sich? Ist er etwas verwirrt im Kopf?«

»Da gibt es so einige, die der Meinung sind, daß der König ein bißchen verrückt ist. Aber schließlich, wenn du so lange wie er König in diesem komplizierten Regierungssystem wärst, dann wärst du auch ein wenig von der Rolle. Offensichtlich beendet er die meisten seiner Sätze während eines Gesprächs mit einem ›Was! Was! Was!‹, und die meisten Höflinge haben sich daran gewöhnt.«

Fergus seufzte. »Das geht über meinen Horizont, aber es muß die Menschenmenge amüsiert haben.«

»Ja, die Leute haben applaudiert, als der König sein Tänzchen veranstaltete. Es muß auch den König mächtig amüsiert haben, denn er lud Poston und Lombardi in den Palast zum Dinner ein.«

»Hat Lombardi gesungen?«

»O ja, und es war ein voller Erfolg. Der König und der ganze Hofstaat haben sich erhoben und um mehrere *encores* gebeten.«

»Opernarien, vermute ich.«

Jeris hob unbestimmt die Schultern. »Poston kann ein Musikstück nicht von dem anderen unterscheiden, aber er meinte, es wären wohl Opernarien gewesen. Nach der Veranstaltung hat ihm Lombardi erzählt, daß es im Palast deutlich besser riechen würde als in den meisten italienischen Opernhäusern.«

»War da sonst noch etwas?«

»Ach ja. Das Löschen war am nächsten Tag beendet, und das Prisengericht trat zusammen. Die Taxierung des Tabaks, des Rums und des Goldes wird einfach sein, aber um den Wert der Fregatte und der drei Kauffahrteischiffe wird es etwas Hickhack geben. Jedenfalls hat der König wissen lassen, daß er eine prompte Abwicklung wünscht, andernfalls würde er die Verantwortlichen im Gerichtssaal solange einsperren lassen, bis sie fertig wären. Ich bin sicher, daß er seinen Willen bekommen wird. Das bedeutet natürlich auch, daß du deinen Anteil schnell bekommst.«

»Und was ist mit Admiral Nelsons sterblichen Überresten?«

»Sein Leichnam wurde an Bord der *Victory* nach England zurückgebracht und in Portland an Land gesetzt. Von dort wird er nach Greenwich überführt. Wie ich gehört habe, wird dort sein Körper aus dem großen Rumfaß geholt, in dem er während der Reise konserviert wurde, und in einen Sarg gelegt und dann nach Whitehall transportiert, wo er aufgebahrt wird. Irgend jemand baut einen inneren Sarg aus Holz und dann noch einen aus Blei. Der äußere wird aus dem Holz des Fockmasts der *L'Orient* gezimmert, dem Flaggschiff des französischen Admirals in der Schlacht vor Abukir, wie du ja am besten weißt. Ich habe auch gehört, daß ein aufwendig geschnitzter Sarg aus dicken hölzernen Planken getischlert werden soll, aber das werden wir sicher später noch genauer erfahren.«

»Und wie sieht es mit den Begräbnisfeierlichkeiten aus?«

»Nach einer gewissen Zeit in Whitehall wird es einen langen Trauerzug geben. Dein Chirurg Pollitt wird dann bei dir sein und dir den genauen Ablauf schildern. Ich denke, daß du den größten Teil der Zeremonie von deinem Zimmer im vierten Stock aus sehen kannst, nur die Feierlichkeiten in der St. Paul's Kathedrale natürlich nicht. Ich werde arrangieren, daß Shannon zu dir kommen kann, damit ihr in der Zeit zusammen seid. Nach dem Gottesdienst lasse ich sie wieder nach Hause bringen.«

»Danke, Onkel. Wenn du mich jetzt entschuldigen willst, aber ich glaube, ich muß ein wenig schlafen. Es war ein langer Tag.«

»Ich nehme an, daß Pollitt bald hier aufkreuzen wird. Sobald du aufwachst, wird er dir von den Absprachen berichten, die er mit dem jungen Radcliffe getroffen hat, um ihn mitten in das Zentrum der Kathedrale zu schmuggeln, damit er die Zeremonie aus nächster Nähe verfolgen kann.«

Als Fergus eine Stunde später wieder aufwachte, stand Pollitt zusammen mit Radcliffe an seinem Bett.

Fergus freute sich: »Radcliffe, schön dich wiederzusehen. Wie ich gehört habe, wirst du an die Universität in Edinburgh gehen, um Medizin zu studieren.«

Radcliffe trat verlegen von einem Fuß auf den anderen. »Nun, Sir, ich fürchte, ich habe meine Meinung geändert.«

»Wieso denn das? Ich dachte, es wäre dein Wunsch, Arzt zu werden?«

»Nun, Sir, ich habe mit Ihrer Gattin gesprochen.«

»Und die hat es dir ausgeredet?«

»Nun, eigentlich nicht so ganz. Sie hat lediglich vorgeschlagen, daß ich Veterinärmedizin studieren sollte.«

»Oh, oh, ich möchte wetten, daß Sie dir einen Job angeboten hat. Du sollst dich um all die Pferde kümmern, die sie dieser Tage kauft.«

»Nun ja, Sir. Ich kann dann nach Irland, England und Schottland reisen und mich um ihre Pferde kümmern. Das scheint mir eine sehr interessante, abwechslungsreiche Karriere zu sein.«

»Ich bin sicher, daß sie deutlich herausgestellt hat, wieviel interessanter es sein wird, als den lieben langen Tag in einer Praxis zu sitzen und rotznäsige Kinder zu behandeln.«

Radcliffe grinste breit. »Sie klingen wie sie.«

Pollitt mischte sich ein: »Ich habe versucht, es ihm auszureden, aber es ist nichts zu machen. Lassen Sie mich jetzt kurz erzählen, was wir uns für morgen ausgedacht haben. Ich habe ihm Geld gegeben, damit er zu einem Schneider gehen kann, sobald er hier fertig ist. Dort läßt er sich einen Samtanzug bauen und besorgt sich alles, was man sonst noch so braucht, um als junger Sohn einer reichen aristokratischen Familie durchgehen zu können.«

»Dazu gehört gar nicht viel, er sieht von Natur aus schon fast wie einer aus. Was soll er also machen?«

»Ich habe ihm eingetrichtert, daß er sich am Weg dem Trauerzug anschließt, gerade weit genug entfernt, um ihn noch zu sehen, aber dicht genug dran, um ihm gut durch die Zuschauermenge folgen zu können. Er soll sich dann zum Eingang der Kathedrale vordrängen, bevor der Sarg hineingetragen wird. Dort muß er sich nur irgendeine aristokratische Familie aussuchen, die gerade das Gotteshaus betreten will, dieser schließt er sich an. Hinter dem Eingang trennt er sich wieder von ihr und geht zu einer Seitentür, die ich ausfindig gemacht habe. Durch diese gelangt er über eine Wendeltreppe in einen Raum, von dem aus er die ganze Zeremonie verfolgen kann. Später kommt er dann hierher zurück und erzählt uns, was er gesehen hat.«

Fergus blickte seinen ehemaligen Steward an. »Das wird für dich ein großer Tag, wenn du es schaffst. Kannst du das?«

Radcliffe zog die Schultern in die Höhe. »Das ist nicht schwierig. Schließlich bin ich mit dem Zahlmeister auf den Eingeborenenmärkten zum Einkaufen gewesen.«

26
Die Trauerfeier

Am Morgen des 26. Januar erschien Shannon um acht Uhr morgens im Hospital. Sie legte ihren Mantel ab und bat Fergus, ein Frühstück für sie zu bestellen. »Ich bin heute schon recht lange auf den Straßen unterwegs gewesen«, erklärte sie.

Fergus schickte nach einem Tablett für sie und bestellte auch für sich noch eine Tasse Kaffee.

Während Shannon frühstückte, erzählte sie: »Vielleicht erreichen dich hier nicht so sehr viele Neuigkeiten, und wenn ich sie dir nicht mitteile, wirst du noch verdummen. Heute ist der letzte Tag der Trauerfeierlichkeiten für Admiral Nelson.«

»Ach, ich habe mit Radcliffe gesprochen, und er kümmert sich um meine Informationen. Ich habe dir noch gar nicht erzählt, was er vorhat. Unser Knochenflicker Pollitt hat arrangiert, daß unser Radcliffe sich wie ein Angehöriger des Adels kleidet, um sich in den Trauerzug einzuschmuggeln. Dann wird er sich einer der aristokratischen Familien anschließen, um in die Kathedrale zu gelangen, drinnen in den oberen Teil der Kirche verholen, um sich die Feierlichkeiten von oben anzusehen. Anschließend wird er herkommen und uns alles berichten.«

Shannon runzelte mißbilligend die Stirn. »Es sei denn, die Polizei erwischt ihn. Du riskierst die Zukunft meines neuen Veterinärs.«

Fergus nickte. »Auch das weiß ich schon. Du warst mal wieder sehr gerissen.«

»Warum? Er hat doch aus freien Stücken zugestimmt.«

Fergus wechselte lieber das Thema. »Wie ich gehört habe, wurde der Sarg von Greenwich auf der Themse nach London gebracht und steht zur Zeit äußerst pompös im Gebäude der Admiralität in Whitehall.«

»Da hast du recht. Die letzte Etappe der Überführung wird in etwa einer Stunde beginnen. Dann wird er für den feierlichen Staatsakt und die Grablegung in die St. Paul's Kathedrale gebracht.«

Fergus blickte auf die große Wanduhr. »Das sollte jetzt bald passieren.«

»Ja genau, darum mußte ich mich so sputen, hierher zu gelangen. Komm zu mir ans Fenster und schau auf den Schauplatz hier und auf der anderen Seite des Flusses. Du hast eine wundervolle Aussicht.«

Fergus erhob sich mit einigen Schwierigkeiten und schlurfte an ihre Seite. Eine Minute lang studierte er das Bild, das sich unter ihnen darbot. Dann stellte er erstaunt fest: »Mein Gott! Das müssen ja Millionen Menschen sein. Ich kann nirgends einen Pflasterstein oder einen Grashalm entdecken. Der arme Radcliffe wird zu Tode getrampelt werden.«

»Schon seit zwei Tagen strömen die Menschen in die Stadt. Ein echter Engländer wird jede Entbehrung auf sich nehmen, wenn er etwas miterleben will, das ihn wirklich brennend interessiert.«

Doktor Pollitt trat ein. »Ah, da sind Sie ja beide. Ich bin gekommen, um Sie über die Feierlichkeiten auf dem laufenden zu halten. Sie haben jetzt die Bühne gesehen, Sir, ich schlage vor, daß Sie wieder ins Bett zurückkehren. Wir werden Ihnen abwechselnd die Ereignisse beschreiben, denn wir können von hier alles gut überblicken und Ihnen den Ablauf beschreiben. Radcliffe wird Ihnen dann später die Einzelheiten liefern.«

Fergus seufzte: »Ich bin in der Tat sehr müde. Informiert mich später, falls ich einschlafen sollte.«

Shannon berichtete: »Ich sehe ein enormes Getümmel um die Admiralität in Whitehall. Der große Wagen, auf dem der Sarg liegen soll, wird hin und her geschoben. Wie es scheint, paßt er nicht durch das Ausgangstor.«

Pollitt fügte hinzu: »Vor zwei Tagen bin ich durch die St. Paul's Kathedrale gegangen, um mir die Vorbereitungen anzusehen. Ein großer Teil des Fußbodens ist aufgenommen worden, um den Sarg auf seinen letzten Ruheplatz in der Krypta hinablassen zu können. Darüber hat man einen riesigen Kronleuchter mit über hundert Lampen installiert. Jemand hat mir erzählt, daß die mechanischen Einrichtungen zum Bewegen des Sargs und des Kronleuchters von einem schottischen Ingenieur entwickelt wurden.«

Fergus lächelte schwach. »Das hätte Admiral Nelson gefreut. Er mochte Schotten.«

Shannon fragte Pollitt: »Haben Sie auch die Kutsche mit dem Katafalk in Whitehall aus der Nähe gesehen?«

»Ja, das ist das riesige, graue Ungetüm, mit dem sie jetzt die Probleme haben. Es rollt auf vier großen Kutschrädern von Fuhrwerken für schwere Lasten. Ein zwanzig Fuß hoher Baldachin überragt es, und die Männer haben ihre liebe Not, ihn durch das Tor zu bugsieren. Sie werden das Oberteil und die Seiten abbauen und wieder anmontieren müssen, nachdem sie die Kutsche hinausgeschoben haben. Den Sarg werden sie separat auf die Straße hinaustragen, und dafür werden mindestens fünfzig kräftige Männer erforderlich sein.«

Shannon nickte bestätigend. »O ja, ich kann es jetzt ganz deutlich sehen. Das Ganze sieht aus wie ein Schiff auf der grauen See.«

»Das soll es auch. Man hat es so entworfen, daß es wenigstens entfernt der *Victory* gleicht. Es wurde sogar der Name auf das Heck gemalt. Ehrlich gesagt finde ich, daß es etwas billig aussieht.«

Fünfzehn Minuten später berichtete Shannon: »Jetzt sind sie durch das Tor in Whitehall, und die Prozession bewegt sich in Richtung der St. Paul's Kathedrale.«

Fergus erkundigte sich: »Was sind das für seltsame Geräusche?«

»Während der Sarg durch das graue Menschenmeer rollt, nehmen alle die Hüte ab und sprechen kurze Gebete. Was du hörst, ist ein Mischmasch aus dem Ziehen von Tausenden von Hüten und den vielen gemurmelten Gebeten.«

Verwundert schüttelte Pollitt den Kopf. »Ich habe noch nie so viel Grau an einem Ort vereint gesehen. Jedermann scheint einen grauen Wintermantel und einen grauen Hut zu tragen.« Nach einer Stunde war der Katafalk vor St.

Paul's angelangt. Pollitt berichtete weiter: »Jetzt tragen Sie den Sarg für den Gottesdienst hinein.«

Das war zuviel für Fergus. Er drehte sein Gesicht zur Wand, zog sich ein Kissen über den Kopf und weinte still vor sich hin. Der Lärm der zwanzig unkoordiniert aufspielenden Militärkapellen und die aufbrausenden Choräle aus der Kathedrale vermischten sich zu einer nicht uninteressanten Kakophonie, bis der Lärm gegen fünf Uhr wieder verebbte.

Pollitt schaute auf die Uhr. »Jetzt ist der erste Teil vorbei«, stellte er fest. »Aber ich glaube, daß die offizielle Feier in der Kathedrale noch andauert.«

Shannon blickte auf das Menschenmeer hinunter und meinte: »Die Leute scheinen auch zu glauben, daß alles vorbei ist, denn sie wandern stadtauswärts.«

Fergus seufzte tief auf, nahm das Kissen von seinem Gesicht und murmelte: »Ja, es ist vorbei. Für Nelson und für mich. Aber ich werde mein Leben lang immer an ihn denken müssen.«

Shannon trat zu seinem Bett und setzte sich. Mit einem nassen Handtuch wischte sie ihm die Tränenspuren vom Gesicht.

Auch Pollitt kehrte vom Fenster zurück und sagte zu Shannon: »Jetzt ist es Zeit, an die Zukunft zu denken. Sobald es ganz finster ist, sollte Ihr Kutscher Sie sicher nach Hause bringen können. In zwei Tagen werde ich den Kommodore dann soweit haben, daß er reisefähig ist. Schicken Sie Ihre Kutsche mittags her, dann haben Sie ihn am späten Nachmittag zu Hause.«

Shannon nickte bestätigend: »Und Sie werden ihn begleiten?«

»Falls Sie Platz für mich haben, komme ich mit und kümmere mich um ihn, bis er sich in Schottland eingelebt hat. Ich werde auch Radcliffe mitbringen.«

»Sie meinen Evan?«

»Ja. Er ist aus der Royal Navy entlassen worden und wird bei Mr. Kilburnie bleiben, solange der ihn benötigt. Dann kann er nach Edinburgh umsiedeln, um Tiermedizin zu studieren, wie Sie ihm das eingeredet haben.«

»Kann er sich denn das überhaupt leisten?«

Pollitt lachte herzhaft: »Mit seinem Prisengeld könnte er ein Leben lang studieren. Er kann es sich jedenfalls leisten, jede beliebige Hochschule zu besuchen, sich eine Praxis einzurichten und noch dazu ein schönes Haus zu bauen.«

»Und was haben Sie vor?«

»Ich trete in das Ärztekollegium dieses Hospitals ein. Sobald der Kommodore mich nicht mehr benötigt, kehre ich hierher zurück.« Pollitt zog seine Taschenuhr hervor. »Radcliffe sollte jeden Augenblick hier auftauchen.«

Nach einer Stunde stürmte Radcliffe in das Krankenzimmer, seine Augen strahlten, aber er war völlig atemlos.

Pollitt fragte ihn besorgt: »Ist alles mit dir in Ordnung?«

»O ja, ich bin nur etwas außer Atem und verdammt hungrig.«

»Ich lasse dir sofort eine gewaltige Mahlzeit bringen. Aber jetzt erzähl uns, wie dein Tag verlaufen ist.«

Radcliffe ließ sich auf einen Stuhl fallen, atmete ein paarmal tief durch und verschnaufte. Dann sagte er: »Um damit zu beginnen: Zuerst hat mich ein Polizist um die ganze Kirche herumgejagt, aber ich vermute, daß er zu alt und zu fett war, um mich einzuholen.«

»Wie bist du dann hineingekommen?«

»Ich legte bei unserem Wettrennen um die Kathedrale einen Blitzstart hin. Dann schloß ich mich einer reich aussehenden Familie an und ging mit ihr zusammen hinein. Sobald wir drinnen waren, verließ ich sie wieder und ging zu der kleinen Pforte, von der Sie mir erzählt haben. Der Polizist folgte mir nicht, daher verschwand ich durch die Nebentür und kletterte die Wendeltreppe hinauf in einen Bereich, von dem aus ich das gesamte Innere der Kathedrale überblicken konnte.«

»Jetzt fang aber am Anfang an und schildere uns, was vorher passierte.«

In diesem Augenblick wurde eine große Platte voller köstlicher Speisen hereingetragen, und Radcliffe bediente sich davon, während er weiter erzählte: »Ich bin früh von zu Hause losgegangen, natürlich habe ich die Kleidungsstücke angezogen, die ich am Tag zuvor eingekauft hatte: den Samtanzug, das elegante Hemd, einen Samthut mit Feder und Schnallenschuhe. Alles in Schwarz.«

Pollitt nickte zufrieden. »Sehr passend. Weiter.«

»Es war noch dunkel, als ich losmarschierte, aber ich schaffte es, mich durch die Menge zu zwängen, die sich nach Whitehall wälzte. Es war ein fürchterliches Durcheinander. Hauptsächlich waren es Gaffer, aber auch zehntausend Soldaten und ein Dutzend Artilleriegeschütze mit Munitionswagen und ihren Gespannen.«

Pollitt schüttelte zweifelnd den Kopf. »Ich kann mir gar nicht vorstellen, wo sich die alle ordentlich haben versammeln können.«

»In den Seitenstraßen, auf den Rasenflächen der Parks und vor vielen Privathäusern. Die Hauseigentümer und Parkwächter stürmten herbei und schrien Zeter und Mordio, aber das half auch nichts. Um acht Uhr dreißig fingen die Trommler an, den Trauermarsch zu schlagen, und etwa zwanzig Kapellen begannen gleichzeitig zu spielen. Allerdings gab es anscheinend keine Möglichkeit, sie zu koordinieren. Ich fühlte mich an ein Wort aus meiner Kindheit erinnert. Es heißt ›Kakophonie‹, und es ist exakt der richtige Ausdruck für diese schräge musikalische Untermalung.«

»An dieses Wort mußte ich heute ebenfalls denken«, stimmte ihm Pollitt zu.

»Im Hof von Whitehall hatte jemand bemerkt, daß die monströse Leichenkutsche mit dem Katafalk nicht durch das Tor passen würde. Der Katafalk war erst am Tag zuvor von einer Truppe Zimmerleute zusammengebaut worden, und niemand hatte an die Abmessungen des Tores gedacht. Jetzt mußten die Seiten und das Oberteil wieder abmontiert, durch das Tor getragen und dann wieder angebaut werden. Anschließend brachten fünfzig Sargträger den Totenschrein heraus und schoben ihn in das Innere des Vehikels. Sogar das war nicht ganz einfach, und mehrere Männer verletzten sich beim Schieben und Stoßen. Schließlich schien alles bereit zu sein, und der Zug setzte sich um ein Uhr mittags mit einer Stunde Verspätung in Bewegung. Die Geschütze begannen, pro Minute einen Schuß abzufeuern, und die Kapellen verdoppelten ihre Bemühungen. Ich versuchte zuerst dem Zug zu folgen, aber das war hoffnungslos. Tausende von Zuschauern säumten die Straßen, daher konnte ich kaum etwas sehen. Also lief ich vor zur St. Paul's Kathedrale. Wie ich schon gesagt habe, versuchte ich hineinzugelangen, mußte aber erst noch dem Polizisten entwischen. Gerade als ich meinen Beobachtungsposten eingenommen hatte, kam der Sarg langsam herein. Er wurde bis zu einem Sockel in der Mitte getragen, der aufgestellt worden war, um ein Absetzen vor der Grablegung am Ende der Feierlichkeit möglich zu machen. An dem großen Kronleuchter darüber habe ich hundertdreißig Laternen gezählt. Der Innenraum war wirklich wie von einem riesigen Lagerfeuer erhellt.

Natürlich war die Kathedrale total überfüllt. Die Menschen standen, saßen und hockten auf jedem freien Plätzchen. An jeder Ecke war ein sehr großer schottischer Highlander postiert. Jeder trug einen scharlachroten Waffenrock, den Kilt, eine hohe Mütze und hielt ein vier Fuß langes schottisches Breitschwert mit der Spitze nach unten vor seinem Körper. Kommodore, Sie wären auf ihr Aussehen sehr stolz gewesen, Sir.«

»Danke. Haben sie für Ordnung gesorgt?«

Radcliffe schüttelte den Kopf. »Sie haben sich nicht einmal bewegt. Nicht einmal, als achtundvierzig Matrosen der *Victory* mit der größten Kriegsflagge hereinmarschiert kamen, die auf dem Schiff während der Schlacht geweht hatte. Sie hatten sie im Trauerzug mitgeführt und sollten sie jetzt über den Sarg legen. Gerade als sie anfingen, sie zu entfalten und auszubreiten, begann jemand damit, ein kleines Stück aus ihr herauszureißen. Daraufhin stürzte sich jeder, der es irgendwie ermöglichen konnte, darauf, riß einen Fetzen ab und stopfte seine Beute unter die Jacke. Dann verkrümelten sie sich wieder auf ihre ursprünglichen Plätze in der Kathedrale.«

»Und die Highlander haben nichts dagegen unternommen?«

»Nein. Alle Leute applaudierten, weil sie dachten, es wäre ein Teil der Zeremonie.«

»Was geschah dann?«

»Dann ging es stundenlang ziemlich eintönig weiter. Ein Chor folgte dem nächsten, ein Gebet dem anderen. Schließlich wurde ich dem überdrüssig. So wie mir ging es anscheinend vielen Leuten, die einfach aufstanden und gingen. Die Glocken läuteten allerdings weiter. Ich bahnte mir einen Weg zum Eingang, und der Polizist erkannte mich und begann die Stufen hinaufzurennen. Ich duckte mich hinter einer Gruppe von Ladies und verdrückte mich mitten durch die Menschenmenge. Er hatte keine Chance. Wie ich schon sagte, war er zu alt und zu dick. Und hier bin ich. Es war ein aufregender Tag für mich, und ich danke Ihnen, die Sie ihn möglich gemacht haben.«

Pollitt dankte ihm ebenfalls: »Wir müssen dir für den herausragenden Einsatz dankbar sein.« Dann blickte er zu Fergus hinüber, der eingeschlafen war, während Radcliffe erzählte. »Er braucht Ruhe. Er weiß und billigt das, was wir vorhaben, und er wird bereit sein, mit uns zu kommen. Ich werde Sie jetzt zu Ihrer Kutsche eskortieren, Mrs. Kilburnie. Und Radcliffe – dein Bett wartet bereits auf dich.«

Shannon warf einen letzten Blick auf Fergus, dann wandte sie sich nochmal Pollitt zu. »Vielen Dank für alles, was Sie für uns beide getan haben.«

Pollitt zuckte abwehrend mit den Schultern. »Ich bin es, der im Namen unseres ganzen Landes zu danken hat. Unser Vaterland kann Ihrem Gatten niemals genug für das danken, was er geleistet hat.«

27
Familienleben

Als Fergus das gut organisierte Lazarett verlassen durfte, fiel es ihm nicht leicht, aber dann genoß er doch die Kutschfahrt durch die klare Winterluft, und die Ankunft in der Wohnung war ein Erlebnis, auf das er nicht vorbereitet gewesen war. Das Tohuwabohu verwirrte ihn. Während ihn die älteren Mädchen mit Küssen und Umarmungen überhäuften, waren die beiden kleinen Jungen zuerst etwas verlegen und zurückhaltend, da sie ihn für einen Fremden hielten. Aber bald krabbelten auch sie auf ihm herum, hockten auf seinen Knien, und das Ganze drohte, ihn von seinen geschwächten Beinen zu holen.

Shannon rettete ihn und legte sofort Regeln für den Umgang mit ihm fest. »Wir müssen auf ihn aufpassen, bis er eingeritten ist«, erklärte sie. »Das ist genau wie bei einem Pferd. Ihr müßt lernen, mit ihm umzugehen.«

Fergus lachte. »Ich sehe schon, ich werde diese Familie lieben lernen, aber du mußt mich behutsam einweisen.«

Das Dinner fand in einem kontrollierten Tollhaus statt,

und zunächst saß Fergus schweigend da, während ihn die Kleinen mit den unterschiedlichsten Fragen piesackten. Doch der Schutz des Eßtischs verschaffte ihm eine sichere Plattform, von der aus er operieren konnte, und bald war er in ein angeregtes Gespräch mit allen Familienmitgliedern vertieft.

Am Ende der Woche war Fergus »eingeritten«, und Shannon hatte mit Evans Hilfe alles eingepackt, was sie nach Schottland mitnehmen wollten. Pollitt hatte entsprechende Kutschen bestellt und Reservierungen für die Schiffsreise von Southampton nach Glasgow gebucht. Auch Jeris kam ab und zu vorbei, um sich nützlich zu machen, und Shannon und Pollitt erledigten den Rest, schließlich erschienen nochmals Jeris und Martha, um sich zu verabschieden. Die Kinder wurden vor Vorfreude auf die bevorstehende Seereise ganz übermütig.

Das Unternehmen verlief reibungslos, und schon bald lagen sie in Glasgow an der Pier, wo sie Liam und Angus mit zwei Kutschen und einem großen Fuhrwerk für »Shannons Klamotten« erwarteten, wie Liam es ausdrückte. Fergus hatte während der Seereise seine Vitalität zum größten Teil wiedergefunden und bestand nun darauf, sich neben Liam auf den Bock zu setzen, damit er ihn unverzüglich ausfragen konnte.

Liam bremste ihn: »Laß mich zuerst die Kutsche sicher aus den Straßen voller verdammter Schotten heraussteuern. Sie treiben ihre Gäule wie die Verrückten an. Wir können uns unterhalten, sobald wir auf der Landstraße sind.« Auf der Hügelkuppe, von der die Straße zu dem großen Haus hinabführte, brachte er die Kutsche dann wieder zum Stehen. »Jetzt kannst du alles mit eigenen Augen sehen«, sagte er stolz und machte eine weit ausholende Armbewegung über die sich weithin erstreckenden Felder unten im Tal.

Fergus holte freudig erstaunt Luft. »Die Scheunen sind genau so geworden, wie ich sie mir immer vorgestellt habe. Wie ich sehe, läßt du bereits Pferde auf der Bahn laufen.«

»Ja. Es sind in diesem Jahr ungefähr sechs wirklich gute dabei. Weitere sechs befinden sich in England, und sie stehen kurz davor, in England beim Rennen zu starten. Es könnten auch ein paar mehr sein, jetzt, da Ennis Hilfe bekommen hat.«

»Du sprichst von den irischen Revolutionären?«

Liam lachte. »An denen ist nicht mehr viel revolutionärer Elan hängen geblieben, aber sie sind mit der Mistgabel immer noch sehr geschickt. Sie helfen sogar den Pferdejungen, die mit dem Nachwuchs arbeiten. Wir werden die Zucht ausweiten, sobald Ennis uns Bescheid gibt, daß er freie Kapazitäten hat.«

»In Ordnung, Liam«, freute sich Fergus. »Laß uns zum Haus fahren und auspacken. Danach bin ich bereit für einen Rundgang.«

Nachdem sie ausgepackt hatten, führte Fergus Shannon hinaus auf die Terrasse. Sie deutete auf seinen Stuhl, der immer noch so stand, daß Fergus den Seeverkehr beobachten konnte.

»Nun los«, forderte sie ihn lächelnd auf, »dreh ihn in die Richtung, in die du ab jetzt blicken möchtest.«

Fergus drehte ihn so, daß er auf die Hügel und Bäume hinter dem Haus schauen konnte. »So wird er wohl für einige Zeit stehenbleiben. Sollte ich jemals wieder das Bedürfnis verspüren, zur See zu fahren, dann wirst du es rechtzeitig merken, denn dann werde ich den Stuhl wieder so ausrichten, daß ich die See im Auge habe, wenn mir das tägliche Postschiff meine Befehle bringen wird.«

»Jetzt willst du dir die Lachsbäche angucken?«

»Aber ja! Und auch die Pferde. Aber die meiste Zeit über werde ich dir das alles überlassen.«